당근 케이크

CARROT CAKE MURDER

살인사건

조앤 플루크 지음 / 박영인 옮김

해문

당근 케이크

CARROT CAKE MURDER

살인사건

등장인물

....

한나 스웬슨	'쿠키단지'라는 베이커리 카페 운영.
안드레아 토드	한나의 여동생, 부동산 중개인.
미셸 스웬슨	한나의 막냇동생.
노먼 로드	레이크 에덴의 치과의사.
마이크 킹스턴	위넷카 카운티의 경찰관.
리사와 허브 비즈먼	한나의 어린 동업자와 그녀의 남편.
잭 허먼	리사의 아버지. 알츠하이머병을 앓고 있다.
마지 비즈먼	허브의 어머니. 잭과 사귀고 있다.
팻시	마지의 쌍둥이 여동생.
맥	팻시의 남편.
거스 클레인	마지와 팻시의 남동생.
로니	미셸의 남자친구.
로드 부인	노먼의 어머니. 한나의 어머니와 골동품점을 운영.

한나 스웬슨은 다른 사람들보다 한 박자 늦게 '아멘' 하고 말했다.

미네소타 주 레이크 에덴에 위치한 홀리 루터 교회 예배당의 세 번째 줄에 앉은 한나의 귓가에는 교회 찬양대가 힘차게 부른 찬송가 '예수, 값진 보물'의 마지막 가락이 아직도 윙윙거리고 있었다. 높은 G 음을 목청껏 불러제낀 마지 비즈먼의 노랫소리 때문에 아무래도 청각에 무리가 간 듯했다. 하지만, 지금은 그런 것 따위가 대수가 아니다.

한나의 시선은 연단 뒤에 붙어 있는 제의방에서 나오는 크누드슨 목사에게 꽂힌 채 그의 발걸음을 따라 움직였다. 그는 예배 때 입고 있던 긴 제의를 벗고, 레이크 에덴 은행의 은행장인 도우 그리어슨이 매일 출근할 때 입곤 하는, 준수하면서도 평범한 정장차림이었다. 그는 신자들을 둘러보며 미소를 지었다.

8월의 마지막 일요일인 오늘 그 어느 때보다 많은 사람들이 모였다. 루터교 신자는 물론, 가톨릭과 개신교 신자까지 모두 이 예배당으로 모여들었다. 한나의 엄마인 딜로어 스웬슨의 예상이 정확했다.

어젯밤 엄마는 전화기를 붙들고 과연 크누드슨 목사의 아침 10시 예배에 얼마나 많은 레이크 에덴 사람들이 모여들까 친구와 무모한 추측 놀이를 했더랬다. 한나는 고개를 돌려 엄마를 쳐다보았다.

엄마는 긴장 어린 시선으로 크누드슨 목사를 뚫어져라 쳐다보고 있었다. 마치 한나가 기르는 고양이 모이쉐가 한나의 거실 유리창 아래에 자리한 화단 위를 가로지르는 한 마리의 다람쥐를 뚫어져라 노려보는 모양새와 흡사했다.

예배당 안에 자리한 다른 사람들도 전부 사복차림의 목사에게서 조금도 시선을 떼지 않고 있었다. 한나의 두 동생인 안드레아와 미셸도 목사의 조그마한 움직임 하나도 놓칠세라 그를 주의 깊게 쳐다보고 있었다. 엄마의 동업자인 캐리 로드 부인은 찬송가책을 어찌나 세게 움켜쥐고 있는지 혹시 손가락뼈에 무리가 가는 건 아닌지 지켜보는 한나가 다 걱정이 될 정도였다. 심지어 로드 부인의 아들인 노먼도 몹시 긴장된 표정을 하고 있었다. 이렇게 모두가 지켜보는 가운데 드디어 결정의 순간이 다가오고 있었다.

모든 이들의 시선을 한몸에 받으며 크누드슨 목사는 중앙통로의 제일 윗머리로 발걸음을 옮겼다.

그는 여전히 아무렇지도 않은 듯 미소를 짓고 있었지만, 예배당에 모인 모든 사람들, 신도들은 물론 단순 방문자들까지 그가 곧 중대한 사실을 발표하려 한다는 것을 아주 잘 알고 있었다.

오늘 그는 레이크 에덴에 단 한 곳밖에 없는 디자이너 드레스 샵, 부몽드 패션의 여주인인 클레어 로저스와의 결혼 소식을 발표하려는 것이다.

그때 한나의 막내 여동생이 한나의 가슴께를 쿡쿡 찔렀고, 한나는 그녀를 향해 고개를 돌렸다.

"왜, 미셸?" 한나가 속삭였다.

"반대편 줄에 뒤에서 두 번째 자리를 좀 봐."

미셸이 거의 들릴 듯 말 듯한 나지막한 목소리로 대답했다. 그러더니 자신이 말한 방향을 향해 고개를 돌리고는 다시 한 번 한나를 쿡 찔렀다.

미셸을 따라 고개를 돌린 한나는 그곳에 앉아 있는 커플을 발견하고는 그만 깜짝 놀라고 말았다. 그 커플은 다름 아닌 바스콤 시장과 그의 아내인 스테파니였던 것이다. 그 둘의 모습을 오늘 이 루터 교회에서 볼 수 있을 줄이야!

"엄마가 바스콤 시장님한테 전화해서 꼭 오시라고 했대."

미셸이 한나의 귓가에 속삭였다.

"시장 부부가 참석하면 어느 누구도 크누드슨 목사님과 클레어의 결혼을 반대하지 못할 거 아냐. 그러니까……, 바스콤 시장 부인 앞에서 누가 감히 반대 의견을 꺼낼 수 있겠어?"

"그런 기발한 방법이!"

한나가 감탄 어린 눈길로 엄마를 쳐다보았다.

한때 마을에는 클레어가 바스콤 시장의 정부라는 소문이 돌았었다. 물론 그것이 사실인지는 아무도 증명해 보이지 못했지만, 루터교 신도들 중 일부는 그 때문에 클레어를 몹시 경멸하고 있었다. 한나와 그녀의 가족들, 그리고 한나의 엄마가 동원한 마을 사람들 여럿이 크누드슨 목사의 결혼 발표를 지원사격해 주기 위해 오늘 이렇게 예배당에 모이게 된 것도 그러한 이유 때문이었다. 한나 무리는 무슨 일이 있더라도 오늘 두 사람의 행복을 지켜주고 싶었다.

"오늘 아침 예배에는 유독 많은 분들이 오셨군요. 무척 반갑습니다."

크누드슨 목사가 사람들을 둘러보며 입을 열었다. 그러고는 다가올 한 주간 교회에서 이루어질 활동들의 일정을 안내했다. 월요일 밤에는 성경공부 모임이 있을 예정이고, 화요일 오후에는 교회 장터가 열릴 것이며, 수요일 저녁 7시에는 기도 모임이 있고, 그 직후에 찬양대의 연습이 있으며, 목요일 밤에는 교회 지하에서 청년회 모임이, 금요일 저녁에는 미혼 신도들의 모임이 있을 예정이었다.

토요일에는 두 개의 결혼식이 있고, 일요일 아침에는 평소처럼 주일 예배가 있다고 했다.

"자, 그럼 이제 여러분께서 허락을 해주신다면, 조금 사적인 이야기를 꺼내고자 합니다. 지금 여러분 중에 제가 너무도 아끼고 아끼는 사람이 있습니다."

한나는 미셸을 쿡 찔렀다. 때가 왔다. 크누드슨 목사가 드디어 발표를 하려는 것이다!

"그 사람은 바로 우리 교회 양호실에서 몇 년째 봉사를 해주고 계신 위니 헨더슨입니다. 위니 덕분에 많은 어머님들께서 아이들 걱정없이 일요일 예배에 참례하실 수 있습니다. 보통 교회 안에서는 손뼉을 잘 치지 않습니다만, 오늘만큼은 위니에게 큰 박수를 보내고 싶네요."

한나는 다른 사람들과 똑같이 자리에서 일어나 힘차게 손뼉을 쳤다. 그러고는 다시 자리에 앉아 다음에 이어질 말을 기다렸다.

크누드슨 목사의 시선이 한나의 시선과 잠시 마주치는가 싶더니 이내 다른 곳으로 멀어져 버렸다.

어-오! 한나는 하마터면 큰소리로 탄식할 뻔했다. 크누드슨 목사가 한나의 시선을 피하는 이유는 오직 하나다. 클레어가 너무나 겁을 먹은 나머지 결혼 발표를 또다시 연기하자고 한 게 분명하다!

목사가 마지막 찬송가를 연주할 오르간을 향해 손을 들어 신호를 보냈지만, 연주자가 미처 신호를 알아채기 전에 한나가 자리에서 벌떡 일어났다.

"잠깐만요! 발표할 게 있어요."

한나가 큰소리로 말했다.

교회 안에 모인 사람들의 시선이 모두 한나에게로 와 꽂히자, 순간 한나는 쥐구멍에라도 숨고 싶은 심정이었다. 하지만 한나 스스로 일을 벌였으니 수습하는 일도 하나의 몫일 터였다. 크누드슨 목사와 클레어는 아주 잘 어울리는 한 쌍이다. 그리고 클레어도 두 사람의 행복을 위해 두려움을 떨쳐보기로 모처럼 마음을 먹은 참이다. 두 사람이 이대로 기회를 놓쳐버리게 내버려 둘 수는 없었다.

"목사님께서 비록 말씀은 안 하시지만, 교회의 수많은 활동들에 일일이 다 참여하며 챙기셔야 하니 무척 힘드실 거예요."

한나가 입을 열었다.

"전에는 미처 몰랐는데, 아까 목사님께서 매일 있는 온갖 모임과 행사들에 대해 알려 주셨잖아요. 아마 목사님께서는 어느 것 하나도 빠짐없이 참석하고 계시겠죠. 그뿐만 아니라 신자들의 고민 상담도 해주시고, 레이크 에덴 병원의 환자들을 방문하시기도 하고, 우리가 필요로 할 때면 언제든지 선뜻 도와주시죠. 그러니 이 자리에서 여기 모이신 모든 사람들을 대신해 목사님께 우리 교회와 우리들을 위해 쏟는 희생과 봉사에 대해 감사의 말씀을 드리고 싶어요."

"맞아요."

찬양대 속에서 마지 비즈먼이 목소리를 높여 맞장구를 쳤다.

"우리들에게서 기립 박수를 받으실 만합니다!"

좋았어. 사람들에게서 우레와 같은 박수소리가 터져 나오는 것을 들으며 한나는 생각했다. 한층 고양된 분위기를 만들어 놓았으니 이쯤에서 내가 충격적인 발표를 해도 잘 받아들여 줄 거야.

"하지만 때때로 우린 그런 목사님의 수고를 너무나도 당연히 받아들이죠." 한나는 계속 말을 이어나갔다.

"목사님께도 목자의 삶 외에 개인적인 인생이 있다는 사실을 잊기도 하구요. 아마 그런 이유 때문에 목사님께서 기쁜 소식을 여러분들에게 직접 전하지 못하시는 것이 아닌가 싶네요."

한나가 사람들을 둘러보았다. 다들 그 기쁜 소식이란 것이 무엇인지 몹시 궁금해하는 표정들이었다. 다들 앞으로 몸을 잔뜩 기댄 채 한나의 다음 이야기를 기다리고 있었다.

"기쁜 소식이란 목사님과 목사님의 새 신부를 위한 웨딩벨이 곧 교회에 울려 퍼질 거라는 사실입니다."

조금만 더 앞으로 몸을 숙였다간 다들 바닥으로 떨어져 버리겠어.

거의 90도 각도로 허리를 숙인 채 의자 끄트머리에 바싹 다가앉은 앞줄의 사람들을 보며 한나가 생각했다.

한나는 크누드슨 목사의 깜짝 놀란 표정에도 계속 말을 이어나갔다.

"목사님의 새 신부가 루터교 신자라는 사실에도 기쁨을 표하고 싶네요. 목사님께서 무척 쑥스러워하시는 관계로 제가 대신 크누드슨 목사님과 클레어 로저스 양의 결혼 소식을 발표합니다! 두 사람, 크리스마스에 결혼한다고 하네요! 우리의 사랑하는 목사님과 그의 신부를 위해 박수를 보내 드려요."

물론 사람들은 모두 박수를 보냈다.

처음부터 그렇게 되도록 모두가 계획을 짜지 않았던가. 엄마와 엄마가 대동하여 데려온 사람들 덕분에 반대하는 사람들보다는 찬성하는 사람들 수가 훨씬 많았다. 이제 한나가 할 일은 단 하나뿐이다. 중대한 임무는 이미 완수했으니 남은 것은 그저 식은 죽 먹기다.

"오늘같이 기쁜 날을 다 함께 축하하기 위해 제가 쿠키 몇 종류를 준비해 왔어요. 에드나 퍼거슨은 커피를 가져왔구요. 아이들을 위한 주스도 마련되어 있답니다. 모두 교회 밖 테이블에 준비해 놓았으니 모두들 나가서 마음껏 드세요. 크누드슨 목사님과 클레어에게 결혼을 축하한다는 축복의 말씀도 잊지 마셔야 해요."

"한나?" 노먼이 다가와 한나의 허리에 팔을 둘렀다.

"아까 정말 멋졌어요. 그런 솜씨라면 사막 유목민들한테 고양이용 모래상자도 팔 수 있겠던걸요."

한나는 웃음을 터뜨렸다. 노먼은 역시 위트가 넘친다.

"그거 칭찬으로 받아들일게요. 그나저나 전통 슈가 쿠키가 정말 빨리 없어지고 있지 않아요?"

"이제 거의 동났어요. 쿠키에 클레어와 목사님의 이니셜로 장식을 얹은 아이디어, 정말 기발해요."

"고마워요."

노먼이 한나의 숨은 의도를 알아챈 것이다. 크누드슨 목사와 클레어의 이니셜이 하트 안에 정답게 새겨진 쿠키를 집어드는 사람은 자연히 두 사람의 결혼을 환영하는 격이 되고 말지 않겠는가.

"바이킹 쿠키는 어때요?"

"무슨 바이킹 쿠키요? 저기 푯말은 그대로 걸려 있는데, 접시는 벌써 텅 비었어요. 아직 맛도 못 봤는데."

"걱정하지 말아요. 내가 노먼을 주려고 조금 남겨뒀으니까."

한나는 바이킹 쿠키가 사람들에게 인기를 끌었다는 사실에 기분이 좋아졌다. 바이킹 쿠키는 리사가 새롭게 만든 레시피로, 그녀가 좋아하는 화이트 초콜릿이 들어갔다.

그때 마지 비즈먼이 함박웃음을 지으며 두 사람에게로 다가왔다.

"정말 훌륭한 발표였어, 한나."

"고맙습니다. 제가 나서지 않으면 목사님이 또다시 발표를 미루실 것 같았거든요. 아, 가족모임 때 마지의 친척분들이 일찍 도착하실 경우를 대비해 여분의 쿠키를 남겨뒀다고 리사한테 얘기 들으셨어요?"

"응, 들었어. 정말 고마워, 한나. 안 그래도 내 여동생 팻시와 제부가 벌써 와 있었거든. 시카고로 이사 간 리사의 큰오빠 팀도 도착했고."

"그럼 모두 몇 명이나 모이는 거죠?"

노먼이 물었다. 비록 레이크 에덴 토박이는 아니지만, 노먼도 마을에 들어온 지 벌써 3년이 지났으니 리사네는 물론 비즈먼 가가 대가족이라는 사실쯤은 알고 있었다.

"마을 밖에 사는 친척들에게는 리사와 허브가 초대장을 보냈고, 이 근방에 사는 친척들에게는 전화로 알렸으니, 아마 100명은 넘을 거야."

"정말 엄청나군요!"

한나는 쿠키를 좀더 만들어둘 걸 그랬다고 잠시 후회했다.

"안드레아가 호숫가 방갈로를 충분히 준비해줬어요?"

"물론이지. 방이 모자라게 되더라도 어떻게든 방법이 있을 거야. 디 모인에 사는 친척이 방이 세 개 딸린 캠핑카를 가져온다고 했고, 브레이너드에 사는 친척들은 만약의 경우를 대비해 텐트를 준비해 오겠다고 했거든."

"친척분들 만나실 일이 무척 기다려지시겠어요?"

노먼이 물었다.

"말이라고! 아직 얼굴 한 번 못 본 조카 손자들도 있어. 정말 기억에 남을 한 주가 될 거야! 다만 딱 한 가지 바람이 있다면……."

마지가 문득 하던 말을 멈추고는 멍한 표정을 지었다.

"그게 뭔데요?" 한나가 물었다.

"내 남동생 거스 말이야. 이번 가족모임 소식을 들었어야 할 텐데."

"초청장을 보냈는데 연락이 안 왔어요?"

한나는 호기심이 생겼다.

"아예 보내지도 못했어. 어디 사는지 주소를 모르거든."

잠시 말을 잇지 못하던 마지가 마침내 사연을 털어놓았다.

"30년 전에 레이크 에덴을 떠났는데, 그 뒤로는 아무도 그 애 소식을 듣지 못했어. 어머니가 편찮으셨을 때 사설탐정까지 고용해서 찾아보려 했지만, 탐정이 하는 말이 아마 진작에 이름을 바꿨을 거라더라구. 새 이름을 알지 못하는 한은 도저히 찾을 방도가 없다고 말이야."

"혹시 인터넷으로 찾아보셨어요?" 노먼이 물었다.

"허브가 벌써 해봤지. 어거스트 클레인이라는 사람을 찾긴 했는데, 거스는 아니었어."

"어디 간다고 얘기도 안 하고 훌쩍 떠났단 말이에요?"

한나가 궁금증을 참지 못하고 묻자 마지가 고개를 끄덕였다.

"한밤중에 사라져버렸어. 그땐 가족이 다 함께 살고 있었는데, 갈아입을 옷 몇 벌이랑 주방 테이블에 놓인 찻주전자에서 돈 몇 푼만 꺼내갔지."

한나와 노먼의 놀란 표정을 눈치챈 마지가 설명을 덧붙였다.

"아, 그 찻주전자는 우리 이모할머니가 주신 선물이었는데, 그렇게 못생긴 주전자도 아마 없었을 거야! 그래서 그건 차 끓이는 데 쓰기보다는 가족용 저금통으로 사용했지. 돈이 필요할 때는 거기서 필요한 만큼 꺼내다 쓰고, 나중에 여유가 생기면 다시 그 금액만큼 채워 넣는 거야."

"동생이 돈을 얼마나 가져갔는데요?" 한나가 물었다.

"확실하게는 모르겠는데, 아버지 말씀이 100달러 정도 됐을 거라고 했어. 물론 그건 알 수 없는 일이야. 그 안에 전부 얼마가 들었는지는 아무도 세어보지 않아서 모르거든. 그냥 자기가 얼마를 꺼내 갔는지만 기억했으니까."

한나는 재빨리 머리를 굴렸다.

"그 당시 시내버스 티켓은 그렇게 비싸지 않았어요."

"그러니 그렇게 많은 돈을 가져갔다면 아마 동생분은 저 멀리 동쪽 해안지역이나 서쪽 해안지역으로 떠났을 거예요."

"그리고 남은 돈은 아마 정착금으로 사용했겠지." 마지가 말했다.

"집을 나가기 일주일 전쯤에 팻시에게서 돈을 빌렸거든. 나한테서도 조금 빌려가고."

"그렇다면 집을 나간 게 단순히 돈 문제는 아니었겠는데요?"

"그래. 어차피 부모님과 함께 살고 있었으니까 집세를 낼 필요도 없고, 먹을 거라든가 필요한 생활용품 살 돈을 마련할 필요도 없었어. 당시에 나도 직장을 다니고 있었는데, 부모님과 함께 살았지. 결혼하고 나서야 따로 독립했구."

"가출의 조짐 같은 것도 없었어요? 그러니까, 뭔가 불안해 보였다든가." 노먼이 물었다.

"전혀. 난 아직까지도 그 애가 왜 집을 나갔는지 잘 모르겠어. 리사랑 허브가 가족모임을 갖자고 제안했을 때부터 줄곧 그 애도 이번 기회에 집으로 돌아왔으면 좋겠다는 바람이 머릿속에서 떠나질 않아."

잠시 침묵이 흘렀다.

한나는 물론 노먼도 뭐라고 해야 할지 적당한 말이 떠오르지 않았다. 그때 거리에 차가 한 대 들어와 경적을 울렸다. 클래식한 후드 장식이 달린 반짝이는 빨간색 신형 차였다.

"차 멋진데!"

경이로운 시선으로 신형 재규어를 바라보며 노먼이 외쳤다. 그러더니 마지에게 말했다.

"마지의 친척분이신가 보죠?"

그러자 마지는 실소를 터뜨렸다.

"그럴 리 없어. 내가 아는 한 저런 차를 갖고 있을 만큼 돈이 많은 친척은 없거든. 안에 운전하는 사람이 누구야?"

"남자예요." 한나가 말했다.

"누군지 우리 어서 나가봐요."

세 사람이 거리로 나왔을 때 재규어는 이미 구경꾼들에 둘러싸여 있었기 때문에 그들은 차의 반대편 쪽으로 자리를 옮길 수밖에 없었다. 그때 마지가 조수석에 타고 있는 허브를 보고는 깜짝 놀라고 말았다.

"허브?" 마지가 입을 떡 벌렸다.

"너 거기서 뭐 하는 거니?"

"안녕, 엄마. 혹시나 우리가 교회에 있는 동안 도착한 친척들이 있을까 봐 예배가 끝나자마자 재빨리 집에 가보았는데, 거기 누가 기다리고 있었는 줄 알아요!"

허브는 마지가 볼 수 있도록 몸을 뒤로 잔뜩 뉘었다.

"세월이 너무 많이 흘러서 아마 엄마가 자길 알아보지 못할 거래요."

"혹시……?"

설마 마지의 꿈이 이렇게 실현되고 만 것인가. 한나는 차마 말을 맺지 못했다.

"맞구나!"

마지는 무척 흥분하며 조수석 반대편으로 돌아가 열린 창문 사이로 남동생을 덥석 끌어안았다.

"오, 거스! 네가 드디어 집에 돌아왔구나!"

바이킹 쿠키

오븐은 175도로 예열해 주세요. 틀은 오븐의 중앙에 둡니다.

재료

녹인 버터 2컵 / 황설탕 2컵 / 백설탕 2컵 / 베이킹파우더 1티스푼

베이킹소다 1티스푼 / 소금 1티스푼 / 거품 낸 계란 4개 분량

바닐라 향신료 2티스푼 / 시나몬 향신료 1/2티스푼 / 밀가루 4와 1/2컵

카르다몸 1/4티스푼(육두구 열매를 사용해도 되지만 카르다몸이 더 낫습니다)

잘게 부순 오트밀 3컵 / 화이트 초콜릿칩 3컵***

***바닐라칩이 아닌 진짜 화이트 초콜릿칩을 사용하셔야 합니다. 진짜는 그 재료 안에 코코아가 들어 있을 거예요. 근처 슈퍼마켓에서 찾기 힘드시다면 칩이 아닌 화이트 초콜릿 바도 괜찮습니다. 1파운드 조금 넘는 정도면 될 거예요. 그걸 칼로 잘게 다져서 사용하세요.

만드는 법

1. 커다란 전자레인지용 용기나 소스팬에 버터를 담고 전자레인지에 넣어 녹입니다(전자레인지 '강'에서 3분 정도 돌립니다). 녹인 버터는 카운터 위에 올려두고 실온까지 식도록 기다립니다.
2. 버터가 다 식었으면 거기에 백설탕과 황설탕을 섞습니다.
3. 베이킹파우더, 베이킹소다, 소금, 계란, 바닐라 향신료와 기타 향신료를 더해 골고루 섞이도록 잘 저어 주세요.
4. 밀가루를 반 컵씩 넣은 뒤, 화이트 초콜릿칩을 넣고 다시 섞어 줍니다.

5. 오트밀을 넣고 다시 섞습니다. 이쯤 되면 반죽이 조금 굳어질 겁니다.

6. 티스푼으로 반죽을 떼어 기름칠한(혹은 들러붙음 방지 스프레이를 뿌린) 쿠키틀 위에 올려놓습니다.

7. 역시 기름칠을 한 철제주걱으로 반죽을 눌러 줍니다(손바닥을 사용해서 눌러도 됩니다. 단 손은 깨끗이 씻어야겠죠). 눌러 줄 때 팬케이크에 가까울 정도로 꽉 누르지는 마세요. 그냥 살짝 한 번만 눌러주면 된답니다.

8. 175도에서 11~13분 굽습니다. 전체적으로 먹음직스러운 황금색을 띤다면 완성입니다.

9. 쿠키틀 위에서 1~2분간 식힌 다음 선반으로 옮겨 완전히 식힙니다.

10. 호일로 말아 냉동용 백에 넣은 다음 냉동실에 보관하면 아주 오랫동안 먹을 수 있습니다.

이 쿠키는 냉동시킨 것도 아주 인기가 좋아 금방 없어진답니다. 그러니 한밤중에 습관적으로 냉장고를 기습하는 야식 애호가들을 막으려면 쿠키를 호일로 여러 번 두껍게 감싼 뒤 냉동용 백에 넣어 겉면에 다른 가족들이 싫어하는 음식의 이름을 적어 놓으세요(이를테면, 훈제 우설(소 혓바닥)이나 돼지 간 스테이크 같은 것들 말이에요.

아파트 안에 들어선 한나는 너무 놀라 제자리에 멈칫 서버리고 말았다. 집에 도둑이 들었나 보다!

초록색 풀밭을 연상시키는 짙은 풀빛의 카펫 위가 온통 하얀 눈송이와 같은 털 뭉치로 뒤덮여 있었다. 그리고 이내 소파의 빈 쿠션 커버가 눈에 띄었다. *아, 뭐야. 도둑이 아니잖아.*

한나는 쿠션 커버를 집어들고 베개 내용물에 대한 설명이 적힌 꼬리표를 읽었다. 눈송이 같은 털 뭉치는 코스트마트에서 장식용 소파 쿠션 속으로 채워 넣은 정체불명의 섬유 덩어리들이었다.

"모이쉐?"

아까부터 오렌지와 흰색의 얼룩무늬 룸메이트 고양이가 보이지 않았다. 평소대로라면 한나가 집에 들어서자마자 달려들었어야 하는데 그러지 않는 것을 보니 뭔가 크게 잘못한 일이 있는 모양이다. 쿠션의 귀퉁이가 고양이 침으로 젖어 있고, 커버의 가장자리에 할퀸 자국의 줄이 두어 개 나 있는 것을 보니 이건 의심의 여지가 없었다.

모이쉐는 이미 자기가 잘못했다는 사실을 알고 한나의 불같은 화가 가라앉을 때까지 어딘가에 숨어 기다릴 요량인 모양이다.

그래도 쿠션 속은 손쉽게 치울 수 있다. 한나는 벽장에서 쓰레기봉투를 꺼내 허리를 굽혀 털 뭉치를 주워담기 시작했다. 허리를 굽혔다가

폈다가를 반복하며 한나는 모이쉐가 이렇게 말썽을 부렸던 게 또 언제였더라 생각해 보았다. 모이쉐와 함께 살기 시작한 지 1~2개월 정도 지났을 무렵 언제가 한 번 한나가 녀석의 모래상자 비우는 것을 잊은 적이 있었다.

녀석은 자비롭게도 하루 동안은 잠자코 있더니 다음 날 밤 한나가 베이커리 카페의 문을 닫고 집으로 돌아왔을 때 집 안을 온통 모래투성이로 만들어 놓아버렸다. 요 괴팍스러운 녀석이 어디에 흩트려 놓았는지 모를 모래까지 모두 말끔히 치우느라 꽤나 고생을 했던 한나는 그 이후론 한 번도 모래상자 비우는 것을 잊지 않았다.

하지만 모래상자 사건이 있은 지 1~2개월쯤 후에 그보다 더 심각한 사건이 발생하고 말았다. 한나의 엄마를 너무도 싫어하는 모이쉐가 엄마의 값비싼 실크 팬티스타킹을 마구 할퀴어놓고 만 것이었다. 결국 엄마는 더 이상 딸네 집에 다니지 못하겠다며, 한나에게 엄마 집으로 다니러 올 것을 선포했다.

한나는 녀석이 그토록 엄마를 싫어하는 이유가 이제 서른을 넘긴 한나의 생체시계가 제 속도를 내며 달리고 있는 판국에 아직 애인 하나 없이 솔로라는 사실을 자꾸만 되새김질시키는 잔인한 엄마에게서 한나를 구하고픈 마음 때문일 거라고 생각하고 싶었다. 어쩌면 정말 사실일지도 모른다. 그게 아니라면 단순히 엄마의 향수 냄새가 역하다거나, 엄마의 목소리 톤이 짜증 난다거나, 그 외에도 갖가지 이유들을 찾을 수 있으리라.

한나는 속이 뜯긴 쿠션을 물끄러미 쳐다보았다. 모래상자 사건과 엄마의 팬티스타킹 사건에서는 녀석의 의도를 충분히 읽을 수 있었지만, 이번 사건의 경우는 조금 난해했다. 갑자기 쿠션이 꼴 보기 싫어지기라도 한 것일까? 수의학을 공부해본 적이 없는 한나로서는 잘 모를 일이지만, 쿠션이나 베개 공포증을 앓는 고양이 이야기는 전혀 들어보지 못했다. 혹시 소파와 쿠션의 색상 조화가 마음에 들지 않아 자신의 취향대로 바꿔달라는 항의라도 하는 것인가? 여러 색상의 쿠션 중에서, 자극적인 와인 색상의 쿠션이 있었는데도 불구하고, 밝은 초록색 쿠션만 뜯어놓은 것이 조금 이상했다. 밝은 초록색에 얽힌 어린 시절의 안 좋은 추억이라도 있는 걸까?

"고양이에게 어린 시절의 상처라니!"

한나는 중얼거렸다.

모이쉐의 쿠션 공격 사건에 굳이 이유를 찾자면, 아마 쿠션 속에 든 내용물 때문이었을 것이다. 한나의 상상은 좀처럼 멈출 줄을 몰랐다. 코스트마트가 멀고 먼 타국에서 수입해 들어온 쿠션 속에 들도 보도 못한 토착 벌레의 알이라도 묻어 왔는지도 모를 일이었다.

한나는 쿠션 속을 모은 쓰레기봉투를 쳐다보았다. 벌레 같은 건 없었다. 현미경으로만 봐야지만 보이는 초소형 벌레일까? 하루나 이틀 정도 돌아다니다 자연스레 없어져 버리는 무해한 벌레? 혹시 공상과학 영화에 나오는 것과 같은 외계 벌레이면 어쩌지? 한나의 몸에 침투해 들어와 한나의 마음을 지배하고, 그리고 결국엔……

어디선가 들려오는 구슬픈 울음소리에 한나는 어젯밤 늦게까지 보았던 공상과학 영화의 망상에서 퍼뜩 깨어났다.

고개를 들어보니 모이쉐가 한나에게서 몇 인치 떨어져 그녀의 눈치를 조심스레 살피고 있었다.

아무것도 모르겠다는 듯이 두 눈을 동그랗게 뜨고 한나를 바라보고 있는 녀석은 마치 이렇게 말하는 듯했다. 도대체 무슨 일이 있었던 거야? 설마 저거, 내가 그랬다고 생각하는 건 아니겠지?

그런 모이쉐를 보니 한나는 그녀의 카페인 쿠키단지에서 얼굴에 온통 초콜릿을 묻히고는 뒷문에 찾아온 거지에게 초콜릿칩 쿠키를 모두 주었다고 주장했던 조카, 트레시가 문득 생각났다.

"괜찮아." 한나가 마침내 말했다.

"네가 그랬다는 거 알지만, 화나진 않았어. 단지 왜 그랬는지 이유가 알고 싶어."

모이쉐는 마치 사람처럼 최대한 어깨를 으쓱해 보였다. 그러고는 꼬리를 한 번 휘 휘두르더니 눈을 크게 떴다. 한나가 보기에 녀석은 사뭇 당황하는 듯했다. 어쩌면 녀석도 자신이 왜 그런 짓을 했는지 모르고 있을지도 모른다. 그래서 한나는 그냥 모이쉐를 안아 올렸다.

한나가 모이쉐를 안자마자 녀석은 가르랑거리기 시작했다. 한나는 그런 녀석에게 코를 묻고 귀 뒤를 살살 긁어 주었다. 그러자 녀석은 한나의 용서에 감사하기라도 하는 듯 한나의 손을 핥았다. 물론 이건 한나 나름의 해석이다. 어쩌면 카페에 남은 쿠키를 포장하면서 한나의 손에 버터향이 묻어 왔기 때문인지도 모른다.

"일단 여기부터 치우고 보자."

한나는 녀석을 다시 소파 위에 내려놓고는 남은 털 뭉치들을 다시 치우기 시작했다. 그런 뒤 쓰레기봉투를 단단히 잡아 묶고, 저녁에 외출할 때 잊지 않고 밖에 내다버릴 수 있도록 문 옆에 놓아두었다. 그런 뒤 유심히 한나를 바라보는 모이쉐를 향해 고개를 돌렸다.

"분명히 오늘 점심 메뉴가 마음에 들 거야."

재빨리 저장고와 찬장을 살펴본 뒤 한나는 다시 모이쉐를 향해 고개를 돌렸다.

"연어 케이크 어때?"

"야우우웅!"

모이쉐가 힘차게 대답했다.

한나는 녀석의 대답을 좋다는 뜻으로 해석하고 저장고에서 붉은 연어 통조림 하나를 꺼냈다. 그러고는 체 위에 쏟아붓고 연어의 잔뼈들과 어두운 색의 껍질을 걸러냈다. 사우어도우 빵 가운데 부드러운 부분을 뜯어내 잘게 잘라, 체에 거르고 남은 살코기와 함께 섞는다. 그리고 마지막 재료를 막 넣고 나니 모이쉐가 또다시 울음소리를 내기 시작했다.

"기다리기 힘들지?"

한나는 모이쉐를 내려다보았다. 기적이라도 일어난 것일까, 아니면 무슨 속임수라도 쓴 것일까, 놀랍게도 23파운드(10.5kg)에 육박하는 거대 몸집의 모이쉐가 절반가량으로 줄어든 듯 매우 홀쭉해 보이는 것이 아닌가. 이것이 만약 모이쉐의 의도적인 속임수라면, 효과 만점이다.

그런 모이쉐를 보면서 한나는 만약 배울 수만 있다면 저 속임수를 배워 오늘 밤에 있을 리사와 허브의 가족모임에 입고 갈 브론즈 빛 드레스를 입을 때 마음껏 발휘할 수 있으면 좋겠다고 생각했다.

그때 모이쉐가 또다시 구슬프게 울었고, 한나는 서둘러 녀석의 먹이 그릇에 골라낸 연어의 연한 뼈와 껍질을 담아 주었다.

모이쉐가 팔팔하게 살아 있는 생쥐를 발견했을 때와 같이 맹렬한 기세로 일용할 양식을 공격하는 동안 한나는 연어의 살을 따로 골라낸 그릇을 마지막으로 휘휘 저어 주었다. 그렇게 섞은 것을 햄버거용 고기 크기로 동그랗게 만들어 버터를 녹인 프라이팬에 넣어 막 구우려고 하는 찰나 전화벨이 울렸다.

한나는 모이쉐를 돌아보았다. 녀석은 어느새 먹이그릇에서 고개를 들고 전화기 쪽을 날카롭게 쩨려보고 있었다. 다시 벨이 울리자 녀석의 귀가 바짝 뒤로 쳐지더니 이내 머리에 찰싹 달라붙었다. 목덜미의 털이 삐죽삐죽 솟기 시작하더니, 녀석은 낮은 소리로 으르렁거리기 시작했다. 이럴 때 내는 모이쉐의 소리는 꼭 강아지가 으르렁대는 것 같다.

"엄마?"

한나는 물으나마나 한 질문을 던졌다.

모이쉐가 이렇게까지 반응할 사람이 또 누가 있겠는가. 한나도 초능력 같은 것들은 믿지 않았지만, 엄마에 대한 모이쉐의 반응만큼은 틀릴 때보다 맞을 때가 훨씬 더 많았다. 그러니 이건 엄마가 분명하다.

한나는 손을 뻗어 수화기를 들었다.

"안녕, 엄마."

"제발 그러지 말라는 데도, 한나!"

변함없는 엄마의 반응이었다.

"뭘요?"

엄마가 무엇을 말하는지는 물론 한나도 잘 알고 있었다.

"누군지도 모르면서 전화를 받자마자 '안녕, 엄마.'라고 하는 것 말이다. 다른 사람이면 어쩌려고 그러니?"

"그럼, 아닌가 보다 하면 되죠."

"그런 어리석은 짓을 사서 하겠다는 게냐?"

"뭐, 그런 건 아니구요."

"그러니 말이다!"

잠시 침묵이 흐르더니 이내 엄마가 다시 입을 열었다.

"그래, 그러면 안 되지 않겠니. 그러니 제발 평범하게 전화를 받으렴."

"저도 무슨 말씀이신지는 알아요."

한나는 괜한 일로 엄마를 화나게 한 것 같아 조금 미안한 마음이 들었다.

"근데 매번 전화받을 때마다 나도 모르게 그렇게 되어 버리는 걸요."

엄마는 푹하고 한숨을 내쉬었다. 한나의 귀에 그 소리는 마치 가스라도 폭발하는 것 같았다.

"너, 날 놀리려고 일부러 그러는 게지?"

"어쩌면요. 무슨 게임이나 놀이 같잖아요. 내가 '안녕, 엄마.' 하면 엄마는 '그러지 말라는데도 그러는구나.' 라고 하죠. 그럼 난 다시 '뭘요?' 라고 물어요. 그럼 엄마는 다시 내가 그렇게 전화를 받으면 안 되는 이유를 설명하죠. 엄마와의 대화는 항상 이렇게 시작하다 보니 마치 습관이 되어 버린 것 같아요."

"그러니까 이게 우리만의 독특한 인사법이라는 게냐? 모녀간의 의식 같은?"

"바로 그거죠."

한나는 수화기에 대고 자기도 모르게 고개를 끄덕였다. 엄마는 종종 이렇게 기발한 인지능력을 발휘하곤 한다.

"그렇다면, 계속해야겠구나. 의식이란 언제나 중요하니 말이다. 우리가 대화의 어색함을 깨기 위해선 이게 꼭 필요한 모양이니."

"정말 탁월한 생각이세요, 엄마."

"고맙구나, 얘야. 내가 레전시 시대의 자료들을 검색하다가 정말 기발하고 놀라운 전통들을 찾아냈단다. 처음으로 사교계에 나선 사람들이 입는 드레스는 엄격한 형식에 따라 맞춰야 했다는 사실을 혹시 알고 있었니? 인사법 역시도?"

"몰랐어요."

"그리고 그 집안의 지위에 따라 '치워 내가는 것' 들도 다르다는 거 알고 있었니?"

"아뇨, 치워 내가는 것들이라니요?"

"그러니까 요리 코스 같은 거 말이다, 얘야."

한나는 고개를 끄덕였다. 여느 레전시 전통들과는 다르게 이 '치워 내가는 것' 이라는 용어는 제대로 이름 붙인 것 같다. 요리의 코스라는 건 결국 접시를 얼마큼 치워 내가는지에 따라 달라지니 말이다. 그리고 때때로 어떤 요리들은 화려한 덮개를 장엄하게 치워 내야 등장하곤 하지 않는가.

"레전시 로맨스 클럽 모임 때문에 찾아보신 거예요?"

"겸사겸사. 얘야, 그러고 보니 생각난 건데……. 기금 모금을 위해 하이티(오후 늦게 혹은 이른 저녁에 먹는 간단한 식사)를 준비해 볼까 하는 데 말이다. 네가 제과류 좀 맡아 줄 수 있겠니?"

"물론이죠. 날짜는 정하셨어요?"

"아직. 하지만 크리스마스 전에는 할 거다. 옛날에는 하이티로 정확히 어떤 메뉴들을 올렸었는지 좀더 검색해본 뒤에 날짜를 정할 생각이야. 레전시 시대에도 스콘이 있었다면, 그건 샐리에게 부탁하면 될 것 같구나."

슬슬 대화가 길어지고 있었다. 한나는 전화선을 늘려 버터를 녹인 프라이팬을 가스레인지에 올린 뒤 불을 컸다.

"샐리가 스콘도 만드는 줄은 몰랐는데요."

"오늘 처음 만들어 보는 거라더라. 우리 브런치 때 내왔는데, 정말 맛이 좋더구나."

"런치를 드시러 레이크 에덴 호텔에 가셨었어요?"

한나는 버터가 빨리 녹을 수 있도록 프라이팬을 아래위로 톡톡 흔들었다.

"그래, 모처럼 모인 마지네 가족, 친척들이랑 같이 브런치를 했다. 네가 교회에서 자리를 뜬 후에도 캐리랑 난 남아서 마지와 얘기를 나눴거든. 사실 거스가 우릴 초대했단다."

"거스 요크를 말씀하시는 거예요? 아니면 마지의 남동생, 거스요?"

"마지의 남동생 말이다. 브런치하기 괜찮은 장소가 어디냐고 마지에게 묻더구나. 그러더니 단번에 우리에게도 같이 가자고 하지 뭐냐."

"정말 친절하네요."

수화기로 엄마의 콧소리가 들렸다.

"그 정도는 해야 하지 않겠니. 한밤중에 갑자기 가출을 해서 마지의 마음을 아프게 했으니 말이다. 마지의 부모님이 그 아들이 집에 돌아오길 얼마나 간절히 기다리셨겠니. 더군다나 막내아들인데."

"집은 왜 나간 거래요?"

한나는 연어 살코기 반죽이 든 그릇이 쏟아지지 않도록 가스레인지 쪽으로 가져오기 위해 수화기를 턱과 어깨 사이에 끼웠다. 그런 뒤 반죽을 달군 프라이팬에 붓고, 버터기름이 튀는 것을 피하기 위해 뒤로 살짝 물러났다.

"그거야 아무도 모르지."

엄마는 잠시 말을 멈추더니 이내 다시 물었다.

"무슨 소리냐?"

"뭐가요?"

"뭔가 지지직거리는 소리가 들리는구나. 내가 지금 핸드폰으로 전화를 걸고 있거든. 아마도 배터리가 닳고 있는 모양이다. 아무튼, 내가 왜 전화했느냐면 말이다. 너희 집에 크래커가 충분히 있는지 물어보려고 했단다."

한나는 저장고 쪽을 슬쩍 쳐다보았다. 조금 열린 문틈 사이로 선반 위에 놓인 커다란 크래커 꾸러미를 볼 수 있었다.

"조금 있어요."

"잘 됐구나. 리사가 조금만 갖다 달라고 부탁하더라. 마이크가 오늘 밤 포트럭 파티를 위해 '게으른 날의 파테'를 만들기로 했는데, 6시나 되어야 퇴근할 수 있으니까 그전에 크래커를 사러 마켓에 다녀올 시간이 없다는구나."

"그럴게요. 그것 말고 또 필요한 건 없구요?"

한나가 연어 팬케이크를 뒤집었다. 익지 않은 면이 프라이팬 바닥에 닿자 치지직 소리를 내며 기름이 튀었다.

"너의 특제 당근 케이크도 필요하지. 브런치 때 리사랑 허브가 아주 열을 올리며 말하더구나. 다들 네 당근 케이크를 고대하고 있어."

"반가운 이야기네요."

한나가 또다른 연어 팬케이크 세 개를 뒤집었다.

"그럼 이따가 보자꾸나, 얘야. 이제 그만 가봐야겠어. 지지직거리는 소리가 더 심해지는 거 보니 곧 전화가 끊길 모양이다."

한나는 엄마에게 작별인사를 한 뒤 수화기를 붙들고 있느라 시큰해진 목덜미를 주무르며 수화기를 제자리에 갖다 놓았다. 지지직거리는 소리가 핸드폰 배터리가 다 닳아 나는 것이 아니라 한나의 프라이팬에서 나는 소리라는 사실을 진작 엄마에게 알렸어야 했지만, 어차피 점심 식사 준비도 거의 다 된 터라 더 이상 시간을 끌고 싶지 않았다. 벌써 오후 2시간 지난 시간이었고, 아직 샐러드도 만들어야 했다.

완성된 연어 팬케이크를 접시에 옮겨 담은 뒤 거실로 나가 커피 테이블 위에 막 올려놓으려 하는데 현관 초인종이 울렸다.

한나는 차마 조카 앞에서는 말하지 못할 몇 개의 단어들을 중얼거렸다. 하필이면 이렇게 바쁜 때에 도대체 누구야? 한나는 연어 팬케이크가 담긴 접시를 들고 현관문 쪽으로 다가갔다(물론 모이쉐의 몫으로 조금 남겨 주는 것은 잊지 않았다).

"누구세요?"

한나는 현관문 구멍으로 밖을 내다보는 대신 외쳐 물었다.

"마이크입니다. 당신이 필요해요, 한나."

딱 두 구절의 말이 한나의 마음을 열었다. 누군가 도움을 청해오면 한나는 좀처럼 거절할 수가 없었다. 하물며 레이크 에덴에서 가장 못생기고 사악한 사람이라고 할지라도 말이다. 그런데 마이크 킹스턴은 감사하게도 오히려 그 반대이지 않은가. 큰 키에 건장한 체격의 그는 영화배우처럼 잘생긴 얼굴에 어떤 싸움에서도 지지 않을 정도로 강하고 남자다웠다. 게다가 마이크는 사악함과는 아주 거리가 멀었다.

"들어와요."

한나는 잠긴 현관문을 열고 그를 맞이했다.

"고마워요, 한나. 여기 아래층에 사는 한나 이웃을 만나볼 일이 있어서 왔다가 온 김에 크래커를 얻어가려고 들렀습니다. 여분이 있습니까?"

"그럼요. 그런데 수와 필에게 무슨 일이 생겼어요?"

"그런 건 아닙니다. 필이 어젯밤에 델레이 제조사에서 야간 근무를 마치고 퇴근하는 길에 고속도로에서 있었던 사고를 목격했다고 해서 말입니다. 진술서를 받으러 왔습니다."

마이크가 한나의 손에 든 접시를 흘끗 내려다보더니 이내 눈이 휘둥그레졌다.

"정말 맛있어 보이네요! 이게 뭡니까?"

"연어 팬케이크요. 방금 버터기름에 지글지글 구운 거예요. 아니, 핸드폰에 구웠다고 해야 되나?"

"네?"

"팬케이크를 구우면서 엄마와 통화를 했거든요. 그런데 엄마는 지글지글 소리를……, 아, 아무것도 아니에요. 앉아서 같이 먹어요. 마침 두 사람이 먹어도 될 만큼 많이 구웠거든요."

그때 다소 동그란 눈으로 마이크를 쳐다보고 있던 모이쉐가 야옹거리자 한나는 녀석을 안심시켰다.

"두 사람 분량이랑 우리 모이쉐 것도, 양은 충분해요."

"한나 말 들었지? 그러니까 진정하라구, 친구."

마이크가 소파에 앉으며 모이쉐의 볼 밑을 살살 긁어주었다. 그런 다음 연어 팬케이크 조각을 조그맣게 잘라 손바닥 위에 올려놓았다.

"여기 있다. 이 정도면 네 것을 기다리는 동안 충분하겠지?"

모이쉐는 새침하게 마이크의 손바닥을 핥았다. 그러고는 야옹거리며 거실을 가로지르더니 이내 주방으로 돌아가 자신의 몫에 집중하기 시작했다.

"위에 얹은 소스는 뭡니까?"

한나가 연어 팬케이크를 담은 접시를 하나 더 내오자 마이크가 물었다.

"최고로 맛있는데요!"

한나는 어떤 소스를 썼는지 말해 주고 싶지 않았지만, 자신의 신랑감 후보로 점찍어 둔 남자에게 거짓말을 하고 싶진 않았다.

"에드나 퍼거슨의 비법 중 하나예요."

더 자세히 물어오지 않길 바라며 한나가 대답했다.

"어떤 비법인지 말해줘요. 누나 집에 다녀올 때마다 누나가 프라이드 치킨을 들려 보내 주는데, 집에 와서 전자레인지에 데워 먹으면 밋밋한 맛이 나서 뭔가 얹어 먹을 소스가 있으면 좋겠다고 늘 생각했었습니다."

누나네 집 식단에서 남은 음식을 싸들고 돌아와야 하는 가련한 총각 같으니라구! 아니, 가만있어 보자. 굳이 누나한테 음식을 얻어오지 않아도 레이크 에덴의 부인들이 서로 다투듯 마이크에게 자기 집 음식들을 날라다 주고 있잖아? 순간 마이크에 대한 측은한 마음은 사라지고 말았다. 어쨌든 지금 마이크에게는 한나가 필요하다. 게다가 요리에 대한 것이라면 뭐든지 사실대로 말해 주고 싶었다.

"좋아요. 마이크도 소스의 비밀에 동참시켜 줄게요. 대신 아무에게도 말하면 안 돼요."

"말하면 날 죽일 겁니까?"

마이크가 매력적인 미소를 날리며 말했다. 늘 한나의 다리를 후들거리게 하는 그 미소다.

"오, 죽이기까진 않을게요. 그냥 간단하게 벽장에 가둬 놓고……."

한나는 조개처럼 입을 꽉 다물었다. 이건 말하지 않는 편이 낫겠다.

"가둬 놓고 뭡니까?"

"그다음에 어떻게 할지는 일단 기둬놓고 친천히 생각해 보죠, 뭐."

한나는 애매모호한 답변으로 얼버무렸다.

"좋아요. 에드나의 비법은 절대 아무에게도 말하지 않겠다고 약속하겠습니다. 자, 뭡니까?"

"흠, 보통 내 방식대로 딜 소스를 만들 때 신선하고 연한 딜이랑 마요네즈랑 가벼운 크림을 섞는데, 이건 하루 전에 만들어 놓는 것이 더 맛이 좋아요."

"신선한 딜로 만든 소스를 얹은 한나의 연어구이는 이미 먹어봤습니다. 아주 맛이 있었죠. 근데 이건 대체 뭡니까?"

"캠벨의 셀러리 크림수프요."

"네?"

"캠벨의 셀러리 크림수프요. 그것만으로도 훌륭한 소스가 되거든요. 정말이에요. 그냥 전자레인지에 데워서 드라이 쉐리를 조금 넣으면 완성이에요. 그런데 오늘 밤 포트럭 뷔페에서는 쉐리를 넣지 않는 편이 나을 것 같아요."

"방갈로에는 몇 시까지 갈 겁니까?"

"4시쯤. 우선 쿠키단지에 들러서 케이크를 가지고 가야 해요. 마이크는요?"

"늦어도 6시 30분까지는 갈 수 있을 겁니다. 한나가 준 크래커를 갖고 가는 걸 깜빡하지만 않는다면 말입니다. 오늘 밤 춤은 나와 함께 출 거죠?"

"물론이죠."

한나의 심장이 심하게 요동치는 바람에 한나는 교회에 갈 때 입었던 얇은 민소매 셔츠 사이로 그 소리가 들릴까 봐 조바심을 냈다.

"안드레아에게도 춤 예약 부탁할게요. 미셸에게도요. 내가 스웬슨 자매들을 얼마나 좋아하는지 알죠?"

한나는 미소를 지었지만, 마이크가 좋아하는 건 오로지 한나뿐이라고 말했다면 얼마나 좋았을까 생각했다. 뭐, 어찌 됐든 마이크의 성격이 어디 가겠는가. 그를 받아들이기 위해서는 그의 있는 모습 그대로를 포용해야만 한다.

연어 팬케이크

재료

연어 통조림 작은 것 1캔*** / 소금 1/4티스푼 / 양파가루 1/4티스푼

껍질을 잘라낸 빵조각 2개(어떤 종류의 빵을 사용하셔도 좋습니다)

거품 낸 계란 1개 분량(포크로 휘저어 주세요) / 버터 2테이블스푼

우스터소스 1티스푼(핫소스나 레몬주스도 괜찮습니다)

겨자 소스 1/2티스푼(파우더 형태로 된 것이 좋아요)

***연어 통조림의 무게를 확인하세요. 7~8온스(200~220g) 정도의 무게면 됩니다. 붉은 연어가 좋지만, 분홍빛 연어도 괜찮습니다.

만드는 법

1. 연어 통조림을 열어 물을 버립니다. 혹시 잔뼈나 껍질들이 있으면 그런 것들도 제거해 주세요. 그런 뒤 남은 살코기를 포크로 잘게 으깨어 작은 그릇에 담습니다.
2. 보통 크기의 빵 2조각의 껍질을 자른 뒤 남은 부드러운 부분을 잘게 조각내 연어가 담긴 그릇에 넣습니다.
3. 계란 거품 낸 것을 넣은 다음 포크로 저어 줍니다.
4. 거기에 우스터소스를 넣고(레몬주스나 핫소스도 괜찮습니다), 겨자 소스를 넣고, 소금과 양파 가루를 넣습니다.
5. 두터운 반죽 같은 느낌이 날 때까지 저어 줍니다.
6. 반죽을 세 개로 나눕니다(분량이 모두 정확할 필요는 없어요. 먹기에 바빠 어느 것이 더 질량이 큰지 재보는 사람은 없으니까요).

7. 접시에 기름종이를 깐 다음에 반죽 하나를 꺼내 손을 이용하여 공 모양으로 굴려줍니다. 그런 뒤 기름종이 위에 올리고, 햄버거 패티처럼 눌러줍니다. 0.5인치 정도의 두께면 됩니다.

한나의 첫 번째 메모: 두꺼운 연어 팬케이크를 원한다면, 반죽을 좀 덜 세게 누르면 됩니다.

8. 다른 두 개의 반죽도 패티처럼 만들어 줍니다. 그런 다음 반죽이 좀더 단단해지도록 기름종이 위에 잠시 놓아둡니다.

9. 프라이팬에 버터를 올려 중불에 녹입니다.

10. 연어 팬케이크 반죽을 프라이팬에 넣은 다음 바닥에 먹음직스러운 황갈색이 돌 때까지 중불에서 굽습니다(약 2분 정도 걸립니다). 패티의 한쪽 면이 잘 익었으면 뒤집어 줍니다(프라이팬에 굽는 시간은 총 4~5분 정도면 됩니다). 그냥 계란 프라이를 하듯이 만드시면 됩니다. 내용물은 이미 다 요리가 된 상태니까요.

11. 잘 구워진 연어 팬케이크를 종이 타월에 한 번 기름기를 제거한 후 접시에 옮겨 담습니다. 위에 딜 소스를 얹거나 에드나의 셀러리 소스를 얹습니다. 으깬 콩이나 옥수수와 곁들여도 아주 좋습니다.

한나의 두 번째 메모: 전 이 연어 팬케이크를 만들 때면 전기 프라이팬을 사용하는데, 전기 프라이팬이 없거나 그냥 프라이팬에 만드는 것

이 편하다고 생각하신다면 일반 프라이팬을 사용하셔도 됩니다. 대신 팬케이크를 모두 굽는 동안 먼저 구워진 것이 식어버리는 것을 방지하려면 제일 낮은 온도의 오븐에 넣어 두세요. 그리고 먹고 남은 것은 꼭 냉장고에 보관하세요. 다음 날 점심으로 간단히 전자레인지에 돌려 데워 먹으면 좋거든요. 물론 갓구운 것만큼 맛이 좋진 않지만, 그런대로 맛이 괜찮답니다(사실 차게 먹어도 맛있어요).

한나의 세 번째 메모: 이런 방법으로 참치나 새우, 게, 닭고기 등의 팬케이크를 만들 수 있습니다. 연어를 대신 할 통조림 재료를 찾기만 하면 되는 거죠(그래서 전 항상 저장고에 새우나 참치, 닭고기 통조림 등을 꽉꽉 채워 놓는답니다).

딜 소스

한나의 메모: 적어도 4시간 전에는 미리 만들어 밀폐용기에 담은 다음 냉장고에 보관하세요(밤새 보관하면 더 좋구요).

재료

헤비크림(유지가 많은 크림) 2테이블스푼 / 마요네즈 1/2컵

딜 싹 다진 것 1티스푼(딜 싹을 구하지 못했다면, 말린 딜 1/2티스푼을 사용하셔도 됩니다.

물론 딜 싹이 제일 좋은 재료이지만요)

만드는 법

크림에 마요네즈를 넣고 부드러워질 때까지 섞은 뒤 딜을 넣습니다. 소스를 작은 그릇에 담아 비닐랩을 씌운 뒤 냉장고에 4시간 이상 보관합니다.

에드나표 셀러리 소스

한나의 첫 번째 메모: 제가 늘 그렇듯이 시간에 쫓겨 연어 팬케이크를 만드신다면 아마 딜 소스를 만들 시간이 충분치 않을 거예요. 그땐 에드나표 셀러리 소스가 안성맞춤이죠. 셀러리 크림수프 한 캔이랑 약간의 우유 혹은 크림만 있으면 되거든요.

한나의 두 번째 메모: 셀러리 크림수프는 버섯 수프나 토마토 수프, 치킨 수프처럼 저장고에 모자라지 않게 채워놓아야 할 필수 아이템이랍니다. 급하게 소스를 만들 때 매우 유용하거든요.

재료

셀러리 크림수프 1캔(10~11온스, 280~310g) / 약간의 우유 혹은 크림

만드는법

1. 셀러리 크림수프 1캔을 따서 작은 그릇에 담은 다음 뜨거워질 때까지 전자레인지에 돌립니다(30초를 돌린 뒤 뜨거워졌는지 확인해 보세요. 아직 미지근하다면 15초를 더 돌립니다. 그런 뒤 우유나 크림을 넣어 주세요).

2. 연어 팬케이크 위에 소스를 뿌린 뒤 파슬리나 딜이 있으면 잘게 다져 뿌린 뒤 바로 손님상에 냅니다.

한나의 세 번째 메모: 에드나의 말에 따르면 어떤 종류의 수프를 사용하든 좋다고 합니다. 새우 팬케이크에 아스파라거스 수프 소스를 뿌렸다는 이야기도 들어보았는걸요. 물론 어떤 맛일지는 좀처럼 상상할 수 없지만요.

'맥주통 폴카'의 후렴구를 한 번 디 듣게 된다면 금방이라도 미쳐 버릴 것이라고 한나는 생각했다. 그 곡을 들으면 방금 전 마빈 듀빈스키와 춤을 추었던 불쾌한 기억이 자꾸만 떠오를 것 같았기 때문이다.

저녁식사가 끝나고 디저트 뷔페가 차려지자 곧 춤이 시작되었다.

한나는 거의 30분 동안은 파트너를 바꾸어 가며 쉬지 않고 춤을 췄다. 첫 상대는 마이크, 그다음엔 노먼, 그다음엔 빌, 로니, 바스콤 시장, 존 워커. 그리고 마지막 춤 상대인 마빈 듀빈스키에 이르러 한나는 완전히 녹초가 되어버리고 말았다. 폴카를 추는 동안 마빈이 한나의 발을 여섯 번이나 밟았기 때문이었다.

한나는 마빈이 또다시 폴카 춤을 추자고 청해 올까 봐 재빨리 마지 비즈먼과 그녀의 가족들이 자리한 부스 안에 숨었다.

그때 다행히도 리사와 허브가 고용한 프랭키와 프랭크퍼터스의 마을 밴드가 곡을 왈츠로 바꾸었다. 아니, 왈츠인 듯했다. 하나–둘–셋, 하나–둘–셋의 리듬으로 곡이 이어지고 있었기 때문이었다.

하지만 밴드가 곡을 너무 빨리 연주하는 바람에 사람들은 곡에 맞춰 춤추기를 포기하고 모두들 제자리에 멈춰 섰다. 단지 몇몇만이 천장 위에 돌아가는 선풍기의 날처럼 횡횡 돌며 빠르게 무대 위를 돌다가 가만히 서 있는 몇 쌍의 커플과 쿵 부딪쳤다.

곧 프랭키는(이게 실명인지는 모르겠지만) 자신의 밴드가 무슨 실수를 저질렀는지 깨닫고, 다시금 느린 박자의 곡을 연주하기 시작했고, 사람들은 다시 무대 곳곳에 자리를 잡았다.

한나가 다시금 대화에 나서려는데 마지 비즈먼이 질문을 던졌다. 한나는 커다란 둥근 테이블에서 마지와 그의 남동생인 거스 사이에 샌드위치처럼 끼어 앉아 있었기 때문에 그들의 대화에 참여하지 않을 수 없었다.

"옛날에 쓰던 방에서 갖고 갈 것은 챙겼니?"

마지가 물었다.

"몇 가지. 근데 내가 좋아했던 장식용 침대덮개는 어디 갔어? 우리 집 손님방 침실 벽에 걸어두고 싶거든. 서부풍 분위기가 나서 좋을 거야."

"로이 로저스(카우보이 캐릭터로 유명한 미국의 배우)가 그려진 셔닐 실 덮개 말이야?"

"그래. 리사가 라벨이 붙어 있는 트렁크들 중에서 내 방 물건이 들어 있는 트렁크를 알려줬는데, 찾아봐도 없더라구. 혹시 같은 게 또 있는지 주변 앤티크 가게들을 돌아봐야겠어."

"아마 무척 비쌀 거야." 마지가 말했다.

"오래된 물건들은 보통 상당히 값이 나가거든."

"상관없어. 얼마가 들더라도 필요한 건 사야지. 돈 뒀다 뭐에 쓰게."

한나는 여전히 무대 쪽을 바라보고 있었다.

방금 전까지만 해도 혼잡했던 무대는 어느새 차분해졌고, 천장에는 거울이 달린 둥근 공이 마치 과학 시간에 사용했던 모형 행성처럼 제자리에서 빙빙 돌고 있었다. 그걸 보니 한나는 9학년 때 아빠와 함께 과학 숙제를 마쳤던 기억이 떠올랐다.

거울 공이 돌아가면서 색색의 조명이 반사되어 부드럽게 춤을 추고 있는 몇몇 사람들 위로 반짝이고 있었다. 이제 더 이상 사람들 간의 부딪힘도 없었기에 한나는 다시 마지의 남동생인 거스에게로 관심을 돌렸다. 그는 확실히 사람들 앞에서 지나치게 돈 자랑을 하고 있었다!

거스 클레인은 옷을 꽤 잘 차려입은 잘생긴 50대 중년 남자였다. 키는 6피트(180㎝)가 조금 못되고, 섬세하게 손질한 짙은 금발의 머리카락 가운데 왼쪽 관자놀이 위에는 실버스트리크(고운 은가루를 기름이나 래커에 섞어 머리털의 가느다란 부분에 붓으로 그려 장식 효과를 내는 미용술) 장식이 들어가 있었다. 그 실버스트리크 때문에 그의 인상이 단연 돋보였다.

사실 겉모습으로만 사람을 판단할 수 없지만, 한나가 보기에 그는 상당히 외모를 중요하게 생각하는 사람인 듯했다. 포장만 그럴 듯하면 내용물이야 어떻든 상관없다고 생각하는 사람들이 있지 않은가.

물론 한나는 그런 사람이 아니다. 뭐, 화려한 겉모습에 혹하게 되는 건 어쩔 수 없지만, 누가 뭐래도 중요한 건 내용이다.

거스 클레인의 속에는 무엇이 있을까? 그를 충분히 알기에는 아직 시간이 부족하지만, 그는 어딘가 모르게 어둡고 음흉해 보였다. 계속해서 애틀랜틱시티에서의 자기 생활에 대해 자랑을 늘어놓는 것도 마음에 들지 않았다. 그는 자신의 사무실에서 정기적으로 손톱 관리를 받고, 근육이 뭉치면 마사지사를 불러서 마사지를 받으며, 휴식을 취하며 즐기고 싶을 때는 시내에서 가장 고급스러운 레스토랑에서 자신의 펜트하우스까지 직접 음식을 배달시켜 먹는다고 했다.

게다가 거스는 사람들에게 지시하기를 좋아하는 것 같았다. 마지가 같이 뷔페 줄에 가서 서자고 하니, 자기는 사촌들이랑 얘길 해야 해서 바쁘니 마지에게 한 접시 갖다 달라고 하지 뭔가. 디저트 때도 마찬가지였다. 마치 자기는 너무 고귀한 신분이라 다른 친척들과 한데 섞여 줄을 설 수 없다는 듯 리사를 시켜 갖가지 종류의 디저트를 담은 접시와 함께 커피를 가져오게 한 다음 아주 비싼 값을 치르고 구했다는 쿠바산 시가를 입에 물었다.

한나는 빌과 함께 춤을 추고 있는 안드레아를 발견했다.

패션에 관해서라면 안드레아가 전문가이니 거스의 옷차림에 대해 안드레아의 고견을 구해 볼 생각이었다. 남자의 의상은 물론 여자의 의상에 대해서도 전혀 아는 바가 없는 한나로서는 거스가 입고 있는 옷이 온라인 쇼핑몰에서 주문한 옷인지, 아니면 고급 쇼핑몰에서 구입한 옷인지 알 수 없었다.

자, 그렇담 거스에 대해 어떤 결론을 내릴 수 있을까? 한나는 잠시 골몰했다. 대부분의 사람들은 그가 잘 생기고, 매력적이고 세련됐다고 말할 것이다. 언뜻 보아서는 그 이야기들이 사실인 듯하다. 하지만 한나는 어쩐지 그가 보이는 바와는 정반대인 듯한 느낌을 떨쳐낼 수가 없었다. 사실은 보잘것없는 중년 남자이면서 겉으로만 고상하고 우아한 척하는 것 같은 느낌 말이다. 사람들을 대하는 거스 클레인의 모습에는 분명히 무언가 어색한 구석이 있었다. 하지만 그것이 무엇인지 한나는 콕 집어낼 수가 없었다.

한나는 마지를 쳐다보았다. 사이즈 9의 드레스를 입은 리사의 시어머니, 마지는 나이 든 히피 같은 모습이었다. 물론 마지 앞에서 그런 이야기를 꺼냈다가는 그녀가 상처받고 말 것이다. 여자들은 날씬해 보이고 싶어 하게 마련이니 말이다.

그런 점에서 확실히 엄마는 타고났다. 늘 날씬한 몸에 꼭 맞는 타이트한 의상으로 맞춰 입는 걸 선호하시니 말이다. 다른 중년의 부인들은 대부분 통통한 몸매를 감추기 위해 토요일 밤에 포크 댄스장에서나 볼 수 있을 법한 카우걸 타입의 풍성하게 퍼지는 스커트를 좋아했다. 마지 역시 펄럭이는 스커트를 좋아했다. 오늘 밤 그녀의 모습은 나비의 날개에 비할 게 아니었다. 그녀는 걸을 때마다 다리 언저리에서 사각사각 날리는 보랏빛 시폰 정장을 입고 있었는데, 마지가 손짓 한 번 할 때마다 풍성한 소맷자락이 테이블 위를 쓸고 지나갔다.

리사의 아버지인 잭 허먼은 그런 마지의 옆에 앉아 있었다. 검은색 바지에 라벤더 빛 셔츠를 입은 그는 매우 멋진 모습이었지만, 표정은 우울했다. 그의 입매는 미소를 짓고 있었지만, 그의 눈은 잔뜩 화가 나 있었다. 미소는 그저 최소한의 예의로써 가까스로 짓고 있는 것이라는 사실을 한나는 한눈에 알 수 있었다.

오늘 저녁에만 해도 그가 거스를 노려보는 장면이 몇 번이나 한나의 눈에 띄었던 참이었다. 두 사람 사이에 뭔가 좋지 않은 일이 있었다는 것은 리사도 알고 있었지만, 리사가 아버지에게 더 자세히 묻자 그는 이야기하고 싶지도 않다며 대답을 피했다고 한다.

마지의 쌍둥이 여동생인 팻시는 정말 마지와 똑같이 생겼다. 이 정도면 젊었을 시절에 서로 데이트 상대를 바꿔 나가기도 했다는 이야기도 믿을 만하다. 두 사람의 차이는 둘을 나란히 세워놓고 비교해 봐야 알 수 있을 정도이니 말이다.

팻시의 머리카락이 좀더 짙고 몸집이 마지보다 조금 더 컸다. 그리고 마지의 코가 아주 조금 더 길고, 팻시의 눈썹이 조금 더 짙었다. 사실 아주 미세한 차이들이었기 때문에 한나는 두 사람이 같은 옷을 입고 있지 않은 것을 다행으로 생각했다. 팻시의 남편인 맥은 그녀의 옆에 앉아 있었는데, 역시나 잘생긴 얼굴에 다부진 체격이었다.

한나는 무대에서 춤을 추던 몇몇 여인들이 그에게 눈길을 주는 것을 보았다. 팻시 역시 눈치챈 것 같았지만, 크게 신경 쓰지 않는 듯했다. 남편을 완전히 믿고 있는 것이거나 남편에 대해 완전히 무관심하거나 둘 중 하나일 것이다. 두 사람이 앉아 있는 내내 손 한 번 잡지 않는 것으로 봐서 한나는 후자일 것 같다고 생각했다. 대학 시절에 들었던 바디랭귀지 수업 교수의 말이 옳았다. 부부 사이의 공간 크기로 결혼생활의 성공 여부를 가늠할 수 있다.

"그 침대덮개를 엄마가 가게에서 사다주신 것 같지 않은데."

마지가 거스에게 말했다.

"맞아." 팻시도 거들었다.

"우리가 종이 쿠폰 모은 것으로 우편 주문해서 받았던 것 같아." (역주: 미국에서는 한정된 식료품 등에 붙은 종이 쿠폰이 10센트의 가치가 있어 다른 물품으로 교환할 수 있다)

"그래, 맞아! 한나도 무슨 얘긴지 알지?"

잠시 혼자 흥을 즐기고 있던 한나는 마지의 질문에 퍼뜩 정신을 차렸다. 그들의 대화에 반쯤은 귀를 열어두고 있었던 것이 다행이었다. 사람들에게서 분리되어 혼자만의 생각 속에 잠겨 있고 싶었던 한나와는 달리 마지는 그녀를 대화에 끼게 하고 싶은 모양이었다.

"네, 알아요." 한나가 대답했다.

"저도 안드레아랑 같이 동그란 모양의 쿠폰을 모았었거든요. 그걸로 미셸에게 공주님 마술봉 장난감을 사주었어요. 그저 쿠폰을 모아서 우편으로 보내기만 하면 되었죠."

"미셸이 좋아했겠네?" 팻시가 물었다.

"엄청요. 근데 사온 지 일주일도 지나지 않아서 마술봉에 달려 있던 조그마한 전구가 과열되어 타버리고 말았어요. 아빠가 고쳐보려고 했지만, 고칠 수가 없었구요."

"네 침대덮개도 그런 게 아닐까?"

"뭐, 타 버렸다구?"

가스가 짓궂게 씩 웃으며 시답잖은 농담을 던졌다.

"그래, 엄마가 트렁크에 넣기 전에 잘 닦아두려다 상한 것일 수도 있어. 근데 그것 말고 필요한 것들을 또 찾았다고 하지 않았니."

"야구 도구들을 좀 찾았지."

"조단 고등학교에서 야구팀을 만들었을 때 아빠가 선물해 주셨던 거?"

팻시가 물었다.

그러자 거스가 고개를 끄덕였다.

"그래, 고등학교 때 쓰던 내 루이빌 슬러거(야구 배트), 트렁크 제일 위에 있더라구. 그걸로 첫 홈런을 날렸었는데. 그런데 글러브는 어디 갔는지 또 찾을 수가 없어."

거스가 슬쩍 킥킥거렸다.

"그것도 내 침대덮개랑 같이 상해서 버리기라도 한 건가."

"그런 셈일지도." 팻시가 말했다.

"가죽이라 꾸준히 관리해 주지 않았으면 많이 낡았을 거야."

"내가 알기론 엄마는 글러브 관리 같은 건 하지 않으셨지."

마지가 여동생의 말을 거들고 나섰다.

"엄마는 네 방을 몇 년 동안은 그대로 두셨더랬어. 그러다 마침내 모두 트렁크에 담아 아빠가 다락방에 올려놓으신 거지. 그러고는 두 분다 한 번도 네 짐을 들여다보지 않으셨어. 그것들을 볼 때마다 네가 너무나도 그리워서 말이야."

마음이 불편해진 듯 거스의 눈동자가 조금 흔들렸다.

"어쨌든 내 물건을 그대로 다 보관해 두셨다니 감사할 따름이야."

그가 한나를 돌아보았다.

"어릴 적 물건 중에 아직도 갖고 있는 것 있어요?"

"글쎄요."

거스는 화제를 다른 곳으로 돌리고 싶어하는 것 같았다. 대답하기 곤

란한 사적인 질문은 아예 받고 싶지 않은 듯한 눈치였다. 한나는 그의 의도를 확 꺾어버릴까 했지만, 거스가 마치 익사 직전에 구조를 요청하는 사람과 같은 눈빛으로 한나를 쳐다보고 있다는 사실을 깨닫자 그냥 그를 도와주기로 마음을 돌렸다.

"어렸을 때 신었던 분홍색 새틴 발레슈즈를 갖고 있어요."

"발레?"

마지가 무척 놀랍다는 듯 되물었다.

"발레도 배웠는 줄 몰랐어."

"그러니까 그게 문제예요. 사실 배운 적이 없거든요. 열한 살 때인가 발레슈즈만 있으면 누구나 '백조의 호수'의 여주인공과 같은 멋진 춤을 출 수 있을 줄 알았어요."

"그래서 슈즈를 샀는데, 춤과는 아무 상관이 없다는 것을 깨달은 거로구나?"

마지가 물었다.

"그렇죠."

한나가 애써 미소를 짓고 어깨를 으쓱해 보이며 대답했다.

단순히 슈즈 하나 장만했다고 해결되는 것이 아니라, 단단한 의자를 붙잡고 몸을 최대한 곧추세우는 고통이 있지 않고선 결단코 앙 뿌앙테(en pointe; 발레에서 발의 뒤꿈치를 들고 발끝으로만 선 자세)를 해낼 수 없다는 사실을 깨달았을 때의 실망감을 굳이 돌이켜 생각하고 싶지 않았다. 시간이 흐르면서 한나는 자신이 춤에는 영 소질이 없다는 사실을 깨달았다. 하지만 이런 옛 기억을 사람들 앞에서 음울하게 이야기하고 싶지 않았다. 최대한 긍정적으로 표현하고 싶었다.

"수많았던 어릴 적 꿈 중 하나였죠, 뭐. 어렸을 땐 다 그렇잖아요. 엄마가 사주셨던 드가의 그림 역시 다 가지고 있어요."

"그래서 우리가 여기 모인 것 아닌가. 옛 기억을 떠올리려고 말이야."

잭이 반대편에 앉은 거스를 쳐다보며 말했다.

"메리 조, 기억하나?"

사람들의 표정이 무척 어두워지기 시작하더니 이내 이어진 침묵은 칼로도 베일 것처럼 너무나도 무거웠다. 메리 조 쿠헨에 대해 이야기를 들어본 적이 없는 한나로서는 잭의 질문이 무엇을 뜻하는 것인지 도저히 알 수가 없었다.

"기억하지." 거스가 말했다.

"항상 그리웠는걸. 정말 예뻤지. 근데 오늘 더 예쁜 아가씨를 만났다구, 잭."

"누구?"

화제를 돌릴 기회라고 생각한 마지가 재빨리 물었다.

"잭의 큰딸, 아이리스."

거스는 잭을 돌아보았다.

"자넬 전혀 닮지 않은 걸로 봐서는 제 엄마를 닮았나봐. 아, 에밀리 이야기가 나와서 말인데, 자네 오늘은 우리 누나와 같이 왔군. 에밀리와는 이혼이라도 한 건가?"

잭은 한여름에 라일락꽃도 얼려버릴 듯한 차가운 눈빛으로 그를 쏘아보았다.

"에밀리는 죽었어."

"아, 미안하군."

거스의 대답에는 진심이 담겨 있었다.

"그럼 헤더 누나는 어떻게 지내?"

"누나도 죽었어."

여전히 못마땅한 얼굴로 잭이 대답했다.

"참, 너 번사이드 선생님 기억나니?"

마지가 경쾌한 목소리로 끼어들며 팻시에게 물었다. 마지가 이토록 기운찬 목소리로 말하는 것은 한 번도 들어본 적이 없었다.

"물론이지."

팻시의 대답 역시 지나칠 정도로 명랑했다.

"대수학은 낙제할 줄 알았는데, 다행히 날 불쌍하게 생각해 주셨던 것 같아."

"그 정도면 너 잘했었어."

마지가 팻시의 손등을 토닥였다.

"디저트 뷔페는 다녀왔어?"

"오, 그럼! 정말 환상이야. 게다가 당근 케이크까지."

팻시가 한나를 향해 미소를 지었다.

"항상 내가 만든 것만 먹다가 한나가 만든 것을 먹어보니……, 내 것 보다 훨씬 나아. 맥은 세 조각이나 먹었어!"

"난 네 조각 먹었어. 그런데도 더 먹고 싶네요."

거스가 한나를 향해 윙크했다.

"혹시 당근 케이크 더 없어요?"

"사실은……, 더 있어요. 내일 먹으려고 보관하고 있던 것인데, 뷔페 테이블에 접시가 다 비기 전까지는 내놓을 수 없어요."

그때 맥이 자리에서 일어나 밖을 바라보았다.

"접시에 반 정도 남았어."

"거스는 자기 혼자 따로 먹을 수 있도록 여분의 케이크를 남겨 달라는 거야."

마지가 한나에게 말했다.

"나도 코코아 퍼지 케이크 구울 때면 늘 2개를 구웠거든. 하나는 가족들 몫으로, 하나는 거스 몫으로."

"맞아요." 거스가 인정했다.

"내 탓이에요."

그가 한나를 돌아보았다.

"나를 위해 당근 케이크를 조금 남겨 줄 수 있어요?"

"아……, 그래요. 그렇게 할게요. 얼마나 필요하신데요?"

"케이크 절반 이상은 먹을 거야."

팻시가 대신 대답했다.

"거스가 마지한테 늘 그 정도를 달라고 하거든. 그래도 아침이면 벌써 다 먹어버리고 없어. 거스가 원래 밤에 냉장고를 잘 뒤져."

"잭도 그래."

마지가 잭도 대화에 끼워 넣으려 했다.

한나는 잭을 살펴보았는데, 그는 아무런 반응도 보이지 않았다. 그저 찌푸린 표정으로 거스만 쏘아보고 있을 뿐이었다.

"오늘 밤엔 코코아 퍼지 케이크는 안 가져온 거지?"

거스가 마지에게 물었다. 거스도 잭이 자신을 무섭게 노려보고 있다는 사실을 아는 듯했지만, 계속 무시하고 있었다.

"내일 구울 거야. 이번에도 네 몫은 따로 만들게."

"내 몫으로? 누나 남자친구 몫이 아니라?"

거스가 건너편에 앉은 잭을 슬쩍 바라보았다.

"잭은 내 남자친구가 아니야. 물론 그를 많이 사랑하고 있긴 하지만. 앞으로도 죽 그럴 거고."

마지가 매서운 표정으로 거스를 쳐다보더니 이내 깊은 한숨을 내쉬었다. 더 이상 말하지 않는 편이 현명하다고 생각한 듯했다.

"그리고 사랑 이야기가 나와서 말인데." 마지가 말을 이었다.

"어떻게 우리한테 한마디 말도 없이 한밤중에 레이크 에덴을 떠날 수 있는 거니?"

그러자 거스는 마치 적에게 화살 공격을 받은 사람처럼 몸을 뒤로 젖혔다.

"의도한 건 아니었어, 누나. 그땐 그냥 떠나야 했으니까 떠난 거야. 내 상황에 대해서 시시콜콜 누나나 다른 사람들에게 설명해야 하는 건 아니잖아."

"그래, 그건 그렇지."

팻시가 나섰다.

"하지만 널 가장 사랑했던, 이제는 돌아가신 부모님께 상처를 남겼잖아. 부모님께는 적어도 말을 했어야지. 아니면 작별인사라도 남기던가."

"네가 돌아오길 부모님이 얼마나 기다리셨는지 알아?"

마지가 덧붙였다.

"근데도 넌 편지 한 장 안 쓰고, 전화 한 통 안 했어. 그 세월 동안 부모님이 얼마나 힘겨우셨는지 가까이서 지켜본 우리야. 그러니 이제 왜 그랬는지 말이나 해봐."

한나는 거스를 쳐다보았다. 매우 난처한 표정이었다. 그 모습이 너무 안쓰럽다는 생각이 들었지만, 마지와 팻시의 이야기가 사실이기도 했다.

거스는 잠시 말이 없더니 다시 테이블 쪽으로 몸을 기울였다.

"연락할 수가 없었어." 거스가 말했다.

"우선 성공부터 해야 했거든. 나, 성공한 지 고작 몇 년밖에 되지 않았어."

한나는 인상을 찌푸렸다. 아까부터 줄곧 나이트클럽 사업에 대해 자랑을 늘어놓았던 건 뭐지?

"하지만 나이트클럽을 개장하고 나서는 꽤 성공적으로 사업을 운영했다고 했잖아요. 20년 전 사업을 막 시작할 때 빌렸던 돈도 다 갚구요. 그럼 진작 마을에 돌아왔어야죠. 그럼 살아계신 부모님을 뵐 수 있었을 텐데요."

거스가 한나를 쳐다보았다.

한나는 순간 움찔했다. 한나가 그의 모순점을 지적한 것이 그는 별로 유쾌하지 않은 듯했다.

"심문이라도 하는 건가요?"

그가 경고의 메시지가 담긴 눈길을 한나에게 쏘아 보냈다.

"미리 서두르고 싶지 않았을 뿐이에요. 어머니에게 연락해서 성공했다고 말했다가 사업확장 계획안이 망하기라도 하면 어쩝니까."

"확장?"

맥이 앞으로 바싹 다가앉았다.

"나이트클럽이 또 있어?"

"지금 4개를 운영하고 있는데, 더 확장할 생각이야. 애틀랜틱시티만큼 나이트클럽 운영하기 좋은 곳도 없지. 부지기수로 생겨나고 있거든."

맥이 거스 쪽으로 더 가까이 다가앉았다.

"또 하나 열 생각을 하는 것을 보니 수익이 좋은가 봐."

"오, 그럼. 돈이 없으면 어떻게 나이트클럽을 열 수 있겠어. 그러다 보니 집에 연락하는 게 늦어지게 된 거야. 새 나이트클럽 운영이 자리 잡을 때까지는 시간이 좀 걸리거든."

"건물 짓는 것 말이야?" 맥이 물었다.

"그거랑 손님들 유치하는 일이랑. 특히 홍보에 돈을 많이 들여야 해."

"'무드 인디고' 라는 이름이 좋다."

마지가 잭의 손을 꼭 잡으며 말했다.

"다른 나이트클럽 이름도 그런 재즈식 이름이야?"

조금 덜 사적인 화제로 돌려진 것이 거스는 안심이 된 듯 마지를 향해 미소를 지어 보였다.

"어떻게 그걸 눈치챘네. 맞아. 내 클럽들은 주로 재즈를 연주하거든. 연주하는 재즈 장르에 따라 나이트클럽 실내 장식도 각각 달라. 이미 알다시피 무드 인디고가 있고, 아쿠아룸이 있고, 스카이 블루 헤븐이랑 미드나이트 스타도 있어. 예전에 내 방 천장에 붙여 놓았던 별자리 지도에서 아이디어를 따온 거야. 그래서 내 옛날 짐들을 찾아보았던 거고. 나이트클럽 이름 짓는 데 새로운 아이디어를 얻을 수 있을까 해서."

"트루 블루." 잭이 제안했다.

"평생 어느 누구에게도 진실해본 적이 없는 자네에겐 어울리지 않는 이름이지만."

"남이 버린 거나 주워 갖는 자네는 어떻고."

거스가 쏘아붙였다

사람들 사이에 다시 무거운 침묵이 흘렀다.

한나는 도대체 언제까지 이 침묵 속에 잠겨 있어야 하나 의아스러웠다. 하지만 잭과 거스 중 누구 하나라도 입을 여는 것이 더 무서운 것은 사실이었다. 둘이 서로 잡아먹을 듯 노려보고 있었기 때문이다. 거스의 바로 옆에 앉은 한나로서는 매우 불편한 상황이 아닐 수 없었다.

"잠시 실례할게요."

마침내 한나가 입을 열었고, 긴장에서 풀려난 사람들이 일제히 한나를 쳐다보았다.

"케이크 접시에 케이크가 얼마나 남았나 확인해 봐야 될 것 같아요. 모자라면 좀더 가져다 놓구요. 혹시 디저트 더 드실 분 안 계세요?"

"나!"

마지가 외쳤다.

"나도."

팻시가 맥을 쿡 찌르며 말했다.

"당신도 가봐. 한나의 특제 당근 케이크 더 맛봐야 하지 않겠어?"

이번에는 마지가 잭의 팔을 잡고 거의 끌어내다시피 자리에서 일으 켰다.

"어서 가요, 잭. 나 커피를 더 마시고 싶어요."

잭은 자리에서 일어나 마지의 손에 이끌려 나가더니 거스에게 마지 막 눈빛을 쏘아 보냈다.

"제때 일어나는 것 같군."

잭과 마지, 팻시 그리고 맥까지 자리를 뜨고 나자 한나는 거스와 단 둘이 남게 되었다.

"당신도 일어나는 건가요?"

거스가 도통 마음을 읽을 수 없는 목소리 톤으로 물었다.

"음……, 네. 아무래도 나가서 케이크도 잘라놓고, 빈 접시도 채워야 할 것 같아요."

한나가 사뭇 당황하며 대답했다. 하지만 이내 측은한 마음이 들었다.

"저와 함께 가실래요? 나중에 드실 케이크 마련해 드릴게요."

"잠깐만요. 금방 따라나서죠."

거스는 알약 같은 것을 입에 털어 넣더니 마지가 가져다준 스카치 소 다를 마셨다.

"약을 술이랑 같이 먹어도 돼요?"

한나가 물었다.

"이건 처방전 없이도 살 수 있는 제산제예요. 파테에 고추냉이가 너 무 많이 들어서요."

말굽 모양으로 생긴 좌석에서 거스가 한쪽으로 빠져나오는 동안 한나도 반대 방향으로 빠져나왔다. 그리고 그가 자기가 먹었던 유리잔을 챙기는 동안 한나는 사람들 무리를 바라보았다.

그런데 놀랍게도 잭이 한나에게서 얼마 떨어지지 않은 곳에 서 있었다. 마지는 다른 자리의 커플들과 이야기를 나누는 중이었다.

한나는 그를 향해 살짝 손을 흔들어 보였지만 그는 못마땅한 얼굴로 쳐다볼 뿐이었다. 그의 표정을 보아서는 한나가 거스와 나눴던 이야기를 듣고 있었던 모양이었다. 그의 표정은 굳이 표현을 하자면 한나가 악마와 작당 모의라도 한 것처럼 매우 험악했다!

한나표 특제 당근 케이크

오븐은 175도로 예열합니다. 틀은 오븐의 중앙에 둡니다.

재료

채소 오일 3/4컵(카놀라나 올리브 같은 것 말고 오로지 채소 오일이어야 합니다)

바닐라향료 1티스푼 / 사우어크림 3/4컵(혹은 플레인 요구르트)

베이킹소다 2티스푼 / 시나몬 2티스푼(혹은 카르다몸 1/2티스푼과 시나몬 1/2티스푼)

소금 1과 1/2티스푼 / 파인애플 통조림(20온스, 560g) 1개***

다진 호두 2컵(혹은 피칸) / 밀가루 2와 1/2컵 / 당근 간 것

2컵백설탕 2컵 / 계란 3개

***파인애플 다진 것 1과 1/2컵과 통조림에서 나온 파인애플 주스 조금

만드는 법

1. 9×13 크기의 팬에 기름칠을 합니다.

한나의 첫 번째 메모: 전자믹서가 있으면 더 편하지만 손으로 해도 상관없습니다.

2. 설탕과 계란, 채소 오일, 바닐라를 한데 넣고 섞습니다. 거기에 사우어크림을 넣고, 베이킹소다, 시나몬, 소금을 넣고 다시 한 번 잘 섞어 줍니다.
3. 다진 파인애플(주스도 같이 넣어 주세요)과 다진 견과류를 넣고 또 한 번 섞습니다.

4. 밀가루를 반 컵씩 넣고 잘 반죽합니다.

5. 당근 간 것 2컵을 반죽에 넣고 손으로 다시 잘 반죽합니다.

6. 준비한 케이크팬에 반죽을 넣고 175도에서 50분 동안 굽습니다. 한가운데에 꼬챙이를 찔러 넣었을 때 묻어나오는 것이 없으면 완성입니다.

7. 팬에 담긴 채로 선반으로 옮겨 식힙니다. 완전히 다 식었으면 크림치즈 프로스팅으로 장식합니다.

크림치즈 프로스팅

재료

녹인 버터 1/2컵 / 녹인 크림치즈 8온스(220g)

바닐라향신료 1티스푼 / 슈가 파우더 4컵

만드는법

1. 버터와 크림치즈, 바닐라를 같이 섞습니다.

한나의 두 번째 메모: 다음 단계는 꼭 실온에서 진행하셔야 합니다. 크림치즈나 버터를 데워서 사용하셨다면 다음 단계 진행 전에 충분히 식었는지도 확인하셔야 하구요.

2. 프로스팅에 적절한 발림성이 생길 때까지 슈가 파우더를 넣습니다.

3. 프로스팅용 칼(고무주걱도 괜찮습니다)로 식은 케이크 위에 프로스팅을 떨어뜨립니다. 전 보통 여섯에서 열두 방울 정도 떨어뜨립니다. 그렇게 떨어진 방울을 칼로 살살 펼쳐 케이크 전체를 덮는 겁니다(이렇게 방울을 떨어뜨려서 해야 어느 한 쪽만 두껍게 발라지는 것을 막을 수 있어요).

4. 나머지 케이크 장식에 짤주머니를 사용하기로 하셨다면 프로스팅에 노란색 식용 색소와 빨간색 식용 색소를 더해 주세요. 그렇게 오렌지 빛깔을 내어 그것으로 당근 모양을 만드는 겁니다. 따로 남겨둔 프로스팅에 초록색 식용 색소를 더해 꼭지나 줄기를 만들 수도 있습니다.

어둠에 휩싸인 한나의 침실에 알람시계가 울리자 한나는 꿈틀거리며 엎드려 베개로 머리 위를 내리눌렀다.

아직은 일어날 마음의 준비가 되지 않았다. 물론, 그런 준비라면 영원히 되지 않을지도 모르지만 말이다. 한나는 눈을 감은 채 아직은 자리에서 일어나 옷을 입고 출근할 때가 아니라고 생각했다. 새벽에 배터리가 오작동해 알람시계가 고장 난 것일지도 모른다. 아니면 어젯밤에 시간을 잘못 맞춰놓고 잤을지도 모른다.

이유가 무엇이 됐든 아직은 절대 4시 30분이 아니라고 생각했다. 사실 확인을 위해서는 시계를 봐야 한다. 하지만 그러려면 눈부터 떠야 한다. 이대로 계속 눈을 감고 있다가는 다시 잠들 것이 뻔했다. 하지만 아직 일어날 때가 아닌 것은 분명하다. 그렇지 않다면 이렇게까지 피곤할 리가 없다. 이 정도의 피곤함이라면 아직 새벽 2시 30분이나 3시 정도일 거라고 한나는 추측했다. 한두 시간만 더 숙면을 취하면 눈꺼풀이 마치 하키 퍽(아이스하키용 고무 원반)처럼 무겁게 느껴지진 않을 것 같았다.

든든한 베개 밑에서 한나는 슬며시 미소를 지었다. 하키 퍽이 무거우면 얼마나 무겁겠는가? 하키 퍽은 5.5~6온스(155~170g) 정도의 무게여야 한다는 NHL(북아메리카의 프로아이스하키연맹)의 규정을 읽었던 기억이 떠올랐다. 연습용의 파란색, 4온스(110g)짜리 퍽도 있고, 힘을 기르기 위해 사용하는, 쇠로 만든 2파운드(1.8kg)짜리 퍽도 있다. 길거리 하키와 플로어 하키 때 사용하는 형광 오렌지빛의 오목하고 가벼운 퍽도 있다. 롤러 하키의 퍽은 가벼운 플라스틱으로 만드는데, 색상은 노랑, 주황, 분홍, 초록 등등으로 매우 다양하지만, 빨간색이 가장 인기가 좋았다.

한나는 끙 소리를 냈다. 하키 퍽에 대해 알고 있던 사실들이 죄다 생각나는 것을 보니 이제 웬만큼 잠에서 깨어난 것 같았다. 한나의 알람시계는 여전히 시끄럽게 울어대고 있으니 얼른 끄지 않으면 금방이라도 이웃집에서 찾아올 것이다.

한나는 눈을 번쩍 뜨고는 용수철처럼 재빨리 침대에 일어나 앉았다.

하지만 살펴보니 울리는 것은 알람시계가 아니었다. 알람시계는 무슨 일이 있느냐는 듯 고요하기만 했다. 시끄럽게 울려대는 것은 다름 아닌 한나의 전화기였다. 이건 분명히 무슨 일이 있는 것이다! 엄마도 새벽 6시 전에는 전화하지 않는다.

새벽 2시 30분. 한나는 알람시계의 불을 켜 시간을 확인한 뒤 손을 뻗어 침대 옆에 있는 수화기를 들었다. 제발 잘못 걸려온 전화이기를. 가족에게 안 좋은 일이 생긴 것이 아니기를. 수화기를 드는 한나의 심장이 쿵쾅쿵쾅 뛰었다.

"여보세요?"

한나가 재빨리 목을 가다듬은 뒤 말했다.

"한나?"

어린 여자의 목소리였다.

"네, 누구시죠?"

"아래층 수 플랫닉이에요. 위에 괜찮아요?"

한나는 주변을 둘러보았다. 방 안도 괜찮았고, 한나도 괜찮았다. 그저 맥박만 빨리 뛰고 있을 따름이었다.

"괜찮아요. 별일 없는데요. 무슨 일이에요?"

"우리도 모르겠어요. 소리 때문에 깼는데, 한나는 못 들었어요?"

무슨 소리를 말하는 것이냐고 막 물으려는 찰나 뭔가 지나치게 두꺼운 부피의 옷들이 세탁기 안에서 굴러가는 듯한 둔탁한 소리들이 들렸다.

"지금 들려요. 이게 뭐죠?"

"필 말이 한나의 침실에 딸린 욕실에 뭔가 문제가 있는 것 같대요. 우리 집 욕실에 가면 소리가 더 크게 들리거든요."

"잠깐만요. 제가 확인해 볼게요."

"잠깐!" 수가 다급하게 외쳤다.

"필이 혼자 들어가지 말래요. 욕실 창으로 도둑이 넘어오다 갇힌 것일 수도 있다구요."

"그건 아닐 거예요. 이사 오자마자 빌이 창문에 잠금장치를 달아줬거든요. 겨우 공기 통할만큼의 공간밖에 열리지 않아요."

"그래요, 그럼. 제가 수화기 들고 기다리고 있을게요. 2분 넘게 돌아오지 않으면 필한테 보조키 들려서 올려 보낼게요."

수화기를 탁자 위에 내려놓고 욕실로 향하는 한나의 가슴이 또다시 쿵쾅거렸다. 1~2인치 정도 열린 욕실문 사이로 둔탁한 소리가 더욱 크게 들렸다. 이런 소음 속에서 어떻게 깨지 않고 잠을 잤을까 한나는 의아스러웠다. 하지만 피곤하면 전쟁통 속에서도 못 자겠는가. 대학시절에 밤샘 공부를 하고 난 뒤 시끄러운 토네이도 경보 사이렌 속에서도 죽은 듯 잠을 잤던 한나였다. 다음 날 아침 일어나 집을 나와 보니 집 앞에 커다란 나무 몇 그루가 통째로 뽑혀 길거리에 나뒹굴고 있었다.

한나는 욕실 문을 좀더 열고 조심스럽게 안으로 발을 들여놓았다. 소리는 욕조에서 나고 있었는데, 타일과 유리문 안에 둘러싸인 공간이라 소리가 더욱 크게 울려 퍼지고 있었다. 안에 무언가 있다!

희미한 야간 조명등에 의지해 세면대 옆으로 가까이 다가가니 어둡고 희미한 무언가가 욕조 안에서 재빠르게 맴돌고 있었다. 유리문이 열려 있긴 했지만, 동작이 너무 빨라 그 정체가 무엇인지 한눈에 알아볼 수 없었다. 그것은 마치 미끄러운 욕조 바닥에 고군분투라도 하는 듯 여기저기 할퀴어 대고 있었다.

이건 분명히 동물이다. 강아지보다는 작고…….

"모이쉐!"

욕조의 유리문을 연 한나는 모이쉐가 욕조 안을 맴돌고 있는 것을 보고 입을 떡 벌렸다.

녀석은 잠시 동작을 멈추고는 '뭘 봐' 하는 눈빛으로 한나를 쳐다보더니 다시 열심히 욕조 안을 맴돌기 시작했다. 방법은 하나다. 한나는 욕조 안에 들어가 수도꼭지 쪽으로 녀석을 몰았다.

"그만하면 됐어, 모이쉐!" 한나가 단호하게 말했다.

모이쉐는 한나의 얼굴은 잠시 살피는가 싶더니 이내 욕조에서 뛰어나와 침실 쪽으로 달려나갔다. 한나는 욕조 문을 닫고 서둘러 침실로 돌아와 수화기를 들었다. 그러고는 아래층 이웃에게 사과했다.

한나가 다시 잠든 지 3초나 지났을까 또다시 일이 발생하고 말았다. 한나는 다시 자리에서 일어나 욕실로 가 모이쉐를 꺼내왔다. 욕조 문은 분명히 닫았던 것으로 기억하는데 녀석이 다시 들어가 있는 것을 보아서는 발로 여러 번 긁어 문을 연 모양이다.

이쯤 되면 특단의 조치가 필요하다. 욕조의 유리문을 닫아봤자 모이쉐가 또다시 긁어 열 테니 소용없다. 대신 한나는 욕실 문을 아예 굳게 닫아걸었다. 아침이 오기 전까지 부디 1분이라도 곤히 잘잘 수 있기를 바라며 말이다. 알람시계의 희미한 조명이 3시 10분을 가리키고 있었다. 이 시각은 한나에겐 벌써 아침이나 마찬가지였다.

한나는 모이쉐의 매정함을 투덜거리며 알람시계가 울려대기 전에 서둘러 다시 잠을 청했다. 한나가 막 잠에 빠져들려는 찰나 또다시 소리가 들렸다. 이건 분명히 모이쉐가 욕실 문을 긁어대는 소리다. 그대로 놔두었다간 욕실 문에 페인트칠을 다시 해야 될지도 모르겠다. 아니, 아예 문짝을 바꿔 달아야 할지도 모를 일이다. 저 고집 센 녀석이 한 번 한다면 또 하지 않는가.

한나는 또다시 신음 소리를 낸 뒤 자리에서 일어났다. 하룻밤에 벌써 두 번이나 깨다니, 미네소타의 강추위에 오들오들 떨고 있는 녀석을 따뜻한 집으로 데려와 풍족하게 먹여주고 재워주고, 때맞춰 병원까지 데리고 다녔던 결과가 고작 이거란 말인가. 게다가 값비싼 거위 털 베개까지 사주고, 늘 관심과 사랑을 아끼지 않았다.

한나는 문득 배신감이 들었다. 그리고 녀석이 이렇게까지 한나에게 비협조적으로 나오는 것에 화가 났다. 일단 녀석을 진정시키지 않으면 또다시 이웃에게서 전화가 걸려올 것이다. 과잉행동장애 고양이를 진정시킬 수 있는 방법은 이제 딱 하나뿐이다.

한나는 불을 켜고 곧 있으면 울릴 알람시계를 끈 다음 주방으로 가 커피를 올렸다. 그리고 아침인 척 모이쉐에게 아침밥을 주었다. 녀석은 밥을 먹고 나니 졸렸는지 소파 뒤편으로 가 잠들어 버리고 말았다. 다시 잠을 청하기에는 이미 늦은 한나는 하는 수 없이 친구인 루이스 브라운이 피닉스에서 보내준 건포도 드롭스의 레시피에 따라 드롭스의 반죽을 한 뒤 모두 굽고는 쿠키단지에 출근했다.

건포도 드롭스

오븐은 175도로 예열합니다. 틀은 오븐의 중앙에 둡니다.

재료

건포도 1과1/2컵(일반 건포도 혹은 황금 건포도 둘 다 사용 가능합니다)

물 1과1/2컵 / 다용도 밀가루 1과1/2컵 / 소금 1티스푼

베이킹소다 1티스푼 / 베이킹파우더 1티스푼 / 버터 1컵

백설탕 1과1/2컵 / 계란 3개 / 바닐라향신료 1티스푼

나중을 위한 백설탕 약 1/2컵

한나의 첫 번째 메모: 레이크 에덴 주류점의 바텐더인 행크 말이 건포도를 물 대신 브랜디나 럼에 담가 놓으면 훨씬 부드러워진다고 하네요.

만드는 법

1. 뚜껑이 없는 소스팬에 건포도와 물을 넣고 불 위에 올려 끓입니다(약 20분 정도 걸립니다). 소스팬을 불에서 내려 30분 동안 식혀 줍니다(시간이 급하실 때는 그냥 냉장고에 넣어서 건포도가 실온 정도의 온도가 될 때까지 보관해 주시면 됩니다).

2. 중간 크기의 그릇에 밀가루, 소금, 베이킹소다, 베이킹파우더를 넣고 섞습니다(거품기로 휘저으면 더 잘 섞인답니다). 완성된 것은 잠시 옆에 놓아둡니다.

한나의 두 번째 메모: 다음 단계부터는 믹서가 있으면 훨씬 편하답니다.

3. 녹인 버터와 설탕을 섞습니다.

4. 계란을 하나씩 넣고 일정한 색이 날 때까지 휘저어 줍니다. 이것에 건포도와 바닐라 향신료를 넣고 손으로 잘 섞어 줍니다.

5. 아까 완성해둔 반죽을 조심스럽게 더합니다. 반죽의 느낌이 전체적으로 보들보들하게끔 만들기 위해서입니다.

6. 작은 그릇에 설탕 약 1/2컵을 넣습니다. 반죽을 티스푼으로 떼어 설탕 그릇 안에 굴립니다. 그런 뒤 손가락으로 동그랗게 만들어 가볍게 기름칠을 한 쿠키틀 위에 올려놓습니다.

7. 175도에서 9~10분간 굽습니다.

루이스 브라운의 메모: 밀가루의 양이 적당한지 시험해 보기 위해 처음에는 몇 개만 구워 보는데, 반죽이 너무 얇게 퍼지면 밀가루를 1~2 테이블스푼 더 넣어 주세요. 이건 집안 대대로 40년간 내려온 레시피랍니다.

한나는 조금 떨어진 에덴 호수에서 불어오는 강바람을 맞기 위해 쿠키 트럭 운전석 쪽의 창문을 내렸다. 그러고는 강변의 자갈이 관광객들이 끌고 온 무거운 보트 트레일러와 캠프 차량 때문에 반질반질하게 닳아 있었지만, 열린 창문 틈으로 모기가 들어오지 않도록 제법 빠르게 속력을 냈다. 미네소타의 여름에는 조금만 방심해도 토박이 곤충들이 벌떼처럼 날아들어 와 한나의 팔을 공격하리란 사실을 이제 한나도 충분히 알 만큼 알고 있었다.

정말 완벽하리만큼 사랑스러운 날이었다. 강에서 고기를 잡던 어부가 점심으로 생선구이를 하고 있는지 공기 중에 맛깔스러운 연기 냄새가 묻어 있었고, 적당한 습기는 문득 집 베란다 난간에 널어놓은 수영복을 생각나게 했다. 해는 거의 중천에 달해 있었는데, 곧 제일 높게 뜰 때가 되면 강가에 줄지어 서 있는 높다란 소나무들에는 겨우 그 기둥만큼의 그림자만이 걸리게 될 것이다.

8월의 마지막 월요일, 한나는 고등학교 시절에도 한 번 해본 적이 없는 땡땡이를 치는 중이었다. 엄마와 로드 부인도 마찬가지였다. 두 사람은 비즈먼과 허먼 가의 가족모임에 참석하기 위해서 앤티크 가게의 문을 닫고 한나의 카페를 대신 맡아 줄 사람으로 앤티크 가게의 종업원인 루앤 행크스를 보내 주기까지 했다.

덕분에 한나는 이렇게 늦여름의 날을 마음껏 즐길 수 있게 되었다. 급할 것이 없는 한나는 일부러 호숫가를 돌아들어 가는 먼 길을 택했다. 리사와 허브의 가족모임 자리는 무척 재미있을 것이다. 거스 클레인과 또다시 엮이는 일만 없다면 말이다. 그건 어젯밤 댄스파티만으로도 충분했다.

모퉁이를 돌아 공영 주차장이 만차인 것을 확인한 한나는 끙 소리를 냈다. 호숫가 방갈로에 묵고 있는 친척들을 비롯해 마을 사람들 대부분이 놀러 나온 모양이었다.

사실 두 집안의 구성원 규모를 생각하면 그리 놀랄 일도 아니었다. 리사는 대가족인 허먼 가의 막내딸이었는데, 또래 친척들 대부분이 근방에 거주하면서 또다른 대규모의 가족 구성원들과 결혼했다. 그리고 그건 비즈먼 가도 마찬가지였다. 그러니 가족모임에 거의 100명이 넘는 친척들이 모이는 건 당연한 일이 아니겠는가.

주차할 공간이 없자 한나는 자신이 자리를 하나 만들기로 마음먹었다. 이게 바로 사륜구동 쿠키 트럭만이 갖고 있는 장점이다. 힘 좋은 기어를 부릉거리며 한나는 3피트(90㎝) 높이의 흙바닥 언덕을 올라 맞춤한 곳에 자리를 잡았다. 차를 세운 한나는 몸에 모기약을 뿌리고는 점심 테이블에 올릴 쿠키 상자를 꺼내 들었다.

가족모임에는 아이들이 많으니 아이들이 좋아하는 쿠키가 꼭 필요했다. 한나는 두 손으로 상자를 부여안고 서둘러 흙길을 내려가 사람들이 모여 있는 강변의 테이블 쪽으로 향했다.

밝고 경쾌한 목소리들이 한나를 맞아 주었다. 리사는 치어리딩용 메가폰을 입가에 가져다 댄 채 피크닉 테이블 제일 위쪽에 서 있었는데, '가족이 모든 것Family is Everything'이라는 글귀가 새겨진 빨간색 티셔츠를 입고 있었다.

"가족사진 찍을 시간이에요."

리사가 외쳤다.

"호수를 배경으로 찍을 거니까 모두들 호스트와 호스티스용 의자 뒤로 자리를 잡아 주세요. 저기 저희 아버지인 잭 허먼과 저희 남편 허브의 어머니인 마지 비즈먼이 바로 오늘의 호스트와 호스티스랍니다. 어디에 서야 할지 자리를 못 찾으시겠다면 노먼과 허브가 도와드릴 거예요. 키가 크신 분들은 뒤로 가시고, 작으신 분들은 앞으로 나오세요."

한나는 식음료용 테이블 위에 쿠키 상자를 내려놓고 가족들이 사진 찍는 모습을 지켜보기 위해 강가로 갔다. 노먼도 가족사진 찍는 것을 돕고 있으니, 어쩌면 한나의 도움도 필요할지 모른다.

"한나!"

아주 친숙한 목소리, 감사하게도 거스는 아니었다.

"안녕, 엄마."

검은 머리에 아담한 체구를 한 세련된 모습의 엄마가 한나를 맞아 주었다.

"안녕, 얘야."

엄마는 한나의 어깨에 의지한 채 흰색의 하이힐 샌들 한쪽에 들어간 모래를 털어냈다.

"이런 차림으로 오는 게 아닌데 그랬구나. 강변에 이렇게 모래가 많을 줄이야."

한나는 웃음을 터뜨렸다.

"강변이니까 당연히 모래가 많을 밖에요."

"그래, 하지만 이 정도로 많을 줄은 몰랐다."

엄마는 잠시 멈칫하더니 이내 한나를 향해 미소를 지어 보였다.

"우리가 오늘 아침에 보낸 깜짝 선물은 마음에 들었니?"

한나는 무슨 영문인지 몰라 잠시 의아해했지만, 이내 눈치챘다.

"루앤 말씀이시죠? 정말 감사했어요, 엄마. 사실 카페 문을 닫은 뒤에 와볼 생각이었거든요."

"우리 사랑하는 딸을 위해서라면 뭐든 못하겠느냐."

어-오! 한나의 귓가에 경고의 종소리가 울렸다.

이건 뭐지? 나한테 뭐 바라는 게 있으신 건가?

"그냥 오늘만큼은 편하게 쉬었으면 했단다. 네게는 이런 휴식이 필요해."

종소리는 이제 요란스런 경보음으로 바뀌었고, 경계의 노란불이 눈앞에서 깜빡거리기 시작했다.

"고, 고마워요, 엄마."

한나가 대답했다. 그러고는 참지 못하고 물었다.

"근데 저한테 뭐 바라시는 거 있으세요?"

그러자 엄마는 깜짝 놀라며 되물었다.

"뭐라고? 왜 그런 생각을 했느냐? 내가 사랑하는 딸이란 표현을 해서 그러니? 아니면 휴식이 필요하다고 해서 그러니? 그런 이야기들은 뭘 바라고 하는 종류의 것이 아니지 않으냐?"

"죄송해요."

한나가 재빨리 사과했다.

"혹시 저한테 원하시는 거라도 있지 않나 해서요."

"흠, 그렇다면 네가 말을 꺼냈으니 말인데……."

엄마가 어쩔 수 없다는 듯 어깨를 으쓱해 보였다.

"나 대신 거스 좀 찾아 주겠니? 어젯밤 댄스파티 이후로 아무도 그 사람을 본 사람이 없구나. 가족사진을 찍어야 하는데, 보이지 않아서 내가 찾아보겠다고 했는데, 내 신발이……."

엄마는 신고 있는 세련된 스타일의 샌들을 내려다보았다.

"이런 신발로는 누굴 찾아다닐 형편이 아니다. 무슨 말인지 알겠지, 얘야?"

그러면 그렇지. 이건 영락없이 쥐덫에 갇힌 쥐 신세, 찍찍이에 걸린 파리 신세, 고속도로에 뛰어든 사슴 신세, 불 속으로 날아든 나방 신세……

"한나?"

엄마의 부름에 한나는 직유의 연상 속에서 퍼뜩 깨어났다. 엄마는 역시나 바라는 것이 있으셨던 거다.

"알았어요, 엄마."

한나가 마지못해 대답했다.

"제가 가서 거스를 찾아볼게요."

역시 쉬운 일이란 없다. 한나는 거스가 묵는 방갈로 안을 살펴보기 시작했다. 하지만 살아 있는 것이라고는 침실 옷장에서 뛰쳐나와 죽을 힘을 다해 개수대를 향해 달아나는 자그마한 청개구리뿐이었다.

거스가 마술사를 만나 청개구리 왕자로 변한 게 아니라면 거스는 방갈로 그 어디에도 없었다. 그가 타고 온 재규어가 아직 방갈로 밖에 세워져 있는 것으로 봐서 그는 걸어서 외출한 듯했다. 하지만 도대체 어디로 갔단 말인가? 에덴 호수가 미네소타 주에서 그렇게 넓은 호수에는 속하지 않지만, 그래도 강가를 전부 돌려면 몇 시간은 족히 걸릴 터였다.

그때 개구리가 개굴개굴 소리를 냈고, 곧 개수대 위로 펄쩍 올라가 초록색과 흰색이 섞인 알약 옆에 안착했다. 한나는 혹여라도 개구리가 다칠까 봐 알약을 집어들었다. 겉면에는 제조사인 듯 보이는 마크가 찍혀 있었는데, 표시가 희미해서 뭐라고 적힌 것인지 읽을 수가 없었다.

개수대 그 어디에서도 약병 같은 건 없었다. 조금 전 욕실을 살펴보았을 때도 약을 보관하는 벽장 안은 텅 빈 채 문이 열려 있었다. 어디서 나온 약인지 모르니 제자리에 약을 갖다놓을 수도 없었다.

한나는 하는 수 없이 비닐에 싸서 거스가 침실에 놓아둔 서류가방에 넣어두기로 했다. 근데 문득 이 약이 어젯밤 댄스파티에서 보았던 거스의 약병 속 약과 똑같은 것 같다는 생각이 들었다.

한나는 다시 한 번 약을 살펴보았다. 캡슐 안에 든 가루가 조금씩 새어나오고 있었다. 개수대에 고여 있던 물기 때문에 캡슐이 조금 녹아내렸기 때문인 듯했다. 한나는 개구리에게 닿지 않도록 약이 용해된 물을 개수대 안으로 밀어내고는 수도를 틀어 물을 조금 흘려보냈다. 그러다 문득 아침식사를 한 흔적이 없다는 사실을 깨달았다. 거스같은 사람이 먹은 그릇들을 깨끗하게 치우고 나갔을 리는 없다. 개수대 옆에 걸린 타월은 물기 하나 없이 뽀송뽀송했다.

"그릇들도 없어."

뜻 모를 까만 눈동자로 한나를 올려다보는 개구리를 향해 한나가 말했다.

한나가 냉장고 문을 열 때까지 개구리는 뭐라고 한마디 대꾸도, 심지어 개굴개굴하는 소리도 없었다. 냉장고 안을 슬쩍 살펴본 한나는 왜 개수대에 그릇들이 없는지 이해할 수 있었다.

먹을거리가 아예 없었다. 안에 든 것이라곤 잭 다니엘스 한 병과 맥주 두 캔이 전부였다. 냉동실도 사정은 마찬가지였다. 각얼음이 든 두 개의 쟁반과 얼음들을 분리시켜 주는 낡은 철제 칸막이가 덩그러니 놓여 있었다. 아침식사로 뭔가 조리해 먹을 수 있는 것을 찾았다면, 필요한 것을 사러 걸어서 에덴 호수 상점까지 나갔을 수도 있겠다.

한나는 개구리를 위해 개수대에 물을 조금 받아둔 뒤 방갈로를 나와 건너편 상점으로 향했다. 에덴 호수 상점은 한나가 어렸을 적 제일 좋아하던 곳이었다.

한나가 문을 열고 상점 안으로 들어서자 문에 달린 낡은 종이 명랑하게 울렸다. 세월이 흘러도 변하지 않는 곳이다. 한나는 왠지 모를 편안함을 느꼈다.

상점 안의 냄새는 예전과 똑같았고, 둥글게 말아놓은 볼로냐 소시지와 계산대 위에 놓인 키다란 딜 피클 항아리, 바나나 브레드 만들 때 외에는 도저히 사용할 수 없을 것 같은 오래 익은 바나나까지 모든 것이 친숙하고 정겨웠다.

"안녕, 한나."

거주 공간으로 이어지는 입구에 걸린 커튼을 젖히며 에바 슐츠가 모습을 보였다. 자그마한 체구의 그녀는 행동이 민첩하고, 말 역시 재빨랐다. 한나는 그런 그녀를 볼 때마다 고동빛의 굴뚝새가 생각났다. 쉴새 없이 이곳저곳을 옮겨 다니며, 어느 한곳에 오래 머물러 있지 않은 굴뚝새 말이다.

그녀는 흰머리 한 올 없이 완벽한 스타일의 갈색 머리를 하고 있었는데, 엄마와 엄마의 친구들은 레이크 에덴 미용실의 주인인 버티 스트롭이 한 번도 그녀의 머리를 손질해 본 적이 없다고 한 것을 봐서 분명히 가발일 것이라고 확신하고 있었다.

"안녕하세요, 에바."

한나는 계산대 앞으로 다가갔다. 반짝반짝 빛나는 철제통에는 온갖 맛의 눈깔사탕들이 가득 들어 있었다.

"새로 나온 맛 있어요?"

에바가 슬쩍 웃음을 지었다.

"중앙에 상자 세 개 보여?" 그녀가 통 안을 가리키며 물었다.

"무지개 맛, 회오리 맛, 눈꽃 맛."

"처음 들어봐요."

"당연하지. 한나 어렸을 때는 이런 게 없었으니까. 그때야 고작 해야 과일 맛 정도였지."

"류바브(대황의 뿌리)."

한나가 씩 웃으며 말했다.

"제가 제일 좋아하던 거였어요."

그러자 에바가 입을 떡 벌렸다.

"류바브 맛 사탕 같은 건 없었어!"

그녀가 탄성을 질렀다.

"나한테 장난치는 거로구나, 한나."

"맞아요. 역시 눈깔사탕 전문가에게는 이런 장난이 통하지 않네요."

"새 상품에 대한 공부는 계속할 거야." 에바가 말했다.

"아이들은 늘 새로운 것을 궁금해하거든. 요즘엔 워낙 새 상품들이 많이 나오고 있기도 하고."

그녀가 또다른 상자를 가리켰다.

"수상구조대 눈깔사탕 시리즈야. 파인애플이랑 오렌지, 체리, 라즈베리 맛이지. 그리고 여기, 헐크 시리즈도 있어. 슈퍼 히어로 시리즈 중 하나인데, 딸기-키위 맛, 포도 맛, 청사과 맛이야. 빅 풋 시리즈도 있어. 체리랑 솜사탕이 한데 섞여서 발 모양의 껌처럼 만든 거야."

"빅 풋이라. 귀엽네요. 눈깔사탕은 1905년에 프랭크 에퍼슨이 레모네이드에 젓는 막대를 꽂아둔 뒤 깜빡 잊고 밤새 밖에 내놓아 얼린 것에서 시작되어서 많이 발전했어요."

"기억하는구나!"

에바가 마치 정답을 맞힌 학생을 칭찬하는 듯한 미소로 한나를 바라 보았다.

"그럼요. 기억하고말고요."

한나도 미소를 지어 보였다. 에바에게서만 벌써 몇 번이고 눈깔사탕 의 기원에 대한 이야기를 들어온 터였다. 하지만 오늘은 눈깔사탕 역사 에 대해 이야기를 나누려고 온 것이 아니다. 에바에게 혹시 거스를 보 았는지 물어봐야 한다.

"혹시 거스 클레인이 오늘 아침에 여기에 왔었어요?"

한나가 물었다.

"지금 가족사진을 찍고 있는데, 보이지 않아서 찾는 중이에요."

"어젯밤 댄스 파티장에서 여기까지 날 바래다준 이후로는 보지 못했 어. 아, 혹시 이상한 상상할까 봐 먼저 얘기하는 건데, 한나가 준 당근 케이크와 같이 먹을 우유가 필요하다고 해서 같이 오게 된 거야."

"그래서 어젯밤에 상점 문을 열었어요?"

"그랬지. 자정이 넘은 시간이라고 해도 손님은 손님이니까. 거스는 필요한 거 몇 가지를 사고는 주차장에 차가 다 빠져나갈 때까지 기다린 다며 나랑 같이 술을 몇 잔 했어. 한나의 케이크를 파티장 바 뒤에 숨겨 놓았는데 아무도 없을 때 가지고 나올 거라면서 말이야. 아마 그래야 아무에게도 들키지 않고 혼자 먹을 수 있다고 생각했나 봐. 한나도 알 겠지만 거스랑 난 초등학교 동창이거든. 거스는 유치원 때도 누구랑 나 눠 먹는 법이 없었지."

한나는 잠시 생각에 잠겼다. 거스가 누구와도 나눠 먹고 싶지 않을 정도로 한나의 특제 당근 케이크를 좋아했다는 사실은 기뻤지만, 한편 으로는 거의 여섯 조각을 주었는데도 한 조각 정도 에바에게 나눠주지 않았다는 사실이 이상하다고 생각했다.

"어쨌든." 에바가 말을 이었다.

"우유랑 몇 가지 필요한 걸 사갔어."

"아침에 먹을 음식 종류요?"

한나가 텅 비어 있던 냉장고를 떠올리며 물었다.

"보통 사람들이 아침으로 먹는 종류의 것은 아니었지. 하지만 별로 놀랄 일은 아니야. 거스가 보통 사람은 아니니까. 자신만의 독특한 스타일이 있다구."

"그럼 뭘 사갔는데요?"

한나가 호기심 어린 눈빛으로 물었다.

"슬라이스 햄이랑 빵이랑 스위스 치즈, 포테이토칩 작은 것, 밀키웨이 10개, 옛날 스타일의 밀크 초콜릿. 진한 맛은 아니구. 그렇게 쿨러(피크닉 등의 음식을 위한 휴대용 냉장용기)랑 식료품 봉투를 들고 호숫가 파빌리온(야외에 대형으로 만들어 놓은 부속 건물 혹은 천막) 쪽으로 사라지던걸."

"쿨러요? 무슨 쿨러요?"

"그러고 보니 쿨러 얘기하는 걸 깜빡했네. 쿨러도 하나 사갔어. 방갈로에 냉장고가 있는데 왜 쿨러가 필요하냐고 물었더니, 냉장고가 고장 났다고 하던데."

한나는 얼굴을 찌푸렸다. 아까 방갈로 안을 살펴봤을 때 냉장고는 아주 잘 돌아가고 있었다. 냉장고 문을 열었을 때 시원한 바람도 느껴졌고, 냉동실에 각얼음들도 전혀 녹지 않은 채였다. 거스는 왜 에바에게 거짓말을 했을까?

"어제 사간 건 오늘 아침에 와서 돈을 주겠다고 했는데."

에바가 다시 말을 이었다.

"근데 아직 보이지 않네."

한나의 머릿속에 불길함의 서곡이 연주되기 시작했다. 마치 바흐의

토카타와 푸가, 그리고 공포영화의 사운드트랙 사이를 오가는 듯한 음색이었다.

"어젯밤에 거스가 여길 떠난 게 몇 시였어요?"

"새벽 1시 30분 조금 넘었을 거야. 잠자리에 들 준비를 하면서 10분 정도 흘렀으니까. 불을 끄기 전에 시계를 봤는데 그때가 1시 45분쯤이 었거든."

한나는 살인사건을 수사할 때 늘 사용하는 휴대용 수첩을 꺼내려다 이내 생각을 바꿨다. 이건 그저 가족사진 촬영 시점에 잠시 보이지 않는 사람에 대한 것일 뿐이다.

어쩌면 거스는 일부러 숨은 것일지도 모른다. 물론 차가 밖에 그대로 세워져 있긴 하지만 난방도 제대로 되지 않는 외딴 방갈로보다 더 아늑하고 따뜻한 곳을 찾았는지도 모를 일이다. 게다가 어젯밤 댄스파티에 는 수많은 여자들이 참석하지 않았던가. 그중 누군가 값비싼 디자이너 의상에 롤렉스시계를 차고 다이아몬드 반지를 낀 잘생긴 중년의 거스에게 반했을 수도 있다.

레이크 에덴에서 재규어를 몰고 여기저기 돈 자랑을 하는 남자를 만나기란 결코 쉬운 일이 아니니 말이다. 거스가 청한 늦은 밤 데이트 신청에 여자가 수락했다면, 또 모를 일이 아닌가. 에바와 함께 시간을 보내며 사람들이 집으로 돌아갈 기다렸다가 당근 케이크를 가지고 그 여자의 집으로 가 깜짝 선물처럼 케이크를 바쳤을지도 모른다.

한나의 생각은 거듭할수록 더욱 그럴 듯해졌다. 아마 거스와 하룻밤의 데이트 상대는 아침에 있을 가족사진 촬영을 건너뛰기로 하고, 지금쯤 주방 테이블에 나란히 앉아 햄치즈 샌드위치를 나눠 먹고 있을 것이다. 아마 한나의 당근 케이크도……

"……아님 말구."

한나가 중얼거리고는 다시 에바를 돌아보았다.

"이만 가봐야겠어요. 곧 촬영이 시작될 것 같거든요."

"혹시 거스를 찾게 되거든 내 부탁 하나만 들어줄래?"

"뭔데요?"

부탁이라면 일단 무엇인지 들어보기부터 해야 한다.

"촬영이 끝나자마자 거스 귀를 잡고 이리로 질질 끌고 와서 돈 지불하라고 해. 어제 사간 식료품들 전부 땅 파서 나오는 거 아니라고 말이야."

가볼 만한 장소는 오로지 한 곳뿐이다. 한나는 곧장 그리로 향했다. 모래가 깔린 주차장은 차 한 대 없이 황량했다. 그저 빈 담배 포장지와 한때는 밝은 파랑과 흰색의 줄무늬를 뽐냈을 손수건과 폴라의 '팬케이크 하우스'의 2인용 아침식사 쿠폰만이 바닥을 뒹굴고 있었다.

흰색의 판자를 댄 건물 입구에 다가서며 한나는 목덜미에 왠지 모를 서늘한 기운을 느꼈다. 이건 전에도 느낀 적이 있는, 아주 친숙한 기분이다. 뭔가 좋지 않은, 끔찍한 일이 발생하기 전이면 늘 느끼곤 했던, 이를테면 시체를 발견한다든가.

한나는 거스에게는 아무 일도 없을 거라고, 안에는 그저 어젯밤 파티 잔여물들만이 나뒹굴고 있을 거라고 스스로를 위안했지만, 현관으로 향하는 걸음걸이가 어쩐지 주춤거려졌다.

어젯밤 파빌리온은 매우 밝고 웅장한 모습이었다. 천정을 열어 짙고 습한 여름밤 하늘 위로 노란색의 밝은 불빛을 마구 내뿜으며 경쾌한 음악 소리는 벽면을 타고 흘렀다. 그리고 나무로 만든 부스와 낡은 검은색 플라스틱 바 스툴, 그리고 파티를 즐기는 사람들의 웃고 떠드는 소리가 한데 어우러져 흥을 돋워냈다.

하지만 오늘은……, 알맞은 단어를 생각해내는 동안 한나의 생각도 걸음도 순간 멈칫하고 말았다.

슬프다. 오늘의 파빌리온 풍경을 제일 잘 묘사할 수 있는 표현이었다.

흰색의 벽은 조금씩 벗겨져 나가 있고, 장황하게 열려 있던 천정은 조용히 닫혀 있었으며, 빈 맥주병 대여섯 개가 술에 취해 비틀거리는 파수병처럼 건물 앞에 기대어 서 있었다. 파티는 끝났고, 모두들 떠났다. 남은 것이라곤 파빌리온 벽면의 벗겨진 페인트 조각들뿐이었다.

한나는 앞문을 열어 보려 했지만, 역시나 잠겨 있었다. 그래서 하는 수 없이 노크를 하며 거스의 이름을 불렀다. 하지만 안에서는 아무런 인기척이 없었다. 아마 누군가 벌써 열쇠를 가지러 리사와 허브에게 갔을지도 모르겠다.

하지만 레이크 에덴에서 태어나고 자란 한나가, 순찰차가 수시로 돌아다니는 거리와 아크등이 환하게 불을 밝히는 조단 고등학교의 주차장 대신 이곳 파빌리온이 십대 연인들에게는 사랑을 속삭이기 안성맞춤인 곳이라는 사실을 모를 리가 없었다.

파빌리온의 덧창문은 뒤편에 있었다. 한나는 창문을 붙들고 세차게 흔들었다. 그러자 잠겨 있지 않았던 자물쇠가 손쉽게 떨어지고 말았다. 고등학교 때 친구가 말해 줬던 것처럼 파빌리온의 문을 따는 일은 정말 쉬웠다. 한나는 창문을 열고 틀에 붙어 있는 받침대를 꺼내어 받쳤다.

창문은 한나의 허리 정도 높이였지만, 한나는 가뿐하게 한쪽 다리를 안으로 들이밀고 양쪽 다리를 대롱거리며 잠시 창문에 걸터앉아 있다 이내 손으로 틀을 잡고 아래로 뛰어내렸다. 바닥에 착지하며 조금 비틀거리긴 했지만, 운동에 젬병인 한나로선 당연한 일이었다. 창문이 파빌리온 뒤쪽에 붙어 있는 큰길에서는 보이지 않았기 때문에 한나는 일부러 창문을 열어두었다.

파빌리온 안은 무척 고요했다. 적막함이 흐르는 가운데 안에 갇힌 파리 몇 마리만이 윙윙거리고 있었다. 어렸을 적 한나는 파리의 윙윙거리는 소리를 녹음해서 아주 천천히 재생시켜 들어보면 이런 말이 들릴 거라고 믿고 있었다.

'자, 모두들 준비하자구. 한나가 식탁에 딸기잼을 흘렸어.'

'조심해! 한나네 엄마가 파리채를 들었어!'

커다란 쓰레기통 여러 개가 열을 지어 벽 아래 서 있었다. 몇 개의 통에는 어젯밤 디저트 뷔페 때 사용했던 플라스틱 접시들과 커피 자국이 묻은 스티로폼 컵들로 가득했고, 눈에 익숙한 표지가 찍힌 다른 한 개의 쓰레기통에는 재활용을 위한 빈 병과 깡통들이 기득했다.

갖가지 냄새가 한데 섞여 오묘한 냄새를 풍기고 있었기 때문에 한나는 코를 찡긋거렸다.

어젯밤 디저트의 새콤달콤한 향신료 냄새, 주전자에 오래 묵힌 것과 같은 톡 쏘는 커피 냄새, 향수와 콜롱 냄새, 그리고 맥주와 양주의 퀴퀴한 냄새까지. 큰 파티가 열렸던 곳에서라면 충분히 예상할 수 있을만한 냄새들이었다. 그런데 뭔가 심상치 않은 냄새가 함께 섞여 있었다.

익숙하게 코를 찌르는 이 냄새, 살짝 금속성의 냄새가 섞여 있기도 했다. 이 냄새가 날 때는 뭔가 불길하고 끔찍한 일이……. 한나는 더 이상 생각하고 싶지 않았다.

한나는 서둘러 바닥에 떨어져 있는 종이냅킨과 컵, 유리잔, 병들을 주워 쓰레기통에 담기 시작했다. 리사와 허브가 오늘 오후쯤 친척들에게 부탁해 여기를 정리할 것이다. 아무도 한나에게 청소를 부탁하지 않았다. 지금 한나에게는 거스를 찾아 함께 가족사진을 찍을 수 있도록 하는 일이 시급했다.

가볍게 흩날리는 바람에 열린 창 사이로 새어 들어온 햇빛 위로 먼지들이 몽실몽실 떠다니고 있었으며, 그런 빛 사이로 몇 마리의 파리들이 윙윙거리며 저쪽 벽에 붙어 있는 마호가니 바를 향해 날아가고 있었다.

그런데 바 위에 갈색의 상점 봉투와 흰색의 휴대용 쿨러가 놓여 있었다. 거스가 여기에 왔다간 것이 분명했다. 너무 피곤한 나머지 자기 물건을 파빌리온에 두고 간 모양이다.

말도 안 돼! 한나의 마음이 외쳤다.

에바에게 일부러 상점 문을 열도록 부탁하면서까지 사간 물건들인데, 저렇게 쉽사리 잊고 갔을 리가 없어.

또다른 파리 무리가 바를 향해 날아가고 있었다. 이렇게 파리가 많으니 어쩌면 리사가 오늘 밤에 계획하는 슬라이드쇼가 제시간에 시작되지 못할지도 모르겠다.

한나는 주방으로 달려가 행주에 물을 적신 다음 세정제를 집었다. 어젯밤에 디저트 뷔페를 이 바 위에 차렸었는데, 누가 청소했는지 몰라도 파리가 이렇게 많이 꼬이는 것을 보면 깨끗하게 하지 않은 게 분명했다. 한나는 파리를 쫓기 위해 다시 한 번 깨끗이 청소할 생각이었다.

청소를 거의 다 마칠 때쯤 뭔가가 한나의 눈에 띄었다.

한나는 순간 동작을 멈추고 바닥으로 시선을 떨어뜨렸다. 바에 관심을 두는 것은 비단 파리뿐만이 아니었다. 검은 왕개미 군대가 바 뒤로 줄지어 기어가고 있었다. 개미들은 빵조각 같은 부스러기들을 들고 다시 바 뒤에서 줄지어 나오고 있었다. 검은 왕개미들은 낮에는 거의 활동을 하지 않는데, 이렇게 단체로 행차한 것을 보니 구미를 당기는 큰 간식거리를 발견한 모양이다.

좀더 가까이 다가간 한나는 그 간식거리가 무엇인지 확인하고는 끙소리를 내고 말았다. 바로 한나의 당근 케이크였던 것이다. 프로스팅이 발린 면으로 떨어진 케이크는 누군가가 밟았는지 바닥에 짓이겨져 있었다!

잠시였지만 한나는 화가 머리끝까지 났다. 거스가 한나의 특제 당근 케이크를 떨어뜨리고는 발로 밟은 것이 틀림없다.

이 무슨 낭비란 말인가! 하지만 이내 바 뒤에서 사람이 신고 있는 신발을 발견하고 말았다.

한나는 공포영화의 전주곡처럼 마구 쿵쾅거리는 가슴으로 바 스툴에 세정제를 내려놓았다.

"오, 설마 또 살인사건이!"

말이 씨가 되지 않았길 바라며 한나는 숨을 몰아쉬었다.

신발은 매우 낯익은 것이었다. 버터를 바른 것처럼 매끄러운 고급 가죽에 엄청난 가격의 상표. 그리고 바지정장 역시 쿠키단지의 한 주 매출액을 주고도 살 수 있을까 말까 한 값비싼 것이었다.

어젯밤 댄스파티에서 보았던 이 의상들. 한나는 주인이 누구인지 알 수 있을 것 같았다. 한나는 호흡을 진정시키며 좀더 가까이 다가가 보았다.

당근 케이크를 먹으러 파빌리온에 온 거스는 채 한두 조각 맛보기도 전에 죽음을 맞이한 것 같았다. 그는 얼굴을 천정으로 향한 채 바닥에 쓰러져 있었고, 그의 셔츠에는 모란꽃 같은 핏자국이 붉게 물들어 있었다.

칼에 찔렸거나, 총에 맞은 거야.

한나의 이성이 외쳤지만, 한나는 애써 무시해 버렸다. 살해 도구가 무엇이었는지는 지금 중요하지 않다.

거스가 죽었다……. 아니, 죽은 것처럼 보인다.

한나는 시선을 돌려 거스 클레인이 쓰러진 주변을 살펴보았다. 한나의 당근 케이크 조각들이 이렇게 어지럽게 바닥에 흩어져 있으니, 한바탕 잔치가 벌어진 개미들에게 시체 같은 건 별문제가 되지 않을 터였다. 케이크 조각과 개미를 제외하고 바닥은 깨끗했다. 거스를 죽인 자가 누구인지는 몰라도 증거를 남기지 않으려 꽤 애를 쓴 듯했다.

한나는 잠시 눈을 감고 간밤에 잠이 모자라 헛것이라도 보는 것이기를 간절히 바랐다. 그런 후 다시 눈을 떴지만, 달라진 건 없었다. 거스는 여전히 바닥에 쓰러져 있고, 가슴께에 전혀 미동이 없는 것으로 보아서는 벌써 숨이 끊어진 것이 분명했다.

그래도 확인은 해봐야지. 한나의 이성이 또다시 말했다.

아직까지 살아 있는 건대도 간과했다가 나중에 후회하면 어쩌려구 그래.

"알았어."

한나는 침을 꿀꺽 삼켜 내렸다.

시체는 정말이지 만지고 싶지 않았지만, 이성이 외치는 소리가 옳았다. 거스가 아직 살아 있는 것인데도 밖에 도움을 청하지 않고 그냥 내버려둔 것이라면 절대 자신을 용서할 수 없을 것이다.

한나는 주변을 둘러보았다.

파빌리온 안에는 공중전화가 없었다. 한나는 주머니께를 더듬었다. 핸드폰도 집에 두고 오고 말았다.

그렇다면 어차피 도움을 요청하지 못 하는 상황이 아닌가. 그렇다면 굳이…….

그래, 여기선 전화 못하지. 그래서 뭘 어쩌려고? 에바한테 전화기 있잖아. 네 두 다리도 멀쩡해. 거스를 살릴 수 있는 기회가 아직 있는 거라면 에바한테라도 달려가서 얼른 도움을 요청해야지.

"알았어, 알았다구."

마치 엄마의 잔소리 같은 이성의 목소리에 한나가 퉁명스럽게 대꾸했다.

"확인해 볼게."

한나는 다시 침을 삼킨 뒤 용기를 내기 위해 크게 심호흡을 한 번 한

후 거스 옆에 무릎을 꿇었다. 그러고는 한 손으로 그의 목덜미의 맥을 짚었다.

아무것도 느껴지지 않아.

한나는 좀더 세게 짚어 보았다. 하지만 여전히 느껴지는 것은 없었다.

죽었어, 확실히.

한나는 파리가 날아들지 못하도록 뭔가 그를 덮을 수 있는 것이 있으면 좋겠다고 생각했지만, 아무것도 손대지 말아야 하는 지금 상황에서 그것은 별로 현명한 행동이 아닌 듯했다.

거스 클레인이 스스로 자기 가슴에 칼을 꽂았을 리는 없지 않은가. 이건 살인사건 현장이다. 그러니 얼른 전화를⋯⋯.

"한나?"

갑작스러운 목소리에 깜짝 놀란 한나는 자리에서 벌떡 일어서며 그만 외마디 소리를 지르고 말았다.

열린 창문 밖에 허브가 서 있었다.

"이제 그만 찾아다녀도 돼요, 한나. 그냥 거스 삼촌 없이 찍었어요. 노먼이 계속 같이 있겠다고 했으니까 나중에 나타나면 다시 찍으면 돼요."

"다시 나타나지 못할 거야."

한나의 목소리가 가늘게 떨렸고, 한나는 조심스럽게 목청을 가다듬었다.

"무슨 말이에요. 나타나지 못할 거라니요?"

한나는 또다시 목청을 가다듬었다.

"그가⋯⋯, 그가, 일단 핸드폰으로 마이크와 빌에게 연락해 주겠어?"

"알았어요. 그런데 무슨 일이에요?"

"두 사람 당장 이리로 와야 해. 거스가⋯⋯, 갔어."

한나가 힘겹게 완곡 표현을 사용하여 말을 맺었다. 평소에는 그토록 완곡어법을 사용하는 것을 싫어했는데 말이다.

"그러니까 우리한테 간다는 말도 없이 마을을 떠났다는 말이에요?"

"그게 아니라."

여전히 직선적인 대답을 회피하며 한나가 한숨을 내쉬었다.

"일단 서둘러 전화부터 해. 그리고 두 사람이 도착할 때까지 아무도 이리로 보내지 마."

한나는 넓고 푸른 호수를 밍하니 응시했다. 물 위로 손가락을 갖다대자 눈부신 햇살에 물결이 반짝반짝 빛났고, 멀리서 불어오는 가벼운 바람이 한나의 목덜미를 간질이고 지나갔다. 따뜻한 햇볕과 호숫가의 아름다운 풍경은 거스에 대한 끔찍한 기억을 잊게 해주기에 충분한 듯했다. 하지만, 그렇다고 잊히는 것은 아니었다.

노먼이 물 위로 천천히 노를 젓고 있었다. 파빌리온 앞에서 기다리고 있던 그는 한나가 밖으로 나오자 다짜고짜 그녀를 끌고 배를 탔다.

"어디 가는 거예요?" 한나가 물었다.

호수의 한가운데까지 다다른 한나는 거스에게 도대체 무슨 일이 일어난 것일까, 왜 그가 죽임을 당한 것일까 끝도 없이 이어지는 의문에서 조금은 벗어날 수 있어 반가웠다.

"다 왔어요."

노먼이 분홍색과 흰색의 수선화가 잔뜩 피어 있는 지대 옆에 닻을 내렸다.

"여기가 어딘데요?"

"에덴 호수의 수선화 정원이요. 마지의 아버지께서 매년 여름 이곳에 와 일부러 수선화를 심으셨다고 가르쳐주셨어요."

"정말 멋지네요. 여기 이런 곳이 있는 줄 몰랐어요."

"괜찮아요, 한나?"

"아까보다 훨씬 나아졌어요."

아름다운 수선화에 감탄하며 한나가 말했다.

"하얀색 드레스에 커다란 리본이 달린 밀짚모자만 쓰면 모네의 'The Boat at Giverny' 의 한 장면 같겠어요."

"아니면 르누아르의 작품 'The Skiff' 에 나오는 소녀 같든지요. 아마 모자는 쓰고 있지 않았던 것 같은데요."

"그건 인상주의 작품이라고 하기 힘들죠. 물론 모네의 수선화 그림이라면 언제든지 풍덩 뛰어들어 얼굴만 동동 떠다니고 있어도 좋겠지만요. 아마 '월리를 찾아라.' 같을 거예요. 내가 어디에 있는지 찾기 쉽지 않을 걸요."

"제발 그러지 말아요. 굳이 하겠다면 점심이나 먼저 먹고 해요."

언제 갖고 왔는지 노먼이 바구니에서 와인잔을 두 개 꺼냈다.

"마실 것부터 시작해요. 샴페인? 아니면 레모네이드?"

"레모네이드가 좋겠어요. 아직 마이크에게 조사받기 전이니까요."

"현명한 선택이에요."

노먼이 보온병을 꺼내 한나의 잔에 레모네이드를 따라 준 다음 샌드위치를 건넸다.

"여기요. 이거 먹어요."

한나는 샌드위치를 받아들고 한 입 베어 물었다.

"내가 좋아하는 에그샐러드네요! 정말 맛있어요. 누가 만든 거예요?"

"내가요."

한나는 깜짝 놀라 그를 쳐다보았다.

"요리도 할 줄 알아요?"

"요리는 못 해요. 이건 그냥 계란 삶고, 채소들 좀 썰고, 같이 섞어서

빵에 바르기만 하면 되는 거잖아요."

"그렇긴 하죠……."

한나는 하던 말을 멈추고 샌드위치를 또 한 입 베어 물었다.

"근데 그렇게 만든 에그샐러드 맛이 정말 환상이에요. 베이컨도 씹히는 것 같은데, 어떻게 만든 거예요?"

"나도 잘 모르겠어요. 그냥 맛이 날 때까지 아무 재료나 막 넣었거든요."

"흠, 그럼 다음번에 만들 때는 꼭 기록해줘요. 레시피가 갖고 싶어졌어요."

"정말이요?"

노먼이 깜짝 놀라며 물었다.

"네, 정말이요. 에그샐러드 샌드위치는 마음 진정시킬 때 내가 즐겨만들어 먹는 메뉴거든요. 이걸 먹으면 왠지 기분이 편안해져요. 마치마카로니 치즈나 치킨 수프처럼 말이에요. 그런 것들은 먹으면 막 포근해지고 누군가에게 사랑받는 듯한 기분이 들잖아요."

그러자 노먼이 미소를 지었다.

"한나는 사랑받고 있어요."

한나는 뭐라고 대답해야 할지 생각나지 않았다. 노먼이 자신을 사랑하고 있다는 것도 알고, 자신 역시 노먼을 사랑하고 있다는 것도 알고있었다. 당장에라도 그에게 결혼하자고, 평생 옆에 있고 싶다고 말하고싶지만, 차마 그럴 수는 없었다. 마이크에게도 똑같은 감정이 있는데어떻게 노먼과 결혼할 수 있겠느냐 말이다.

그때 노먼이 한나의 어깨에 팔을 둘렀다.

"미안해요. 그런 말 하는 게 아니었는데."

"아니에요. 좋았어요."

한나도 팔을 뻗어 노먼을 살짝 안아 주었다. 그러고는 서둘러 화제를 돌렸다.

"어젯밤에 모이쉐 때문에 난리도 아니었어요. 그 소동에도 난 너무 피곤해서 세상 모르고 자고 있었는데, 새벽 2시 30분에 아래층에서 전화가 왔지 뭐예요."

"모이쉐가 어쨌길래요?"

"욕실에 있는 욕조 안을 계속 맴돌고 있지 뭐예요. 발톱을 세우고 날카로운 소리를 내면서 말이에요."

그러자 노먼이 얼굴을 찌푸렸다.

"녀석이 뭔가 불만이 있었나 보네요. 요즘 한나가 집을 많이 비워서 그런 거 아니에요?"

"어쩌면요. 소파 쿠션도 물어뜯어서 바닥에 전부 깃털을 날려놓기도 했어요."

"확실히 불만이 있는 거네요. 우리 집에 데려와서 커들스와 한 번 놀게 하면 좋겠는데, 지금은 휴가 중이니 어렵겠네요."

한나는 노먼과 거의 일주일 만에 대화를 나누고 있다는 사실을 새삼 깨달았다. 두 사람 다 너무 바빠 같이 저녁을 먹거나 커피를 마시며 이야기를 나눌 짬이 전혀 없었던 것이다.

"노먼네 고양이가 휴가를 갔다니요? 무슨 이야기에요?"

한나가 물었다.

"아, 내가 보낸 게 아니고요. 마거릿이 어느 날 와서는 주중에 친구네 집에 놀러 가는데 커들스를 데려가도 되겠느냐고 물어보더라고요. 커들스는 내가 데려오기 전에 원래 마거릿이 키우던 고양이니까 그녀에게 잠시 맡겨도 문제없겠다고 생각했어요. 그녀의 친구가 마침 수컷 페르시안 고양이를 키우고 있어서 고양이에게 필요한 물품이 전부 있다고 하더군요. 마거릿이 잘 돌봐 줄 거예요."

"만약 그렇지 않으면요?"

한나는 조금 걱정이 되었다. 커들스가 처음 만나게 되는 다른 고양이에 민감한 반응을 보일 수도 있지 않을까?

"괜찮아요. 안 그래도 오늘 아침에 마거릿이 전화해서 알려줬어요."

"만약 커들스가 상태가 좋지 않다고 하면 당장에라도 차를 몰아 그곳으로 달려갈 거예요?"

"물론이죠. 얼마나 보고 싶다구요. 하지만 이번은 마거릿에게 양보하는 게 좋을 것 같아요. 그녀와 분리 친권을 나눠 갖기로 약속했으니까요."

한나는 샌드위치를 한입 또 베어 물고는 기쁨의 한숨을 내쉬었다. 레시피가 없는 것이 정말 아쉽다! 이렇게 맛있는 에그샐러드 샌드위치는 지금껏 먹어본 적이 없다.

"클라라는 어때요?"

고양이나 강아지, 새는 물론 온갖 것에 알레르기 반응을 보이는 마거릿의 여동생에 대해 한나가 물었다.

"나이트 박사님이 알레르기에 잘 듣는 약을 처방해 주셨대요?"

"아뇨. 클라라와 마거릿은 따로 휴가를 간다고 하던데요. 마거릿이 둘루스에 있는 친구 집에 머무는 동안 클라라는 교회에서 떠나는 캠프에 참여하기로 했대요."

"전에는 늘 같이 갔었잖아요?"

"그랬죠. 마거릿 말이 휴가는 늘 같이 갔었다고 하더군요. 근데 클라라가 올해부터는 따로 가자고 했대요. 클라라에게 커들스는 치명적이잖아요. 도저히 같은 공간에 있을 수 없으니까요. 그래서 자기가 휴가 간 사이에 커들스를 집으로 데려와도 좋다고 했다는데, 마거릿은 그냥 친구네 집으로 가는 게 낫겠다고 생각했대요."

"고양이털이 문제일 거예요. 커들스를 집에 데려오면 클라라가 돌아오기 전에 그 수많은 털을 청소하기가 쉽지 않을걸요. 전문청소업체를 부르지 않는 이상 말이에요."

"그러게요. 자, 이제 모이쉐 이야기나 더 해봐요. 집을 많이 비웠던 것 빼고 또 하나 일상에서 변한 것이 있어요?"

"케이블 건만 빼면 없었어요."

"케이블에 무슨 문제가 있었어요?"

"아직 작동이 되긴 하는데, 채널이 모두 변경되었어요. 그런데도 아직까지 새 채널 설명서를 보내주지 않고 있네요. 채널이 200개가 넘는데, 모이쉐가 즐겨 보던 채널이 몇 번인지도 모르겠어요."

"애니멀 채널이요?"

"네, 노먼네도 나오나요?"

"그럼요. 근데 난 위성방송이라서요. 안드레아한테 혹시 물어봤어요?"

"안드레아도 위성방송이에요. 엄마는 전혀 텔레비전을 안 보시니까 소용 없구요."

"그럼 케이블 회사에 전화해서 요청해요."

노먼이 제안했다.

"몇 시간은 기본으로 대기하고 있을 여유만 된다면 할 수 있어요. 그리고 어제 오후에 통화하려고 해봤는데, 사무실이 일요일까지 문을 안 연다고 하지 뭐예요."

"무슨 상황인지 이제 알 것 같아요."

노먼이 의미심장한 표정으로 말했다.

"한나는 매일같이 집을 비우지, 즐겨 봤던 채널도 나오지 않지, 그러니 모이쉐가 외로웠던 거예요. 근데 그거말고 혹시 다른 이유는 없었어요?"

"있어요. 쥐요. 쥐들이 겨울잠을 자기 전까지는 모두 밖에서 활동하거든요. 저번에 수리공이 와서 창틀이랑 문가에 모두 실링 작업을 해놓아서 예전만큼 벌레도 없어요."

"애니멀 채널도 없고, 쥐도 없고, 벌레도 없고."

노먼이 반복하여 읊었다.

"무척 지루했겠네요."

한나는 잠시 생각에 잠겼다.

"노먼 말이 맞는 것 같아요. 그럼 어쩌죠? 녀석을 카페에 매번 데리고 나올 수는 없잖이요."

"내가 주변 사람들한테 전화해서 애니멀 채널이 몇 번으로 변경됐는지 한 번 물어볼게요. 누군가는 알고 있는 사람이 있겠죠."

"그래 주면 너무 고맙죠!"

한나가 말했다. 노먼은 늘 이렇게 자상하다.

"실링에도 조금 틈을 만들어 놓을까 봐요. 벌레가 들어올 수 있도록이요."

"그러진 말아요. 마침 녀석에게 통할만 한 다른 방법이 생각났어요. 쇼핑몰에 있는 애완동물 가게에서 고양이 콘도를 세일하는데요."

"고양이 콘도가 뭐예요?"

"3층으로 된 일종의 놀이터에요. 전부 카펫으로 덮여 있죠. 제일 아래층이 커다란 욕조통처럼 만들어져 있어 위층들을 견고하게 받쳐줘요."

"욕조통이라구요?"

한나가 슬며시 미소를 지었다.

"모이쉐가 분명히 좋아할 거 같아요!"

"맞아요. 카펫이 깔렸으니까 녀석이 아무리 돌아다니고 뛰어다녀도 소리가 나지 않을 거예요."

"정말 다행이에요. 수와 필에게도 폐가 되지 않겠어요. 2층은 어떻게 되어 있는데요?"

"2층도 욕조통 모양인데, 양쪽 벽면이 뚫려 있어요. 그리고 카펫이 깔린 널빤지가 튀어나와 있는데, 안쪽 틀 위에는 온갖 종류의 장난감들이 실에 매달려 있죠. 거기 점원 말이 자기도 집에 하나 뒀는데, 키우는 고양이가 널빤지 위를 돌아다니면서 장난감을 툭툭 치는 걸 무척 좋아한다고 하더군요. 아, 그물로 된 해먹도 달렸어요. 나이가 많은 고양이들은 그 위에서 낮잠을 즐겨 잔대요. 바닥에서 자면 아무래도 귀찮게 하는 것들이 많으니까요."

"그럼 그 위에 또 한 층이 더 있는 거예요?"

"네, 말 그대로 펜트하우스죠. 바닥으로 향하는 계단도 달려 있어서 2층, 1층으로 건너 내려가는 것보다 계단으로 바로 내려가는 게 더 빨라요."

"그 좋은 게 도대체 얼마예요?"

한나가 제일 중요한 질문을 던졌다.

"1달러요."

"네?!"

"모이쉐 것으로는 1달러만 더 내면 돼요. 안 그래도 커들스에게도 하나 사주려고 했거든요. 지금 한 번에 두 개를 사면 다른 하나는 1달러에 주는 행사를 한다고 하더군요. 사실 모이쉐에게는 크리스마스 선물로 주려고 했는데, 얘기를 들어보니 지금 당장 필요한 것 같네요."

한나의 눈이 휘둥그레졌다.

"정말로 커들스에게 사주려고 했던 거 맞아요? 나 때문에 일부러 사는 거 아니에요?"

"그럼요. 이미 색깔도 골라 놨는걸요. 거실에는 파란색이 제일 잘 어울릴 것 같아요. 위치도 거실이 제일 좋을 것 같고요. 서재에 벌써 고양이용 계단도 만들어줬잖아요."

모이쉐를 위해 만든 거였죠. 한나가 속으로 생각했다.

노먼은 한나에게 청혼할 생각으로 새로 지은 집에 고양이용 계단을 만들었다. 그리고 한나가 그의 청혼을 거절했음에도 불구하고 그는 여전히 한나를 사랑하고 있었다.

"음, 정말로 살 생각이었다면……." 한나가 웅얼거렸다.

"무슨 색깔이 좋아요?"

"노먼이 골라줘요."

한나는 무슨 색이든 상관없었다. 한나에게 구색 맞춰 가구를 들이는 취미 같은 건 없었다. 사실 집에 있는 가구는 대부분 중고용품점에서 들여온 것들이었다. 굳이 콘셉트를 따지자면 경제적 실용성이라고나 할까.

"좋아요. 어디에 둘 건데요?"

"그것도 노먼이 결정해줘요."

"거실에 있는 책상 옆에 두면 어때요? 그러면 한나가 컴퓨터를 사용할 때 모이쉐가 귀찮게 하지 않을 것 같은데."

"좋은 생각이에요." 한나는 건성으로 대답했다.

한나가 컴퓨터를 사용할 때라고는 노먼이 한나 집에 와서 인터넷이며 워드 프로그램을 가르쳐줄 때뿐이었다.

노먼은 잠시 한나를 물끄러미 바라보더니 이내 고개를 저었다.

"뭔가 문제가 있군요, 그렇죠."

높낮이가 없는 노먼의 말은 사실 질문에 더 가까웠다.

"뭐가요? 노먼이 하자는 대로 따르는 게 그렇게 이상해요?"

"바로 그거예요. 지금 내가 하자는 대로 그대로 따르고 있잖아요. 그건 한나답지 않아요. 아직 충격에서 헤어나오지 못하고 있나 봐요."

"어쩌면요."

한나는 자신도 모르게 또다시 노먼의 말에 동조하고 말았다.

"정말 그래요."

한나가 다시 고쳐 말했다.

"한나만의 처방이 필요하겠어요. 잠깐만 기다려요."

노먼은 바구니를 열어 덮개가 덮인 케이크팬을 꺼냈다.

"디저트에요?"

한나가 물었다.

"네, 분명히 좋아할 거예요. 아까 파빌리온 앞에서 한나를 기다리면서 한 조각 맛도 봤어요."

"초콜릿이네요!"

노먼이 덮개를 열자마자 달콤한 향이 한나의 코끝을 찔렀다.

"마지의 코코아 퍼지 케이크에요."

"안 그래도 어젯밤에 얘기 들었어요. 오늘 구워오겠다고 하시더니."

노먼이 케이크를 한 조각 잘라 종이접시에 옮겨 담은 다음 한나에게 건넸다.

"포크를 깜빡하고 안 가져왔어요. 그냥 손으로 먹어야 할 것 같아요."

"상관없어요."

한나가 케이크를 집어 한 입 덥석 베어 물더니 이내 기쁨의 신음을 뱉었다. 그러고는 아까보다 더 크게 한 입 베어 물었다. 열심히 케이크를 먹던 한나가 마침내 노먼을 향해 가슴에서 우러나오는 미소를 지어보였다.

"환상적이에요!"

"리사가 내가 여기 소풍 나올 짐을 싸는 걸 보더니 챙겨줬어요. 한나에게 초콜릿이 필요할 거라고 하면서요."

"오, 필요하죠, 필요해요!"

"그리고 혹시 몰라서 마지에게 받은 레시피도 같이 넣었다고 했어요."

"혹시 몰라서라니요? 당연히 레시피도 필요하죠. 의심의 여지가 있나요?"

"분명히 한나가 좋아할 거라면서 케이크를 두 개 다 줬어요. 원래 하나는 마지가 거스에게 주려고 따로 구운 것이거든요."

"우리보고 케이크를 두 개나 먹으라고요?"

"그게 아니라, 점심 뷔페 때 케이크가 올라온 것을 보면 마지가 거스 생각이 나 슬퍼할 거라면서요."

"아, 그렇겠네요."

어젯밤 댄스파티 때 거스가 마지의 케이크를 얼마나 고대했었던가.

노먼은 손목시계를 내려다보더니 케이크팬의 덮개를 다시 닫았다.

"갈 시간이에요, 한나."

"어디를요?"

"노랑 방갈로에서 마이크와 빌을 만나기로 했어요. 팻시와 맥이 거기에 묵고 있대요. 그곳을 친척들을 심문하기 위한 임시 사무실로 사용하기로 했거든요."

"이제 알겠어요." 한나가 미소를 짓기 시작했다.

"리사가 두 번째 케이크는 마이크와 그 동료들에게 갖다 주라고 했겠군요."

"맞아요. 마이크에게 초콜릿을 먹이면 기분이 좋아져서 한나가 궁금해하는 것들에 대답을 잘해 줄지도 모른다고 했어요."

"내가 궁금해하는 것들이요? 반대로 된 거 아니에요. 질문하는 건 마이크에요."

"리사가 한나에 대해 얼마나 잘 알고 있게요. 한나가 수사에 필요한 정보들을 얻으려 할 거라고 하던데요. 아까 마지와 팻시와 같이 있었는데, 두 사람 다 한나의 도움이 필요하다고 했대요. 한나가 범인을 빨리 잡아줘야 가족모임이 다시 안정을 찾을 수 있을 것 같다면서요."

"그럼 모임을 계속할 생각이란 말이에요?"

"물론이죠. 모여서 투표를 했나 봐요. 몇백 마일을 달려온 친척들도 있는데, 이대로 집에 돌아가야 한다는 건 정말 마음 아픈 일이죠. 특히 투르그 할머니는 100살이 넘으셨어요. 이번이 친척들을 만날 수 있는 마지막 기회인지도 몰라요."

"충분히 이해가 되네요. 중간에 취소하기가 참 어렵겠어요."

"그럼 리사네를 도와주겠어요?"

"달리 어쩌겠어요?"

모네의 그림 속에 등장하는 리본 달린 밀짚모자를 벗어 던지는 척하며 한나가 말했다.

코코아 퍼지 케이크

오븐은 175도로 예열합니다. 틀은 오븐의 중앙에 둡니다.

한나의 첫 번째 메모: 마지가 파고까지 가는 버스 안에서 만난 샌디와 패트리샤라는 소녀들에게서 얻은 레시피라고 해요. 소녀들은 원래 이 케이크를 만들 때 마가린을 사용했는데, 마지가 살고 있는 주에는 유제품이 발달했기 때문에 마지는 케이크를 구울 때 품질이 더 좋은 버터를 사용했다고 해요. 다른 대체 재료들도 다양하게 사용해 보았는데, 지금은 그게 무엇이었는지 다 잊어버렸다고 하네요.

1. 시작하기 전에 9×13 크기의 케이크팬에 기름칠을 합니다
(들러붙음 방지 스프레이를 뿌리거나 밀가루를 살짝 뿌려도 좋습니다).

재료

백설탕 2컵 / 밀가루 2컵 / 버터 1컵 / 물 1컵 / 계란 2개
달지 않은 코코아파우더 3테이블스푼 / 우유 1/2컵
바닐라향신료 1티스푼 / 베이킹소다 1티스푼

만드는법

2. 커다란 그릇에 설탕과 밀가루를 넣고 섞은 뒤 한쪽으로 치워둡니다.

3. 소스팬에 버터와 물, 코코아 파우더를 넣고 중불에서 끓입니다.

4. 설탕과 밀가루 섞은 것에 소스팬의 내용물을 붓고 섞어
줍니다(믹서를 사용한다면 중간 정도의 속도로 가동하면 됩니다).

한나의 두 번째 메모: 소스팬은 바로 씻지 마세요. 프로스팅을 만들
때 또 사용해야 하거든요.

5. 그릇에 우유, 바닐라 향신료, 베이킹소다, 계란을 넣고 섞
어 줍니다. 그런 뒤 위의 그릇과 합친 뒤 서로 골고루 혼합되
도록 저어 줍니다.
6. 완성된 반죽을 미리 기름칠을 해둔 팬에 붓습니다.
7. 175도에서 20~25분간 굽습니다. 가장자리가 조금씩 가라
앉기 시작하면 완성입니다.

한나의 세 번째 메모: 프로스팅 없이 가벼운 슈가 파우더만 뿌려 주어
도 맛있게 드실 수 있습니다. 그래도 프로스팅이 필요하다면 아래의
레시피를 참조하세요. 프로스팅은 케이크를 오븐에서 꺼내기 5분 전에
만들기 시작해야 합니다. 그래야 때맞춰 케이크에 프로스팅 장식을 시
작할 수 있거든요.

초콜릿 프로스팅!

재료

버터 1/2컵 / 달지 않은 코코아파우더 3테이블스푼 / 우유 1/3컵

슈가 파우더 1파운드(450g) / 바닐라 향신료 1티스푼

만드는 법

1. 버터와 코코아 파우더, 우유를 소스팬(아까 사용했던 팬 그대로 사용하셔도 됩니다)에 넣고 불에 올린 뒤 계속 저어 줍니다.
2. 끓기 시작하면 불에서 내려 바닐라 향신료를 넣습니다. 그런 뒤 슈가 파우더를 1/2컵씩 더합니다. 프로스팅이 조금 끈적끈적해질 때까지 파우더를 넣어주세요. 끈적끈적해지되 흘러내릴 정도는 되어야 합니다.
3. 뜨거운 케이크 위에 프로스팅을 붓고 주걱으로 재빨리 펼쳐줍니다.

한나의 네 번째 메모: 오븐에서 뜨거운 케이크를 꺼냄과 동시에 프로스팅을 완성한다는 것이 생각보다 어렵습니다. 중간에 방해받는 일들이 많이 생기게 마련이거든요. 그래서 제가 대체할 수 있을만한, 즉 뜨거운 케이크이든, 미지근한 케이크이든, 심지어 차가운 케이크에까지 가능한 퍼지 프로스팅을 고안해 보았습니다. 그것은 다음과 같아요.

절대 실패하지 않는 퍼지 프로스팅

재료

소금기가 있는 버터 1/2컵 / 백설탕 1컵 / 크림 1/3컵 / 초콜릿칩 1/2컵
바닐라 향신료 1티스푼 / 다진 호두 1/2컵(선택사항입니다)

만드는 법

1. 버터와 설탕, 크림을 중간 크기의 소스팬에 넣습니다. 그런 뒤 불에 올려 계속 저어 줍니다. 끓기 시작하면 중불로 돌려 2분 더 끓입니다.

2. 초콜릿칩 1/2컵을 넣고 다시 저은 뒤 불 위에서 소스팬을 내립니다.

3. 소스팬에 바닐라 향신료와 다진 피칸을 넣습니다.

4. 완성된 프로스팅을 케이크 위에 붓고 주걱으로 재빨리 펼칩니다.

5. 시간이 급해 프로스팅이 충분히 식을 때까지 기다릴 수 없다면, 아무것도 덧씌우지 말고 냉장고에 30분 정도 넣어두세요.

한나의 다섯 번째 메모: 케이크 냄새가 어찌나 감미로운지 케이크가 충분히 식을 때까지 참으려면 금고에 넣고 자물쇠로 잠가야 할 정도라고 하네요.

"고마워요, 한나."

심문을 끝낸 마이크가 수첩을 덮었다. 하지만 한나가 막 자리에서 일어나려고 하자 그가 한나를 다시 붙잡았다.

"한 가지 더 있습니다."

"뭔데요?"

"어젯밤 댄스파티 때 피해자와 같이 있었다고 했죠."

선택의 여지가 없었다구요. 한나는 그렇게 말하고 싶었지만, 입은 여전히 꾹 다문 채였다.

"맞아요. 거스랑 친척들 몇몇이랑 같은 부스에 앉았었거든요."

"근데 어릴 적 이야기를 했다구요?"

"네, 맞아요."

한나는 카운터 위에 놓인 케이크를 갈망 섞인 눈빛으로 바라보았다.

한나는 지금 방갈로 주방에 벌써 30분째 마이크와 단둘이 갇혀 있다시피 하고 있었다. 평소라면 에덴 호수의 외딴 방갈로에 마이크와 단둘이 있는 것이 무척 로맨틱하게 느껴졌겠지만, 오늘은 상황이 달랐다.

그는 형사일 뿐이고, 한나는 시체를 처음 발견한 목격자일 뿐이었다. 형사가 목격자를 대하는 방식에는 정해진 규칙이 있었고, 그는 그 규칙을 충실하게 따르고 있었다.

"케이크 더 먹겠어요?"

한나가 초콜릿으로 화제를 돌려보기 위해 물었다.

"고맙지만 괜찮습니다. 어제 0.5파운드나 늘어서 음식조절을 해야 하거든요. 나 신경 쓰지 말고 마음껏 들어요."

한나는 한숨을 내쉬었다. 물론 먹으라면 기꺼이 더 먹을 수 있었지만, 체중 때문에 음식조절을 해야 한다는 남자 앞에서 굳이 케이크를 우적우적 먹고 싶진 않았다.

"나도 괜찮아요. 또 물어볼 거 있어요?"

"몇 가지 더 있습니다. 어젯밤 댄스파티 때 나눴다는 대화를 이야기해 봅시다. 아까 한나가 같이 모인 사람들이 가족끼리만 아는 이야기를 했다고 했죠?"

"네, 대부분의 대화 내용이 그랬어요. 마지나 거스가 나도 대화에 참여할 수 있도록 화제를 돌려보려고 했지만, 자리에 함께 모인 사람들 대부분이 저와는 상관없는 사람들이었으니까요. 더구나 학창시절 이야기가 나오니까 난 더더욱 낄 수가 없더라구요."

"특정 인물을 언급하던가요?"

그러자 한나는 어깨를 으쓱해 보였다.

"엄마라면 기억하고 있을지도 모를 반 친구 몇 명과 선생님들 몇 명이요."

"한나는 모두 모르는 사람들이었고요?"

"아직 레이크 에덴에 살고 있는 사람들은 알겠던데, 그런 사람은 별로 많지 않았어요."

"한나는 이야기에 별로 흥미가 없었겠군요."

"네, 별로요."

"그럼 왜 진작 자리를 뜨지 않았습니까?"

"줄줄이 앉아 있었기 때문에 쉽게 자리에서 일어나 빠져나올 수가 없었어요. 6인용 둥근 부스에서 한쪽에는 거스, 팻시, 맥, 그리고 다른 한쪽에는 마지와 잭 사이에 낀 채 정확히 가운데에 앉아 있었거든요."

"그럼 얼마나 오래 앉아 있었던 겁니까?"

"음악이 두 곡 정도 연주될 동안이요. 아마 20~30분 정도 될 거예요."

"흠, 웬만큼 긴 시간이었군요."

마이크가 특유의 매력적인 미소를 지었다. 누구라도 보게 되면 한눈에 반할만한 미소였다.

"무슨 뜻이에요?"

그의 미소에 잠시 황홀해하고 있던 한나가 다시금 정신을 차렸다.

"그의 가족사에 대해 어느 정도는 알 수 있을 만큼의 시간이었다는 말입니다."

한나의 머릿속에 경고의 불이 반짝이더니 곧 사이렌이 울리기 시작했다.

"뭘 묻고 싶은 거예요?"

"피해자에 대해서 개인적으로 알아낸 사실이 없는지를 묻는 겁니다. 오랫동안 떨어져 지냈던 가족들과 잘 어울리던가요?"

한나는 잠시 망설였다. 잭과 거스 사이에 흘렀던 묘한 긴장감에 대해서 말하고 싶지는 않았다.

"그럭저럭 잘 어울리는 것 같았어요." 한나가 말했다.

"한밤중에 찻주전자에서 돈을 훔쳐 달아난 뒤 30년 동안 연락 한 번 없이 떨어져 지냈던 사람치고는 괜찮았어요. 그간 서로 쌓인 상처도 많았을 텐데 말이에요."

"듣기로는 잭 허먼이 피해자와 조단 고등학교 동창 사이라고 하던데, 어젯밤 두 사람 친해 보이던가요?"

어-오! 한나는 애써 잘 모르겠다는 듯한 표정을 지어 보였다. 아마 마이크를 거쳐 간 친척 중 누군가가 어젯밤 잭과 거스 사이에 있었던 다툼에 대해 털어놓은 모양이었다.

"한나?" 마이크가 재촉했다.

한나는 재빨리 판단하여 결국은 그 사실에 대해서는 이야기하지 않기로 마음먹었다.

"아까도 말했듯이 서로 쌓인 상처가 많을 거예요. 그 감정이 때론 서로에게 거부감을 느끼게도 하죠. 하지만 어젯밤 대화 분위기는 괜찮았어요. 마이크가 굳이 묻는다면 말이에요. 하지만, 대부분의 대화에서 난 빠져 있었기 때문에 자세히 관찰하진 못했어요."

"혹시 적대감 같은 건 보이지 않았습니까?"

"시비를 거는 사람도, 싸움을 거는 사람도 없었어요. 주먹 다툼이 있었던 것도 아니구요."

사실 완전히 거짓말도 아니지 않으냐고 한나는 스스로를 위안했다. 사실 잭이 거스를 위협한 것도 아니고, 두 사람이 몸 다툼을 벌인 것도 아니었다.

"거스를 발견했을 때 셔츠에 핏자국이 있었어요."

잭 허먼에 대한 것에서 화제를 돌리기 위해 한나가 말했다.

"총에 맞은 건가요?"

"아뇨."

"그럼 무엇에 맞은 거예요?"

"그건 우리도 아직 모르겠습니다. 나이트 박사님 말로는 얼음 꼬챙이나 송곳 같은, 뭔가 길고, 얇으면서 날카로운 물건이라고 하더군요. 한나, 아무것도 만지지 않았겠죠?"

"그 정도는 기본이죠! 살인사건 현장이니까요. 내가 만진 거라곤 그 사람 목의 맥박밖에 없어요."

"시체를 옮기지도 않았구요?"

"그럼요."

한나는 다시금 제동을 걸었다.

"무언가에 찔린 상처란 이야기를 들으니 뭔가 이상했던 점이 떠오르네요."

"뭡니까?"

"피를 많이 흘리지 않았어요. 뭔가에 찔렸다면 분명이 엄청나게 많은 피를 흘릴 텐데 말이에요."

"이번 경우엔 달라요. 나이트 박사님이 그 부분에 대해서도 설명을 해주셨습니다. 찔린 상처가 여러 개이고, 그중 대부분이 치명상이 아닐 경우에는 피를 많이 흘리지만, 이번 사건의 경우에는 찔린 상처는 오직 하나이고, 그것이 매우 치명적이었습니다. 찔린 상처는 피해자가 아직 살아 있어서 심장이 활동하는 경우가 아니면 피를 많이 흘리지 않는다고 합니다. 거스는 거의 즉사했기 때문에, 피를 많이 흘리지 않은 거죠."

한나는 속이 울렁거리는 와중에서도 또다시 의문점이 떠올랐다.

"그렇군요. 그게 부디 우리 할아버지 것이 아니었어야 할 텐데요."

"뭐가 말입니까?"

"얼음 꼬챙이요. 그 살해 도구가 만약 얼음 꼬챙이였다면 말이에요."

마이크는 잠시 의아해했다.

"살해 도구가 한나의 친할아버지 것이란 말입니까?"

"아뇨, 그게 아니라요. 예전에 할아버지께서 운영하시던 철물점에서 한때 크리스마스 시즌에 얼음 꼬챙이를 만들어 마을 사람들에게 나눠 줬거든요."

마이크는 수첩을 펼쳐 적기 시작했다.

"지금 누가 그걸 갖고 있는지 혹시 압니까?"

"마을 사람 거의 대부분이요. 할아버지가 살아계실 때만 해도 집집마다 얼음 꼬챙이를 사용했으니까요."

"하지만 지금은 다들 냉장고가 있지 않습니까. 더 이상 필요도 없는 물건을 왜 갖고 있겠어요?"

"얼음 꼬챙이는 여러모로 쓸모가 많아요. 우리 집에도 하나 있는데, 가죽 벨트에 구멍을 뚫을 때 사용하고 있거든요."

"네, 뭐, 그럴 수도 있겠군요. 난 작년에 허리가 1인치 줄어서 가죽 송곳을 따로 장만했습니다. 굳이 벨트를 새로 사고 싶지 않았거든요."

한나는 고개를 끄덕이며 한나가 얼음 꼬챙이로 가죽 벨트에 구멍을 뚫은 이유는 허리가 1인치 늘었기 때문이었다는 사실을 눈치채지 않기를 마음속으로 간절히 빌었다.

"그렇다면 결국 비슷한 얼음 꼬챙이들이 집집마다 하나씩은 다 있다는 말이로군요."

"네, 하지만 지금은 얼마나 남아 있을지 모르겠어요. 얼음 꼬챙이가 흔히 사용됐던 때는 아주 오래전이고, 손잡이도 나무로 되어 있어서 쉽게 상했을 테니까요. 할아버지가 선물하셨던 것은 손잡이에 크리스마스 장식으로 빨간색과 초록색을 칠한 다음 황금색 글씨로 할아버지 가게 이름을 찍었더랬어요. 아마 손잡이가 부서지거나 떨어졌다면, 다들 꼬챙이를 버렸겠죠. 그래도 아직 쓸만한 것들 몇 개는 방갈로에도 남아 있을 거예요."

"좋습니다." 마이크가 수첩을 탁 닫았다.

"도움이 될만한 내용일지는 모르겠군요."

"아마 사건과는 상관이 없을 거예요. 거스의 지갑은 찾았어요?"

"그건 왜 묻습니까?"

"지갑을 못 찾았다면, 단순 강도 살인일지도 모르니까요. 거스가 여기저기 돈 자랑을 했었잖아요."

"아, 그랬다고 들었어요."

마이크는 누구에게서 그 이야기를 들었는지는 말하지 않았다.

"피해자의 지갑은 습득했습니다. 주머니에 그대로 있더군요. 돈도 200달러 조금 넘게 들어 있었습니다."

"잘 됐네요!"

"뭐가 잘됐다는 거죠?"

"거스가 어젯밤에 에바의 상점에서 외상을 했거든요. 그 돈으로 지불하면 되겠네요. 어쨌든 강도 살인은 아니로군요."

"단정 지을 수는 없습니다. 강도가 의도하지 않게 그를 죽이고서는 당황하여 금방 자리를 뜬 것일 수도 있으니까 말입니다."

"아니면 돈보다 다른 것이 목적이었든지요. 어젯밤 거스는 롤렉스시계를 차고 새끼손가락에 다이아몬드 반지를 끼고 있었어요. 아까 거스를 발견했을 때 시계와 반지가 그대로 있는지는 확인을 못 해봤네요."

"전부 그대로 있었습니다. 빌이 사람을 불러서 살펴보게 했는데, 다이아몬드 반지는 가짜였어요. 다이아몬드가 아닌 납유리(인조 보석 제조용 원료)라는 데에 전문가들 모두 동의하더군요. 시계에 대해서는 아직 확실한 결과가 나오지 않았습니다. 그것 역시 보석상을 불러서 살펴보게 하고 있어요."

"거스가 왜 가짜 반지를 끼고 있었을까요?" 한나가 물었다.

"돈이 많은 사람들 대부분 그렇게 한다더군요. 진짜 보석은 금고에 보관해두고, 가짜 반지를 끼고 가짜 시계를 차고 다닌다고 합니다."

"정말 하고 다니지도 않을 보석을 왜 산대요?"

"일종의 투자 목적이죠. 어떻게 보면 주식이나 채권을 사는 것보다 더 쏠쏠할지도 모릅니다."

한나는 어깨를 으쓱해 보였다.

"그럼 거스 집 금고에 진짜 보석들이 가득할 거라고 생각하는 거예요?"

"내 추측일 뿐입니다. 그것도 곧 확인해 봐야죠. 우린 이번 사건을 전형적인 살인사건으로 다루고 있습니다."

살인사건에 전형적인 타입이라는 게 있었던가? 한나는 의심스러웠다. 하지만 굳이 그 점에 대해 마이크와 말싸움을 벌이고 싶지 않았다.

"용의자는요?" 한나가 물었다.

"구체적으로 추려내기 전까지는 모두가 용의자입니다. 오늘 새벽 2시에 무엇을 하고 있었느냐가 관건이겠죠."

"그게 거스가 살해당한 추정시간인가요?"

"나이트 박사님께서 새벽 1~3시 사이라고 말씀하셨어요. 에바의 말로는 그가 1시 30분에 상점에서 나왔다고 했으니까, 죽기 전에 우유 한잔과 한나의 당근 케이크 1조각 정도는 먹을 만한 시간이 되었을 겁니다. 그래서 지금 새벽 2시에서 3시 사이에 어디에 있었는지를 모두에게 묻고 있는 참입니다."

"새벽 2시 30분에 난 집에 있었어요."

마이크가 묻기도 전에 한나가 대답했다.

"증명할 수도 있어요."

그러자 마이크가 슬쩍 웃음을 터뜨렸다.

"모이쉐의 증언은 효력이 없습니다, 한나. 경찰서에서 모이쉐의 진술을 받아낼 수는 없을 테니까요."

"아뇨⋯⋯, 효력이 있을 거예요."

모이쉐가 보통 사람들의 상상을 뛰어넘는 재간둥이라는 사실을 마이크가 모르고 있다는 것에 한나는 조금 실망스러웠다. 아니, 어쩌면 그가 자신을 믿고 있다는 사실에 흐뭇했는지도 모른다. 정확히 어떤 감정인지 한나도 집어낼 수 없었다.

"모이쉐가 욕실 욕조 안을 밤새 헤집고 다녔거든요. 아래층 수 플랫닉이 전화해서 무슨 일이냐고 묻기까지 했어요."

"그렇다면 한나는 결백합니다. 피해자를 죽이고, 다시 집으로 돌아와 전화를 받았을 리는 없을 테니까 말입니다."

"그거 안심이군요!" 한나가 외쳤다.

하지만 마이크는 한나의 자조 섞인 농담을 이해하지 못했다. 그저 붉은빛이 도는 황금색 눈썹을 실룩거리며 한나를 쳐다볼 뿐이었다.

"근데 녀석이 욕조에는 왜요? 쥐라도 있었습니까?"

"아뇨, 물론 그것도 원인 중 하나일지도 모르겠지만요. 케이블 채널이 바뀐 후로 애니멀 채널을 찾을 수 없게 된 것에 더해서요."

"무슨 말입니까?"

"노먼이 요즘 내가 외출이 잦아서 모이쉐가 심심했을 거라고 하더라구요. 어제 교회에서 돌아와 보니 소파의 쿠션을 모두 할퀴어서 깃털을 흩뜨려놓았지 뭐예요."

"친구가 필요한 것일지도 모르겠네요. 노먼에게 커들스를 데려오라고 하지 그랬습니까?"

"그 방법도 있는데, 커들스가 이번 주에는 마거릿을 따라 그녀의 친구가 있는 둘루스에 갔거든요."

"오, 흠……, 그렇다면 내가 한나의 집에 들러 경찰 대 고양이 간의 대화를 좀 나눠야 하겠군요. 한밤중에 욕조 안을 휘젓고 다니며 소음을 내는 것과 소파 쿠션을 파헤치는 것이 얼마나 위험한 행동인지 훈계를 해줄 수는 있습니다."

"언제든 환영이에요."

한나가 미소를 지으며 말했다.

"살인사건에 대해서 더 알고 싶은 건 없습니까?"

한나는 잠시 눈을 끔뻑거렸다.

내가 환청을 들은 건가? 지금 마이크가 나에게 정보를 더 주겠다고 제안한 것 맞아?

"한나?"

"사실……, 있어요. 자꾸 신경이 쓰여서요. 물론 절대 만지지는 않았어요. 파빌리온의 바 위에 놓여 있던 휴대용 쿨러 안에 뭐가 들어 있었는지 궁금해요."

"햄치즈 샌드위치 6개가 들어 있었어요."

한나는 혼란스러웠다.

"그러니까……, 벌써 다 만들어진 샌드위치가 말이에요?"

"네, 아마 그것도 바 뒤에 숨겨 두었다가 쿨러에 넣은 모양입니다. 왜 그랬는지는 모르겠지만 말입니다."

"거스가 에바한테 방갈로에 있는 냉장고가 고장 났다고 했대요."

한나가 말했다.

"근데 내가 거스를 찾으러 그의 방갈로에 갔을 때 냉장고는 제대로 작동하고 있었어요."

"확실합니까?"

"확실해요. 냉동실에 얼음이 녹지 않고 그대로였거든요."

"그럼 전원들이 들어왔다가 나간 것일 수도 있어요. 오래된 냉장고는 가끔 그렇잖아요. 얼음은 녹았다가도 금방 또 얼곤 하니까요. 그래도 햄치즈 샌드위치를 그 위험스러운 냉장고에 보관하고 싶지 않았던 모양입니다. 특히 마요네즈가 뿌려진 샌드위치는 말입니다."

"마요네즈가 들어 있었어요?"

"마요네즈랑 겨자 소스요."

그때 한나의 머릿속에 뭔가가 번쩍였고, 한나는 고개를 끄덕였다.

"이제 알았어요."

"뭘 말입니까?"

"그가 파빌리온에 다시 온 이유요. 주방 냉장고에 있는 마요네즈랑 겨자 소스 때문이었어요."

"파빌리온의 냉장고에 그런 것들이 있었습니까?"

"네, 어제 뷔페 때 커피에 넣을 크림이 떨어지는 바람에 크림을 꺼내려고 냉장고를 열어봤었거든요."

"상점에서 마요네즈와 겨자 소스를 산 건 아닐까요?"

"그건 확실히 아니에요. 에바가 기억력이 얼마나 좋은데요. 어젯밤에 거스가 사간 것들이 무엇인지 하나하나 다 알려 주었는데, 마요네즈랑 겨자 소스는 없었어요."

그러자 마이크가 웃음을 터뜨렸다.

"그래서 파빌리온 냉장고에 있는 것을 빌렸다? 롤렉스에 다이아몬드 반지를 끼고 돈 자랑을 하고 다니던 남자의 행태라고는 상상하기 어렵군요."

"다이아몬드 반지가 가짜였다면, 롤렉스도 가짜일 가능성이 커요."

한나가 말했다.

"그렇죠. 하지만 아까도 내가 말했듯이 가짜를 하고 다닌다고 해서 부자가 아닌 건 아닙니다. 마요네즈랑 겨자 소스 사는 것을 깜빡 잊어서 급하게 샌드위치를 만들다 보니 잠깐 빌린 것일 수도 있어요."

"어쩌면요."

마이크와 논쟁을 벌여봤자 도움될 것이 없다는 생각에 한나가 쉽사리 수긍하고 나섰다. 정말 마이크의 생각이 맞을 수도 있다. 굳이 틀리다고 생각할 이유가 없었다.

"좋아요."

마이크가 한나에게 따뜻하게 미소를 지어 보였다.

"사건 현장은 직접 보았으니, 현장 사진을 복사해 줄 필요는 없겠군요?"

그러자 한나의 입이 떡 벌어졌다. *마이크가 도대체 무슨 소리를 하는 거야?*

"검시 보고서가 나오면 중요한 사항들은 전화로 알려 주겠습니다."

"그래 주면 감사하죠."

마이크가 왜 이렇게 협조적으로 나오는 것일까 의아해하며 한나가 조심스럽게 대답했다. 이런 상황에서 뭔가 먼저 나서서 물어보면 안 될 것 같다는 불길한 느낌이 들었지만, 그래도 자꾸만 의문이 드는 것을 어쩌지 못하고 한나가 물었다.

"왜 자진해서 사건 정보들을 주는 거예요?"

"주든 주지 않든 한나는 어떻게 해서라도 수사를 할 테니까요. 한나에게 수사에 관여하지 말도록 이야기해봤자 아무 소용이 없다는 것을 깨달았습니다."

한나는 잠시 생각하더니 이내 고개를 저었다.

"리사가 가족모임을 다시 이어갈 수 있도록 수사를 맡아달라는 부탁을 했어요."

"좋습니다. 생각해 봤는데, 서로 정보를 공유하는 편이 좋을 것 같아요. 그래야 수사방향이 서로 엇갈리지 않을 것 아닙니까. 그러니 한나도 알아내는 것이 있으면 내게 알려줘요. 알았죠?"

"알았어요."

한나는 자신도 모르게 대답하고 말았다. 지금 정말로 마이크가 한나의 수사를 공식 인정해 준 것인가? 아니면 다른 속임수가 숨어 있는 것은 아닐까? 얼른 안드레아와 미셸을 만나 마이크의 제안에 대해 어떻게 생각하는지 물어봐야겠다.

"동생들 만나서 내 제안을 어떻게 생각하는지 한번 물어봐요."

마이크가 마치 한나의 생각을 읽은 것처럼 먼저 말을 꺼냈다.

"그리고 어떻게 할 것인지 결정이 나면 내 핸드폰으로 전화해요."

"알았어요."

자리에서 일어나며 한나가 대답했다.

"한 가지 더……. 케이크는 동료들이 돌아오면 같이 먹을 생각인데, 가기 전에 케이크 좀 덮어 주겠어요? 향이 너무 유혹적이네요. 마치 '날 먹어! 날 먹어!' 라고 외치는 것 같아요."

"어떤 기분인지 충분히 알겠어요."

한나는 케이크팬에 덮개를 덮은 뒤 손을 흔들어 보이며 방갈로 밖으로 나섰다.

정보 공유 이야기는 정말 마이크의 진심이었을까? 정말 중요한 단서는 한나에게 알려 주지 않고 먼저 사건을 해결해 버리진 않을까? 밖으로 나와 가족모임을 위한 저녁식사를 준비하는 여자들 무리에 합류하며 한나는 마이크가 왠지 그만이 아는 게임을 하는 것 같다는 불편한 기분을 느꼈다. 물론 규칙 같은 건 한나에게 얘기해 주지 않은 터였다.

그들은 리비 톰슨의 방갈로 주방에 모였다. 리비는 리사의 대고모였다. 대고모의 방갈로는 그녀의 자녀와 손자를 포함한 톰슨 가를 모두 수용할 수 있을 만큼 거대한 규모였다.

　따라서 방갈로의 주방 역시 더블 오븐이 두 개나 있고, 가스레인지가 두 세트나 있는데다가 영업용 식기세척기도 두 대나 있었다. 레이크 에덴 호텔에 있는 샐리의 주방을 제외하고 마을에서 제일 큰 주방이었기에 가족모임의 포트럭 저녁식사를 준비하기에는 안성맞춤인 장소였다.

　"오, 이런!"

　마지가 걱정스러운 표정으로 외쳤다.

　"왜 그러세요?" 한나가 물었다.

　"레시피 말이야. 이게 괜찮을지 모르겠어."

　한나는 레시피를 들여다보았다. 햄버거와 토마토 마카로니가 든 캐서롤 레시피였는데, 한나가 보기에는 이상한 점이라곤 전혀 없었다.

　"괜찮은 것 같은데요. 뭐가 이상하시다는 거예요?"

　"이름 말이야. 그러니까……, 어젯밤에 그런 일이 있었는데……."

　"거스 이야기를 하시는 거야."

　팻시가 말했다.

　한나는 다시 레시피를 들여다보았다. 요리명은 눈여겨보지 않았는데, 레시피 제일 위쪽에 커다란 글씨로 '장례식용 핫디쉬'라고 적혀 있었다.

"정말 좋은 요리인데 말이야."

마지가 말을 이었다.

"조이스에게서 받은 레시피인데, 조이스는 스완빌에 있는 성 베드로루터 교회 장례상조회에서 일하고 있거든. 내 사촌인 테드의 장례식 때도 만들었던 레시피들인데, 어떻게 생각해, 한나? 이걸 사용해도 될까?"

"안될 게 뭐가 있어요. 요리 이름만 얘기하지 않으면 되잖아요."

"누가 묻기라도 하면?"

팻시가 물었다.

"그냥 둘러대요. 조이스랑 그녀의 장례상조회도 개의치 않을 거예요. 기념일용 핫디쉬라고 해도 되잖아요. 기념일 때마다 만드는 것으로요."

"좋은 생각이야."

마지가 한나의 의견에 동조했다.

"뭔가 기념한다는 것은 보통 즐겁고 행복한 일이니까."

"꼭 그렇지만도 않아."

마지가 여동생을 날카롭게 쏘아보았다.

"아직도 맥이랑 화해를 못 한 거야?"

"우리에게 닮은 점이라곤 서로 절대 화합할 수 없다는 거야. 맥이 나더러 거스가 가출하기 전 나한테 빌려갔던 500달러를 갚으란 얘길 거스에게 하라고 했던 거 알아? 30년분의 이자까지 쳐서 말이야! 내가 못하면 자기가 대신 얘기해 주겠다고까지 했어. 믿어져?"

"믿어져."

마지가 고개를 설레설레 저으며 대답했다.

"맥은 돈이라면 철저하잖아."

"철저한 정도가 아니야! 아무튼 그것도 우리가 싸운 수많은 이유 중 하나일 뿐이야."

팻시가 한나를 쳐다보았다.

"한나가 있는 앞에서 구차하게 더 이상 이야기하고 싶지 않아. 양파랑 셀러리 좀 건네줘, 언니. 내가 잘라서 볶을게."

팻시는 어딘가 불편해 보였고, 마지 역시 그다지 차분한 모습은 아니었다. 한나는 두 사람이 이미 저기압 상태이니 조금 더 불편한 화제를 꺼내어도 상관없을 거란 생각이 들었다.

"제가 거스를 처음 발견한 것 아시죠?"

두 자매가 모두 고개를 끄덕이자 한나는 말을 이었다.

"그가 어떻게 죽었는지 혹시 저한테 묻고 싶으신 것 없으세요?"

마지와 팻시는 서로를 쳐다보더니 이내 얼굴을 찌푸렸다.

"별로."

마지가 대답했다.

"우리가 알아야 할 만한 것은 경찰에서 이미 알려줬어."

한나는 깜짝 놀라 두 사람을 번갈아 쳐다보았다. 피해자의 가족들은 보통 더 많이 알고 싶어 하기 마련인데 말이다.

"사실은, 한나, 친척들이 거스를 그다지 좋아하지 않았어."

팻시가 털어놓았다.

"왜요?"

"그게……."

이번에는 마지가 입을 열었다.

"우리가 기억하던 옛날 동생 모습이 아니었거든. 사람이 완전히 달라진 것 같더라고."

"어떻게요?"

"틈만 나면 자기 자랑에다 돈 자랑을 했잖아. 미네소타 사람들은 보통 그렇지 않거든." 팻시가 설명했다.

"그리고 자기가 우리보다 훨씬 더 잘났다고 생각하는 것 같았어. 마치 우리를 아랫사람 부리듯이 하고 말이야."

"그래도 신문에서 가족모임 소식을 듣고 여기까지 왔잖아요."

그러자 마지와 팻시는 고개를 저었다.

"아니, 아니야." 마지가 말했다.

"신문에 광고 같은 건 내지 않았어. 우리 주소책에 있는 수소로 초대장을 돌렸을 뿐이지."

"그럼 거스가 어떻게 알고 온 거예요?"

한나는 혼란스러웠다.

"리사와 허브가 메인가에 붙여 놓은 포스터를 본 것이 아닐까 생각해."

팻시가 대답했다.

"그러니까, 그가 그저 우연한 시기에 가족들을 만나러 왔는데, 마침 모임이 있었던 거란 말씀이세요?"

"우리를 비웃으러 왔겠지."

팻시가 중얼거렸다.

"팻시!"

마지가 그녀를 나무랐다.

"사실이잖아. 예전에 거스는 그러지 않았어. 성격이 조금 거칠긴 했지만, 그건 부모님이 그 애에게 지나치게 엄하셨기 때문이었어."

"고등학생 때 만난 여자애들도 전혀 도움이 되지 않았지. 바보같이 그 애를 쫓아다니던 여자애들 때문에 거스도 같이 바보가 되어 버리고 말았잖아."

마지가 한숨을 내쉬었다.

"그래도 나쁜 애는 아니었는데……, 그때는 말이야."

한나는 잠시 머릿속이 멍해지고 말았다. 레이크 에덴을 떠나기 전까지 그렇게 나쁜 사람이 아니었는데, 지금까지의 세월이 그를 결코 좋은 사람이라고 말할 수 없는 타입의 인물로 변하게 했단 말인가.

좋은 사람이라면 자리에 가만히 앉아 사람들에게 지시하지 않는다. 그리고 좋은 사람이라면 잭이 알츠하이머를 앓고 있다는 사실을 알면서도 그렇게 냉정하게 굴지 않았을 것이다. 그렇다. 거스는 잭이 알츠하이머를 앓고 있다는 사실을 알고 있었다. 마지가 그에게 이야기해 주는 것을 한나도 들은 것이다. 그런데도 불구하고 어젯밤 거스는 잭에게 잔인했다.

"세월이 그를 변하게 했나 보죠."

두 자매가 뭔가 대답을 기다리는 듯하여 한나가 마침내 입을 열었다. 그러자 마지는 또다시 팻시와 시선을 주고받았다.

"아니면 또다른 이유가 있던가." 마지가 말했다.

"그게 뭔데요?"

"그가 정말로 우리 동생 거스가 맞는지 모르겠어."

"그럼 다른 사람이 거스인 척했단 말씀이세요?"

"확실히는 모르겠어."

이번에는 팻시가 대답했다.

"한나가 마이크와 이야기하는 동안 가족이 모여서 잠시 의논을 했는데, 몇몇 친척들은 그가 거스인 게 맞다고 했지만, 또다른 몇몇은 거스가 아니라고도 했어."

한나는 생각에 중심을 잃은 듯한 기분이었다. 이런 반전은 생각지도 못했다!

"만약 그가 연기한 것이라면, 정말 훌륭하게 해낸 셈이네요. 거스에 대해 아주 잘 알고 있었으니까요."

"사실은 그렇지도 않았어."

팻시가 고개를 저었다.

"그가 알고 있던 건 아주 단순한 것들뿐이었거든. 그저 거스를 아주 잘 알고 있던 사람이 아니었을까 생각해. 아마 30년 세월의 공백이 있다고 가정하면, 언니도 충분히 나인 척 연기할 수 있을 거야. 그 차이를 누가 알아챌 수 있겠어."

"외모는요? 동생과 닮지 않았어요?"

그러자 마지가 고개를 끄덕였다.

"닮았지. 근데 맥의 말로는 거스와 동년배이고, 6피트(180㎝)의 키에 짙은 금발의 남성이라면 누구든 거스와 비슷해 보일 거라고 하더라구."

"맥도 그를 잘 알아요?"

"오, 그럼. 조단 고등학교 다닐 때 같은 운동부에서 활동하기도 한 걸."

"그럼 동생만이 갖고 있던 특징 같은 건 없었어요? 사마귀나 점 같은?"

한나가 팻시에게 물었다.

"없어."

"사고나 수술로 인한 흉터는요?"

"야구를 하다 몇 번 다치긴 했는데, 그건 오래전에 아물었지."

마지가 대답했다.

"그리고 우리가 알고 있는 한 수술을 받은 적은 없었어."

"그렇다면 누군가 거스인 척하고 싶어 할 만한 이유 같은 게 있어요?"

한나가 핵심적인 질문을 던졌다.

"아니." 팻시가 대답했다.

"그러니까 물려받을 유산이 있다거나 한 건 아니야."

"마지?"

한나는 그녀를 돌아보았다.

"잘 모르겠지만, 한 가지 사실은 분명해."

마지가 신중한 눈빛으로 한나를 물끄러미 바라보았다.

"하루빨리 진실을 밝혀내야 한다는 거야."

장례식용 핫디쉬 (기념일용 핫디쉬)

오븐은 175도로 예열합니다. 틀은 오븐의 중앙에 둡니다. 혹은 전자 로스터의 온도를 175도로 맞춥니다.

한나의 첫 번째 메모: 조이스 말로는 세 사람의 도움이 필요하다고 하네요. 한 사람은 양파와 셀러리를 썰고 볶고, 다른 한 사람은 햄버거를 굽고, 마지막 한 사람은 파스타를 요리하고 소스를 섞어야 해요.

1. 팬이나 전자 로스터 안에 들러붙음 방지용 스프레이를 뿌립니다.

재료

셀러리 1다발(약 10줄기) / 큰 양파 3개(전 양파를 좋아하기 때문에 4개를 사용했어요)

햄버거 6파운드(2.7kg, 전 햄버거도 8파운드(3.6kg)나 사용했답니다)

마카로니 4파운드(1.8kg) / 토마토 수프 1캔(50온스, 1.4kg)

황설탕 1테이블스푼 / 토마토 주스 2캔(각 46온스, 1.3kg)

케첩 1병(46온스, 1.3kg) / 흑후추 1티스푼

만드는 법

2. 셀러리를 한 입 크기로 자른 다음에 버터를 녹인 프라이팬에 약한 불로 볶습니다.

3. 양파 껍질을 벗겨 한 입 크기로 자른 다음 셀러리를 볶은 팬에 넣고 같이 볶습니다. 속이 투명해질 정도로 익으면 완성입니다.

4. 중불에 햄버거를 굽습니다. 굽는 동안 햄버거 역시 한 입 크기로 자릅니다.

5. 마카로니를 삶은 뒤 물을 버리고 한 쪽에 놓아둡니다.

6. 토마토 수프와 토마토 주스, 케첩을 섞습니다. 거기에 황설탕과 흑후추를 더합니다.

7. 요리한 셀러리와 양파를 소스에 넣은 뒤 저어 줍니다.

8. 햄버거도 넣고 저어 줍니다.

9. 마지막으로 마카로니를 넣고 다시 한 번 잘 섞어 줍니다.

10. 재료들이 골고루 섞였으면, 뚜껑을 덮고 오븐에 넣은 뒤 2시간 동안 조리합니다. 바닥에 들러붙지 않도록 때때로 저어 주어야 합니다.

조이스의 메모: 핫디쉬를 2시간 동안 조리하는 이유는 따로따로 요리한 재료들의 맛이 골고루 섞이게 하기 위해서랍니다.

한나의 두 번째 메모: 이번 가족모임 때 만들었을 때는 위에 파마산 치즈가루를 뿌렸답니다. 마지는 집에서도 종종 이걸 만드는데, 소스에 검은 올리브를 넣는다고 해요. 그렇게 만드는 것을 허브와 잭이 더 좋아한다나요. 때때로 갈릭빵과 곁들이기도 한답니다.

"이번 사건도 수사할 거시?"

분홍색 캐미솔을 허리에 묶고 하얀색의 짧은 반바지를 입어 구릿빛 피부를 매력적으로 드러낸 미셸이 물었다.

밝은 갈색의 머리카락은 분홍색 끈으로 높게 올려 묶어 얼핏 보면 고등학생처럼 보이기도 했다. 물론 여느 여고생 못지않게 젊고 귀여운 외모를 자랑하는 미셸이었다.

"수사할 거야. 리사가 벌써 부탁해 왔거든. 마지와 마지의 여동생도 도와달라고 하셨고."

한나는 꽃양배추의 꼭지를 딴 다음 도마 위에 올려놓았다. 조단 고등학교의 수석 요리사인 에드나 퍼거슨이 톰슨 가의 방갈로에 도착하자 한나는 엄마의 방갈로로 자리를 옮겨 뷔페 테이블에 올릴 샐러드를 만들고 있는 중이었다.

"난 팻시가 좋아."

안드레아가 입고 있는 화려한 꽃무늬의 여름용 드레스의 끈을 다시 매만졌다. 드레스 위에는 옛날 스타일의 볼레로 재킷을 입고 있었는데, 클레어 가게의 50년대풍 컬렉션 중 하나였다. 한나도 '부 몽드' 옆을 지나면서 본 적이 있었다.

"여기로 오는 길에 팻시를 만났거든." 미셸이 설명했다.

"한눈에 봐도 우리가 자매인 걸 아시겠대."

한나는 아무 말도 하지 않았지만, 그건 사실이었다. 안드레아와 미셸은 누가 봐도 똑 닮은 모습이었다. 거기에 엄마까지 더하면 사람들은 안드레아와 미셸의 아담한 체격과 사랑스러운 모습이 엄마를 닮은 것임을 금방 알아채곤 했다.

"위에 입은 옷, 사이즈가 몇이야?"

안드레아가 미셸에게 물었다.

"5사이즈."

"그것보다 작은 것 같은데. 내가 5사이즈를 입는데, 그건 나한테 작아 보여."

"나한테도 조금 작아." 미셸이 인정했다.

"뜨거운 물에 빨았더니 옷이 줄었지 뭐야. 아마 이제 3사이즈 정도 될 걸."

두 사람의 대화를 말없이 듣고 있는 한나는 속으로 비명을 내질렀다.

한나는 초등학교를 졸업한 이후로 3사이즈의 옷을 입어본 역사가 없다. 두 명의 동생들은 엄마의 아름다움 유전자를 물려받았지만, 한나는 아빠에게서 큰 키와 통통한 몸매와 더불어 곱슬거리는 빨간 머리를 물려받았다.

"언니도 오늘 멋진데."

한나의 소외감을 눈치챘는지 미셸이 한마디 던졌다. 그러자 역시나 눈치 빠른 안드레아가 거들고 나섰다.

"응, 정말 그래. 청록색이 언니한테 잘 어울린다."

"고마워."

한나는 짙은 자주색 코튼 바지 위에 받쳐 입은 청록색 블라우스를 내려다보며 대답했다. 청록색은 한나가 좋아하는 색 중 하나였다.

한나는 미셸을 물끄러미 쳐다보다가 문득 그 애가 노출이 많은 옷을 입고 있다는 사실을 깨달았다.

"자외선 차단제는 발랐겠지?"

"그럼, 모기약도 뿌렸어. 걱정하지 않아도 돼."

"그래."

한나는 안드레아와 서로 눈빛을 주고받았다. 두 사람은 지금 같은 생각을 하고 있었다. 자외선이나 모기 같은 건 문제 될 것이 없다. 저런 옷차림으로 마을을 돌아다녔다간 시답지 않은 늑대들이 미셸에게 꼬여들 것이다.

"로니도 오늘 파티에 온대?"

안드레아가 물었다. 로니는 미셸이 1년 넘게 만나고 있는 젊은 경찰관이었다.

"응. 그러고 보니······, 옷을 갈아입는 게 낫겠어. 로니는 내가 이런 옷 입고 돌아다니는 거 좋아하지 않거든. 이렇게 입고 다니면 남자들이 침을 질질 흘릴 거라나."

미셸이 옷을 갈아입으러 침실로 들어가자 한나와 안드레아는 서로 마주 보며 씩 웃었다.

"로니가 아주 잘 하고 있는 것 같아." 안드레아가 말했다.

"그러게 말이야." 한나도 동의했다.

"채소 써는 것 도와줄까?"

"괜찮아. 어차피 칼도 한 개 뿐이야."

한나는 어렸을 적 버릇대로 거짓말을 하며 손가락을 꼬았다. 사실 엄마의 방갈로에 칼은 매우 많았다. 그것도 모두 날카롭게 잘 다듬어져 있었다. 하지만 요리에는 영 소질이 없는 안드레아에게 채소 써는 일을 맡겼다가는 자기 손가락을 베고 말 것이다. 그런 비극적인 사태를 예방

하기 위해서 한나는 어쩔 수 없이 선의의 거짓말을 하고 말았다!

"근데 뭘 만들고 있는 거야?"

안드레아가 가까이 다가와 그릇 안을 들여다보았다.

"꽃양배추랑 브로콜리 썬 것들이네. 샐러드 종류 같아."

"맞았어. 샐리의 써니 베지터블 샐러드야. 작년에 레시피를 받아뒀거든. 리사는 흑올리브를 넣은 시저 샐러드를 만들고 있고, 에드나는 마카로니 샐러드, 마지는 코울슬로를 만들고 있어."

"나도 샐러드를 가져왔지."

안드레아가 자랑스럽게 말했다.

"코티지 치즈와 양파를 넣은 그린 젤로 샐러드야."

한나는 무어라고 대꾸하면 좋을까 잠시 생각에 잠겼다. '맛있겠는데.'라고 하면 너무 과장되고, '괜찮겠네.'라고 하면 너무 무미건조하다. 그러다 마침내 적당한 말을 생각해냈다.

"다른 샐러드들이랑 구색이 맞겠어."

그때 미셸이 흰색의 긴 바지와 시폰 소매가 달린 라벤더 색 블라우스를 입고 다시 모습을 보였다.

"옷 예쁘다."

안드레아가 칭찬했다.

"고마워. 로니는 내가 흰색이랑 보라색 옷을 입었을 때가 가장 예쁘대. 아마 조단 고등학교 대표색이 흰색이랑 보라색이어서 그런 것 같아."

미셸이 한나 옆으로 다가왔다.

"뭐 도와줄 것 없어?"

한나는 브로콜리 썰는 것을 도와달라고 하고 싶었지만, 안드레아에게 이미 거짓말로 칼이 하나밖에 없다고 말한 뒤였다.

"샐러드 드레싱 섞을까?" 미셸이 제안했다.

"그럼 안드레아가 재료를 갖다 주면 되겠네. 그리고 만드는 동안 네 의견을 물어야 할 일이 있어."

"뭔데?"

미셸이 물었다. 그러는 동안 안드레아는 한나가 가져온 쿨러를 미셸에게 가져다주었다.

"마이크가 나더러 사건을 수사해도 좋다고 했어. 서로 정보를 공유하는 조건으로 말이야. 진심으로 말하는 것 같긴 했는데, 어째야 좋을지 잘 모르겠어."

"경찰들이란 좀처럼 신뢰할 수 없기 때문일 거야."

미셸이 재빨리 말했다.

"그들은 항상 진실만 이야기하진 않거든. 용의자에게 자백을 받아내기 위해 속임수나 거짓말을 사용하는 법 같은 것도 아마 경찰학교에서 가르칠걸."

한나와 안드레아는 깜짝 놀라 미셸을 쳐다보았다.

"그럼 로니도 너한테 거짓말을 한다고 생각해?"

한나가 물었다.

"물론이지." 미셸이 피식 웃었다.

"어젯밤에는 내가 세상에서 가장 아름답다고까지 했다구."

"그건 거짓말이 아니야."

한나가 말했다. 그리고 거의 동시에 안드레아가 물었다.

"너 도대체 왜 그래? 그건 사실이야."

"고마워요, 언니들."

미셸이 싱긋 웃어 보였다.

"하지만 사실이 아니라는 것 나도 알아. 로니는 깜찍한 거짓말을 한 거지."

"엄연히 말해서 그건 거짓말이 아니야." 한나가 말했다.

"너 듣기 좋으라고 조금의 아첨을 섞은 것뿐이지."

안드레아도 동의했다.

"남자들은 가끔 그런 말 한 마디씩쯤은 해줘야 해."

"하지만 그럴 때는 그들한테 뭔가 바라는 게 있다는 뜻이기도 하지."

한나가 덧붙였다.

"오, 맞아." 미셸이 말했다.

그러자 안드레아와 한나는 굳은 시선으로 서로를 바라보았다. 서로 먼저 물어보길 기다리는 것이 분명했다. 침묵이 길어지자 마침내 한나가 입을 열었다.

"좋아, 내가 물어볼게." 한나가 말했다.

"로니가 뭘 원했는지 물어봐도 될까?"

그러자 미셸이 웃음을 터뜨렸다.

"두 언니 중 누가 먼저 물어볼까 나 기대하고 있었어. 당연히 말해 줄 수 있지. 이번 크리스마스 때 약혼반지를 준비하고 싶다고 했어."

"하지만, 학교 졸업하려면 2년은 더 있어야 하잖아."

안드레아가 지적했다.

"그래, 그래서 나도 너무 빠른 게 아니냐고 했어. 내년에도 그 마음 변치 않는다면, 약혼식은 내년 크리스마스 때 하자구."

"똑똑한 것!"

한나가 안드레아와 하이파이브를 했다.

"근데 당장 약혼할 수 없었던 이유가 학교 때문만은 아니었어."

미셸이 말을 이었다.

"만나보고 싶은 사람이 또 있거든."

"레이크 에덴에 말이야?"

한나가 깜짝 놀라며 물었다. 같은 마을 안에 라이벌이 있어서 매일 마주쳐야 한다는 사실을 로니가 알게 되면 무척 마음 상해할 것이다.

그러자 미셸이 고개를 저었다.

"아니, 학교에. 아직 나한테 데이트 신청을 하진 않았지만, 곧 할 것 같아. 만약 그렇게 된다면 나, 승낙하고 싶어."

"그래, 현명한 판단이야." 한나가 말했다.

"그렇지? 정말로 마음에 확신이 들 때까지는 한 사람한테만 매여 있고 싶지 않아. 한나 언니처럼 말이야."

한나는 조금 멍한 기분이었다. 미셸이 감탄해 마지않는 한나의 상황은 어찌 보면 그녀의 성격상 결점이기도 했다. 뭐든 쉽사리 선택하지 못하는 사람들이 있지 않은가. 그런 사람들은 평생을 두 갈림길 사이에서 서성대다가 결국에는 혼자 남게 되고 만다. 전에는 미처 몰랐지만 한나는 자신이 점점 그런 처지가 되어가고 있다는 생각을 떨쳐버릴 수가 없었다. 어쨌든 지금은 연애사에 고심할 때가 아니었다. 마이크가 제안한 협약에 대한 동생들의 의견을 들어야만 했다.

"아무튼, 얘기가 조금 빗나갔는데." 한나가 말했다.

"경찰과 거짓말에 대해서 이야기하고 있었잖아, 우리. 그럼 내가 마이크에게 정보를 주면 그도 나에게 필요한 정보를 주겠다고 한 건 거짓말이었을까?"

미셸이 잠시 고심하는 듯했다.

"글쎄. 근데 마이크가 언니한테 거짓말해서 얻는 게 있나?"

"있고말고." 안드레아가 대답했다.

"언니는 마이크에게 숨김없이 정보를 알려줄 거란 사실을 마이크는 알고 있지만, 마이크도 정말 그렇게 할 것인지에 대해서는 우린 확신할 수 없어."

"아냐, 알아챌 수 있어."

한나가 말했다. 그러자 안드레아가 깜짝 놀라며 물었다.

"어떻게?"

"너희들이 경찰 와이프 네트워크에 몸담고 있잖아. 마이크가 빌에게는 모든 상황을 보고할 것 아니야, 그렇지?"

"그렇지, 하지만……."

"그 보고서를 살짝 훔쳐보는 것쯤이야 너한텐 식은 죽 먹기잖아, 안 그래?"

한나가 안드레아의 말을 가로막고 나섰다. 그러자 안드레아가 미소를 짓기 시작했다.

"그런 거야 전혀 어렵지 않지. 그럼 마이크에게 그러겠다고 해. 그가 솔직하게 정보 공유를 하고 있는지 우리가 실시간으로 확인해 줄게."

안드레아가 재료를 건네주는 것에 맞춰 미셸은 드레싱을 섞기 시작했고, 한나는 남은 채소들을 다시 썰기 시작했다. 그러는 동안 문득 안드레아에게 물어볼 것이 떠올랐다.

"아까 마이크랑 이야기했을 때 거스가 끼고 있던 다이아몬드 반지가 가짜라고 했어. 그래서 롤렉스시계도 가짜일 것 같다고 하던데, 그가 입고 있던 의상은 어때? 그것도 가짜였을까?"

"짝퉁 말이야?"

안드레아가 물었다. 그러자 한나는 어깨를 으쓱해 보였다.

"짝퉁이 뭔데?"

"디자이너가 디자인한 옷을 외국의 일반 제조업자들이 그대로 가져와 똑같이 만들어 파는 거야. 빌이랑 하와이에 갔을 때 로스앤젤레스를 경유 하느라 거기에 4시간 정도 머물렀는데, 택시를 타고 시내에 나갔다가 가짜 구찌 가방을 단돈 10달러에 샀잖아. 금속 버클로 된 로고도 달렸었어."

"G가 C로 찍혀 있었던 것 아니야?" 미셸이 물었다.

"맞았어. 클러치 백이었는데, 진짜 귀여워. 정말 가죽 냄새도 났다니까."

"하지만 가죽은 아니었구나."

한나가 추측했다.

"빙고!"

안드레아가 한나를 손가락으로 가리켰다.

"물론 짝퉁이라는 건 알고 샀어. 진짜 구찌가 10달러밖에 안 할 리가 없잖아. 그래도 마음에 들었어. 우리 그이가 사줬거든."

"그래서 잘 들고 다녀?"

미셸이 물었다.

"그게, 집에 돌아오기도 전에 가죽 냄새는 다 날아가고, 두 번째 들었을 때는 버클이 떨어졌어."

"그럼 고치지 그랬어?" 미셸이 물었다.

"그러려고 했는데, 그걸 들고 시내에 나가기가 싫더라구."

"그럼 버드 호그한테 가져가서 용접해 달라고 해도 됐을 텐데."

한나가 말했다.

"이니, 그럴 수는 없어. 빌이 경찰이라는 사실은 마을 사람들 전부가 알고, 빌이 나한테 진짜 구찌 가방을 사줬다고 소문이 다 났는데, 경찰 와이프가 불법인 짝퉁 가방을 들고 마치 진짜인 것처럼 행세하고 다니면 사람들이 어떻게 생각하겠어?"

"그래, 좋지 않을 것 같다." 미셸이 말했다.

"소문라인에 불을 지피는 격이지."

한나가 덧붙였다.

"그러니까. 그래서 그냥 쓰레기통에 던져버렸어."

"잘했네."

한나는 안드레아를 칭찬하며 드레싱이 담긴 그릇을 집었다.

"어라!"

한나가 샐러드 위에 드레싱을 붓는 것을 본 미셸이 소리쳤다.

"왜 그러는 거야? 뷔페가 차려지려면 아직 2시간이나 남았는데, 드레싱을 벌써 부으면 어떡해!"

"괜찮아. 샐러드에 눅눅해질 만한 재료가 없기 때문에 몇 시간 전에 뿌려둬도 상관없어. 사실 채소에 맛이 배려면 시간이 걸리니까 오히려 미리 뿌리는 게 더 나을 수도 있어. 그냥 이렇게 드레싱을 부은 다음에 비닐랩을 덮고 냉장고에 넣어두는 거야. 그런 다음 식탁에 낼 때가 되면 베이컨 조각이랑 소금에 절인 해바라기 씨를 위에 솔솔 뿌린 다음 손님들에게 내가는 거지."

한나는 이야기를 마친 뒤 다시 심호흡을 하고 아까의 화제로 돌아갔다.

"그럼 다시 거스의 옷 이야기로 돌아가서, 우리 두 명의 패션 전문가들께서 어젯밤 그의 의상을 자세히 관찰하셨나?"

"난 자세히 봤어."

안드레아가 대답했다. 역시 한나의 예상대로였다.

"난 잘 못 봤어." 미셸이 말했다.

"교회로 거스가 차를 몰고 왔을 때는 로니를 배웅하느라 난 주차장에 있었고, 로니가 근무 중일 때는 친구들이랑 쇼핑몰에 갔었거든. 당연히 아침 뷔페에는 초대받지 못했구. 그리고 어젯밤 파티 때는 로니의 부모님이랑 릭과 제시카와 함께 앉아 있었는데, 거스가 지나가는 것을 언뜻 보고 의상이 참 멋지다고만 생각했지, 어느 브랜드 것인지 자세히 살펴보지는 못했어."

"완전 돈을 발랐지, 발랐어."

안드레아가 어깨를 살짝 으쓱해 보이며 간단명료하게 설명했다.

"정확히 얼마나 들었는지는 모르겠지만, 그가 입었던 앙상블 정장 정도면 개조용 주택의 계약금은 족히 될 거야. 내 공인중개사 자격증을 걸고 장담할 수 있어!"

한나는 안드레아를 물끄러미 바라보았다. 안드레아가 남편과 아이들 다음으로 소중하게 여기는 공인중개사 자격증을 내걸 정도면 정말로 믿을 만한 것이다.

"보석들은 가짜였는데, 의상은 진짜였던 말이지?"

"그래."

"그렇다면 거스 클레인이 돈은 좀 있었단 말인데……. 적어도 비싼 양복 값이나 바스콤 시장님도 한 번 신어보지 못한 구두 값을 지불할 때까지만 해도 말이야."

샐리의 써니 베지터블 샐러드

재료

브로콜리 썬것 5컵 / 꽃양배추 썬것 5컵 / 소금에 절인 해바라기 씨 1/4컵

체다치즈 간 것 2컵(샐러드에는 얇게 갈수록 좋아요) / 백설탕 1/2컵

구운 베이컨 6줄기(혹은 조각낸 것 1/2컵) / 마요네즈 1컵

황금 건포도 1/2컵(샐리는 건포도가 없을 땐 말린 크랜베리를 사용하기도 한다네요)

양파 썬것 2/3컵(샐리는 파를 사용했답니다)

레드와인 식초 2테이블스푼(전 라즈베리 식초를 사용했어요)

만드는법

1. 브로콜리와 꽃양배추를 먹기 좋은 크기로 작게 썹니다.

2. 커다란 그릇에 브로콜리와 꽃양배추 썬 것을 넣고 체다치즈를 뿌린 다음 손으로 섞어 줍니다.

3. 거기에 건포도와 양파를 넣습니다.

4. 작은 그릇에 설탕, 마요네즈, 레드와인 식초를 넣고, 고무주걱으로 부드러워질 때까지 섞어 줍니다.

5. 샐러드 위에 완성된 드레싱을 붓습니다. 그런 뒤 숟가락이나 주걱으로 채소와 드레싱이 골고루 섞이도록 뒤섞어 줍니다.

6. 위에 베이컨 조각을 뿌린 뒤 해바라기 씨를 뿌립니다.

한나의 첫 번째 메모: 이 샐러드는 손님상에 내기 몇 시간 전에 만들어 두세요. 채소에 드레싱이 충분히 베이게 하기 위해서는 그 편이 훨씬 좋답니다. 드레싱과 잘 섞은 샐러드를 비닐랩을 덮은 뒤 냉장고에 넣어두세요. 먹기 전에 다시 꺼내 베이컨과 해바라기 씨를 뿌려주면 됩니다.

한나의 두 번째 메모: 전에 저녁 파티용으로 6인용의 샐러드를 만들었는데, 절반이 남고 말았어요. 그래서 남은 걸 냉장고에 넣고 다음 날 다시 먹어보았는데, 방금 만든 것처럼 맛이 좋았답니다!

톰슨 가의 방갈로 주방에 있는 거대한 영업용 식기세척기에 냄비와 팬을 넣으며 한나는 입이 찢어져라 하품을 했다.

일을 돕던 다른 여자들이, 친척들이 가져온 사진들로 리사와 허브, 노먼이 함께 작업하여 만든 슬라이드를 볼 수 있도록 한나 혼자 자원하여 남아 뒷정리를 하고 있는 참이었다. 한나 역시 슬라이드를 보고 싶었지만 리사와 허브가 슬라이드 이벤트를 위해 강변에 마련해놓은, 담요 덮인 벤치에 앉게 되면 도저히 눈을 뜨고 있을 수가 없을 것 같았다.

원래는 파빌리온에서 하려 했지만, 거스의 사건으로 인해 폐쇄되어버리고 말았던 것이다. 노먼이 급하게 미니애폴리스에서 야외행사용 거대한 텔레비전 스크린을 빌려왔고, 스크린을 배달해온 사람이 전기선을 뽑아 가장 가까운 곳에 있는 방갈로 콘센트에 연결해 주었다.

한나가 있는 방갈로는 이벤트가 열리고 있는 곳에서 조금 떨어져 있었지만, 그래도 강변에 모인 가족들의 환호와 웃음소리를 들을 수 있었다. 환하게 불을 뿜는 스크린에 바보 같은 나방들이 몰려드는 중에 한나는 식기세척기에 그릇들을 넣고 세정제를 부었다. 이제 기계를 한 번만 더 돌리면 집에 갈 수 있다.

전기 요리 냄비를 헹구어 낸 다음 식기세척기에 넣으며 한나는 또다시 하품을 했다. 잠은 부족하고, 머릿속에 걱정거리는 많았다. 우선, 한나는 얼음 꼬챙이에 대한 생각을 쉽게 머릿속에서 지워낼 수가 없었다.

거스보다 더 잔혹하고 끔찍하게 죽은 피해자들을 많이 보았으니 자꾸만 이런 생각을 한다는 게 말도 안 되는 일일지도 모르겠지만, 살인범이 한나의 할아버지가 크리스마스를 기념해서 만들어 손님들에게 선물한 얼음 꼬챙이를 살해 도구로 사용했을 거라는 의심이 좀처럼 가시지 않았다. 한나의 집에도 똑같은 것이 있기 때문일지도 모르겠다.

한나의 또다른 걱정은 모이쉐에 관한 것이었다. 오늘도 집에 돌아갔을 때 녀석이 쿠션이란 쿠션을 모두 아작 내어 놓았으면 어쩌지?

"한나?"

그때 나무로 된 스크린 도어를 두드리는 노크소리와 함께 한나를 부르는 소리가 들려왔다.

"얘기 좀 해, 한나."

귀에 익은 목소리, 에덴 호수 상점의 여주인, 에바였다.

"들어오세요, 에바. 열려 있어요."

"좀 도와줄까?"

에바가 개수대 쪽으로 다가오더니 지저분하게 쌓여 있는 소스팬을 쳐다보며 물었다.

"괜찮아요. 서의 다했는걸요. 근데 무슨 일이세요?"

"한나한테 꼭 얘기해야 할 것이 있어서. 거스 일이야."

한나는 고개를 돌려 그녀를 쳐다보았다.

에바의 표정이 무척 어두웠다.

"무슨 일인데요?" 한나가 물었다.

"레드 윙에서 온 비즈먼 가 사람들이 와서는 발견된 시체가 정말 거스가 확실한지 잘 모르겠다고 하던데."

"사실이에요. 마지도 의심하고 있어요. 팻시도 그렇구요."

"그래, 그 비즈먼 부인, 그러니까 벳시인가, 아무튼 그 여자 말로는 거스가 분명한지 확인할 수 있는 흉터 같은 것이 전혀 없다고 하던데 말이야."

"맞아요."

"그런데……, 있어, 그런 게."

"뭐라구요?"

"거스만이 가진 표시가 있다구."

"흉터에요?"

"아니, 문신이야. 두 개의 야구 방망이와 공이 교차한 그림이야. TV에서 하는 야구 경기에 흔히 나오는 로고지."

"확실해요?"

"확실해."

"그런데 왜 아무도 그런 얘기를 하지 않았을까요?"

"아마 아무도 모르기 때문이겠지."

"마지도요? 팻시도?"

"아무도 몰라. 그 문신이, 그게……, 좀 은밀한 곳에 있거든."

한나는 더 이상 어떻게 물어보아야 좋을지 난처했지만, 그래도 용기를 내었다.

"은밀한 곳이라니, 어디 말씀이세요?"

"뒤쪽의 은밀한 부위, 왼쪽에."

"그럼……?"

한나는 차마 부위를 이야기하지 못했다.

"그래, 바로 거기."

"그냥 소문으로 들으신 얘기는 아니죠? 그러니까 정말 확실해요? 문신이……, 거기에?"

"확실해. 고등학교 때 내 두 눈으로 똑똑히 봤어."

에바가 잠시 하던 말을 멈추더니 금세 당황해 했다.

"하지만 상상하는 그런 일은 아니야." 에바가 재빨리 덧붙였다.

"상상하지 않으려고 애쓰는 중이에요."

"그래. 어느 날 마지와 팻시를 만나러 갔는데 클레인 부인이 위층에 가서 영화 잡지를 보면서 기다리라고 하기에 올라가서 거스의 방을 지나치는데, 문이 조금 열려 있었고, 들여다보니 그가 내 쪽으로 등을 돌리고 옷을 갈아입고 있었어."

"그래서 그때 보신 거예요?"

"그래. 그가 나를 보지는 못했어. 내가 최대한 조용히 마지와 팻시의 방으로 후다닥 달아났거든. 분명히 나를 보지 못했을 거야."

에바는 마치 연습이라도 한 것처럼 신속하고 정확하게 한나에게 이야기를 털어놓았다. 그래서 한편으로 한나는 에바가 정말 사실을 이야기하고 있는 것일까 의심스럽기도 했지만, 달리 증명해 보이라고 할 수 없을뿐더러 조만간 사실 여부를 확인할 수 있기에 아무 말도 하지 않았다.

"말해줘서 감사해요, 에바." 한나가 말했다.

"마지와 팻시도 이 사실을 알게 되면 고마워할 거예요. 피해자가 정말로 거스인지 확인해볼 수 있는 유일한 단서잖아요."

그러자 에바는 걱정스러운 표정을 지었다.

"혹시 법정에서 증언해야 하거나 하는 건 아니겠지?"

"그렇지 않을 거예요. 이건 살인사건과는 아무런 관련이 없으니까요. 그저 진짜 거스인지 아닌지에 관한 일이잖아요."

"다행이야! 계속 걱정하고 있었거든. 그래도 어쨌든 얘기해줘야 할 것 같아서."

에바가 자리에서 일어나 문밖으로 나서다 말고 한나를 돌아보았다.

"정말 고마워, 한나."

"별말씀을요. 제가 감사하죠."

"그게 아니라."

"네?"

"한나한테 고맙다고 하는 건 다른 이유가 아니라 아까 빌이 들러서 거스의 외상값을 갚아주고 갔거든. 거스의 지갑에 있는 돈에서 주는 거라면서 말이야. 그러니 이제 외상값 걱정은 안 해도 되게 되었어."

"잘 됐네요."

빌이 공권력을 이용해 좋은 일을 한 모양이었다. 사실 에바의 가게는 적자를 면치 못하고 있었기에 그녀는 늘 형편이 넉넉지 못했다.

"다음 주에 새로운 맛의 눈깔사탕이 들어올 거야. 언제 한 번 들려. 하나 맛보여 줄게."

"감사해요, 에바. 꼭 들를게요."

한나는 손을 흔들어 그녀를 배웅한 뒤 다시 식기세척기 앞에 와 섰다. 이제 한나가 발견한 시체가 정말로 거스 클레인이 맞는지 확인해볼 수 있게 되었다. 레이크 에덴을 떠난 뒤 지금까지도 문신을 지우지 않고 갖고 있다면 말이다.

한나는 식기세척기에 수프 국자 몇 개와 냄비 한 개, 그리고 두 개의 전기 요리 냄비를 넣었다. 그런데 그때 또다시 노크 소리가 들렸다.

"누구세요?"

한나가 외쳤다.

"바바라 도넬리에요. 얘기할 게 있어, 한나."

"들어오세요. 열려 있어요."

한나는 서둘러 철제주걱을 식기세척기에 집어넣었다. 빌의 비서가 무슨 일로 날 만나러 온 것일까? 뭐, 어찌됐든 바바라에게서도 좋은 정보를 얻을 수 있을지 모른다.

"슬라이드를 보고 계실 줄 알았어요."

"그러려고 했는데, 노먼이 걸스카우트 캠프 때 마지와 팻시와 함께 찍은 내 사진은 30분쯤 후에나 나올 거라고 해서. 마침 한나를 만나야 할 일이 있어서 이렇게 왔어."

바바라가 개수대 쪽으로 다가오더니 수세미를 집어들었다.

"도와줄까?"

"괜찮아요. 거의 다 끝나가요."

이건 마치 데자뷰 같잖아. 한나는 생각했다.

"무슨 일로 절 보러 오신 거예요, 바바라? 표정이 조금 어두우신 것 같은데."

"마지가 한 얘기 때문이야."

"무슨 얘기……?" 한나가 물었다.

"거스가 정말 자기들 동생이 맞는지 모르겠다고 한 얘기. 그동안 세월이 너무 많이 흘러서 한눈에 봐서는 정말인지 아닌지 모르겠다고 하던 거. 그러면서 거스한테 이렇다 할 특징 같은 게 없었다고 했잖아."

"맞아요."

에바에 이어 바바라까지, 정말 데자뷰 같은 상황이었다.

"그게, 그한테는 특징이 있어. 마지가 모를 뿐이지. 팻시도 마찬가지고. 아마 이건 아무도 모를 거야, 왜냐하면……."

바바라가 잠시 하던 말을 멈추고는 목청을 가다듬었다.

"어디서부터 이야기를 해야 할지 모르겠네."

한나는 그녀를 향해 세심하게 고개를 끄덕였다.

"편하게 말씀하세요."

"조단 고등학교 졸업반 시절 여름이었는데, 친구들이랑 다 같이 강으로 수영하러 갔었어. 마침 옷을 갈아입을 곳이 필요했는데, 한나도 알지? 강변에 있는 탈의실."

"그럼요."

한나도 어렸을 적 수영을 배울 때 그 탈의실을 이용하곤 했었다. 삼면이 8피트(2m40cm) 높이의 콘크리트벽으로 둘러싸여 있고, 다른 한 면은 앞이 탁 트여 있는 곳이었다. 대신 그 면은 다른 한 면과 평행하게 놓여 4피트(120cm)가량의 복도의 공간을 만들었다. 그리고 그 벽면은 외부로 통하는 4피트 높이의 담벼락과 이어져 있어 수영을 한 사람들은 그 통로를 따라 안쪽 탈의실로 들어와 다른 이들의 시선에서 자유롭게 옷을 갈아입을 수 있었다.

"탈의실에 왜 지붕을 얹지 않았는지 한나도 알고 있지?"

"네, 알고 있어요."

"라이언스 클럽에서 비용을 아끼기 위해 그렇게 지은 거였잖아. 우리 아버지께서 얘기해 주셨어. 그런데 여자 탈의실은 지대가 조금 낮아서 비가 오면 나뭇잎이며 온갖 것들이 웅덩이처럼 고여 있곤 했지. 며칠 동안 마르지도 않고 말이야."

"맞아요."

한나가 대충 맞장구쳐 주었다.

"하루는 친구들과 그렇게 지저분한 여자 탈의실을 사용하고 싶지 않아서 남자 탈의실에 아무도 없으면 거길 사용하자고 했어. 문제는 일단 안에 아무도 없는지 확인해야 한다는 거였지. 사실 내가 키가 제일 컸기 때문에 내가 살펴보기로 했는데, 거스 클레인이 막 수영 팬티를 입으려고 하고 있지 뭐야."

다음에 펼쳐졌을 장면은 무엇이었을지 에바의 이야기를 이미 들은 터라 한나는 충분히 상상이 되었지만 에바의 말이 정말로 사실인지를 확인하기 위해 일부러 잠자코 있었다.

"내 쪽으로 등을 돌리고 있었는데, 문신이 있었어. 야구 방망이 두 개가 교차하고, 그 사이에 야구공이 있는 그림이었고, 바지를 입으면 왼쪽 주머니와 맞닿게 되는 부위에 있었어. 거스를 보자마자 바로 되돌아 나왔기 때문에 그는 내가 있었던 것을 몰랐을 거야. 우리는 그냥 차로 돌아가서 아빠가 항상 실어 놓으시는 담요로 임시 커튼을 만들어 뒷좌석에서 돌아가면서 옷을 갈아입기로 했지."

"그럼 다른 친구들한테도 거스 얘기를 하셨어요?"

"어머나, 아니!"

바바라가 깜짝 놀라며 외쳤다.

"내가 봤다는 사실을 거스에게 알리고 싶지 않았어. 친구들한테 말하면 분명 소문이 날 테니까 말이야. 아무튼, 그거였어, 한나. 그 사실을 한나에게 알려야 할 것 같아서. 빌에게는 절대 알려 주고 싶지 않아."

"왜요?"

한나는 호기심이 생겼다.

"내가 일부러 훔쳐봤을 거라고 생각할 테니까. 아니, 그보다 더한 오해를 할지도 모르지. 사실 한나도 알고 있겠지만, 거스랑 잠시 만났던 때도 있었거든."

"그런 사이셨는 줄은 몰랐어요. 아무튼 얘기해 주셔서 감사해요."

한나가 따뜻한 미소를 지어 보였다.

"그리고 걱정하지 마세요. 말씀하신 건 절대 아무에게도 얘기하지 않을게요."

바바라가 떠난 뒤 한나는 다시 설거지에 몰두했다. 프라이팬 두 개와 파스타 냄비, 그리고 스크램블 에그가 잔뜩 들러붙어 있는(아닐지도 모르고) 국자 한 개를 씻은 뒤 식기세척기에 넣고 세정제를 부은 후 청소가 빠진 곳은 없는지 주방을 한 번 훑어보았다. 그런 뒤 식기세척기를 가동시키고는 조리대 위를 한 번 더 닦은 다음 주방의 불을 끄고 방갈로 밖으로 막 나서는데 로즈 맥더못과 맞닥뜨렸다.

"안녕하세요, 로즈."

이번에도 또 거스의 문신 이야기인가. 한나는 생각했다.

"한나를 찾고 있었어. 홀이 슬라이드를 보고 있는 사이에 한나와 단둘이 얘기할 게 있어서."

"네, 로즈."

한나는 현관에 달린 낡은 그네 의자에 앉아 고리버들 세공으로 만든 의자를 가리켰다.

"앉아서 편하게 얘기하세요."

"고마워. 그나저나 한나 남자친구가 슬라이드 쇼를 정말 잘 준비했어."

어느 남자친구를 말하는 거지? 한나는 묻고 싶었지만, 꾹 참았다. 아마 로즈는 노먼을 말하는 것일 테다.

"아무튼⋯⋯, 마지가 전화로 오늘 오후에 가족모임이 있다고 알려 주셨어. 홀이 마지의 셋째 조카이니까 우리도 참석했지. 그런데 모임에서 하시는 말씀이 거스가 정말 거스가 맞는지 잘 모르겠다는 거야. 그를 증명해 보일만한 흉터도 그 어떤 특징도 없다면서. 사실을 알기 위해서는 DNA 검사를 해봐야 할 걸."

"그렇죠."

"그런데, 그를 알아볼 수 있는 특징이 있어."

"그래요?"

무슨 이야기가 나올지 알면서도 한나는 되물었다.

"거스한테는 문신이 있어. 고등학교 졸업반 때 새긴 거지."

"사실이세요?"

"내가 직접 봤어!"

밖이 어두컴컴해 로즈의 거뭇한 실루엣밖에 보이지 않는데도 한나는 그녀가 힘차게 고개를 끄덕이고 있다는 것을 알 수 있었다.

"사실 그것도 두 번이나. 하지만 한나 외에는 아무에게도 얘기하지 않았어. 내가 거스와 연관되었다는 것을 알면 홀이 난리가 날 거야."

어-오! 한나는 하마터면 입 밖으로 신음 소리를 뱉을 뻔했다.

로즈가 어떻게 해서 거스의 문신을 보게 되었는지는 별로 자세히 알고 싶지 않았다. 그것도 두 번이나. 한나의 상식선에서 생각해 보았을 때 무엇보다도 당황스러운 것은 로즈가 거스보다 열 살, 아니 어쩌면 그 이상 더 많다는 사실이었다.

"어떤 문신이었는지 말씀해 주세요. 전 그것만 알면 돼요."

한나가 로즈에게 말했다.

"그래, 한나라면 아무에게도 얘기하지 않을 테니까 안심하고 털어놓을 수가 있겠어. 홀과 결혼한 지 얼마 되지 않았을 때인데, 그때는 홀이 혼자 카페를 운영하고, 난 학교에서 비서로 일하고 있었지."

"학교에서 일하셨는 줄 몰랐어요."

"4년 동안 근무했어. 고등학교를 졸업하자마자 개리슨 씨의 비서가 마침 그만두게 되어 그 자리에서 일했지. 퍼비스 씨 이전 교장이 개리슨 씨였거든."

한나는 교장의 비서가 거스와 그의 문신과는 도대체 무슨 관계가 있는 것인지 이해할 수 없었지만, 성급하게 나서지 않았다.

"거스도 교장실과 아주 친숙했어. 늘 말썽을 일으켰으니까. 물론 심각한 문제를 일으켰던 건 아니지만, 동급생들이 운동을 잘하는 거스를 거의 우상화하고 있었기 때문에, 그의 행동을 매번 보고 따라 했어."

"그럼 모범적이진 않았군요?"

한나가 추측했다.

"전혀!"

로즈가 슬며시 웃음을 지었다.

"거스 같은 망나니도 없었지. 물론 순진한 구석이 있긴 했지만. 늘 소소한 문젯거리를 만들곤 해서 한 주도 빠짐없이 교장실에 불려 올라가곤 했어. 게다가 개리슨 씨는 군인 출신이었기 때문에 체벌이 훈육에 효과가 있다고 믿고 있었어."

"계속 말씀해 보세요."

슬슬 이야기의 윤곽이 드러나고 있었다.

"어쨌든, 학기가 시작되기 한 주 전쯤 거스가 또다시 말썽을 일으켰어. 한두 번 있는 일도 아니었으니 그때가 무슨 일 때문이었는지는 정확하게 기억이 나진 않지만, 연극 선생님을 죽은 개구리 세 마리로 놀라게 했던 일이었던 것 같아."

한나의 상상력이 마구 내달리기 시작했다. 이제 로즈의 이야기를 들으며 하나하나 짚어나가기만 하면 된다.

"현장에서 붙잡힌 거로군요?"

"맞아. 아무튼 그래서 교육감 사무실에 보낼 보고서들을 정리하고 있는데, 거스가 들어오더군. 그래서 개리슨 씨의 사무실에 노크하고 거스를 안으로 들여보낸 다음, 난 교육감 사무실에 보고서를 제출하고 돌아왔어. 근데 와보니 개리슨 씨 사무실 문은 닫혀 있고, 안에서는 철썩거리는 소리가 들리는 거야."

"체벌이었나요?" 한나가 물었다.

"말도 마! 제일 먼저 눈에 띈 것이 개리슨 씨 사무실 바깥벽에 붙어 있던 노가 없어진 거였어."

"어떻게 된 건지 알겠네요."

"그러니까, 나도 바로 눈치챘지. 개리슨 씨가 노를 갖고 거스를 때리고 있었던 거야. 소리로 들어서는 그것도 맨살을 때리고 있는 것 같았어."

"알만해요."

"난 그래도 가만히 있었어야 했어. 난 그저 교장 비서일 뿐이고 개리슨 씨는 교육을 위해서라면 얼마든지 학생들을 체벌할 권한이 있었으니까. 물론 지금은 체벌에 대한 생각이 그때와 많이 다르지만. 근데 맞고 있는 거스에게서 아무 소리도 들리지 않아 난 조금 걱정이 되었어. 그래서 열쇠구멍으로 안을 들여다보았지. 그리고 봤어."

"무엇을요?"

"거스가 바지를 벗은 채 허리를 굽힌 다음 내 쪽으로 등을 돌린 자세로 개리슨 씨에게 맞고 있었어. 그래서 문신을 분명하게 볼 수 있었지. 야구 방망이 두 개가 교차한 사이로 야구공이 있는 그림이었어. 그 부위가 벌겋게 달아오른 것으로 봐선 꽤 오래 맞은 것 같더라구."

"그래서 어떻게 하셨어요?"

한나가 물었다.

"내가 뭘 어떻게 할 수 있겠어? 난 개리슨 씨의 비서인데, 그가 하는 일을 방해해서는 안 되잖아. 그래서 그냥 조용히 자리로 돌아가 끝날 때까지 기다렸지."

"그런 다음에……?"

"거스가 나오자 연고를 건네줬지. 손이 잘 트곤 해서 서랍에 넣어두고 사용하고 있었거든. 손 갈라진 데도 효과가 있으니까 그, 말하기 어려운 부위에도 바르면 좋을 거라고 생각한 거야."

"그렇군요." 한나가 대답했다.

"그러고 나서 한 주 뒤에 거스가 다시 사무실로 찾아와서는 책상 위에 연고를 올려놓고 고맙다고 인사하더군."

"착하네요."

"아니. 인사를 하자마자 내 눈앞에서 바지를 내려서는 노 자국이 전혀 남지 않았다면서 거길 또 보여줬지."

"오."

한나는 문득 아까 로즈의 태도가 떠올랐다.

"그런데 거스에게 연고를 준 것뿐이라면 홀이 알아도 상관없는 일이 잖아요."

"그렇지 않아." 로즈가 말했다.

"홀이 빌 개리슨과 군대 동기거든. 빌이 체벌한 학생이 나한테 엉덩이를 보여준 사실을 홀이 알게 되면 왜 빌에게 그 얘기를 하지 않았느냐고 분명히 엄청 화를 낼 거야."

"그렇군요."

한나는 여전히 이해할 수 없었다. 하지만 지금은 이런 사소한 문제를 생각할 때가 아니었다.

"걱정하지 않으셔도 돼요. 아무에게도 말하지 않을 거니까요."

"한나를 믿어."

로즈가 자리에서 일어났다.

"화장실 간다고 하고 나왔는데 홀이 눈치채기 전에 얼른 돌아가야겠어. 고마워, 한나. 그리고 거스를 죽인 범인 꼭 잡길 바라. 물론 그 사람이 정말 거스가 맞는지는 모르겠지만⋯⋯."

로즈가 자리를 뜬 뒤에도 한나는 의자에 계속 앉아 평화로운 밤 공기 속에 촉촉이 젖어들었다.

머리 위에서는 별들이 반짝이고 있었고, 그중 하나가 호수 위로 기다랗게 원을 그리며 떨어졌다. 귓가에 모기가 윙윙거리는 소리가 들리긴 했지만, 미리 몸에 모기약을 뿌려두었으니 걱정 없었다. 거스 클레인

살인사건만 아니라면 정말 완벽한 여름밤이었다. 이제 그만 움직여야 겠다고 생각한 한나는 자리에서 일어나 현관 계단을 내려간 다음 주차 장으로 향했다. 포트럭 파티가 열리고 있는 곳 옆을 지나자 슬라이드를 보는 사람들의 웃음소리와 손뼉 치는 소리가 왁자지껄하게 들려왔다.

한나가 쿠키 트럭의 문을 막 열려는 찰나 누군가 부르는 소리가 들렸다.

"한나! 기다려라!"

한나는 손에 차 열쇠를 쥔 채 고개를 돌렸다.

엄마가 한나를 향해 자갈길을 달려오고 있었다. 신발은 오전에 신었던 하이힐 샌들에서 발레슈즈 모양의 단화로 갈아 신고 있었지만, 엄마는 신발이 발에 잘 맞지 않는 사람처럼 어색한 걸음으로 달려오고 있었다.

"엄마 발이 왜 그래요?"

마침내 엄마가 한나에게 도착하자 한나가 물었다.

그러자 엄마는 큰소리로 한숨을 내쉬었다.

"이건 캐리의 신발이란다. 늘 여분의 신발을 가지고 다니거든. 근데 신발이 너무 커서 벗겨지지 않게 하려면 발가락에 힘을 꽉 주고 있어야 하는구나."

엄마는 잠시 말을 멈추고 호흡을 가다듬었다.

"얘기 좀 하자, 얘야. 중요한 일이다."

"또 시체 찾은 일을 나무라시려고 그러시는 거예요?"

"아니다."

한나는 깜짝 놀라 뒤로 주춤거렸다.

"아니라구요?"

"아니야. 이번 일은 내게도 책임이 있단다, 얘야. 내가 너한테 내 대신 거스를 찾아봐 달라고 부탁하지 않니. 물론 그가 죽어서 나타날 줄은 꿈에도 몰랐다만, 다 내 잘못이다!"

한나는 얼굴을 찌푸렸다. 주차장을 푸르스름하게 밝히고 있는 불빛 아래 엄마의 모습은 무언가 불안해하고 있었다.

"그래서 거스의 죽음에 엄마가 책임이 있다고 생각하시는 거예요?"

"당연히 그런 건 아니다. 내가 그를 마지막으로 본 게 어젯밤 자정 캐리와 같이 파티장을 나오면서거든."

"근데 표정이 안 좋으세요. 무슨 일이에요?"

"마지와 팻시가 모두에게 거스한테는 눈에 띄는 특징이 없다고 말했다더구나."

"네, 맞아요." 한나가 대답했다.

"아니면 특징이 있는 줄 모르는 거겠죠."

세 명의 정보원들로부터 문신에 대한 이야기를 들은 뒤라 한나는 덧붙여 말했다.

"그럴 리가 있겠니. 마지의 어머니가 몸에 손대는 거라면 질색을 하셨지 않느냐. 마지가 그토록 귀를 뚫고 싶어 했는데도 그녀의 어머니가 절대 허락하지 않으셨단다. 팻시가 결혼한 뒤에야 직업 군인인 남편 맥이 리플리 캠프에서 훈련을 받는 사이에 내가 마지랑 같이 팻시의 집에 찾아가 셋이 같이 병원에 가서 똑같이 귀를 뚫었더랬지."

"재밌는 이야기네요, 엄마."

한나가 말했다. 사실 그다지 재미있진 않았다.

"근데 그 일이 거스 클레인의 특징과 무슨 상관이에요?"

"거스한테 문신이 있단다."

엄마의 갑작스러운 대답에 한나는 당황한 기색을 드러내지 않으려 상당히 노력해야만 했다. 엄마가 그 사실을 어떻게 알았을까?

"말하기가 민망하다만, 너한테는 꼭 알려줘야 할 것 같더구나."

엄마가 말을 이었다.

"사건을 수사하기로 했다고 하니 말이다."

"얘기하지 않으셔도 돼요."

한나가 마침내 털어놓았다.

"아니다, 얘기해야 해. 사실 고등학생 때 거스와 잠깐 사귀었단다. 네 아빠를 만나기 아주 오래전 일이지."

한나는 하마터면 쿵 소리를 낼 뻔했다. 엄마의 연애사에 대해서는 조금도 듣고 싶지 않았기에 엄마가 주구장창 이야기를 풀어놓기 전에 한시바삐 줄기를 끊어야만 했다.

"교차한 야구 방망이 사이로 야구공이 있는 문신 말씀하시는 거 아니에요?"

"그래!"

"거스의 왼쪽 엉덩이에 있구요?"

"맞아! 네가 그걸 어떻게……?"

"세 여인이 이미 와서 알려줬어요."

한나가 엄마의 질문을 가로막았다.

"어쩌면 몇 사람 더 나를 기다리고 있는지도 모르죠."

"전부 다 너한테 문신 이야기를 해주더란 말이냐?"

엄마는 화가 난 것처럼 보였다.

"나쁜 놈 같으니라구! 날 사랑한다더니! 그 여자들이 누구냐? 내가 좀 알아야겠다."

"안 돼요. 거스의 문신은 다들 우연히 알게 된 거라구요."

"우연이라니? 무슨 말이냐?"

"한 명은 마지의 집에 놀러 갔다가 그의 열린 방문 틈으로 옷 갈아입는 걸 보게 된 거고, 한 명은 호숫가에 있는 남자 탈의실 안을 살짝 들여다보다가 보게 됐고, 다른 한 명은……."

한나는 급히 하던 말을 멈췄다. 교장실 이야기를 꺼내면 그 여자가 로즈 맥더못이라는 사실을 엄마가 금방 눈치챌 것이다.

"그 한 명한테는 거스가 직접 보여주었대요."

한나는 로즈의 이야기를 대충 거기까지만 축약시켜 설명했다.

"있을 법한 얘기들이구나!"

엄마가 킥킥거렸다.

"사실 놀랄 일도 아니지. 거스는 소문난 방탕아였으니까."

"그러니까 날라리였다는 얘기죠?"

한나가 물었다. 엄마 특유의 레전시풍 표현이라면 이제 지긋지긋했다.

"그렇지, 얘야. 정도의 차이가 있지만 말이다. 하지만 아주 오래전 일이니 어차피 지금에 와선 아무 상관이 없겠구나. 내가 왜 순간 화가 났었는지 모르겠다."

"전 알 것 같은데요."

한나가 자신도 모르게 말을 꺼냈다.

"그러니?"

"네, 너무 순진했었던 게 화가 났던 거잖아요."

"그래, 그리고 잘 속기도 했지. 그때 당시 내가 그렇게 바보 같았다는 것을 사람들도 다 눈치채지 않았을까 하는 생각도 들었고 말이다."

"네, 그것도요."

한나가 손을 뻗어 엄마의 어깨를 꽉 짚었다. 애정 표현이라곤 거의 찾아볼 수 없는 스웬슨 가에서는 이 정도 스킨십도 포옹에 해당되었다.

"저도 학교 다닐 때 그랬어요. 물론 그 당시의 엄마 나이보다는 많았지만, 똑같이 바보 같았죠."

"정말이냐?"

엄마가 한나의 손등을 토닥여 주었다. 이것 역시 스웬슨 가만이 가진 포옹의 또다른 방식이었다.

"대학 때 조교를 만난 적이 있는데, 나를 사랑한다기에 그 말을 믿었죠. 그런데 알고 보니 다른 여자와 약혼한 사이지 뭐예요."

엄마는 깜짝 놀라며 말했다.

"아니, 애야. 어떻게 그런 일이!"

"마음의 상처를 극복하는 데 시간이 꽤 걸렸어요. 아빠가 돌아가신 후에 다시 복학하지 않은 이유 중 하나이기도 하구요."

"그 남자가 아직도 학교에 있느냐?"

"네, 아마 아직도 있을 거예요."

그러자 엄마는 한나를 의미심장하게 바라보았다.

"아마도라고 하는 걸 보니 일부러 알아보지는 않은 모양이구나. 그 정도면 이미 잊힐 만큼 잊혔구나."

"네, 거의요."

"그럼 다 극복한 거나 마찬가지다." 엄마가 말했다.

"그런데 이상하구나. 네 아버지를 만나기 시작했을 때 이제 거스와 완전히 끝났다고 생각했는데 말이다."

"그런데 아니었어요?"

그러자 엄마가 얼굴을 찌푸렸다.

"끝났지. 아마 네 아빠가 아직도 살아 있었다면 거스 따위 전혀 신경 쓰지 않았을 게야. 하지만, 아빠가 지금은 옆에 계시질 않으니 거스를 볼 때마다 옛 생각이 나더구나."

"이해해요."

한나가 진심으로 말했다.

"아, 이 얘기도 해준다는 것을 잊을 뻔했구나. 오늘 오후에 아이리스 허먼을 만났다. 리사의 맞언니 말이다."

"네, 알아요."

"그녀의 엄마가 살아계실 때 자주 만들어 줬다던 쿠키 얘길 했어. 잭이 가장 좋아하는 쿠키라고 하더라. 당시에 아이리스는 아주 어렸을 텐데도 그걸 기억하고 있지 뭐냐. 마지와 팻시도 기억하고 있더라. 모임이 있을 때면 도우미로 에이미를 불러서 늘 그 쿠키를 만들었다더구나."

"무슨 쿠키인데요?"

한나가 물었다.

"팻시 말로는 에이미가 레드 벨벳 쿠키라고 불렀다고 해. 마침 에드나가 레드 벨벳 케이크를 구워서 다 같이 맛을 보았는데 쿠키 맛이랑 똑같다고 하더라. 다만 쿠키 반죽에 초콜릿이 좀더 들어가고, 안에는 초콜릿칩이 더 많이 들어가는 것만 다르다더라. 위에 크림치즈로도 프로스팅을 했다고 하던데, 너도 에드나의 케이크를 먹어봤지 않느냐, 그렇지?"

"네."

한나는 엄마가 무슨 이야기를 하고자 하는 것인지 눈치챌 수 있었다.

"쿠키 얘기를 리사에게 했더니 제 엄마의 레시피 상자를 다 뒤져봤지만 그 쿠키 레시피는 찾을 수가 없다고 하지 뭐냐. 그래도 잭은 똑똑하게 기억하고 있어. 리사에게 그렇게 맛있는 쿠키는 또 없을 거라고 했다더라."

한나는 더 이상 잠자코 있기가 힘들었다.

"그래서 잭이 기억하는 맛과 똑같이 레드 벨벳 쿠키를 만들어 보라구요?"

"그래, 얘야. 어렵지 않겠지?"

한나는 허탈하게 웃음이라도 터뜨리고 싶은 심정이었지만, 그러지 않았다. 엄마는 적당한 재료의 배합을 찾기 전까지 얼마나 많은 시행착

오를 거쳐야 하는지 전혀 모르고 있었다. 게다가 적당한 맛을 찾아낸다고는 해도 그 맛이 잭 허먼이 기억하는 그 맛과 같은지는 아무도 장담할 수 없었다.

"애야?"

한나는 지친 한숨을 내쉬었다.

"알았어요. 해볼게요, 엄마."

한나가 약속했다.

"내가 에드나에게서 케이크 레시피를 얻어왔단다."

엄마가 수첩에서 뜯어낸 메모지를 한나에게 건넸다. 거기에는 에드나의 가늘고 긴 글씨체가 정갈하게 적혀 있었다.

"고마워요, 엄마. 도움이 되겠어요."

"할 수 있겠지?"

"노력해 볼게요."

"내일 밤까지 가능하겠느냐? 내일이 잭의 생일인데, 그 쿠키를 보여주면 깜짝 놀랄 것 같구나. 물론, 네가 바쁘다면야 할 수 없지만."

"알았어요, 엄마."

한나가 반복하여 대답했다. 오늘 밤에도 잠자기는 다 틀렸군.

"고맙다, 애야. 내가 도울 일이 있거든 언제든 얘기해라."

한나는 괜찮다고 말하려는데, 문득 떠오르는 게 있었다.

"한 가지 있긴 한데……."

"설마 쿠키 만드는 걸 도와달라는 게냐?"

엄마는 예전에 한나의 카페에서 안드레아에게 오븐의 알람이 울리면 쿠키를 꺼내달라고 부탁했을 때의 안드레아보다 더 당황하는 듯했다.

"아니에요, 엄마. 굽는 건 제가 알아서 할 거예요. 거스에 대해 더 물어보고 싶은 게 있어서요. 내일 아침 10시쯤 커피 드시러 카페로 나오실래요?"

"그러마."

"좋아요. 그럼 그때 시험 삼아 구운 샘플 쿠키를 맛보여 드릴게요. 그리고 혹시 마지에게 부탁해서 오늘 밤이나 내일 아침에 조단 고등학교 도서관에서 거스 사진이 있는 졸업 앨범 구해 오실 수 있으실까요?"

"슬라이드 쇼가 끝나면 얘기해 보마. 널 돕는 일이라면 마지도 허락할 게다."

"감사해요. 그럼 이제 그만 가봐야겠어요, 엄마. 내일 아침에 샘플 쿠키를 만들려면 오늘 밤부터 반죽을 시작해야 하거든요."

아파트 현관문을 열 때까지만 해도 한나는 별다른 생각이 없었다.

하지만 평소라면 집에 돌아온 한나에게 풀쩍 달려들었을 모이쉐가 보이지 않는 것을 보니 뭔가 좋지 않은 일이 기다리고 있을 거라는 예감이 들기 시작했다.

녀석이 숨었다는 것은 곧 말썽을 의미했으니 말이다.

얼핏 보기에 거실은 깨끗했다. 거실을 돌아다니며 혹시나 난폭한 녀석에게 희생당한 것은 없는지 살펴보았지만, 외로이 하나 남은 쿠션도, 소파도, 잉그리드 할머니의 농가에서 가져온 크로셰 모포도 모두 무사했다. 거실 한 편에 놓인 책상도 아무 이상 없어 보였다. 단, 뭔가가 놓여 있는 것 같은, 뭔가 새로운, 뭔가……

"어머, 세상에!"

한나는 가까이 다가가며 탄성을 질렀다.

노먼이 그새 고양이 콘도를 배달시킨 것이다. 고양이 콘도가 책상 옆에 떡 하니 놓여 있었다. 무슨 소리가 들려 한나가 고개를 돌리니 모이쉐가 거실로 슥 들어오고 있었다.

녀석은 조심스럽게 다가오더니 한나에게서 조금 떨어진 곳에 멈춰서서 동그란 눈으로 콘도를 올려다보았다. 그러더니 털을 바짝 세우며 공격 자세를 취하기 시작했다. 목에서는 그르렁 소리가 나고 있었다.

전에 보지 못했던 새로운 무언가가 거실을 침범한 것에 대해 무척 경계하는 모양이었다.

"괜찮아. 노먼이 널 위해서 사 준 거야."

한나가 설명했다.

"고양이 콘도라는 건데, 고양이들을 위한 놀이터 같은 거야."

녀석이 귀를 뒤로 바짝 붙여 여전히 공격 자세를 취하고 있는 것을 보니 한나의 설명도 소용이 없는 듯했다.

"그럼, 이것 봐봐."

한나는 콘도 2층에 매달린 공들을 딸랑딸랑 흔들어 보였다.

"재미있지 않아?"

하지만 모이쉐는 그르렁 소리를 멈추지 않았다.

이런 상황에서 모이쉐를 잘 모르는 보통 사람들은 녀석을 안아 콘도 위에 올려다 주었겠지만, 한나는 그러지 않았다. 그동안 한나의 팔이 모이쉐에게 참 많이도 혹사당했다. 내일 있을 잭의 생일파티에 온통 반창고를 붙이고 나타나고 싶진 않았다. 고양이 콘도가 지금은 낯설겠지만 결국에는 녀석도 적응하게 될 것이다.

"자, 이제 참치 먹으러 갈까."

다른 방들은 둘러볼 생각을 접은 채 한나는 곧장 주방으로 향했다.

모이쉐의 신경은 온통 정체 모를 초록빛의 침입자에게 쏠려 있었지만, 날개다랑어 통조림 하나면 녀석을 달랠 수 있을 것이다.

2시간 후, 한나는 여름에 나이트가운으로 입는 큰 사이즈의 셔츠를 입고 침실로 향했다. 모이쉐는 한나를 따르면서도 여전히 경계의 눈빛으로 콘도에 얼마간의 거리 이상 다가가지 않았다. 그래도 이제는 더이상 털을 바짝 세운다거나 그르렁거리지 않아 다행이었다.

두 번의 실패 끝에 완성한 반죽이 성공적으로 구워져야 할 텐데.

한나는 마음속으로 간절히 바랐다. 에드나의 레드 벨벳 케이크 레시피를 토대로 한나는 수분기가 있는 재료와 없는 재료의 균형을 맞추어 가며 쿠키 반죽을 완성했다.

거기에 초콜릿과 초콜릿칩을 더 넣는 것도 잊지 않았다. 또한 쿠키를 위에 반죽이 제대로 형태를 유지하려면 거품이나 가스가 빠져나와서는 안 되므로 식초와 베이킹소다도 넣지 않았다. 마침 똑 떨어진 버터밀크도 넣지 못했다. 굳이 편의점까지 달려나가 사오고 싶진 않았다.

처음 만들었던 반죽은 겉보기에는 괜찮았지만, 너무 끈적거렸고, 두 번째 반죽은 끈적임은 잡았지만, 반죽을 떼어 쿠키틀 위에 올려놓자 쉽사리 바닥에서 떨어지고 말았다. 그리고 세 번째 반죽을 할 때는 너무 피곤해 거의 눈을 뜨고 있지 못할 지경이었다. 그래서 완성한 반죽은 비닐랩을 씌워 냉장고에 넣어 두었다. 오늘 밤은 이쯤하면 충분하다. 세 번째 반죽은 내일 아침에 구워 볼 생각이었다.

"잘자, 모이쉐."

한나는 녀석에게 속삭이고는 볼 밑을 살살 긁어주었다. 그런 뒤 침대에 누워 눈을 감고 호숫가 파빌리온에서 프랭키의 밴드가 연주하는 '맥주통 폴카' 곡에 맞춰 레드 벨벳 쿠키들이 춤을 추는 꿈속으로 빠져들었다.

아침이 아니다. 아침일 리가 없다. 하지만 아침이 분명했다. 거실에서 수탉이 울고 있지 않은가.

한나는 몸을 뒤척이며 머리 위로 이불을 푹 뒤집어썼지만, 소용없었다. 수탉은 계속해서 울고 있었다.

아니, 이건 진짜 수탉 소리가 아니다. 이건 찍찍거리는 소리에 가까웠다. 귀뚜라미? 개구리? 아니면 겁에 질린 쥐……?

한나는 눈을 번쩍 떴다. 도대체 어디서 나는 소리인지 귀를 기울이는 한나의 마음이 마구 달음질치기 시작했다.

덕분에 한나는 잠이 완전히 달아나고 말았다. 아직 한밤중이었는데도 말이다. 아니, 한나가 느끼기에는 아직 한밤중인 듯했다. 밖이 아직도 칠흑처럼 깜깜했기 때문이다.

또다시 높은 톤의 찍찍 소리가 들려왔다. 아마도 이 소리의 주인은 고양이한테 쫓기고 있는 쥐!

"모이쉐?"

한나가 침실의 불을 켜며 녀석을 불렀다. 하지만 모이쉐는 어디에도 없었다. 침대 위에도 없고, 이불 위로 불쑥 솟아나온 덩어리도 없는 것으로 봐선 이불 속에도 없었다. 침실 어디에도 녀석은 없었다.

그때 소리가 멈췄고, 한나는 벌떡 자리에서 일어났다. 그리고 침대 밑에 떨어져 있는 슬리퍼를 찾아 신으며 한나는 한숨을 푹 내쉬었다.

따뜻한 여름밤이었기 때문에 구태여 슬리퍼를 신을 필요는 없었지만, 거실까지 나가는 길에 혹시나 바닥에 떨어져 있을 쥐의 잔해로부터 한나의 발을 보호하기 위함이었다. 하지만 복도에는 아무것도 없었다.

한나는 조심스럽게 발걸음을 떼었다. 거실도 깨끗했다, 단…….

한나는 고양이 콘도 2층에 의기양양하게 올라가 앉아 있는 모이쉐를 발견하고는 우뚝 멈춰 서고 말았다.

녀석은 정말로 한나를 향해 씩 웃고 있었다. 하지만 입안에 든 포획물을 놓칠세라 입을 크게 벌리고 있진 않았다. 그 포획물이란 회색 털이 보송보송하고 긴 줄이 달린 쥐였는데, 가만히 보니 그건 좀 전까지만 해도 콘도 2층에 달려 있던 장난감 중 하나였다.

한밤중에 모이쉐는 용맹스럽게 콘도 위에 올라가 장난감을 낚아챈 것이다. 턱의 움직임은 보이지 않았지만, 계속해서 소리가 들리는 것을 보니 녀석이 그것을 잘근잘근 씹고 있는 듯했다. 아니, 이건 기계음이다. 한나의 침실에서 들려오고 있었다.

새로운 소리의 정체를 알아챈 한나는 끙 소리를 냈다. 그건 한나의 알람시계 소리였다. 어느덧 일어날 시간이 된 것이다. 고작 4시간밖에 숙면을 취하지 못했다.

그때 주방에서 나지막하게 쉿쉿 소리가 들렸고, 한나는 코를 킁킁거렸다. 포트에서 갓 내린 커피가 향긋한 냄새를 풍기며 한나를 기다리고 있는 것이다.

"진작 너한테 알람시계 끄는 법을 가르쳤어야 했는데."

한나가 용맹스러운 사냥꾼을 향해 툴툴거렸다.

한나가 알람을 끄기 위해 침실 쪽으로 몸을 틀자 모이쉐도 한나의 말에 동의한다는 듯 울음소리를 냈지만, 여전히 입은 벌리지 않고 있었다. 포획물을 쉽사리 내놓지 않을 모양이었다.

한나는 재빨리 샤워를 마친 뒤 옷을 갈아입고 첫 번째로 내린 커피한 잔을 모두 비우며 복도를 지나 다시 주방으로 향했다. 주방에서는 모이쉐가 여전히 자신의 먹이그릇을 째려보고 있었고, 입에는 역시나 장난감 쥐가 들어 있었다.

"그렇게 계속 쥐를 물고 있으면 밥을 먹을 수 없잖아."

한나가 먹이그릇을 가리키며 말했다.

모이쉐는 입을 앙 다문 채 뭔가 소리를 냈고, 한나는 그런 녀석이 불쌍해졌다.

"이렇게 하면 어떨까, 내가 그 쥐를 다시 콘도에 묶어놓을게. 그럼 네가 나중에 다시 잡으면 되는 거야. 재미있는 사냥을 계속해서 할 수 있는 거지."

설명과 함께 한나가 모이쉐의 입에 물린 장난감 쥐를 빼내려 하자 놀랍게도 녀석은 순순히 입을 벌려 쥐를 내주었다. 장난감 쥐를 다시 거실에 있는 콘도에 묶으며 한나는 모이쉐가 정말 내 말을 알아들은 것일까, 아니면 먹이그릇에 있는 밥의 유혹을 도저히 뿌리칠 수가 없어서 포기한 것일까 궁금했다.

다행히 커피 한 잔을 더 마실 수 있는 시간 여유가 있었기에 한나는 다시 커피를 따라 조리대에 기댄 채 홀짝이기 시작했다. 그렇게 커피를 다 마신 뒤에 한나는 냉장고에서 어젯밤 넣어둔 반죽을 꺼내고, 자동차 열쇠를 찾은 다음 가방을 챙겨 들고 밖으로 나설 채비를 했다.

그런데 그때 전화벨이 울렸다. 이제 노선을 수정해서 전화부터 받아야 하겠다.

"여보세요."

모이쉐가 아무 반응도 보이지 않았기 때문에 한나는 평범하게 응대했다.

"안녕, 한나. 일어났군요?"

노먼이었다. 한나는 웃음을 터뜨렸다.

"당연히 일어났죠. 30분 이내에 카페로 나가봐야 하는 걸요. 마침 전화 잘했어요. 모이쉐 콘도 잘 받았어요. 너무 고마워요."

"뭘요. 그것 때문에 어제 아래층 수에게 잠시 문을 열어달라고 부탁했었는데, 괜찮죠?"

"그럼요!"

"다행이에요. 아마 녀석이 콘도에 적응하는데 시간이 좀 걸릴 거예요. 내가 콘도를 설치하는 중에도 어찌나 도망을 다니던지요. 타일러 보려고 쫓아다녔는데, 결국은 한나 침대 밑에 가서 숨더라구요."

"모이쉐가 생각보다 적응력이 좋아요. 오늘 아침에 콘도에 달린 장난감에 무슨 짓을 했는지 노먼도 봤어야 해요. 글쎄, 장난감의 줄을 끊어서는 의기양양하게 입에 물고 있지 뭐예요."

"굉장한데요! 그럼 다음번에 쇼핑몰에 갔을 때 대체할 만한 장난감을 사다 줄게요. 애완용품점 직원 말이 자기네 집 고양이는 한 주에 한 번 꼴로 장난감을 망가뜨린다네요."

"다시 한 번 고마워요." 한나가 말했다.

"정말 노먼만큼 자상한 사람도 없어요."

잠시 침묵이 흘렀다. 한나의 칭찬에 노먼이 당황한 모양이었다.

"정말이에요."

한나가 다시 한 번 말했다.

"고마워요. 칭찬에 너무 기분이 좋아서 왜 전화했는지도 잊어버릴 뻔했어요. 57번이에요."

"57번이요?"

"네, 57번이요."

"뭐가 57번이라는 거예요?"

"애니멀 채널이요. 모이쉐가 좋아한다는. 어젯밤 슬라이드 쇼가 끝나고 사람들한테 물어봤거든요. 오늘부터라도 한나가 카페로 나가기 전에 채널을 틀어놓으면 좋을 것 같아서 일찍 전화했어요."

"그렇군요. 고마워요, 노먼. 그렇게 할게요. 그리고 시간 되면 아침에 카페로 들러요. 샘플 쿠키를 구울 건데, 와서 맛을 봐줘요."

한나가 수화기를 내려놓기가 무섭게 또다시 전화벨이 울렸다. 한나는 노먼이 뭔가 잊은 것이 있어 곧바로 다시 전화를 건 모양이라고 생각했다.

"노먼, 무슨 일이에요."

"노먼이 아닙니다. 마이크예요."

"어머, 미안해요. 방금 전까지 노먼과 통화했었거든요. 다시 전화한 줄 알고."

"노먼이 이렇게 이른 시간에 전화한단 말입니까?"

마이크가 사뭇 놀란 목소리로 물었다.

"가끔씩요. 내가 일찍 일어나는 걸 아니까요."

"그걸 어떻게 알죠?"

"늦어도 새벽 6시에는 늘 카페에 나와 있으니까요. 병원에 출근할 때 카페 앞을 지나면서 불이 켜져 있는 것을 보거든요. 아무튼, 그러는 마이크는 이렇게 이른 시간에 무슨 일이에요?"

잠시 멈칫하더니 이내 마이크가 웃음을 터뜨렸다.

"알았어요. 다시 시작합시다. 좋은 아침이에요, 한나."

"좋은 아침이에요, 마이크. 아침 해가 뜰 무렵에 제가 무엇을 도와드리면 좋을까요?"

"내 대답에는 어울리지 않을 질문이로군요. 로니가 75번을 해보라고 가르쳐주더란 얘길 하러 전화했습니다."

한나는 영문을 몰라 의아해했다.

"75번을 해보라니요?"

"애니멀 채널 말입니다. 로니도 집에서 기르는 강아지 때문에 매일 틀어놓는다더군요. 페키니즈(고대 중국 왕실에서 기르던 몸집이 작은 애완견)를 기르거든요."

"로니요?"

"로니 워드 말입니다. 약혼자와 파혼하고 다시 경찰서로 돌아와 체력 훈련을 맡고 있어요. 내 집 맞은편에 아파트도 구했습니다."

"오."

한나는 또다시 마이크와 로니 사이를 걱정해야 하나 생각하며 대충 대답했다.

예전에 두 사람이 같은 아파트에 살았을 때도 둘의 관계가 심상치 않았다. 불편한 상상이 한나의 머릿속을 스쳐 지나가자 혹시 안드레아는 로니가 마을에 돌아온 것을 이미 알고 있었을까 하는 생각이 들었다. 물론 빌은 레이크 에덴 비키니 심사에서 당당히 1위를 차지한 로니에게 눈곱만큼의 관심도 없다고 선언했지만, 안드레아 역시 둘 사이가 단순한 직장 상사와 부하 사이가 아닌 것 같다고 의심했었다.

"안드레아도 알고 있습니다."

그때 마이크가 한나의 생각을 읽은 듯 말했다.

"어젯밤에 집에 돌아오자마자 얘기했다더군요."

"오."

한나가 아무렇지도 않은 척 다시 대꾸했다. 자매간의 비밀을 마이크에게 털어놓을 생각은 전혀 없었다.

"빌이 그러는데, 지난번 로니와 함께 플로리다 연수를 다녀온 일을 안드레아가 크게 의심했었다고 하던데……."

한나는 혹시나 말에 실수가 있을까 봐 일부러 아무 말도 하지 않았다. 과한 것은 아니한 것만 못하고, 침묵은 금이라 하지 않았는가. 그때의 상황을 단순히 몇 개의 문장으로 설명할 수는 없었다.

"어쨌든 알려줘야 할 것 같아서요. 75번을 한번 틀어 봐요. 만약 그래도 채널이 안 나오면 57번을 틀어 보고요. 로니가 가끔 숫자를 거꾸로 말할 때가 있거든요."

"나사(NASA; 미국항공우주국)에서 카운트다운 외치는 일을 맡지 않은 게 다행이네요."

"재미있군요, 한나. 아무튼 두 개 다 해봐요. 그럼 소파 쿠션이 희생당하지 않아도 될 것 아닙니까. 그러고 보니 생각났는데……. 오늘 아침에 호수로 올 건가요?"

"아뇨, 일해야 해요. 쿠키단지에 있을 거예요."

"좋습니다. 어차피 나도 시내에 볼일이 있거든요. 11시쯤 카페로 가 겠습니다. 수사 정보를 공유해 봅시다."

"좋아요." 한나가 대답했다.

"그리고 애니멀 채널 알려줘서 고마워요. 막 카페로 나가려던 참이었는데, 지금 해봐야겠네요."

전화를 끊은 뒤 한나는 소파로 가서 커피 테이블의 서랍에서 리모컨을 꺼냈다. 서랍은 모이쉐의 공격으로부터 비교적 자유로웠지만, 그래도 만약의 경우를 대비해 한나는 서랍을 꼭 닫은 뒤 오래된 TV 가이드 잡지로 가려놓았다. 모이쉐가 벌써 리모컨 한 개를 망가뜨린 역사가 있기 때문이었다. 그때 그 리모컨을 수리하느라 꽤 많은 돈이 깨졌다.

"어서 와, 모이쉐."

소파 위로 펄쩍 뛰어올라 등받이 높이까지 올라온 모이쉐를 한나가 반갑게 맞아주었다.

"어디, 로니 워드가 애니멀 채널을 제대로 알려줬는지 한 번 볼까."

75번 채널을 튼 한나는 너무 놀라 입을 떡 벌리고 말았다.

텔레비전에서도 저렇게 야한 프로그램을 방영해 주는 줄 전혀 몰랐다! 모이쉐의 눈을 가려야 할 것 같은 충동을 느끼며 한나는 재빨리 57번으로 채널을 돌렸다. 그러고는 마침내 미소를 지으며 모이쉐를 살살 쓰다듬었다.

"좋았어. 드디어 애니멀 채널을 찾았어. 57번이 맞네. 이렇게 켜놓고 나갈게."

한나는 리모컨을 다시 서랍에 넣고 반죽과 자동차 열쇠, 가방을 챙겼다. 텔레비전 화면에서는 암사자가 얼룩말을 사냥하고 있었다.

"안녕, 모이쉐. 텔레비전 재밌게 보고 있어. 그래도 절대 따라 하지는 말구."

한나가 말했다. 그러고는 쿠키단지를 향해 어두컴컴한 이른 아침의 공기 속으로 발걸음을 내디뎠다.

레드 벨벳 쿠키

오븐은 190도로 예열합니다. 틀은 오븐의 중앙에 둡니다.

재료

달지 않은 베이킹용 초콜릿 4온스(110g) / 실온에 둔 버터 1/2컵

황설탕 2/3컵 / 백설탕 1/3컵 / 베이킹소다 1/2티스푼

소금 1/2티스푼 / 계란 큰 것 1개 / 붉은색 식용 염료 1테이블스푼

사우어크림 3/4컵 / 밀가루 2컵 / 초콜릿칩 1컵

만드는 법

1. 쿠키틀에 양피지를 깔거나 들러붙음 방지 스프레이를 뿌려 줍니다(양피지가 없다면 쿠킹호일을 깔아도 좋습니다. 대신 나중에 한 번에 들기 좋게 손잡이를 만들어 주세요).

2. 초콜릿을 잘게 쪼개어 그릇에 담고 전자레인지의 강에서 90분 동안 돌려 녹입니다. 다 녹았으면 한 번 저어준 다음 반죽을 만들 동안 옆으로 치워둡니다.

하나의 첫 번째 메모: 반죽은 전자믹서가 있으면 훨씬 편하답니다. 손을 사용하게 되면 상당한 근육 힘이 필요하죠.

3. 버터와 황설탕, 백설탕을 전자믹서에 넣고 중간 정도의 속도로 1분간 돌려 섞어 줍니다.

4. 거기에 베이킹소다와 소금을 넣고 또다시 중간의 속도로 1분간 돌립니다.

5. 계란을 넣고 반죽이 부드러워질 때까지 믹서를 돌립니다. 거기에 붉은색 식용 염료를 넣고 30초 동안 돌립니다.

6. 거기에 녹인 초콜릿을 붓고 또다시 1분을 돌립니다. 그런 후 밀가루 1컵과 사우어크림을 넣고 낮은 속도로 돌립니다.

7. 남은 밀가루를 모두 넣고 반죽이 잘 될 때까지 돌립니다.

8. 완성된 것을 스푼으로 긁어 그릇에 옮겨 담습니다. 초콜릿칩은 손으로 섞어 줍니다.

9. 티스푼을 사용하여 반죽을 떼어내 양피지를 깐 쿠키틀 위에 올려놓습니다(반죽이 너무 끈적거리면 30분 더 숙성시킨 뒤 다시 시도해 보세요). 190도에서 9~11분간 굽습니다. 반죽이 부풀어 오르면서 조금 딱딱해지면 다 구워진 것입니다.

10. 쿠키틀에서 양피지를 떼어 내어 선반으로 옮긴 다음, 다음 쿠키가 다 구워질 때까지 충분히 식힙니다. 그런 식으로 반죽이 동날 때까지 굽고 식히기를 반복합니다.

11. 쿠키가 전부 식었으면 프로스팅을 하기 위해 양피지에서 떼어 냅니다.

크림치즈 프로스팅

재료

녹인 버터 1/4컵 / 녹인 크림치즈 4온스(110g)

바닐라 향신료 1/2티스푼 / 슈가 파우더 2컵

만드는법

1. 버터와 크림치즈, 바닐라 향신료를 넣고 잘 섞어 줍니다.

한나의 두 번째 메모: 다음 단계부터는 실온에서 진행합니다. 크림치즈나 버터를 부드럽게 만들기 위해 조금 열을 가했다면 다음 단계 진행 전에 충분히 식히는 것을 잊지 마세요.

2. 프로스팅에 일정한 점성이 생길 때까지 슈가 파우더를 넣습니다(거의 전부를 사용해도 좋습니다).

한나의 세 번째 메모: 정말 정성을 다해 만들고 싶다면 다 구워진 쿠키에 붓으로 라즈베리잼을 칠합니다. 잼이 다 마르면 그 위에 크림치즈 프로스팅을 해주세요.

"다 끝났어!"

한나가 커피가 가득 든 두 개 잔을 쿠키단지 주방의 스테인리스 작업대로 가져오며 외쳤다.

리사는 미소를 지으며 시계를 올려다보았다.

"아직 7시밖에 안 됐는데 벌써 다 하셨네요."

"리사 오늘 6시에 출근했지? 그렇게 일찍 나오지 않아도 된다니까."

한나가 점잖게 꾸짖었다.

"가족모임이 있으니까 이번 한 주는 쉬어도 된다고 했잖아."

"어제 쉬었잖아요. 그거면 충분해요. 오늘부터는 6시에 카페로 나와서 일을 도울게요."

"하지만 모임 준비하는 것만으로도 일이 많을 텐데."

"일이 많은 건 한나도 마찬가지잖아요! 아침에는 쿠키 굽느라 분주하고, 오후에는 디너 뷔페 준비하느라 바쁘고……."

"알았어, 알았어. 내가 졌다."

한나는 항복의 뜻으로 두 손을 들었다.

"그래도 너무 피곤한데도 무리해서 나올 것까지는 없어, 알았지?"

"알았어요. 한나도 무리하면서까지 모임의 저녁 뷔페를 돕지 않아도 돼요."

그러자 한나가 웃음을 터뜨렸다.

"우리 이쯤 되면 무승부인 것 같은데?"

"그러게요."

리사는 고개를 돌려 자신이 구운 바 쿠키가 들어 있는 팬을 가리켰다.

"바 쿠키가 충분히 식은 것 같은데. 제 새로운 메뉴, 맛 좀 보실래요?"

"물론이지. 이름이 뭔데?"

"록키 로드 바 쿠키요. 록키 로드 아이스크림을 연상시키는 맛이거든요."

리사가 바 쿠키를 한 조각 잘라 한나에게 가져왔다.

"땅콩이랑 마시멜로, 초콜릿, 그리고, 다른 재료들은 모르겠는데."

"일단 맛부터 보세요. 그리고 어떤지 솔직하게 얘기해 주셔야 해요."

한나는 쿠키를 한 입 베어 문 뒤 조심스럽게 씹었다. 쿠키는 맛있었다.

"맛있어!" 한나가 말했다.

"10점 만점에 12점이야."

"록키 로드 아이스크림 맛이 느껴지세요?"

"그래, 스모어즈 맛도 떠올라. 걸스카우트 캠프 때 많이 먹었거든."

"스모어즈가 뭐예요?"

"그래햄 쿠키에 허쉬초콜릿이랑 구운 마시멜로를 끼워서 같이 먹는 거야. 갓 구워서 뜨거울 때 먹어야 입에서 살살 녹는 맛이 나지."

"정말 맛있겠어요! 걸스카우트 캠프에 가본 적이 없어서 한 번도 먹어보지 못했네요."

"왜 캠프에 가지 않았어?" 한나가 물었다.

"걸스카우트 모임이 매주 수요일 방과 후에 있었잖아요. 전 수업 끝나면 곧장 집으로 가야 했거든요. 엄마는 편찮으시고, 아빠는 한 주에 4일은 2시간씩 초과근무를 하셨어요. 주말에는 살필 수 없는, 사적인 업무들을 보기 위해서는 금요일에는 꼭 휴가를 내셔야 했거든요."

리사가 걸스카우트에 참여할 수 없었던 것에는 뭔가 그럴만한 이유가 있었을 것이란 생각을 왜 하지 못했을까 한나는 자책했다.

"은행 업무 같은 거 말이지?"

"네, 병원에 진료 예약을 한다든가 하는 그 외 병원 일들도요. 엄마도 금요일마다 투석을 받으셨으니까요."

"리사가 무척 힘들었겠어."

"그래도 고생할 만했어요. 투석으로 엄마의 병세가 조금 완화되는 동안 언니, 오빠들이 모두 병문안을 와 엄마가 모처럼 행복한 시간을 보내셨거든요."

리사가 눈을 여러 번 깜빡거렸다. 아마 엄마 생각이 나서 갑자기 슬퍼진 모양이었다. 이제 그만 행복한 일들로 다시 화제를 돌릴 때다.

"나도 리사에게 맛보일 것이 있어." 한나가 말했다.

"뭔데요?"

"레드 벨벳 쿠키."

깜짝 놀란 리사가 멍하니 한나를 바라보았다.

"엄마의 레시피 말이에요? 아빠가 좋아하시던?"

"똑같지는 않을 테지만, 리사의 어머니가 만드시던 것과 비슷하게 맛을 내보려고 했어. 리사 아버님 생일파티 때 내놓으면 깜짝 놀랄만한 선물이 될 거라고 우리 엄마가 제안하셨거든."

"정말 멋져요! 너무 고마워요, 한나!"

"아직은 인사받기 일러. 리사 어머니의 쿠키와 맛이 전혀 다를 수도 있잖아. 어머니께서 이 쿠키를 더 이상 굽지 못하게 되신 게 벌써 몇 년 전이라고 하던데."

"아이리스 언니 말로는 그렇다더라구요."

"리사는 기억이 안 나?" 한나가 물었다.

"네, 제가 기억을 할 때쯤엔 이미 만들지 못하게 되셨던 것 같아요. 그래도 맛은 볼게요. 괜찮죠?"

"물론이지. 나도 아직 맛을 안 봤어."

잠시 후, 두 사람은 커피와 함께 냅킨 위에 놓인 쿠키를 마주하고 앉았다. 한나는 쿠키를 한 개 맛보고는 맛있다고 평했지만, 에밀리 허먼이 구운 것과 똑같을지는 미지수라고 말했다.

"맛있는 것 이상이에요. 최고예요."

이번에는 리사가 말했다.

"초콜릿이랑 크림치즈 프로스팅이 한 번에 녹아드는 맛이 정말 환상이에요."

"고마워, 리사. 이따 가족모임에 나가면 언니들한테 맛보여 주고 어떤지 의견을 물어봐 줄래? 마지와 팻시에게도. 리사 어머니 쿠키랑 맛이 똑같다고 하면, 오늘 오후에 더 많이 구워놓을게. 리사 아버지께서 이 쿠키를 드시면 옛날 생각이 더 많이 떠올라서 거스가 마을을 떠나던 날 밤의 이야기며, 왜 두 사람 사이가 안 좋아지게 됐는지에 대해 많이 얘기해 주실 수 있을지도 몰라."

"쿠키가 아빠의 알츠하이머를 고칠 수 있다고 생각하세요?"

"아니, 하지만 초콜릿의 효능은 믿지."

"그건 맞아요."

리사가 살포시 웃음을 지었다.

"한나의 쿠키가 기억을 불러오진 못한다고 해도, 아빠한테는 최고의 생일선물이 될 거예요."

리사가 떠난 후 한나는 카페 문을 열 준비를 하기 시작했다. 테이블마다 놓인 설탕병과 인공감미료 항아리를 채우고, 커피크림 접시를 세

팅한 후, 냅킨통에 냅킨을 가득 채우고, 테이블을 행주로 한 번씩 훔친 뒤 한나가 제일 좋아하는 홀의 구석 자리에 앉아 루앤이 도착하기를 기다렸다.

카페 밖 거리에는 고요한 가운데 존 워커의 늙은 아이리시 세터(아일랜드산 개), 스키피만이 약국에서 위쪽 블록 방향으로 어슬렁거리고 있었다. 하지만 존은 어디에도 보이지 않았고, 한나는 잠긴 카페 문을 열고 밖으로 나가 아무 데나 돌아다니는 스키피를 저지하려 했다. 그런데 그때 존이 손에 목줄을 진 채 모습을 보였다. 잘생긴 치페와(호주 지방에 사는 북미 최대의 원주민) 사람인 존은 마을의 약사로 레이크 에덴 이웃 약국을 운영하고 있었다.

"안녕하세요, 존." 한나가 인사를 건넸다.

"좋은 아침이에요, 한나. 오늘은 스키피가 먼저 산책을 나섰어요. 내가 목줄을 챙기는 사이에 벌써 뛰어나가서는 한나 카페를 향해 달려가더라고요."

"쿠키 냄새를 맡았나 봐요. 카페에 잠시 들렀다 가실래요?"

"좋죠. 스키피도 데려가도 괜찮겠어요? 아니면 다시 약국에 들여보내 놓고 가도 되고요."

존이 무릎을 굽혀 스키피에게 목줄을 채웠다.

"데리고 오셔도 괜찮아요. 식품위생국 사람들이 이렇게 이른 시간에 돌아다닐 리는 없으니까요. 그리고 공식적으로는 아직 카페를 열지 않은 것이니까 상관없어요."

존은 커피, 그리고 평소에 즐겨 먹는 당밀 쿠키 두 조각과 함께 자리에 앉았고, 그 옆에 앉은 스키피는 한나가 강아지들이 방문하면 주려고 보관해 두던 강아지 비스킷을 입에 물었다. 이참에 한나는 거스 클레인의 방갈로에서 발견한 알약에 대해 존에게 물어볼 생각이었다.

"얼마 전에 누가 약을 먹는 것을 봤는데, 무슨 약인지 궁금해서요. 다음 날 똑같은 약을 발견했는데, 자세히 살펴봤었어요."

"그 사람이 누구인지, 어디서 봤는지 물어봐도 될까요?"

"그건 묻지 말아 주세요."

"알았어요. 약이 어떻게 생겼는데요?"

"캡슐에 들었어요. 한쪽 끝은 초록색이고, 한쪽 끝은 하얀색이에요."

"초록색과 하얀색의 캡슐이라." 존이 중얼거렸다.

"일반 크기의 캡슐이었어요? 아니면 조금 얄팍한 거였어요?"

한나는 잠시 생각에 잠겼다.

"일반 크기였던 것 같아요. 엄마가 손톱이 부러지지 않게 하려고 젤라틴 캡슐을 사용하시는데, 바로 그 크기였어요."

"일반 크기라. 그럼 상표는요? 그것도 봤어요?"

"뭔가 적혀 있었는데, 조금 번져서 알아볼 수가 없었어요."

"혹시 캡슐이랑 캐플릿이랑 구분할 수 있어요?"

"네, 캐플릿은 하나로 이어진 거잖아요, 그렇죠?"

"맞아요. 그럼 한나가 본 약이 정말 캡슐이 맞아요? 한나 어머님의 젤라틴 캡슐처럼 서로 분리되는?"

"네, 무슨 약인지 아시겠어요?"

"한나의 설명이 정확하다면, 아마도요."

카페 문을 열기 전이라 홀에는 한나 외에 아무도 없었는데도 존이 몸을 앞으로 바싹 기울였다.

"근데 혹시 파빌리온에서 있었던 살인사건 때문이에요?"

"그게……."

한나는 잠시 망설이다가 솔직하게 털어놓았다.

"어쩌면요. 아직은 확실히 모르겠어요."

그러자 존이 두 손으로 눈을 감쌌다.

"차라리 얘기하지 말지 그랬어요, 한나. 경찰에게 알려야 할 정보들을 지금 한나에게 알려달라고 하는 거잖아요."

"경찰에서도 캡슐에 대해 물었어요?"

"아뇨."

"아마 앞으로도 묻지 않을 거예요. 그 약을 본 사람은 나뿐이거든요. 그리고 보자마자 물로 씻어버렸어요. 혹시 개구리가 다칠까 봐서요."

그러자 존은 끙 소리를 냈다.

"개구리 얘긴 묻지도 않았잖아요. 한나 이번에 나한테 크게 빚졌어요."

"당밀 쿠키 한 상자 어때요?"

"좋아요. 하지만 쿠키는 필요 없어요. 내가 법을 어기면서까지 한나에게 정보를 주는 건 아니니까요. 그리고 한나에게 도움이 되는 거라면 기꺼이 알려 주죠."

"감사해요! 그럼 이제 뭔지 알려 주세요."

"아까도 말했듯이, 한나의 설명이 정확하다면, 그건 암페타민(중추신경을 자극하는 각성제) 캡슐 같은데요."

"정말이요!"

한나가 얼굴을 찌푸렸다.

"암페타민이 정확히 어디에, 언제 사용하는 약이에요?"

"심장 박동을 늘리고, 식욕을 감퇴시키고, 정신을 맑게 하죠. 다이어트 약으로도 많이 복용하는데, 중독성과 부작용이 있어요. 불면증이나 일시적인 환각 같은 거요. 지금은 좀더 까다롭게 규제되고 있어요."

"그럼 제가 본 그 약은 처방전 없으면 살 수 없겠네요?"

그러자 존이 고개를 끄덕였다.

"내가 모르는 신제품이 아니라면 처방전이 꼭 있어야 할 거예요. 제산제 종류는 아직 우리 약국에 들여놓지 않았거든요."

"그렇군요." 한나가 대답했다.

"고마워요, 존. 정말 큰 도움이 됐어요. 잠시만 기다리세요. 제가 당밀 쿠키를 포장해 드릴게요."

몇 분 후 한나는 당밀 쿠키와 두 개의 강아지 비스킷, 그리고 리사와 허브의 이웃에 사는 말라뮤트에게 주려고 아껴두었던 뼈다귀를 들고 카페를 나서는 존과 스키피를 배웅했다.

한나는 도대체 왜 거스가 암페타민을 두고 제산제라고 했는지 이해할 수가 없었다. 하지만 지금은 그 문제에 고심하고 있을 여유가 없었다. 오늘밤 생일파티가 시작되기 전에 레드 벨벳 쿠키 반죽을 더 만들어두어야 했고, 호수 방갈로로 가서 잭의 생일파티 때 다 함께 먹을 완맨시타 캐서롤의 반죽을 세 그릇 준비해야 했으며, 모이쉐가 얌전하게 지내고 있는지 집에도 들러봐야 했다. 이 많은 일을 하루에 다 해내려면 젖 먹던 힘까지 다 내야 할 것이다!

록키 로드바 쿠키 (시모어즈)

오븐은 175도로 예열합니다. 틀은 오븐의 중앙에 둡니다.

재료

그라함 크래커 24개 / 소금 뿌린 캐슈 1컵 / 초콜릿칩 6온스(170g)

미니어처마시멜로 2컵(백색으로 준비하세요) / 버터 1/2컵

황설탕 1/2컵 / 바닐라향신료 1티스푼

만드는법

1. 9×13 크기 케이크팬에 들러붙음 방지 스프레이를 뿌립니다(일회용 쿠킹호일 팬을 사용하셔도 됩니다. 일반 쿠키틀 위에 올려놓고 사용하시면 간편합니다).

2. 팬 바닥에 그래햄 쿠키를 깝니다.

3. 그 위에 마시멜로를 뿌립니다.

4. 그 위에 초콜릿칩을 뿌립니다.

5. 그 위에 캐슈를 뿌립니다.

6. 작은 소스팬에 버터와 황설탕을 넣고 낮은 불에 끓입니다. 설탕이 완전히 용해될 때까지 저어 줍니다.

7. 소스팬을 불에서 내린 뒤 바닐라 향신료를 넣어 저어 줍니다.

8. 케이크팬 위에 소스팬의 내용물을 뿌립니다.

9. 175도에서 10~12분간 굽습니다. 마시멜로의 윗부분이 노르스름하게 되었으면 완성입니다. 팬은 선반으로 옮겨 식힙니다.

10. 록키 로드 바 쿠키가 충분히 식었으면 브라우니 크기로 자릅니다.

남은 쿠키(아마 좀처럼 남지 않을 겁니다)는

뚜껑 있는 그릇에 담아 냉장고에 보관하세요.

냉동용 백에 넣어 냉동실에 보관하면 두 달은 족히 먹을 수 있습니다.

"정말 환상적인 쿠키로구나, 한나!"

"리사도 그러던데요. 그런데 아이리스가 말했던 것과 맛이 비슷해요?"

엄마는 우아하게 어깨를 으쓱해 보였다.

"잘 모르겠구나, 애야. 설명들은 것과 비슷한 맛인 것 같다만, 아이리스가 직접 맛보지 않는 이상은 잘 모르지 않겠느냐."

"안 그래도 리사가 아이리스에게 맛보이려고 모임에 몇 개 가져갔어요. 아마 전화로 결과를 알려줄 거예요."

한나는 자리에서 일어나 엄마의 커피잔에 커피를 더 따랐다. 두 사람은 쿠키단지 작업실에서 얼굴을 마주하고 앉아 있었다. 하얀 레이스가 달린 밝은 노란색의 리넨 정장을 입은 엄마는 봄철에 갓 피어오른 수선화처럼 산뜻했다. 만약 한나가 똑같은 정장을 입는다면(물론 훨씬 더 큰 사이즈로), 분명히 물에 푹 익힌 바나나 껍질 같을 것이다.

"왜 그러느냐, 애야? 나를 물끄러미 보고 있구나."

"죄송해요. 오늘 아침에 유난히 더 예뻐 보여서요, 엄마."

"고맙다, 한나."

"입고 계신 정장, 진짜 리넨이에요?"

"당연하지. 내가 합성섬유는 입지 않는다는 걸 알지 않니?"

"물론 알죠, 근데……."

한나가 하던 말을 멈추고는 한숨을 내쉬었다.

"근데 뭐냐?"

"이렇게 덥고 습한 날씨에 어떻게 리넨 정장을 입으실 수 있으세요? 그것도 주름 하나 없이?"

"조심스럽게 입는 거지, 얘야. 운전할 때 재킷은 벗어서 차 뒷좌석에 걸어놓는단다."

"치마에도 주름이 전혀 없는데요."

"설마 내가 치마까지 벗어서 뒷좌석에 걸어놓을 거라는 상상은 하지 마라!"

엄마가 웃음을 터뜨렸고, 한나도 그에 동참했다. 오늘 아침 엄마는 재치가 넘치고 있었다.

"앉을 때도 조심하는 거란다." 엄마가 설명했다.

"네 할머니는 늘 이렇게 말씀하시곤 했지. '무릇 숙녀란 숙녀답지 않은 행동을 하지 않은 이상은 옷에 주름이 갈 일이 없다.'"

한나는 고개를 끄덕였다. 외할머니는 숙녀다운 에티켓이나 말투, 행동에 있어 매우 엄하고 민감하신 분이었다.

"거스에 대해 물어볼 게 있다고 하지 않았니?"

엄마가 먼저 입을 열었다.

"네, 엄마가 거스랑 데이트했던 시절의 사진은 찾으셨어요?"

엄마는 네 개의 조단 고등학교 졸업앨범 중 하나를 꺼내 작업대 위에 올려놓고는 분홍색 북마크로 표시해둔 페이지를 펼쳤다.

"이게 그의 졸업사진이란다."

한나는 앨범을 자세히 살펴보았다. 마지와 팻시의 말대로 거스는 매우 잘생긴 얼굴이었다. 왜 고등학교 여자아이들이 거스를 그리도 쫓아다녔는지 이유를 알 것 같았다.

"거스는 졸업 후에 어떻게 됐어요? 진작 마지에게 물어보려고 했었는데, 잊어버렸어요. 대학에 진학했나요?"

그러자 엄마가 고개를 저었다.

"그럴 리가. 아니란다. 성적이 그렇게 좋지 못했거든. 대신 선발이 되었지."

"군대로요?"

"아니, 마이너리그로. 거스가 야구를 했었단 얘기 아무에게도 못 들었느냐?"

"마지와 팻시가 지나가는 말로 얘기하긴 했었는데, 그게 고등학교 때였는 줄 몰랐어요."

"거스는 꽤 우수한 선수였단다. 졸업 후에 1순위로 선발이 됐지. 미네소타 주에서 높은 타점 기록을 보유하고 있었거든."

"그럼 메이저로는 진출하지 못한 거예요?"

한나가 물었다.

"아마 그랬을 거다. 마지에게 그렇게 들은 기억이 나는구나."

엄마는 잠시 생각에 잠겼다.

"어쩌면 아닐 수도 있고. 당시에는 내가 네 아빠와 약혼하고 난 뒤라 마지가 일부러 나에게 거스 이야기를 하지 않았을 수도 있단다."

"그럼 부모님과 함께 살기 위해 다시 마을로 돌아왔을 때도 여전히 야구를 하고 있었어요?"

"아니, 그건 확실히 알지. 하루는 네 아빠가 운영하는 철물점에 와서 야구를 그만뒀다고 했단다."

"이유는요?"

"여기저기 계속 떠돌아다녀야 하는 야구선수 생활은 자기에게 맞지 않는다고 했다더라. 좋은 직장을 구해서 정착하고 싶다고 말이야. 하지만 난 그 말을 믿지 않았다!"

"어째서요?"

"야구를 계속 했으면 앞날이 창창했을 테니 말이다. 아마 거스의 팔자였겠지. 그리고 여자들 문제도 있었단다. 야구팀에 있을 때도 특히 여자들이 수두룩했지. 아마 그들을 대하는 태도도 몹시 불량했을 게다. 고등학교 때도 그랬으니까! 도박 문제도 있었어. 내가 아는 한 거스는 고등학생 때부터 속임수로 카드 게임을 해서 돈을 벌었단다."

"잃은 적은 없었어요?" 한나가 물었다.

"속임수에 더 능한 사람을 만났을 때 외에는 잃은 적이 없었다. 그럴 때는 제 누나들이나 여자친구들에게서 돈을 빌려서 도박을 계속 했지. 술도 많이 마셨어. 나이보다 더 성숙해 보였기 때문에 술도 쉽게 살 수 있었단다."

"그럼 엄마도 돈을 빌려주신 적 있으세요?"

그러자 엄마는 살짝 한숨을 내쉬었다.

"생각보다 자주 빌려주었단다. 그리고 빌려준 전부를 돌려받지는 못했어. 사실 아직 20달러 정도 빚이 남은 것 같구나. 정말 거스 같은 망나니도 드물었다."

"이제는 사람이 바뀌었을 수도 있잖아요."

한나가 악인의 변호인을 자처하고 나섰다.

"표범 무늬가 세월 지난다고 없어지겠느냐?"

엄마가 코웃음을 쳤다.

"분명히 술 문제나 도박 문제, 아니면 복잡한 여자 문제 같은 것으로 야구팀에서 쫓겨난 것일 게다."

한나는 신포도 이론에 대해 설명하고 싶었지만, 혀를 지그시 깨문 채 애써 아무 대꾸도 하지 않았다. 그래도 엄마이지 않은가. 딸은 엄마의 편을 들어야만 한다. 한나는 졸업앨범을 가까이 당기고는 엄마를 향해 미소를 지어 보였다.

"이제 사진을 볼까요?" 한나가 물었다.

그 후로 얼마간 한나는 엄마의 자세한 설명과 함께 엄마가 가리키는 사진들을 하나하나 살펴보았다. 거스 클레인의 사진은 압도적으로 많았다. 거의 졸업앨범 한 권에 12장 이상은 그의 사진이 실려 있었다. 운동과 관련이 있는 대회에서라면 공부관련 대회와는 전혀 다르게 거의 거스가 상을 휩쓸다시피 한 것 같았다.

"이게 다구나, 얘야." 엄마가 졸업앨범을 덮으며 말했다.

"궁금한 게 더 있느냐?"

"몇 가지 더요. 혹시 거스 클레인이 왜 한밤중에 가출했는지 알고 계시는 것이 있으세요?"

"그건 나도 모르겠구나. 아마 아무에게도 이유를 이야기하지 않았을 게다. 자세한 건 모르겠지만, 거스와 잭 허먼 사이에 큰 다툼이 있었다는 얘기는 들었다."

"누구한테 들으셨어요?"

"네 아빠한테서. 에드 삼촌과 함께 철물점을 나와서 집으로 돌아오고 있었는데, 싸움을 말리려 잠시 멈췄다고 했단다."

"왜 싸웠는데요?"

"나도 물었는데 네 아빠가 대답해 주지 않았단다. 에드 삼촌도 마찬가지고."

"그럼 아무도 모르는 거예요?"

"네 아빠와 에드 삼촌 외에는 그렇지. 그런데 두 사람 다 이미 세상을 떴으니."

엄마가 하던 말을 멈추고는 몇 번 눈을 깜빡였다.

"물론 잭 허먼은 알겠지만………."

"기억을 못 하시겠죠."

한나가 엄마의 말을 마무리 지었다.

"그렇지. 불쌍한 잭. 그때 잭이 더 많이 다쳤다고 하더라. 네 아빠가 나이트 박사님 병원까지 데려가서 찢어진 상처를 꿰맸단다. 그때는 병원 건물도 제대로 지어지기 전이었는데, 잭을 그 상태로 집에 데려갔다가는 에이미가 놀랄 것 같아서 그랬다더라. 그때 아이리스가 아직 갓난아기였고, 만삭의 에이미 뱃속에는 팀이 있었거든."

한나는 나이트 박사에게 그날의 일에 대해 물어봐야겠다고 생각했다. 싸움에 대해 잭이 뭔가 이야기한 게 있을지도 모른다.

"또 물어볼 게 있니, 얘야?"

엄마가 벽시계를 쳐다보며 물었다.

"캐리를 데리고 쇼핑몰에 가야 한단다. 잭의 생일선물을 골라야 하거든."

"한 가지만 더요. 혹시 마을에 거스에게 원한을 갖고 있었을 만한 사람이 있을까요? 그를 죽이고 싶을 만큼?"

엄마의 눈이 휘둥그레졌다. 그런 엄마를 보니 꼭 머리 위에 불이 반짝 들어온 전구가 담겨 있는 말풍선이 둥둥 떠 있는 것 같은 모습이 연상되었다.

"그럼, 있지! 왜 진작 그 생각을 못했는지 모르겠구나! 내가 메리 수 에릭슨 얘기해준 거 생각나느냐?"

한나가 고개를 끄덕이자 엄마가 말을 이었다.

"그렇게 길게 가던 사이가 아니었어. 거스가 한두 번 정도 만났나 그랬을 게야. 그런데 그렇게 만나고는 바로 버트 쿠헨의 누나와 데이트를 했단다."

한나는 혼란스러웠다.

"버트 쿠헨의 누나 이야기는 들어본 적이 없어요. 마을에 살고 있나요?"

"그녀는 이미 죽었단다, 얘야. 졸업파티가 있던 날 끔찍한 자동차 사고로 세상을 떠났지."

"거스가 술을 많이 마셨다고 했는데, 그럼 혹시 그가 술을 마시고 운전한 건가요?"

"사고 보고서에 의하면 그렇지 않았단다. 당사자가 직접 운전을 했다는데, 알코올 수취도 정상이었어."

한나는 엄마의 말에서 오류를 지적해냈다.

"하지만 정말로 버트의 누나가 운전했는지는 모르는 거잖아요?"

"그렇지. 아무도 직접 보지 못했으니까 말이다. 사건 현장을 제일 먼저 발견한 사람이 조단 고등학교 야구팀 코치였는데, 그가 두 사람을 차에서 끌어내 나이트 박사님께 직접 데려갔다고 하더라. 그래서 마을 사람들은 사실 거스가 운전했는데, 그 사실을 코치가 덮기 위해서 거짓말을 하는 게 아닐까 생각했었지."

"어째서 거짓말을 했을까요?"

"거스의 야구 경력 때문이 아니었겠느냐. 코치로서의 자기 명예도 달렸고 말이다. 한창 영입 제의를 받고 있던 때였거든. 사실 다음 해 그는 조단 고등학교를 떠나 대학 코치로 자리를 옮겼단다. 미시간 어디에 있는 대학이라고 했는데, 정확히 어느 학교인지는 기억이 안 나는구나."

한나는 수첩을 꺼내어 펼친 뒤 이름을 적었다.

버트 쿠헨에게는 거스를 죽이고 싶어 할 만한 충분한 이유가 있었다. 그리고 거스가 살해당했던 날 밤 버트도 엘리와 함께 댄스파티에 참석했었다. 포트럭 저녁식사를 위해 버타넬리의 피자 가게에서 파는 특제 피자 여섯 판을 가져오기까지 했다.

"야구팀 코치 이름이 뭐예요, 엄마?" 한나가 물었다.

"토비 허친슨. 근데 레이크 에덴을 떠나서 어디로 갔는지는 정말 모르겠구나. 단지 그가 새로 맡은 팀 이름에 울브스(늑대 라는 의미), 뭔가 하는 단어가 들어가는 것만 알고 있다."

"울버린스요?"

"맞아. 미시간 팀이 맞느냐?"

"앤아버요. 울버린스는 미시간 대학교 팀 이름이에요."

"그렇구나!"

엄마는 기쁜 표정을 지었다.

"어떻게 알았느냐?"

"그냥 어쩌다 생각이 났어요."

한나가 대충 얼버무렸다. 고등학생 때 좋아하던 남학생의 마음에 들기 위해 전국 대학들의 운동부 이름들을 죄다 외웠던 사실을 엄마에게 알리고 싶지 않았다.

"하지만 최근 행적을 찾기는 쉽지 않을 게다." 엄마가 말했다.

"그것도 벌써 몇 년 전 일이니 말이다. 아직 야구팀 코치를 맡고 있을지 모르겠구나."

"아직 살아만 있다면 찾을 수 있을 거예요."

한나가 자신감 있게 말했다.

"혹시 거스에게 원한 가진 사람이 또 있을까요?"

"더 이상은 모르겠다. 혹시 고등학교 때 거스가 만났던 수많은 여자 중 하나 정도는 있지 않겠니."

"그게 누구일까요?" 한나가 물었다.

머릿속에는 이미 엄마의 이름도 수첩에 적어놓고 있었다. 물론 엄마는 거스가 다른 여자와 키스하는 것을 보고 그날로 바로 그를 찼다고 말하고 있다. 즉, 엄마가 차인 게 아니라 찬 거라고 말이다.

"오, 애야. 거스가 만났던 여자들을 내가 다 기억하지는 못한다. 소문난 바람둥이였으니 말이야."

"그럼 마지와 팻시에게 물어봐 주실 수 있으시겠어요? 기억하는 이름이 있을지도 모르잖아요."

"그래, 그러마. 너를 돕는 일이라면 뭐든 기꺼이 하마. 그럼 아예 이 졸업앨범들을 갖고 가서 기억하는 사람이 없는지 물어봐야겠다. 그리고 모임에 온 사람 중에 거스의 옛 동창들은 없는지도 살펴보마. 참, 로티 보르주도 여기에 왔더라. 허먼 가 사람이랑 결혼했거든. 거스의 고등학교 1년 후배란다."

그때 루앤 행크스가 작업실 문틈으로 머리를 살짝 내밀었다.

"리사가 방금 전화했어요. 아이리스가 쿠키 맛을 보았는데, 완벽하다고 했대요."

"다행이에요!"

한나가 엄마와 하이파이브를 했다.

"그리고 마이크 킹스턴이 왔어요. 한나와 얘기하고 싶다는데, 들여보낼까요?"

한나가 고개를 끄덕이자 엄마가 졸업앨범을 챙겨 들고 자리에서 일어났다.

"마이크가 무슨 일이냐?"

뒷문을 열며 엄마가 물었다.

"내 정보를 끄집어가려구요."

한나가 살짝 웃음을 지으며 엄마를 향해 작별의 손을 흔들어 보였다.

"나도 마이크의 정보를 끄집어낼 테니 모으면 상당할 거예요."

"안녕, 마이크."

그가 홀과 작업실을 연결하는 회전문을 통해 모습을 보이자 한나가 인사했다.

"내가 지금 시간이 많지 않아서요. 이야기하는 동안 반죽 작업을 해도 될까요?"

"그럼요. 나에게 맛보이기 위한 것이라면 얼마든지요."

마이크가 특유의 매력적인 미소를 지었다.

한나는 생일파티에 가져갈 쿠키들이 쌓여 있는 선반을 흘끗 쳐다보았다.

"건포도 드롭스도 있고, 당밀 쿠키도 있고, 레드 벨벳 쿠키도 있어요. 파티 쿠키도 있구요."

"파티 쿠키는 뭡니까?"

"이거요."

한나가 오늘 아침에 갓구운 네 가지의 파스텔 빛 색깔이 들어간 쿠키를 집어들며 말했다.

"오늘 밤에 있을 잭 허먼의 생일파티에 가져가려고 구운 거예요. 아주 많아요."

"그럼 그것 하나와 레드 벨벳 쿠키 한 개를 맛보겠습니다. 둘 다 처음 보는 거라서요."

"그래요."

한나는 쿠키를 집어 블랙커피와 함께 마이크에게 건네주었다.

"고마워요, 한나. 나에게 물어볼 것이 많을 줄 압니다만."

"조금요."

"뭐 알아낸 것 있습니까?"

"별로요."

한나는 생각할 시간을 벌기 위해 레드 벨벳 쿠키에 사용할 초콜릿을 녹이기 시작했다. 마음 같아서는 마이크에게 많은 것을 알려 주고 싶지 않았지만, 뭔가는 말해줘야만 했다.

"어젯밤 저녁식사 이후에 마지와 팻시와 이야기를 했어요."

한나가 입을 열었다.

"그래서요?"

"피해자가, 그러니까 거스 클레인으로 추정되는 남자가 정말로 사기 남동생이 맞는지 의심하고 있었어요."

"정말입니까?"

마이크의 눈이 살짝 휘둥그레진 것을 보니 전혀 모르고 있던 사실인 듯했다.

"마지와 팻시가 마이크에게는 얘기하지 않았나 보네요."

"네, 그런데 한나에게는 얘기했군요."

한나는 손에 초콜릿을 든 채 하던 일을 멈추고 마이크를 돌아보았다.

"우리 정보를 교환하기로 한 거 아니었나요? 누가 먼저 증거를 많이 확보해서 범인을 잡는가 하는 내기가 아니라?"

"정보 교환 맞습니다! 적어도 내가 의도한 바는 그렇죠."

마이크가 진지한 표정으로 말했다.

"내가 자존심 상해하는 것 같습니까?"

딩동댕! 한나는 속으로 외쳤다.

"왜 그런 말을 해요?"

손에서 녹기 시작한 초콜릿의 포장을 벗겨 측량컵에 담은 뒤 전자레인지에 넣으며 한나가 속마음과 달리 이렇게 물었다.

"내 심문능력에 대해 나름 자부심을 느끼고 있었는데, 그런 증언들은 하나도 확보하지 못했으니 말입니다."

한나는 전자레인지에 시간을 맞추며 그를 물끄러미 바라보았다.

"여자들만의 이야기 같은 거죠."

한나가 말했다.

"이 방면에 있어서는 한나가 나보다 나은 것 같군요."

"기회가 많을 뿐이에요."

한나가 초콜릿을 녹이는 동시에 마이크의 자존심을 구출해 내며 말했다.

"그냥 운이 좋은 것뿐이에요. 난 여기 마을에서 태어나고 자랐으니까 사람들도 나를 더 편하게 생각하는 거죠. 홈그라운드의 이점이라고나 할까."

마이크는 잠시 생각하는 듯하더니 이내 입을 열었다.

"한나 말이 맞아요. 그 점이 크게 작용하는 것 같습니다. 그나저나 이 파티 쿠키 정말 맛있군요, 한나. 이 맛을 보니 뭔가 기억이 날 듯한데, 뭔지 모르겠습니다."

"정통 슈가 쿠키요."

"맞아요!"

"거의 비슷한 레시피예요. 다양하게 색깔을 입힌 것만 다르죠."

"그렇군요. 자, 그럼 피해자의 신원에 대한 얘기로 돌아가 봅시다. 비즈먼 부인과 디엘 부인은 왜 그런 의심을 하는 겁니까?"

한나는 잠시 어리둥절해 있다가 비즈먼 부인과 디엘 부인이 마지와 팻시를 말하는 거란 사실을 깨달았다.

"오랫동안 보지 못했으니까요." 한나가 설명하기 시작했다.

"그리고 거스가 옛날에 비해 성격이 많이 변했대요."

"그럴 수도 있죠. 옛날에는 많이 젊었을 적이 아닙니까?"

한나는 머릿속으로 암산했다.

"20대였겠죠, 아마도."

"그러니까 말입니다. 한나도 스무 살 시절과 지금이 많이 다르지 않습니까?"

"그럼요!"

한나는 생각할 것도 없이 대답했다. 하지만 너무 금방 대답했나 싶어서 조금 부끄러웠다. 스무 살의 한나는 끔찍하리만큼 순진했다. 좀더 현명하고 세련되어진 지금이 훨씬 나았다.

"무척 귀여웠을 것 같은데요!"

마이크가 또다시 매력적인 미소를 뽐내자 한나의 심장이 두근거리기 시작했다. 무슨 남자가 이렇게 시시때때로 신경계를 마비시킨단 말인가? 하지만 그때 마이크가 과거동사를 사용했다는 사실을 깨달았다. 그 부분에 대해 막 항의를 하려는 찰나 그가 다시 입을 열었다.

"그를 자세히 관찰할 시간이 충분히 있지 않았습니까."

마이크가 말을 이었다.

"동생이라고 확신할 수 있을 만한 신체적 특징이 없었답니까?"

"키나 머리카락 색깔 같은 것은 동년배의 남자에게서라면 흔히 볼 수 있는 것들이에요. 그리고 마지 말로는 거스에게는 뚜렷한 신체적 특징이 없었다고 해요."

한나는 잠시 말을 멈추었지만, 마이크에게 문신에 대한 이야기를 해줘도 좋을 것 같다는 결심이 섰다.

"근데, 사실 거스에게는 특징이 있어요." 한나가 말했다.

그러자 마이크의 눈이 휘둥그레졌다.

"그걸 어떻게 알았습니까?"

"그것까지는 몰라도 돼요. 그냥 네 명의 서로 다른 사람이 거스의 신체적 특징에 대해 같은 증언을 해줬다고 쳐요."

"그럼 그 특징이라는 게……?"

"문신이에요. 야구 방망이 두 개가 교차한 사이로 야구공이 그려진 그림인데 왼쪽 엉덩이에 있대요."

"사실입니까?"

"나야 모르죠!"

한나가 그를 쳐다보았다.

"내게 그 이야기를 해준 사람들 말로는 고등학교 때 그런 문신을 봤대요. 그동안 그가 문신 제거 수술을 받지 않았다면 아직도 그대로 있겠죠."

"잠깐만요." 마이크가 핸드폰을 꺼냈다.

"나이트 박사님께 전화해서 확인해 봐야겠습니다. 알려줘서 고마워요, 한나. 정말 중요한 문제로군요."

마이크가 나이트 박사와 통화하는 동안 한나는 쿠키 반죽을 계속 했다. 버터와 설탕을 섞고, 베이킹소다와 소금, 그리고 계란을 넣은 뒤 계속 저어 주었다. 재료들이 다 섞이자 한나는 사우어크림과 붉은색 식용 염료를 추가했고, 열심히 반죽을 치대며 한 귀로는 마이크의 통화 내용을 듣고 있었다. 하지만 한편으로는 잭 허먼과 거스의 싸움에 대해서도 마이크에게 말해줘야 하나 고심했다.

"알았습니다. 감사합니다, 박사님."

마이크가 통화를 끝내고 다시 한나를 쳐다보았다.

"피해자에게 문신이 있답니다. 한나가 얘기한 그 부위에요."

"아니야."

한나가 고개를 끄덕이며 말했다.

"무슨 뜻입니까? 고개를 끄덕이면서 아니라니요."

"마이크의 이야기를 들으면서 다른 것에 대해 결심하고 있었어요."

"그럼 그 결심에 대한 대답은 '아니야.' 로군요."

"네."

한나가 고개를 가로저으며 대답했다.

"잠깐만요. 이번에는 입으로는 '네' 라고 하면서 고개를 저었잖습니까."

"맞아요. '네' 는 결심이 섰다는 의미이고, '아니' 라는 것은 그 결심에 대한 것을 마이크에게 얘기해 주지 않겠다는 거예요."

마이크는 남은 커피를 들이킨 뒤 자리에서 일어났다.

"어쨌든 쿠키 고마워요. 그리고 문신에 대한 얘기도 고마워요. 신원 파악이 됐다는 소식은 가족들에게 알리겠습니다. 20분 후에 회의가 있어서 그만 가봐야겠군요."

"이것도 가져가요."

한나가 경찰서에 보낼 몫으로 미리 포장해 둔 상자를 내밀었다.

"수사팀 사람들이랑 나눠 먹어요. 초콜릿만큼 기운 나게 하는 것도 없으니까요."

파티 쿠키

오븐은 미리 예열해 두지 마세요. 이 쿠키는 굽기 전에 반죽을 충분히 숙성시켜야 합니다.

재료

녹인 버터 2컵 / 슈가파우더 2컵 / 백설탕 1컵

밀가루 4와1/4컵 / 바닐라향신료 2티스푼(다른 향신료도 괜찮습니다)

베이킹소다 1티스푼 / 소금 1티스푼 / 계란 2개

타르타르 크림 1티스푼(필수예요!) / 식용염료(적어도 3가지 종류)

백설탕 1/4컵(나중을 위해 필요해요)

만드는법

1. 버터를 녹인 뒤 설탕을 넣고 섞습니다. 실온에서 조금 식힌 다음 계란을 하나씩 깨어 넣고, 바닐라와 베이킹소다, 타르타르 크림, 그리고 소금을 넣고 골고루 섞어 줍니다. 그런 뒤 밀가루를 1/2컵씩 넣으며 섞어 줍니다.

2. 완성된 반죽을 네 등분하여 각각 양피지 위에 올려놓습니다. 각각의 반죽을 그릇에 담고 식용염료를 넣고 반죽합니다. 원하는 색보다 더 짙게 물이 들었으면 완성입니다(굽고 난 후에는 색이 조금 옅어진답니다). 색이 든 반죽을 다시 양피지 위에 올려놓고 다른 세 개의 반죽도 똑같은 과정을 거칩니다(원한다면 다른 하나는 염료를 섞지 않아도 됩니다).

3. 반죽이 숙성될 때까지 기다립니다. 네 등분한 반죽을 다시 각각 네 등분합니다. 그러면 모두 16개의 반죽 덩어리가 만들어지는 것입니다. 작업대 위에 비닐랩을 깔고 각각의 덩어리를 손으로 길게 밀어줍니다(브레드 스틱 만드는 법과 똑같습니다). 12인치 정도의 길이로 길게 밀어줍니다.

4. 두 개의 반죽 줄은 바닥에, 다른 두 개는 그 위에 얹습니다. 비닐랩으로 뭉친 반죽을 감싼 다음 다양한 색의 롤이 나오도록 타이트하게 굴려 줍니다. 그런 뒤 롤을 냉장 보관합니다. 그렇게 작업하면 모두 네 개의 롤이 만들어지게 됩니다.

5. 반죽은 적어도 1시간 이상 숙성시킵니다(밤새 숙성시키면 더 좋습니다). 구울 준비가 되었으면 오븐을 160도로 예열합니다.

6. 백설탕 1/4컵을 그릇에 담고 쿠키틀에 기름칠합니다.

7. 롤을 하나 꺼내 비닐을 벗긴 후 1/2인치의 두께로 썹니다(롤 1개에 24조각이 나올 겁니다). 그릇에 설탕을 담고 반죽을 뒤집어주며 골고루 묻힙니다. 설탕을 묻힌 반죽을 틀 위에 올려놓습니다. 사용하지 않은 반죽은 이 작업 전까지 계속 냉장 보관하셔야 합니다.

8. 160도에서 12~15분 동안 굽습니다. 가장자리에 황금빛이 돌면 잘 구워진 거랍니다. 틀 위에서 1~2분 식힌 다음 선반으로 옮겨 완전히 식힙니다.

이 쿠키는 호일이나 냉동용 백에
넣어서 냉동시켜서 먹어도 좋습니다.
굽지 않은 반죽도 비닐랩에 싸서
냉동 보관해도 됩니다.

12시가 가까워졌을 때 한나는 레드 벨벳 쿠키의 프로스팅을 마쳤
다. 노먼에게 전화해서 맛보러 올 수 있는지 물어보려는데, 루앤이 회
전문을 열고 작업실로 들어왔다.

　"노먼이 전화했어요." 루앤이 한나에게 말했다.

　"응급 환자가 있어서 지난번에 얘기했던 쿠키 맛보러는 오지 못하실
것 같다는데요."

　"알았어. 알려줘서 고마워. 쿠키는 잘 팔리고 있어?"

　"그럭저럭이요. 평소 잘 나가는 메뉴들이 나가고 있어요. 포장주문을
보면 서머 부인이 브라우니에 넣을 오렌지 스냅스를 두 상자 사가셨구
요, 크누드슨 목사님이 할머님께 드릴 바이킹 쿠키 몇 조각을 사가셨
고, 퍼비스 씨가 선생님들에게 줄 오트밀 건포도 크리스피를 5상자 사
가셨어요."

　"학교는 아직 방학 중이잖아."

　"저도 그렇게 말씀 드렸는데, 이번 주에는 교사 모임이 있다고 해요.
학기 중에는 처리하지 못하는 일들을 의논한대요."

　한나는 문득 2학년 때 선생님 생각이 났다. 흰색 멜빵바지를 입고 곱
슬머리 위로 베레모를 쓰고는 한 손에 붓을 들고 사다리를 올라가 교실
벽을 칠하는 그래드키 선생님의 모습이라니. 우스꽝스러운 상상에서

한나는 뒷걸음질쳤다. 설마 방학 중 교사 모임 때 교실 벽을 페인트칠하는 건 아니겠지. 아마 수업 준비를 하고, 교과서를 선택하는 등 기타 학교 업무를 볼 것이다.

"이제 그만 모임에 가보셔야죠." 루앤이 말했다.

"여기 일은 제가 알아서 할게요. 시간 되면 문 닫고, 내일 아침 9시쯤에 다시 올게요."

한나는 늦게까지 남아 일해 주는 루앤에게 너무나도 감사했다. 엄마와 로드 부인도 가게 문을 닫고 가족모임에 신경 쓰고 있으니, 루앤도 아마 네 살짜리 딸아이와 모처럼의 시간을 보내고 싶을 것이다.

"오후에는 손님이 많지 않을 거야. 그러니까 어머님과 네티에게 전화해서 수지를 데리고 카페로 나오시라고 그래. 날이 더워서 냉동실에 아이스크림을 넣은 피칸 크리스피 샌드위치 만들어놓았으니까 같이 먹구."

한나의 제안에 루앤은 몹시 기뻐했다.

"고마워요, 한나. 그렇게 할게요. 쿠키들도 많으니, 수지가 여기에 와 보면 정말 좋아할 거예요. 크면 쿠키 굽는 사람이 될 거라고 늘 말하거든요."

"잘 됐네! 내가 나중에 은퇴하게 되면 수지에게 물려줄 수 있겠어……. 단, 수지가 중간에 핵물리학자나 신경학과 전문의가 되겠다고 마음을 바꾸지 않는다면 말이야."

5분도 채 지나지 않아 한나는 쿠키 트럭을 몰고서 카페 뒤편 골목을 나선 뒤 3가에서 서쪽으로 향하다가 메인가에서 우회전을 했다.

로드 치과 병원 앞에는 운 좋게도 주차할 자리가 나 있었다. 한나는 서둘러 그 자리에 트럭을 세우고 시동을 껐다. 그런 뒤 노먼에게 주려고 가져온 분홍색의 쿠키 상자를 들고 트럭에서 내려서는 눈이나 비를 막아주는 초록색과 흰색의 금속 차양이 달린 현관을 향해 걸어갔다.

한나가 병원 문을 열고 안으로 들어서자 기계음 같은 것이 울렸다. 안내데스크에 달린 미닫이 형식의 불투명한 유리문은 닫혀 있었지만, 그건 당연한 일이었다. 노먼은 방학 중 안내데스크 업무를 보는 인력으로는 직장체험 프로그램의 목적으로 조단 고등학교의 학생들을 고용하지만, 학기 중에는 노먼 혼자 관리했다.

"대기실에서 편하게 기다리고 계세요. 지금 환자를 진료 중이니 조금만 기다리시면 금방 나가보겠습니다."

누군지 모를 손님을 향해 외치는 노먼의 목소리에 한나는 슬며시 미소를 지었다. 한나는 괜히 노먼을 놀라게 해주고 싶은 생각이 들었다. 그래서 대답을 기다리고 있을 그를 향해 도저히 누구인지 알 수 없을 만큼 간단하게 대답을 외쳐 주었다.

"알았어요."

한나는 일부러 목소리를 낮게 깔고 말했다. 그런 뒤 잡지가 꽂혀 있는 책꽂이로 다가가 기다리는 동안 읽을 잡지를 골랐다.

노먼이 대기실용으로 잡지를 주문하고 있기 때문에 잡지들은 제때에 바로 병원으로 배달되었다. 그런 노먼 덕분에 환자들은 3년이나 지나, 이제는 이혼해 버린 유명 배우 커플들의 결혼 소식이 실린 옛날 잡지들을 읽고 있지 않아도 되게 되었다.

한나가 요리 잡지를 뒤적이고 있는데, 진료실 쪽에서 목소리가 들렸다. 일부러 엿들을 생각은 아니었지만, 다른 대기자들이 없었던 관계로 대기실은 나지막이 흐르는 음악 소리를 제외하면 쥐죽은 듯 고요했다. 그러니 진료실 안의 이야기를 안 들으려고 해도 안 들을 수가 없었다.

"사과루 머고 이흔데, 갑자기 빠져어."

"가끔 그럴 때가 있어요. 얼마나 됐는데요?"

"베네 바사님이 17년 저에 해주신 거야."

"박사님이 치료를 잘해 주셨네요. 요즘 나오는 아말감으로 만들지 않은 의치는 금방 교체해줘야 하거든요. 잠시 세정만 하고 바로 다시 넣어 드릴게요. 고작 2분 정도밖에 안 걸릴 거예요."

"다해이야! 2시에 수수리 있어서 그때까지는 벼원에 가봐야 하거든."

한나는 숨을 가다듬었다. 누구 목소리인지 알 것 같다! 나이트 박사님이다. 한나가 꼭 만나보아야 하는 사람!

그때 유리문이 열리고 노먼이 모습을 보였다. 한나를 발견한 노먼을 조금 놀란 듯했지만, 이내 반가워했다.

"안녕, 한나. 여기 온 줄 몰랐어요. 혹시 치료 때문에 온 건 아니죠?"

"아니에요. 쿠키 때문에 왔어요."

한나가 분홍색 상자를 노먼에게 건넸다.

"안에 나이트 박사님이세요?"

"마자, 나야!" 나이트 박사가 대답했다.

"무스 쿠키 가져와나?"

"오늘 새로 구운 거예요. 레드 벨벳 쿠키라고. 한번 드셔 보시겠어요?"

"오, 안 돼요!" 노먼이 상자를 가로챘다.

"아직 치료가 안 끝났어요."

"죄송해요, 박사님."

한나가 외쳤다.

"나도 무처 유감이구마."

한나는 다시 노먼에게로 고개를 돌렸다.

"의치 세척하는 동안 내가 들어가서 박사님과 잠시 친구 해도 될까요? 마침 여쭤볼 것도 있었거든요."

"좋은 생각은 아니네요. 박사님은 내 환자이고, 치료 중에는 환자의 사생활을 보호해줘야 할 의미가 있어요."

"알아요. 잠깐 얘기만 하려는 것뿐이에요."

"미안하지만, 그건 안 되겠어요. 한나를 안에 들여보내게 되면 환자와 의사 사이의 신뢰가 깨져버리거든요."

"오, 마도 안 되는 소리! 여기든 내 벼원이든 어차피 나르 만나야 되게 아닌가."

그러자 노먼이 어깨를 으쓱해 보였다.

"박사님 말씀 들었죠? 당사자가 직접 보호받을 권리를 포기했으니, 잠깐만 기다려요. 안에 들여보내 줄게요."

진료실 안으로 들어서며 한나는 미소를 지었다. 한나는 나이트 박사가 좋았다. 궁금해하는 것에 늘 시원스럽게 답해 주시곤 하니 말이다.

"안녕하세요, 박사님."

박사가 몇 개의 이가 빠진 모습으로 씩 웃어 보였다.

"자네 이름이 수자나나 새리가 아니 게 다행이지 않으가. 실라는 괜찮지만."

"전 제 이름이 좋아요."

한나가 웃으며 말했다.

"거스 클레인과 메리 조 쿠헨에 대해 박사님께 여쭤볼 게 있어요."

"거야 쉽지. 두 사라이 서로 사기는 사이여다는 거밖에 모르는 거."

"사고는요? 졸업파티가 있던 날 메리 조가 사고로 죽었잖아요?"

"그때 나 여기 업어서. 보스턴에 세미나가 이어서 2주 도안 거기에 가 이엇지. 대신 마으 장례사가 이를 맡아주었다네. 그데 그 사라도 20년 저에 죽었어."

한나는 신음 소리가 나올 뻔했다. 나이트 박사가 생각보다 도움이 되지 못하고 있었다.

"잭 허먼과 거스 클레인의 싸움에 대해서는요? 그날 밤 거스가 집을 나갔어요. 그 뒤로 이번 가족모임이 있기 전까지 아무도 보지 못했구요."

"그래, 마으꺼 무어봐, 하나. 꼬짝없이 포로시세니, 의치 넣으 때까지는 도망치 곳도 업서."

"엄마 말씀이 아빠와 에드 삼촌이 싸움을 말리고 잭을 박사님 병원으로 데려갔다던데요."

"마자, 그래지. 잭이 아주 엉마이 돼서 와서. 에이미를 노라게 하고 시지 않다기에 내가 마끄하게 치료해줘는데, 그래도 와저히는 안 되더거 같아. 그나 밤에 에이미가 출사을 해거든."

"그날 태어난 아기가 리사의 오빠인 팀이군요, 그렇죠?"

"마자. 건가하게 태어나지. 잭에게도 마해듯이 분만 준비는 느 되어 이어스니까, 사시 그 싸움은 잭 자못이 아니야. 그냐 방어한 거 뿐이거든."

나이트 박사가 하던 말을 멈추고 고개를 저었다.

"아무에게도 마하며 아 돼."

"말하면……, 뭘요?"

"방어 얘기 마이야."

"방금 잭이 누군가를 지키기 위해 싸웠다고 하셨잖아요."

한나가 박사에게 가까이 다가갔다.

"혹시 에이미였나요?"

"그거도 마하며 안 돼."

한나의 머릿속이 바빠지기 시작했다. 댄스파티 때 중요한 단서가 될 만한 이야기들이 많이 오갔었다. 잭이 메리 조 쿠헨 이야기를 꺼내자 거스는 에이미의 이야기를 꺼내며 맞대응했다.

또한 잭은 거스가 잭의 부인인 에밀리의 이름을 친근한 애칭인 에이미로 부르는 것에 대해 지적하자, 거스는 잭의 동생인 헤더를 언급했다. 하지만 그때 마지가 나서서 옛날 선생님인 번사이드 씨 이야기를 꺼내 대화를 안전한 곳으로 이끌었다.

"에이미가 잭과 결혼하기 전에 거스와 만났던 사이였는지 혹시 알고 계세요?"

한나가 물었다.

"그래."

어리석게도 중복적인 질문을 던졌다는 사실에 한나는 자책했다.

"아신다는 말씀이세요? 만났던 사이였다는 말씀이세요?"

한나가 다시 분명하게 물었다.

"아고 잇다는 마리네. 내가 마하 수 잇느 거 그게 전부야."

그때 노크소리가 들렸고 노먼이 들어왔다.

"의치만 제자리에 넣으면 한나가 가져온 쿠키를 드실 수 있을 거예요. 단 의치가 없는 다른 쪽으로 씹으셔야 해요."

노먼이 한나를 돌아보았다.

"혹시 레드 벨벳 쿠키에 견과류가 들어가나요?"

"아니요, 초콜릿칩뿐이에요. 그것도 오븐에서 조금 녹아서 부드러울 거예요. 딱딱하게 씹힐 만한 것은 없어요."

"다행이네요."

노먼이 들고 온 쟁반을 진료의자 옆에 붙어 있는 둥근 선반 위에 올려놓고는 다시 한나를 쳐다보았다.

"잠시만 기다려줘요. 오래 걸리지 않을 거예요."

노먼은 다시 진료의자를 눕히고 의치인 듯 보이는 것을 나이트 박사의 입속에 넣고 잇몸과 연결하기 시작했다. 그리고 잠시 후 진료용 장갑을 벗고는 뒤로 물러났다.

"좋아요." 노먼이 나이트 박사에게 말했다.

"이제 새것처럼 깨끗해졌어요. 가서 쿠키 가져올게요. 하나 정도만 맛보세요."

노먼이 진료실 밖으로 나서자 다시 기회를 잡은 한나는 나이트 박사 앞으로 바짝 다가앉았다.

"혹시 그 싸움이 예전에 에이미가 거스를 만났던 것 때문이었나요?" 한나가 물었다.

"그랬지."

노먼이 치료한 의치 덕분에 나이트 박사의 발음이 원래대로 돌아왔다. 샌 발음에 그세 익숙해져 버린 한나는 잠시였지만, 조금 낯설게 느껴졌다.

"그럼 삼각관계?" 한나가 물었다.

"거스 생각에만 그랬지. 에이미는 잭을 사랑했어. 잭도 에이미를 사랑했고. 행복한 결혼이었다네, 한나. 거스는 소문난 말썽꾼이었기 때문에 누가 다치든 상관하지 않았어. 솔직히 말해서 난 그가 마을을 떠난 것이 고마웠다네. 물론 그 부모님께는 죄송한 얘기지. 집을 나간 아들이 어디서 무엇을 하고 지내는지 소식도 모른 채 지내는 게 얼마나 힘들지 상상하기도 어려우니까 말이야. 그것도 그렇게 한밤중에 가족에게 알리지도 않고 떠나다니. 난 아직도 어느 쪽이 더 가슴 아픈지 가늠하기 어렵다네."

"어느 쪽이라뇨?"

"기별 없이 마을을 떠난 것과 만약 거스가 마을에 계속 머물렀다면 발생했을 수많은 불행 중에 말이야."

한나는 잠시 박사의 말을 생각해 보았다. 냉정한 말이지만, 정확한 지적이긴 했다. 나이트 박사는 직설적인 사람이었다. 언제나 돌려 말하는 법이 없었다. 박사에게 물어볼 것이 더 있었다. 노먼이 돌아오기 전에 얼른 끝내야 한다.

"거스는 누구에게든 난폭하게 굴었다고 하셨는데, 그러면 거스를 싫어했던 사람들도 분명히 있었겠네요?"

박사는 잠시 생각에 잠겼다.

"물론 그랬겠지."

"그중 몇몇은 아직도 레이크 에덴에 살고요?"

"오, 그럼. 몇 명 생각이 나는구먼. 우리가 알고 있는 거스는 매우 이기적인 사람이었다네. 자기가 원하는 것을 얻기 위해 사람들을 이용했지. 그러고는 필요가 없어지면, 오래된 사탕 포장지처럼 가차없이 버렸어. 그게 바로 거스라네."

"그런 타입의 사람 알아요."

한나는 대학 시절 만났던 조교를 떠올렸다.

"더 말씀해 주세요."

"거스는 앵무새 타입이야. 내가 인턴십을 거쳤던 병원의 정신과 전문의는 그를 두고 아마 그렇게 말할 걸세. 난 거스를 어렸을 때부터 봤어. 그가 초등학생 때 난 고등학생이었는데, 같은 건물을 사용했었지. 그런데 거스는 어렸을 때도 말썽꾼이었어. 그의 가족들도 그가 원하는 것이라면 뭐든 들어주었지."

"마지와 팻시 말이 거스가 무척 버릇없는 아이였다고 했어요."

"그건 너무 유화된 표현이야. 단순히 버릇이 없기만 한 아이라면 잘못을 구분할 줄 알지. 그리고 또래 친구들은 그렇게 행동하지 않는다는 것을 쉽게 깨달아."

"그럼 거스는요?"

그러자 나이트 박사가 고개를 저었다.

"구분 자체를 할 줄 몰랐어. 워낙 어렸을 때부터 응석받이로 크다 보니 도덕관념이 제대로 생기지 않은 거지."

"비도덕적이라구요?"

한나는 비도덕적이라는 표현이 사람에게도 사용할 수 있는 것인지 미처 몰랐었다.

"그래, 비도덕적. 그는 무엇이 잘못이고 무엇이 잘한 것인지 전혀 구분할 줄 몰랐다니까. 그저 자기가 갖고 싶은 게 있으면 수단, 방법을 가리지 않고 손에 넣었지. 그리고 뭔가 성가시게 하는 것이 있으면 거침없이 제거해 버렸어. 사물이든, 사람이든 가리지 않고 말이야. 거스가 마을에 머무는 동안 얼마나 많은 사람의 원한을 샀는지 몰라."

"그렇다면 가족모임에서 갑자기 살해당한 채 발견된 것이 그리 놀랄 일만은 아니라는 거군요?"

"사실 그렇지."

나이트 박사가 어깨를 으쓱해 보였다.

"마을에 돌아온 바로 당일 날에 살해당하지 않은 게 신기할 정도니까!"

"와오!"

엄마의 방갈로의 스크린 도어를 벌컥 열어젖히고 미셸이 맹렬하게 돌진해 오자 한나가 항복의 뜻으로 두 손을 들었다.

"설마 총까지 갖고 들이닥친 건 아니겠지?"

"안드레아 언닌 지금 길에서 버티 스트롭과 얘기 중이야. 그 사이에 내가 먼저 왔어."

"왜?"

한나는 캐서롤 위에 후추를 뿌리기 위해 페퍼 그라인더를 집어들었다.

"언니한테 말할 게 있어서. 어제부터 말하려고 했는데, 언니가 계속 누군가와 함께 있더라구. 단둘이서만 해야 할 이야기야."

"안드레아도 안 돼?"

"안드레아 언니는 특히 더 안 돼!"

한나는 페퍼 그라인더를 내려놓았다.

"왜?"

"왜냐하면 안드레아 언니는……, 새침데기니까."

"난 아니고?"

"조금은, 하지만 안드레아 언니만큼은 아니야! 언니는 결혼해서 그런 가 봐."

한나는 잠시 생각에 잠겼다.

"결혼한 여자가 미혼인 여자보다 더 세련되고 깍쟁이 같다고? 그건 보통 생각하는 것과 반대잖아."

"언뜻 반대로 많이 생각하지만, 그렇지 않아. 결혼한 여자들은 더 이상 남자를 만날 일이 없으니까 미혼 여자들 같이 미친 모험 같은 건 절대 하지 않는다구."

"그렇구나."

한나는 다시 페퍼 그라인더를 집어 돌리기 시작했다.

"그래서 난 미혼이라, 미친 모험을 즐길 거라고 생각한 거야?"

"그게……, 아니, 아마 언니는 안 그럴 거야. 하지만, 하려고만 한다면야. 뭐, 그럴 수도 있겠지."

"흠." 한나는 애매모호하게 대꾸했다.

"그래서 할 말이 뭐야? 아님 그새 마음이 바뀌었어?"

그러자 미셸은 한나가 일하는 작업대로 다가와 의자를 하나 꺼냈다.

"일요일 밤과 살인사건에 관한 얘기야. 내가 범인을 본 것 같아."

"정말이야?!"

한나는 쿠민(미나릿과에 속하는 초본 식물로, 씨를 향신료로 쓴다) 병을 들고 있지 않은 것이 천만다행이라고 생각했다. 쿠민 양을 가늠하다 미셸의 이야기를 들었다면 한 병을 통째로 쏟아붓고 말았을 것이다.

"음, 아마도. 그날 밤 어떤 사람이 길을 건너서 파빌리온 앞쪽으로 돌아들어가는 것을 봤거든. 당시 밖에 나와 있는 사람도 없었고, 주변도 무척 조용했으니까 내가 본 그 사람이 범인이 맞을 거야."

한나는 애써 호흡을 가다듬었다.

"그 사람도 널 봤어?"

"아니, 그 남자는 내가 거기 있었다는 것도 모를 거야. 아니, 여자일 수도 있겠다. 평범한 바지와 재킷을 입고 있었으니까. 근데 워낙 멀리 떨어져 있어서 남자인지 여자인지 확실히 모르겠어."

한나는 개수대 넘어 창문 밖을 바라보았다. 만약 미셸이 새벽 2시에 방갈로 주방에 서 있었다면, 파빌리온 앞길과 정문 쪽을 훤히 바라볼 수 있었을 것이다.

"새벽 2시에 개수대 앞에라도 서 있었단 거야?"

"아니, 딱히 그런 건 아니고."

"무슨 말이야?"

"꼭 그렇지는 않았다는 얘기야."

"그게 그런 뜻인지는 나도 알거든!"

한나가 한숨을 내쉬었다. 애매모호한 언어의 덫에 갇힌 것이 오늘만 벌써 두 번째다.

"로니랑 선착장 밑에 있었어. 같이 수영하다가 선착장에 올라가서 쉬고 있었거든."

뭐? 새벽 2시에?! 한나는 속으로 외쳤다. 하지만 미셸에게 직접 이야기하지는 않았다. 언니로서의 체면을 유지하기 위해 어떤 차림으로 수영을 했는지도 묻지 않았다.

"그럼 그 사람을 새벽 2시에 봤다는 거야?"

정말로 묻고 싶은 천 가지 질문들을 대신해 한나가 수상한 자에 대한 질문을 던졌다.

"2시쯤이었을 거야. 선착장에서 로니를 1시 30분에 만났으니까. 그 시간에는 엄마랑 로드 부인도 주무시고 계셨겠지. 수영한 다음에 다시 나와서 수건으로 몸을 닦았을 때가 2시에 가까웠어."

"하지만 시계를 보지 않았으니까 확실하지는 않은 거잖아."

"그래, 그날 밤에 방수시계를 차고 있지 않았으니까. 사실 옷도 입지 않……."

"아까 길을 건너는 걸 봤다고 했는데, 차에서 내려서 걸어간 거야?"

"차는 없었어. 그랬으면 차 소리가 들렸을걸. 그날 밤은 귀뚜라미랑 개구리 우는 소리, 모깃소리 말고는 쥐 죽은 듯이 고요했거든. 아, 선착장에 물결 이는 소리랑 호수 저편에 아비(황새목 아비과 조류의 철새) 소리도 빼고."

"그 사람에 대해 좀더 자세히 묘사해 봐."

한나는 여동생과 여동생 남자친구의 은밀한 사랑놀음 이야기는 듣고 싶지 않았다.

"남자였는지 여자였는지 확실히 모르겠다고 했지?"

"응, 나무에 가려서 자세히 보지 못했어. 근데 파빌리온으로 들어가서는 우리가 선착장에 있는 내내 나오지 않았어."

"그럼 얼마나 오래 있었던 거야?"

"내가 잠자리에 들면서 시계를 봤는데, 그때가 2시 30분이었어. 이거 마이크에게도 말해야 할까?"

그러자 한나가 어깨를 으쓱해 보였다.

"아마 그럴 필요 없을 거야. 로니가 벌써 얘기했을걸."

"아니야, 로니는 그 사람을 보지 못했어. 길을 등지고 앉아 있었거든. 난 반대로 길 쪽을 바라보고 앉아 있었고. 언니가 말 안 해도 괜찮다고 하면 마이크에게는 얘기하고 싶지 않아. 그럼 내가 늦은 시간까지 로니랑 같이 있었다는 것 엄마도 알게 되실 거 아니야."

"그러니까 정리해 보자."

한나가 수첩과 펜을 꺼냈다. 이건 살인사건이다. 막내 여동생의 이야기를 마냥 들어주고 있을 여유가 없었다.

"네가 정확히 언제, 무엇을 보았는지 이야기해 봐."

"어떤 사람이 길을 건너서 파빌리온 정문으로 들어갔어."

"그 사람이 정말 안으로 들어간 거 확실해?"

그러자 미셸이 고개를 끄덕였다.

"문이 열린 것처럼 불빛이 새어나왔어. 그리고 얼마 안 있어서 불빛이 사라졌어. 다시 문이 닫힌 거지."

"신빙성이 있어. 그리고 네가 너무 멀리 있어서 누구인지 알아볼 수 없었다는 거지? 남자인지, 여자인지조차도?"

"응."

"그 사람이 파빌리온 안으로 들어간 게 약 새벽 2시쯤이라고 추정해 볼 수 있다는 거지?"

"아마도."

"네가 선착장에 있는 동안 그 사람이 파빌리온에서 다시 나왔다면 알아챌 수 있었을까?"

"응, 다시 문이 열리면 불빛이 보였을 테니까."

"그렇다면 새벽 2시부터 2시 30분까지 그 사람은 계속 파빌리온 안에 있었던 거구나? 2시 30분에 넌 방갈로에 돌아왔단 얘기지?"

"2시 30분 조금 안 돼서. 아까도 말했듯이 잠자리에 들면서 시계를 봤을 때가 2시 30분이었다니까. 그때도 파빌리온 안에 불은 계속 켜져 있었어."

"그걸 어떻게 알아?"

한나가 물어보았다. 한나가 파빌리온에 갔을 때 불은 꺼져 있었다.

"침실로 가는 길에 주방쪽 창 옆을 지나쳤는데, 파빌리온 창문 중 하나에서 불빛이 보였거든."

"알았어. 전부 메모해 두었어."

한나는 수첩을 탁 덮었다.

"그럼 이제 마이크에게도 말해야 할까? 언니 생각은 어때?"

"말하지 않아도 돼. 네가 본 거라고는 파빌리온에 들어가서는 다시 모습을 보이지 않은 그림자뿐이잖아. 그건 마이크의 수사에 전혀 도움이 되지 않을 거야."

그러자 미셸은 한결 안도한 듯한 표정을 지었다.

"고마워, 언니! 엄마한테 끝까지 비밀로 할 수 있어서 다행이야. 그런 일로 잔소리 들을 때는 한참 지났는데도 엄마는 나를 야릇하게 쳐다보신다니까."

"어떻게?"

"언니도 알잖아. 찌릿 쏘아보면서 꼭 이렇게 말씀하시지. '오, 미셸! 너한테 무척 실망했다!' 그 말이 얼마나 날 속상하게 하는지 모를 거야."

"그러라고 말씀하시는 거잖아."

이름만 바뀌었을 뿐 엄마의 그 말은 한나에게도 익숙한 대사였다. 그때 스크린 도어가 열리고, 안드레아가 젤로를 든 채 헐레벌떡 뛰어들어왔다. 그런 뒤 곧장 냉장고로 가서 문을 열고 젤로를 안에 집어넣었다.

"내 레몬 플러프 젤로가 녹지 않았어야 할 텐데!"

"안에 뭐가 들었는데?" 한나가 물었다.

"레몬 젤로, 레몬파이 소, 잘게 다진 파인애플 그리고 쿨휩(KRAFT사의 생크림대용품)."

"달지 않은 휘핑크림?"

"맞아."

"그럼 괜찮을 거야. 휘핑크림은 그렇게 빨리 녹지 않거든. 젤로가 조금 녹아내렸어도 냉장고에 다시 넣었으니까 저녁 먹기 전까지는 원상복귀될 거야. 아직 시간이 많이 남았잖아."

"오, 다행이야. 이따 젤로틀에서 젤로 뺄 때 도와줄 거지? 나 그거 정말 못하거든."

"물론이지." 한나가 약속했다.

"미셸이 그러는데 길에서 버티 스트롭을 만나 얘기했다면서?"

"응, 이번 주말에 미용실 예약했어. 전체적으로 인조머리를 붙이기로 했거든. 이번에는 4가지 색으로 할 거야. 3개 이상은 해본 적이 없는데, 붉은빛이 도는 금발로 만들어 보려구. 그리고 머리에 층을 내서 볼륨감 있게 다듬을 거야."

"색을 4개나 넣으려면 오전 내내 해야겠다." 미셸이 말했다.

"그게 끝이 아니야! 나 매니큐어랑 페디큐어랑 풀 메이크업도 예약했어. 그게 다 끝나면 클레어의 가게에 가서 섹시한 여름 드레스를 골라 볼 거야. 다음번에 나를 만나면 아마 깜짝 놀랄걸."

"하지만 난 지금 모습이 좋은데."

미셸이 말했다.

"나도." 한나도 덧붙였다.

"지금 모습 그대로가 좋은데, 왜 굳이 스타일을 새롭게 바꾸려고 하는지 모르겠다. 혹시……."

한나는 문득 아침에 마이크가 알려줬던 소식이 생각났다.

"로니 워드 때문이야?"

한나가 추측했다.

"당연히 아니지! 그냥 좀 가꿔보려고 하는 것뿐이야. 우리 그이와 나처럼 결혼생활이 길어지면 길어질수록 스스로를 새롭게 가꿀 줄 알아야 하거든. 그리고……."

안드레아가 하던 말을 멈추더니 이내 한숨을 푹 내쉬었다.

"언니 말이 맞아. 로니 워드 때문이야. 빌이 어제 밤늦게 퇴근해 돌아와서는 로니가 왔다고 하잖아. 근데 언니는 어떻게 알았어?"

"마이크. 오늘 아침에 전화로 애니멀 채널이 몇 번인지 알려줬거든.

그러면서 로니 얘기도 해줬어."

"로니가 마이크의 아파트 복도 바로 건너편 집으로 이사 왔다는 말도
해?"

안드레아가 물었다.

"응, 했어."

"질투 안 나?"

이번에는 미셸이 물었다.

"마이크랑 나랑 아무 사이도 아니잖아. 종종 만나는 건 사실이지만,
난 노먼이랑도 만나고 있다구. 그런 내가 어떻게 질투 같은 걸 할 수 있
겠어."

그러자 안드레아는 이해한다는 듯 고개를 끄덕였다.

"아주 핵심적인 지적이야. 하지만 미셸이 물은 의도는 그런 게 아닐
걸? 언니 속으로라도 질투가 나냐구."

"어떨 것 같아?"

한나가 동생들을 똑바로 쳐다보았다.

"질투하네."

안드레아가 먼저 입을 열었다.

"단지 언니는 지금 어떻게 해야 할지 모르고 있을 뿐이야."

레몬 플러프 젤로

재료

레몬 젤로 작은 것 3개 / 물 2컵 / 다진 파인애플 20온스 (560g)

차가운 물 2컵*** / 휘핑크림 2컵 / 레몬파이 소 통조림 1개****

***물의 정확한 양은 파인애플 통조림의 크기에 따라 달라질 겁니다. 통조림에서 파인애플을 꺼낸 뒤 주스는 그대로 보관하다가 2컵 정도의 양이 나올 때까지 물을 부어 섞어 주세요.

****레몬파이 소 통조림을 구할 수 없다면(안드레아는 구할 수 없었다고 해요. 빨간 부엉이 식료품점에 없나 봐요) 레몬 푸딩과 일반 파이 소를 사용해서도 됩니다.

만드는법

1. 파인애플을 건지고 남은 주스는 나중을 위해 보관합니다.

2. 작은 소스팬에 물을 2컵 넣고 끓인 뒤 불에서 내립니다.

3. 레몬 젤로 파우더 3개를 끓인 물에 넣습니다. 그런 뒤 젤로가 용해될 때까지 저어 줍니다. 이 과정은 약 2분 정도의 시간이 소요됩니다(젤로 파우더가 잘 섞이지 않으면 젤로 덩어리들이 밑으로 가라앉는 끔찍한 결과가 발생한답니다. 그러니 젤로가 잘 섞이지 않는 것 같으면 손을 깨끗이 씻은 다음 망설임 없이 손가락을 넣어 휘휘 저어 주세요).

4. 젤로 파우더가 잘 용해되었으면 찬물을 섞은 두 컵의 파인애플 주스 용액과 섞습니다. 이것을 소스팬에 부은 다음 저어 줍니다.

5. 젤로가 부분적으로 굳을 때까지 소스팬을 냉장 보관합니다(약 45분 정도 걸립니다).

6. 부분적으로 굳은 젤로를 그릇에 담고 전자믹서나 휘젓는 기구로 저어줍니다.

7. 거기에 휘핑크림을 넣습니다.

8. 레몬파이 소를 넣습니다(인스턴트 푸딩과 일반 파이 소로 대신할 경우 지금 넣어 주세요).

9. 파인애플 주스를 넣고 다시 잘 섞어 줍니다.

10. 젤로틀이나 일반 크기의 팬에 들러붙음 방지 스프레이를 뿌립니다. 그런 뒤 틀이나 팬에 젤로를 붓고, 냉장고에 넣어 12시간 보관합니다.

안드레아와 미셸이 한나가 오늘 저녁식사에 내놓을 캐서롤을 만드는 것을 돕는 동안 세 자매는 말이 없었다. 안드레아는 통조림을 따고, 미셸은 양파를 썰었으며, 한나는 완맨시타 캐서롤에 들어갈 햄버거 네 개를 구웠다.

"언니, 솔직히 말하자면 나도 로니 워드를 어떻게 해야 할지 모르겠어." 마침내 안드레아가 세 자매 위에 무겁게 내려앉았던 침묵을 깼다.

"그냥 잠자코 메이크업이나 받을걸. 언니한테 질투 얘기 괜히 했나 봐."

"그래, 맞아. 네가 완전히 잘못 생각했어. 있잖아, 로니 워드의 그 완벽한 목덜미를 손아귀에 움켜쥐고 마구 흔들고 싶다는 내 마음 깊은 곳의 욕망이 그깟 질투 때문일 리 없잖아."

그러자 안드레아와 미셸이 웃음을 터뜨렸고, 한나도 곧 동참했다. 좋지 않은 일만 이어졌던 요즘 들어 간만에 지어 본 웃음이라 세 자매는 그 순간을 마음껏 즐겼다.

마침내 웃음이 잦아들자 안드레아가 한나를 쳐다보았다.

"언니도 메이크업 받아보는 게 어때? 내가 지금 당장 버티를 찾아서 예약을 잡아 놓을게. 비용은 내가 쏜다."

"고맙지만, 괜찮아. 그래 봤자 소용없을 거야."

한나가 예열해둔 오븐에 첫 번째 완성한 캐서롤을 집어넣었다.

"알았어. 그럼 나랑 같이 쇼핑몰에 있는 '천국의 몸매'에 갈래?"

"'천국의 몸매'가 뭐야?" 미셸이 물었다.

"새로 생긴 헬스클럽이야. 거기 모토가 '당신을 스타로 만들어 드리겠습니다.'라나. 헬스클럽 이름 때문이래. 무슨 뜻인지 알겠어?"

미셸이 킁 소리를 내며 한나를 향해 '안드레아 언니가 저렇게 진부한 얘기를 하다니'라는 뜻의 눈빛을 보냈다.

"알겠어." 한나가 안드레아에게 대답했다.

"근데 너도 알다시피 내가 헬스클럽에 다니려면 새벽 3시에 문을 여는 곳을 찾아야 해. 그래야 카페에 나가기 전에 들를 수 있어. 카페 문을 닫은 후에는 너무 피곤해서 손가락 하나 움직이는 것도 힘들거든. 그러니 그런 내가 헬스클럽에 등록하는 건 돈 낭비야."

"하지만 이번 건 달라. 거기는 헬스클럽 열쇠를 주면서 낮이든 밤이든, 24시간 내내 운동할 수 있게 해준대."

"그럼 24시간 상주직원이 있단 말이야?"

미셸이 호기심 어린 눈빛으로 물었다.

"아니, 대신 쇼핑몰 경비원에게 1시간에 한 번씩 클럽에 가서 경비를 돌도록 했나 봐."

"별로 안전할 것 같지 않은데." 한나가 말했다.

"헬스클럽에 등록한 사람들 모두 열쇠를 갖고 있을 텐데 어느 나쁜 놈이 한밤중에 불시에 들어올 줄 알고 새벽 3시에 운동을 가겠어?"

"나도 공감이야." 미셸도 자신의 의견을 덧붙였다.

"한밤중에 혼자 운동 가려면 무서울 것 같아."

그러자 안드레아가 어깨를 으쓱해 보였다.

"그럼 낮에만 가. 점심시간에 가면 되잖아. 하루 1시간 정도면 리사도 기꺼이 혼자 카페를 보겠다고 할걸? 언니에게 도움이 되는 일이라고 하면 말이야."

"그건 또다른 문제야. 그게 나한테 크게 도움될 것 같진 않아."

한나는 또다른 캐서롤을 집어 오븐에 넣었다.

"난 운동을 꾸준히 해본 적이 없거든. 그러니 이번에도 마찬가질 걸. 처음 시작은 항상 괜찮아. 근데 한 주, 두 주 지나면 뭔가 핑곗거리를 만들어서 운동을 빠지지. 그러다 보면 나도 모르는 새 한 달이 지나버려. 게다가……."

한나는 남은 캐서롤을 오븐에 모두 넣은 뒤 작업대 앞에 놓인 의자에 앉아 한숨을 푹 내쉬었다.

"있잖아, 안드레아……, 헬스클럽 이름이 얼마나 기발한지, 거기서 내세운 모토가 무엇인지는 별로 중요하지 않아. 우리 현실을 직시하자구. 내가 스타와 똑같이 될 리는 절대 없으리라는 것을 우리 모두 알고 있잖아."

"나한테 언니는 벌써 스타야!"

안드레아가 심각한 표정으로 외쳤다.

"나한테도 마찬가지야."

미셸도 나섰다.

"고마워."

한나가 말했다. 동생들에게 지지를 받는 기분이 썩 나쁘지 않았다.

"이제 메이크업이니 헬스클럽이니, 로니 워드 이야기는 그만 하자. 너무 우울해."

안드레아가 갖고 온 서류가방을 집어 그 안에서 봉투를 꺼냈다.

"대신 살인사건 얘기나 하자구."

찰나의 적막이 흐르더니 이내 한나와 미셸이 미친 듯이 웃음을 터뜨리기 시작했다. 그러자 안드레아는 잠시 의아해하더니 이내 미소를 지었다.

"내가 농담한 줄을 나도 몰랐네."

안드레아가 한나에게 봉투를 건넸다.

"언니한테 주려고 가져왔어."

"이게 뭔데?"

"범죄 현장 사진들이야. 그이가 어젯밤에 갖고 온 건데, 빌이 잠자리에 든 후에 내가 몰래 스캔을 떴지. 아침에 출근시켜 보내자마자 바로 출력한 거야."

"고마워, 안드레아. 정말 도움이 많이 될 거야."

한나는 마이크 역시 범죄 현장 사진들을 보여주겠다는 제의를 해왔다는 사실을 일부러 말하지 않았다.

"혹시 너도 봤어?"

"아니. 내가 이런 사진들 싫어하는 거 언니도 알잖아. 언니한테 먼저 보여줄 테니, 덜 끔찍한 것만 골라서 보여줘."

그러자 미셸이 인상을 찌푸렸다.

"잠깐만. 어떻게 사진을 보지도 않고 스캔을 떴어?"

"간단해. 스캔할 때 사진을 뒤집어서 넣으니까 문제 될 거 없지. 그리고 오늘 아침에 출력할 때도 그냥 손가락만 쳐다보면서 대충 클릭하고 인쇄 버튼을 눌렀어."

"하지만 사진이 출력되어서 나올 때는 윗면을 바라보게 되잖아, 안 그래?"

한나가 물었다. 그러자 동생들이 깜짝 놀란 표정으로 한나는 쳐다보았다.

"왜들 그렇게 보는 거야?"

"언니도 컴퓨터를 사용하는구나!"

안드레아가 탄성을 질렀다.

"당연히 사용하지. 노먼이 계속 가르쳐주는 걸. 하물며 엄마도 컴퓨터를 사용하시는데! 나 혼자 외톨이가 되고 싶진 않아."

"자존심 문제인 거야."

미셸이 안드레아에게 설명했다.

"아니, 이건 필요의 문제야." 한나가 끼어들었다.

"노먼한테 대신 인터넷을 검색해 달라고 부탁하는 것도 이제 지쳤거든."

그러자 안드레아가 수긍의 미소를 지었다.

"어쨌든 잘됐어." 안드레아가 말했다.

"그리고 말이 나와서 얘긴데, 오븐의 캐서롤 진짜 향 좋다. 다시, 이름이 뭐라고 했지?"

"완맨시타 캐서롤. 게리 헤이즈의 레시피야. 게리랑 샐리 기억하지? 엄마네 집 건너편에 살았잖아."

"앞치마 수집하던 샐리!"

미셸이 기억을 떠올렸다.

"언니 따라서 그 집에 몇 번 갔던 기억이 나. 언니가 샐리와 함께 레시피랑 요리 이야기를 나눌 동안 난 앞치마들을 구경했었지."

"맞아."

"잠깐만." 안드레아가 인상을 찌푸렸다.

"말도 안 돼."

"맞아. 자습이 있을 때는 학교에서 일찍 돌아와서 미셸을 데리고 샐리네 종종 갔었어."

"그게 아니야. 언니가 거기에 갔던 건 나도 기억나. 내 말은 샐리와 게리가 여기, 레이크 에덴에 살았었다는 것 말이야. 그들이 여기에 살았다면, 게리는 왜 그걸 캐서롤이라고 부르는 거냐구?"

잠시 한나는 혼란스러웠지만, 이내 안드레아가 무슨 이야기를 하고 있는 것인지 알아챘다.

"그러니까, 왜 핫디쉬라고 안 하고 캐서롤이라고 했느냐 말이지?"

"그래. 레이크 에덴 사람들은 모두 핫디쉬라고 불러. 근데 두 개가 무슨 차이가 있는 거야?"

"나도 확실히는 모르겠지만, 그렇게 큰 차이가 있는 것 같지는 않아. 아마 단순히 지역적 차이가 아닐까."

한나가 아는 범위 내에서 열심히 설명했다.

"팝과 소다처럼?" 미셸이 물었다.

"바로 그렇지. 샐리 말이 게리네 집안 대대로 내려오던 레시피라니까 아마 오클라호마에서 시작된 것일 거야. 그리고 거기서는 분명히 핫디쉬를 캐서롤이라고 불렀을 거야. 아니면 중간에서 누군가 이름을 그렇게 바꿨다거나."

안드레아가 씩 미소를 지었다.

"그 얘기를 들으니까 그 특이한 이름도 이해가 가는걸. 오클라호마에는 토착 인디언들이 많잖아. 완맨시타는 분명히 인디언들의 단어일 거야. 존 워커에게 한번 물어봐야겠어."

그러자 한나가 고개를 저었다.

"존은 치페와 사람이야. 치페와 사람들은 오클라호마에 이를 정도로 그렇게 멀리 이주해 가지 않았을걸."

"그럼 어느 인디언 부족들일까?"

"그건 레시피 이름에 달렸어." 미셸이 말했다.

"오클라호마에만 엄청 많은 부족들이 있거든. 델라웨어족Delaware, 아라파호족Arapaho, 마이애미족Miami, 아이오와족Iowa, 쇼니족Shawnee, 코우족

Caw, 크릭족Creek, 치카소족Checkasaw, 샤이엔족Cheyenne, 체로키족Cherokee, 위치타족Witchita, 파타와토미족Patawatomi, 피오리아족Peoira, 그리고 오세이족Osage 등등. 이밖에도 지금 기억이 안 나는 부족들이 몇 개 더 있어."

안드레아는 깜짝 놀란 표정을 지었다.

"그걸 어떻게 다 알고 있어?"

"지난가을 학기에 인디언 연구 수업을 들었거든. 오하이오 주립대에서 초빙된 교수님이 가르치셨는데, 부족 이름이 무척 특이해서 외우고 있었어. 게다가 쉽게 외울 수 있도록 하는 부호 구절도 가르쳐주셨거든. 부족의 앞글자만 따서 재밌는 구절을 만들어 외우는 방법이야. '도나가 엄마에게 밖에 나가 놀아도 되느냐고 몰래 물었다Donna Asked Mom In Secret, Can Wally Play Outside.' 라고."

"하지만 C가 네 번 더 들어가야 하잖아!"

미셸이 웃음을 터뜨렸다.

"맞아. C가 네 개고, P가 두 개인 건 별도로 기억해야 해. 사실 이건 워드스마트를 외우는 것만큼 어렵지."

"스펙트럼 색을 외우는 Roy G. Biv도 같은 원리야."

한나가 덧붙였다.

"'어머니가 자발적으로 젤리 샌드위치를 열심히 만드셨다Mother Very Eagerly Made Jelly Sandwiches Under No Protest.' 도 마찬가지지."

"행성 이름이구나."

미셸이 말했다.

"그 방법 없었으면 절대 다 외우지 못했을 거야."

"하지만 이제는 통째로 외워야 해. 반대 시위도 끝나버렸거든(역주: 플루토를 행성에서 제외시키는 공식 발표에 반대하는 사람들의 모임이 있었다고 하네요)."

한나가 상기시켰다.

"플루토(명왕성)." 미셸이 한숨을 내쉬었다.

"완전히 잊고 있었네."

"플루토가 왜?"

안드레아가 물었다.

"이제 행성이 아니잖아. 왜성이 되어 버렸다구."

"오, 안 돼!"

안드레아의 얼굴이 일그러졌다.

"왜 그래?" 한나가 물었다.

"베스트 프렌드라도 잃은 것 같은 표정이잖아."

"트레시 말이야. 행성 이름 외는 걸 그렇게 가르쳤거든! 곧 걸스카우트 배지 심사가 있는데 그것 때문에 탈락하면 어쩌지?"

"트레시는 똑똑하니까 플루토는 빼고 외울 수 있을 거야."

한나가 안드레아를 안심시켰다.

"심사가 어디서 열리는지는 모르겠지만 심사받기 전에 다시 외우게만 시켜."

"학교에서 열릴 거야. 아직 방학 중이라 강당을 사용하기로 했어. 배지 심사 지원자 중 트레시가 제일 어린 데, 의욕이 대단해."

"트레시라면 충분히 배지를 달 수 있을 거야."

미셸이 미소를 지으며 말했다.

"근데 트레시는 아직 브라우니 스카우트(만 6-8세)가 아닌가?"

"맞아, 근데 보니 서마가 트레시만 특별히 일찍 배지 심사에 지원할 수 있도록 해줬어. 이번 배지는 의미가 커. 걸스카우트의 중요인사가 직접 와서 배지를 달아주기로 되어 있거든."

"트레시는 잘할 거야. 걱정하지 마."

한나가 또다시 안드레아를 안심시켰다. 그런 뒤 봉투를 집어 안에 있는 파일을 꺼냈다.

"자, 이제 현장 사진을 좀 볼까."

"보지 마."

안드레아가 미셸을 저지했다.

"무슨 소리야? 보지 말라니? 난 어린애가 아니야. 더 이상 날 보호하려 하지 않아도 된다구."

"이런 걸 보기에는 아직 어려. 네가 지금껏 본 것 중 가장 참혹한 장면은 할아버지 댁에 걸려 있던 멧돼지 머릴 걸!"

"천만에. 난 오히려 그 멧돼지 머리가 귀엽다고 생각했는걸! 털이 삐죽삐죽 솟은 모습이 만화에 나오는 캐릭터 같았다구. 참혹한 걸로 말하자면 난 그보다 더 참혹한 것도 봤······."

"그만들 해!"

한나가 맏언니다운 중재에 나섰다.

"계속 그렇게 싸우면 내가 가져온 새 쿠키를 먹지 못하게 할 거야."

순식간에 정적이 흘렀고, 한나는 맏이로서 자신의 권위가 아직은 건재하다는 사실에 흐뭇했다.

"새 쿠키?"

미셸이 먼저 입을 열었다.

"그래, 오늘 밤에 있을 잭 허먼의 생일파티 때 선보일 쿠키야. 리사의 어머님이 생전에 이것과 비슷한 쿠키를 만드셨대."

"초콜릿이 들어 있는 거야?" 안드레아가 물었다.

"사진에서 조금이라도 우울한 것을 보게 되면 초콜릿이 필요할 거야."

"초콜릿이 듬뿍 들어갔어. 반죽에도 초콜릿이 들어가고 반죽 안에 초콜릿칩도 별도로 들어갔지. 크림치즈로 프로스팅을 했구."

미셸이 기대에 찬 표정으로 코를 킁킁거렸다.

"크림치즈 프로스팅은 내가 제일 좋아하는 거야. 가끔 소다크래커에 발라먹기도 한다니까."

"그렇게 먹어도 맛있어?"

안드레아가 물었다.

"응. 단, 소금 친 소다크래커여야 해. 소금이 뿌려진 면을 바닥으로 놓은 다음 위쪽 면을 프로스팅 하는 거야. 그래햄 크래커로도 만들 수 있어. 초콜릿 쿠키 와퍼로도 가능하구. 그렇게 하면 오레오랑 비슷한 맛이 나."

다시금 평화가 찾아오고 두 명의 굶주린 쿠키 열광자들이 눈을 반짝이는 가운데 한나는 망설임 없이 가져온 레드 벨벳 쿠키 상자의 뚜껑을 열고 동생들에게 샘플 쿠키를 하나씩 쥐여 주었다.

그렇게 동생들이 쿠키의 맛을 보는 동안 한나는 사건 현장 사진들을 살펴보았다. 사진에는 특별히 음울하다고 할 만한 장면들이 없었기 때문에 한나는 본 사진들을 그냥 밖에 꺼내어 놓았다.

사진들을 일일이 살핀 한나는 하마터면 이렇게 말할 뻔했다.

자, 이제 봐도 좋아. 이건 크리스마스 아침에 크리스마스트리 앞에 모여 말똥말똥한 눈으로 아버지가 포장하기에도 벅찰 만큼 커다란 선물을 가지고 나오기만을 기다리던 한나 자매를 향해 아버지가 말하던 대사와 아주 똑같다. 하지만 한나의 손에 든 것은 크리스마스 선물이 아니었다. 이것은 생명의 존엄성이 단 한 순간에 훼손될 수도 있다는 것을 보여 주는 증거물 같은 것이었다.

"사진 다 봤어." 한나가 말했다.

"이 쿠키 정말 최고야, 언니!"

안드레아가 냅킨에 손가락을 닦으며 칭찬했다. 그런 뒤 사진을 집어 한 장씩 넘겨보며 다 본 사진을 미셸에게 건네주었다.

"윽!"

미셸이 말했다.

"내 쿠키가 그 정도로 맛없어?"

미셸이 사진을 건네받은 사실을 모르고 있던 한나가 깜짝 놀라며 물었다.

"언니 쿠키가 아니야. 쿠키는 정말 맛있어. 레드 벨벳 케이크가 생각나는 걸. 아까 반응은 사진 때문이었어. 칼에 찔린 거지, 그렇지?"

한나가 고개를 끄덕였다.

"사진을 보면서 뭔가 이상한 것이 없나 자세히 살펴봐. 댄스 파티날 밤에 보았던 파빌리온 풍경과 뭔가 다르다던가."

"하지만 언니는 이 현장을 직접 목격했잖아."

미셸이 지적했다.

"언니가 시체를 발견했다구. 모든 걸 언니 두 눈으로 똑똑히 확인했는데, 더 볼 것이 뭐가 있겠어?"

"아마 당시 언니는 엄청난 쇼크 상태였을 거야."

안드레아가 상기시켰다.

"시체를 발견한다는 건 결코 유쾌한 일이 아니니까."

"알았어, 그렇다면."

미셸이 안드레아로부터 건네받은 다음 사진을 살펴보며 말했다.

적어도 5분간 자매들은 말이 없었다. 스웬슨 가의 자매들에게는 흔치 않은 일이었지만, 안드레아와 미셸이 사진을 살펴보는 동안 한나가 두 사람을 유심히 지켜보고 있을 뿐이었다.

마침내 마지막 사진이 작업대 위에 놓였다. 안드레아가 큰 한숨을 내쉬었다.

"이상한 점은 없는데." 안드레아가 말했다.

"모든 풍경이 댄스파티 때 그대로야."

그러자 미셸도 고개를 끄덕였다.

"맞아. 달라진 것은 잘 모르겠어, 언니."

"그래, 맞아. 하지만 나는 한 가지를 발견했지."

"정말이야?"

안드레아가 놀라 물었다.

"뭔데?"

미셸이 물었다.

"모든 것이 내 기억대로야. 그건 즉 두 가지를 의미하지. 충격을 받는다고 해서 내 기억력이 훼손되지 않는다는 것, 그리고 시체를 발견하는 일에 점점 익숙해져가고 있다는 것!"

한나는 사진들을 봉투에 다시 집어넣있다. 그런데 봉투 안에 아까는 발견하지 못했던 파일이 하나 더 들어 있었다.

　"이건 뭐야?" 한나가 안드레아에게 물었다.

　"복사본?"

　"아니. 그건 경찰이 거스가 묵었던 방갈로를 수색하기 전에 찍은 사진이야. 수사절차 중 하나래. 빌이 언젠가 한번 얘기하는 걸 들었어."

　"정말 좋은 절차인데!" 한나가 씩 웃었다.

　"경찰이 수색한 곳을 나도 몇 번 살폈는데, 늘 태풍이 한바탕 불고 지나간 것처럼 엉망이었거든."

　"이번에는 아니야." 미셸이 말했다.

　"어째서?"

　"이번에는 수색 후에 물건들을 다 경찰서로 가져갈 거라고 했거든. 로니 말이 물건들에 남은 증거가 없나 꼼꼼히 살펴볼 거래."

　"옷이 가득 들은 여행가방이랑 욕실에 남아 있던 개인적인 물품 외에는 별것 없던데."

　거스의 방갈로를 찾아갔던 월요일 오후의 기억을 떠올리며 한나가 말했다.

　"옷장은? 거기도 봤어?"

미셸이 물었다.

"문이 열려 있었어."

한나가 기억을 떠올리려 애썼다.

"처음에는 침대를 봤어. 여행가방이 침대 위에 놓여 있었거든. 그리고 옷장을 봤지. 거기에 청개구리가 한 마리 있었어. 호수에서 종종 보게 되는 개구리 말이야. 옷장에서 나오려고 폴짝폴짝 뛰고 있었고……, 안은 비어 있었어. 이제 기억이 나. 옷걸이에 옷이 하나도 없었어."

"다 여행가방에 들어 있었겠지." 미셸이 말했다.

"미처 짐을 풀지 못했었나 봐."

"어째서였을까? 옷도 그새 두 번이나 갈아입었었잖아."

한나가 안드레아를 돌아보았다.

"맞아. 왜 그랬지?"

"최소 두 번이야."

안드레아가 다부지게 고개를 끄덕이며 말했다.

"차를 몰고 교회에 왔을 때는 이집트산 코튼 셔츠에 아이보리색 리넨 정장을 입고 있었어……."

"그냥 보기만 해도 셔츠 원산지를 알 수 있단 말이야?"

한나가 안드레아의 말에 끼어들었다.

"정확하지는 않지만 이집트산 코튼은 딱 구분이 지어지거든. 엄청 고급스러운 소재지. 슬레이트 블루 빛이었어. 언니도 그런 색깔 알잖아. 파란색이긴 한데 회색빛이 그림자처럼 감도는 거. 매우 차분한 색감이라 금발이나 회색빛 머리카락에 잘 어울려. 셔츠는 목 주위의 단추가 풀려져 있었고, 목에 금목걸이를 하고 있었어. 그리고……."

"그럼 댄스파티 때는 옷을 갈아입었었나 봐. 그 옷이 아니었거든."

미셸이 나섰다.

"맞아. 파티 때 거스가 입은 옷은 그것과 완전히 달랐어. 셔츠도 달랐을 뿐만 아니라 교회에서 봤을 때는 넥타이를 매고 있지 않았는데, 파티 때는 디자이너 넥타이를 매고 있었거든. 현장 사진에도 보여."

한나는 교회에서의 거스의 옷차림을 동생들이 잘 기억하고 있는 것이 다행이라고 생각했다. 한나는 그를 흘끗 보았을 뿐이라 정확히 어떤 의상을 입고 있었는지 자세히 기억해내기가 어려웠다.

"근데 아리송한 것이 하나 있어."

안드레아가 한나를 쳐다보았다.

"내가 처음 거스를 봤을 때 그가 입고 있던 정장 말이야."

"그게 왜?"

"아까도 말했듯이 리넨이었거든. 사실 리넨은 쉽게 주름이 간단 말이지. 거스는 브런치 때도 그 옷을 입고 있었어. 엄마가 얘기해 주셨기 때문에 기억하고 있어. 아마 댄스파티에 참석하기 위해 샤워 전에 옷을 벗어놓고 다른 옷으로 갈아입었을 거야. 그 리넨 정장은 무척 값비싼 것이었을 걸? 아마 500달러도 더할 거야. 그런데 방갈로 안에 커다란 옷장이 있었는데, 왜 거스는 비싼 리넨 정장을 걸어 놓지 않았을까?"

"정말 걸어놓지 않은 게 확실해?"

"확실해."

한나가 방갈로 사진 중에서 욕실 사진을 찾아 미셸에게 건네주었다.

"여기 옷장 사진이 있어. 네가 직접 확인해 봐. 엄마네 집 찬장만큼이나 텅 비었다니까."

"혹시 브런치 때 뭔가를 흘려서 드라이클리닝을 해야 했던 게 아닐까?"

미셸이 가능한 이유를 대기 시작했다.

"어쩌면. 하지만 일요일에는 세탁소 문을 열지 않잖아."

안드레아가 지적했다.

"그리고 세탁소가 문을 여는 월요일에 그는 이미 죽어 있었고."

"그럼 만약 너희가 드라이클리닝을 해야 하는 값비싼 정장을 갖고 있다면, 그걸 어떻게 했을 것 같아?"

한나가 동생들에게 물었다.

"옷장에 던져놓고 마누라에게 드라이클리닝을 맡기도록 했겠지."

안드레아가 대답했다.

"우리 그이가 그렇게 하거든. 세탁바구니에 넣으라고 그렇게 얘기하는데도 늘 잊어버려."

"하지만 옷장에 아무것도 없었으니까 아마 다시 여행가방에 집어넣은 게 아닐까."

미셸이 제안했다.

"그랬다면 제일 위에 올라와 있었을 텐데."

안드레아가 방갈로 사진 중에서 여행가방 사진을 골라냈다.

"여행가방에도 없어. 그러니까 아니야. 그리고 옷을 그렇게 잘 입는 사람인데 그것을 깨끗한 옷들 위에 던져놓았을 것 같진 않아."

그때 한나의 마음속에 뭔가 불편한 조짐이 일기 시작했고, 한나는 집중하기 위해 눈을 감았다. 1~2초 정도 지났을까, 드디어 한나는 조짐의 정체를 파악해냈다.

"뭔가 기억이 났어. 내가 거스를 찾으러 방갈로에 갔을 때 그의 차가 진입로에 주차되어 있었어. 그리고 뒷좌석 옷걸이에 재킷이 걸려 있었고."

"혹시 리넨 정장의 재킷 아니었어?"

안드레아가 물었다.

"모르겠어. 자세히 살펴보지 않았으니까. 혹시 지금도 방갈로 앞에 재규어가 주차되어 있을까?"

그러자 미셸이 고개를 저었다.

"마이크가 벌써 압류품 보관소로 가져갔어. 거스의 유언장을 찾거나 다른 가족들이 애틀랜틱시티로 돌아가기 전까지는 거기서 보관하고 있을 거야."

"아직도 그 재킷이 걸려 있는지 궁금한데."

한나가 말했다.

"그게 없어진 리넨 정장 재킷인지 확인해 보고 싶어."

"하지만 거스가 왜 그걸 방갈로에 두지 않고 차에 걸어 두었겠어?"

안드레아가 물었다.

"세탁소에 가져가려고 했는데, 그전에 살해당한 거 아닐까?"

미셸이 제안했다.

그러자 안드레아가 고개를 저었다.

"그랬다면 뒷좌석이나 트렁크에 넣었어야지. 어차피 세탁소에 맡길 건데 일부러 걸어둘 필요는 없잖아."

"잠깐!"

한나가 미소를 짓기 시작했다.

"왜 재킷을 차에 걸어 두었는지 알 것 같아!"

"왜?"

두 동생이 거의 동시에 물었다.

"주름이 가지 않게 하기 위해서야. 엄마가 오늘 아침에 얘기하셨어. 운전할 때는 늘 재킷을 벗어서 걸어 두신다고."

"이제 알겠다." 미셸이 흥미진진한 표정으로 말했다.

"브런치에서 호수 방갈로로 운전해서 돌아올 때 벗어서 걸어둔 거야."

"그러고는 방갈로 안에 가지고 들어가는 것을 잊은 거지."

안드레아가 시나리오를 마무리 지었다.

"그렇다면 바지는 어디 있는 거지?" 미셸이 상기시켰다.

"그건 아직 못 찾았잖아."

그런 뒤 다시 한나를 쳐다보았다.

"그 없어진 바지가 단서가 될 수 있을까?"

그러자 한나는 어깨를 으쓱해 보였다.

"글쎄, 어쨌든 흥미로운 일이야. 바지에서 뭔가 발견할 수도 있겠어. 그게 무엇인지는 아직 모르겠지만."

"아직 아무도 그 방갈로를 사용하지 않고 있으니까 언니가 들어가서 다시 한 번 찾아봐."

안드레아가 말했다.

"경찰에서 놓친 것을 발견할 수 있을지도 몰라."

한나는 씩 웃었다. 한나는 늘 경찰이 중요하지 않다고 생각해 놓친 단서들을 찾아내곤 했다.

"아직 비어 있다구?"

"응. 친척 중에서 아직 사용하고자 나서는 사람이 없다나 봐."

한나는 혼란스러웠다.

"왜? 아주 좋은 방갈로인데. 범죄 현장도 아니잖아. 그런데 왜 아무도 사용하지 않으려고 하는 거야?"

"거스가 묵었으니까."

안드레아가 설명했다.

"그래 봤자 1시간 남짓이야. 아직 짐도 풀지 않았다구!"

"그래, 근데 조금 불길하다고 생각하는 것 같아."

미셸이 나서서 설명했다.

"미신을 믿는 사람들이 은근히 많잖아."

"그래, 어쩌면."

한나는 다시 요리에 몰두했다.

거스의 방갈로가 아직 비어 있어 다행이었다. 한나는 기회가 닿는 대로 다시 그 방갈로에 가볼 생각이었다. 하지만 그녀의 주요 목적은 마이크의 수사팀이 놓친 단서를 찾는 것이 아니었다. 한나의 목적은 개구리였다. 부디 녀석이 수사팀이 들이닥쳤을 때 잘 숨어 있었거나 그새 방갈로 밖으로 나가 새 보금자리를 찾았길. 지금 같은 때에 개구리 걱정이나 하는 것이 바보 같아 보일지 모르겠지만, 오늘 저녁에 가서 직접 확인해볼 작정이었다.

온맨시타 캐서롤

오븐은 160도로 예열합니다. 틀은 오븐의 중앙에 둡니다.

재료

살코기 햄버거 2파운드(900g)*** / 양파 2개 / 설탕 1컵(3줄기 정도)

녹색피망 1개 / 계란 국수 1개 / 토마토 통조림 2캔 / 체다치즈 2컵

마늘 통조림 1캔**** / 버섯 통조림 1캔 / 쿠민 2티스푼

칠리파우더 2티스푼 / 소금 2티스푼 / 후추 1티스푼

***일반 햄버거를 사용하신다면 2와 1/2파운드(1.1kg) 혹은 3파운드(1.3kg) 분량
을 준비하세요. 요리를 하다 보면 지방성분이 많이 빠져나가거든요.
****마늘은 4~8온스(110~220g) 정도만 준비하시면 충분합니다.

만드는법

1. 9×13 크기의 팬이나 1/2크기의 일회용 스팀 테이블팬에 들러붙음 방지 스프레이를 뿌립니다. 일회용 팬을 사용하신 다면 밑에 쿠키틀을 받쳐 주세요.

2. 커다란 냄비에 6쿼트(약 6.8리터)의 물을 붓고 불에 올립니다. 면을 삶기 위해서랍니다.

3. 햄버거를 커다란 프라이팬에서 중불로 익히는데, 철제주 걱으로 잘게 쪼갭니다. 15~20분 정도면 충분합니다.

4. 햄버거가 잘 구워졌으면, 그릇에 담고 그 밑에 여과기를 놓은 다음 1/3컵 정도의 기름을 받아 둡니다. 양파를 요리할 때 사용하기 위함입니다.

5. 기름을 뺀 햄버거는 베이킹팬에 넣습니다.

6. 햄버거 기름 1/3컵을 프라이팬에 다시 붓습니다.

7. 양파의 껍질을 벗긴 뒤 1/8 정도의 두께로 잘게 썹니다.

8. 양파 슬라이스를 프라이팬에 넣고, 아직 불은 켜지 않습니다.

9. 셀러리를 깍둑썰기합니다. 그런 뒤 프라이팬에 넣습니다.

10. 녹색 피망의 씨와 줄기를 제거한 다음 한 입 크기로 썰어 프라이팬에 넣습니다.

11. 이렇게 향이 나는 채소들(요리 채널에서는 이렇게 부르더군요)을 중불에서 포크로 찔러보아 부드럽게 들어갈 때까지 요리합니다.

12. 요리한 채소들은 아까 햄버거 때 사용했던 여과기를 사용해 물을 걸러낸 다음 베이킹팬에 넣습니다.

13. 아까의 냄비에 물이 끓으면 소금을 넣습니다. 그런 다음 국수를 집어넣고 휘휘 저어 줍니다. 다시 끓기 시작하면 불을 조금 낮춰 물이 넘지 않게 합니다. 국수 포장에 적힌 대로 삶을 시간을 맞춘 뒤 면이 서로 들러붙지 않도록 1분마다 한 번씩 저어 줍니다.

14. 면을 잘 삶아서 여과기에 통과시켜 물을 빼냅니다. 그런 뒤 베이킹팬에 넣고 아까의 재료들과 섞어 줍니다.

15. 깍둑썰기한 토마토와 주스를 베이킹팬에 넣고 저어 줍니다. 너무 세게 저으면 면이 다 부서진답니다.

16. 마름 통조림과 버섯 통조림을 딴 뒤 물을 빼냅니다.

17. 베이킹팬에 물을 뺀 마름과 버섯을 넣습니다.

18. 그 위에 쿠민을 뿌립니다.

19. 그 위에 다시 칠리 파우더를 뿌립니다(칠리 파우더는 가능한 신선한 것을 사용하세요).

20. 그 위에 소금과 후추를 뿌립니다.

21. 이제 섞어 주기만 하면 됩니다. 베이킹팬이 가득 차 숟가락으로 섞기가 쉽지 않을 겁니다. 그렇다면 손을 이용해서 섞어 주세요. 잘 섞였으면 윗면을 손으로 평평하게 다져줍니다.

22. 손을 씻은 뒤 베이킹팬을 얇은 호일로 덮어 줍니다.

23. 160도에서 60분간 굽거나 호일을 뚫어 잘 익고 있는지 눈으로 확인합니다.

24. 오븐에서 팬을 꺼내 호일을 벗깁니다. 이때 뜨거운 김에 데지 않도록 조심하세요. 벗긴 호일은 옆에 놓아둡니다.

25. 체다치즈 2컵을 위에 뿌린 뒤 다시 오븐에 넣습니다. 호일을 덮지 않은 채 10분을 더 구우면 치즈가 잘 녹아내립니다.

26. 아까 벗긴 호일을 다시 덮어 불을 켜지 않은 가스레인지에 10분 정도 올려 둡니다. 이제 완성입니다!

노먼은 한나의 쿠키 트럭 위로 조심스럽게 오르며 체념 섞인 한숨을 내쉬었다. 한나와 노먼은 시릴 머피의 압류품 보관소 주변을 둘러친 철제 담 옆에 주차한 참이었다. 위넷카 카운티 경찰서가 레이크 에덴에서 압류해 온, 혹은 미네소타 고속도로 순찰대가 압류해 온 차들은 모두 이곳에서 보관하고 있었다.

한나는 안드레아의 젤로를 틀을 빼내 접시에 담아 다시 냉장고에 넣어두고는 노먼과 함께 이곳으로 달려왔다. 완맨시타 캐서롤은 요리가 다 되는 대로 미셸이 오븐에서 꺼내 저녁 뷔페에 내가겠노라고 약속해주었다. 덕분에 한나는 마음껏 리넨 재킷의 행방을 찾아 헤맬 수 있게 되었고, 그런 한나를 노먼이 돕겠다고 나선 것이다.

한나는 손목시계를 내려다보았다. 저녁식사 전까지 1시간이 남았다. 그전에 거스 클레인의 재규어를 찾아 재킷이 그 안에 있는지 확인한 다음 잭 허먼의 생일파티가 시작되기 전에 다시 호수로 돌아와야 한다.

"아무리 생각해 봐도 이건 무단 침입인 것 같아요."

노먼이 철제 담을 오르며 말했다.

"아니에요. 이렇게 들어간다고 해서 우리가 뭔가를 훼손하는 건 하나도 없잖아요. 서둘러요, 노먼. 할 수 있다고 했잖아요."

"할 수 있죠. 하지만 기꺼이 하겠다고는 안 했어요. 시릴이 정말 안에 경비견을 두지 않는 게 확실해요?"

"네."

한나는 노먼을 올려다보려고 두 손으로 눈 위를 가렸다. 담 꼭대기에 도달한 노먼은 아래로 뛰어내릴 참이었다.

"처음 이 보관소를 열 때 두 마리를 키웠었는데, 결국 집에 데려가 애완견으로 만들었어요."

"알았어요. 그럼 이제 어떻게 할까요?"

"안에 들어가서 잠근 문을 열어줘요. 빨리 끝내야 빨리 호수로 돌아갈 수 있어요."

노먼은 기운 없이 고개를 끄덕인 다음 아래로 사뿐히 뛰어내렸다. 아마 한나라면 저 높이에서 저렇게 가볍게 착지하지 못했을 것이다. 노먼은 빠른 걸음으로 보관소 문쪽으로 향했고, 그런 노먼을 보며 한나는 속으로 감탄했다. 보기와 달리 꽤 민첩하고 다부진 모습이었다.

"됐어요!"

노먼이 문을 열어 주었다.

"어떻게 이렇게 빨리 열었어요?"

"잠겨 있지 않던데요."

"어머, 미안해요."

한나가 안으로 들어가자 노먼이 다시 문을 닫았다.

"노먼에게 올라가라고 하기 전에 확인부터 해보는 건데 그랬어요. 근데 담 타는 모습을 보니까, 요즘 운동해요?"

"눈치챘군요!" 노먼이 기쁜 표정으로 외쳤다.

"새로 생긴 헬스클럽에서 수영하고 있어요. 한나도 나랑 같이 한 번 가요. 회원은 손님 초청이 가능하거든요."

"혹시 쇼핑몰에 있는 '천국의 몸매'?"

한나가 추측했다. 그리고 노먼이 고개를 끄덕이자 한나는 불쑥 해보고 싶다는 의욕이 솟구쳤다. 하지만 이내 예전에 입던 수영복이 이제 더 이상 맞지 않는다는 사실이 떠올랐다. 그 말은 곧 쇼핑몰에서 새 수영복을 사야 한다는 이야기인데, 그것만큼 우울한 일도 없다.

"흩어져서 차를 찾아볼까요? 아니면 같이 다닐까요?"

"같이, 흩어져서요." 한나가 대답했다.

"경찰이 숲 속 탐색을 할 때처럼 해봐요."

"평행으로 다니면서 지정된 곳에서 만나는 것 말이죠?"

"맞아요. 그렇게 하면 내가 차를 찾았을 때 소리를 노먼이 들을 수 있고, 노먼이 차를 찾았을 때 소리를 내가 들을 수 있잖아요. 이제 시작점을 정해서 그 줄을 따라 살펴보기로 해요. 그런 다음 보관소 뒤편 담벼락에서 만나 다른 두 줄을 정해 다시 따라가는 거예요."

20개의 줄이 넘는 가운데 세 번째를 돌았을까 두 사람은 운이 좋았다. 노먼이 그의 줄 중간에서 소리를 질렀고, 한나는 차 틈을 헤집고 그에게 달려갔다.

노먼이 거스 클레인의 재규어 옆에서 빙긋 웃고 있었다.

"이거일 거예요. 보관소에 재규어는 이거 한 대뿐일 걸요."

"거스 차가 맞아요." 한나가 확인했다.

"그리고 재킷도 걸려 있어요."

"리넨이군요." 노먼이 말했다.

"교회에 입고 왔던 그 재킷인 것 같아요."

"엄마 말이 레이크 에덴 호텔의 브런치에도 입고 왔다고 했어요. 호수까지 운전해 가는 동안 주름이 가지 않게 하려고 벗어서 걸어놓았을 거예요."

노먼이 차창으로 바짝 다가가 유리창에 코를 들이밀어 안을 들여다보았다. 그러고는 이내 다시 뒤로 물러나더니 고개를 설레설레 저었다.

"그건 아닌 것 같은데요." 노먼이 말했다.

"왜요?"

"바지랑 셔츠도 걸려 있거든요. 셔츠 뒤쪽에 걸려 있어요. 설마 속옷 차림으로 운전하진 않았을 거잖아요."

한나와 노먼은 값비싼 리넨 정장을 물끄러미 바라보며 그 자리에 가만히 서 있었다. 들리는 소리라고는 곤충들의 울음소리와 저 멀리 고속도로에서 들려오는 차 엔진 소리뿐이었다.

"말이 안 돼요."

한나가 마침내 입을 열었다.

"거스는 방갈로에서 옷을 갈아입었어요. 침대 위에 여행가방이 열린 채 놓여 있었단 말이에요. 그리고 고작 서너 걸음 떨어진 곳에 옷장도 있었어요. 근데 왜 거스는 굳이 옷들을 바깥에 세워져 있는 차에 걸어 놓았을까요?"

한나는 피크닉 테이블 건너편에 앉은 노먼을 향해 미소를 지었다.

"잭의 생일파티에 클라라와 마거릿의 멕시칸 스타일 핫디쉬를 만들어 오다니 정말 멋진 생각이에요."

"아닐지도 몰라요. 아직 맛을 보지 않았잖아요. 사실 향신료를 두 배 더했거든요. 마거릿이 그렇게 하면 맛이 더 낫다고 해서요. 리사와 허브의 가족모임에 뭔가 만들어 주지 못하는 것을 너무 안타까워하시길래 내가 대신하겠다고 자원했어요."

"정말 훌륭한 생각이에요, 노먼."

"재미있었어요. 사실 쉽기도 했구요. 일단 먹어보고 어떤지 말해줘요."

한나는 숟가락을 입으로 가져가고는 이내 미소를 지었다.

"최고예요. 기억했던 것보다 조금 더 맵긴 하지만요."

"그렇다면 클라라가 만든 것을 먹어봤나 보네요. 클라라는 타코 양념은 1팩만 사용하거든요. 마거릿은 2팩을 사용하는데 말이에요."

"대신 사우어크림을 곁들인 게 정말 기발해요."

"그건 푸에르토 바야르타에서 얻은 아이디어예요. 피시 타코가 유명한 레스토랑에 갔었는데, 베브가 무척 매우니까 웨이트리스가 사우어크림을 갖다 주더라구요."

"좋은 생각인데요."

한나는 애써 노먼이 그의 전 약혼녀였던 베브, 즉 베버리 손다이크와 함께 멕시코 여행을 갔다는 사실에 대해서는 묻지 않았다.

"한나도 언제 한 번 같이 가요. 아마 무척 좋아할 거예요. 라 졸리 드 미스말로야 리조트에서 지내면 좋을 거예요."

"영화 '이구아나의 밤'에서 존 휴스턴이 사용했던 촬영지 아니에요?"

"맞아요. 지금은 현대식으로 새 단장을 했지만, 옛날의 고풍스러운 틀은 그대로 남겨 두었어요."

"멋지네요."

한나가 짤막하게 대답했다. 노먼이 베버리와 함께 떠났던 멕시코 휴가 이야기는 더 이상 듣고 싶지 않았다.

"바에서는 계속 영화를 방영해줘요. 베브랑 묵었던 첫날밤에는 밤새 바에 앉아서 영화를 두 편이나 봤더랬죠."

"그래요."

"한나도 무척 마음에 들 거예요. 정말 아늑하고 편안한 곳이라 종일 수영복만 입고 살아도 될 정도라니까요."

또다시 수영복이로군. 1시간 안에 끔찍한 수영복 생각을 두 번이나 떠올리게 되다니.

"좋네요."

한나는 노먼과 어딘가로 여행을 간다면 절대, 그의 전 약혼녀와 지냈던 곳만은 가지 않으리라 결심하면서 다시 짤막하게 대꾸했다.

"리사에게 무슨 일이 있는 건가."

노먼이 갑자기 화제를 돌렸다.

"근심스러운 얼굴이에요."

한나도 고개를 돌려 리사를 쳐다보았다. 리사가 사람들 무리를 뚫고 두 사람이 앉아 있는 피크닉 테이블 쪽으로 다가오고 있었다.

"정말 얼굴이 좋지 않은데요."

한나는 고개를 돌려 잭 허먼 쪽을 확인했다. 다행히 그는 마시와 다른 친척들과 함께 웃으며 이야기하고 있었다. 잭 때문이 아니라면 무슨 일일까. 무언가 일이 있는 것이 분명하다.

"오, 한나! 할 말이 있어요!"

리사가 한나에게 달려왔다.

"그래, 무슨 일이야?"

"여기서는 안 돼요! 맥과 허브가 선착장에서 기다리고 있어요. 거기라면 마음 놓고 이야기할 수 있어요. 내가 한나를 데려가겠다고 했거든요. 노먼도요."

한나와 노먼은 서로를 쳐다보며 자리에서 일어나 리사를 따라나섰다. 한나의 눈빛은 이렇게 말하고 있었다. *어-오. 뭔가 큰일인가 봐요!*

그리고 노먼의 눈빛은 이러했다. *정말 그러네요!*

밝은 노란빛으로 찬란하게 빛나던 태양이 수평선에 가까워지면서 점점 커다란 주황색 구로 변해갔다. 그에 따라 에덴 호수의 표면도 붉은색, 노란색, 주황색, 분홍색의 물결을 이루며 호숫가에 줄지어 선 소나무의 그림자 위로 다채로움을 뽐내고 있었다.

선착장은 마치 밤을 맞이하러 나온 듯 호숫가에서 불쑥 뛰쳐나와 있었는데, 그 끝 편에 두 개의 움직임 없는 실루엣이 어른대고 있었다. 선착장에 가까워질수록 한나는 그들의 긴장 어린 모습을 더 잘 확인할 수 있었다.

"노먼." 허브가 먼저 입을 열었다.

"맥 삼촌은 만나신 적 있으시죠?"

"그럼."

노먼이 손을 뻗어 맥과 악수했다.

"와줘서 감사해요, 한나. 우리 맥 삼촌 만나신 적 있으시죠?"

"네, 댄스파티에서요."

한나가 그를 향해 고개를 끄덕이며 미소를 지었다.

"다시 뵙게 되어서 반갑습니다."

예의 바른 인사가 몇 번 오간 뒤에는 아무도 움직이거나 말하지 않았다. 마치 체스판에서 누군가 먼저 말을 옮기길 기다리는 것 같았다.

"그래, 무슨 일이에요?"

한나가 마침내 침묵을 깨고 입을 열었다.

"아빠 일이에요." 리사가 울먹이듯 대답했다.

"아무래도 아빠가 거스 삼촌을 죽이신 것 같아요!"

클라라와 마거릿 출른벡 자매의 멕시칸풍 핫디쉬

오븐은 175도로 예열합니다. 틀은 오븐의 중앙에 둡니다.

재료

그린 칠리 통 조림 1캔(주스도 필요합니다) / 잭 치즈 2컵(약 8온스-220g)

토마토 통 조림 2개(주스도 필요해요) / 중간 크기의 양파 1개

요리한 깍두기 모양의 닭고기 3컵 / 차가운 버터 1/2컵

검은색 올리브 통 조림 1캔(2온스-56g, 이것 역시 주스가 필요합니다)

녹색 피망 큰 것 1개 / 요리하지 않은 흰쌀 2컵

타코 향신료 2팩(1팩에 1온스-28g) / 프리토스 콘칩 2컵

치킨 수프 통 조림 1개(14.5온스-410g)

멕시칸 치즈 2컵*** (전 네 가지 종류의 치즈가 섞여 있는 것을 사용한답니다)

***근처 상점에 치즈의 종류가 다양하지 않다면 첫 번째 필요한 치즈로는 몬테레이 잭 치즈를 사용하고, 프리토스 위에 얹을 두 번째 치즈는 체다치즈를 사용하세요. 몬테레이 잭도 없다면 모짜렐라나 스위스 치즈를 사용하셔도 됩니다.

만드는 법

1. 6쿼트(약 6.8리터)들이 로스터에 들러붙음 방지 스프레이를 뿌립니다(클라라는 마트에서 일회용 스팀 테이블팬을 사서 사용했었는데, 쿠키틀 위에 얹을 때 무척 주의해야 한다는군요. 팬이 뒤틀릴 수가 있어서 잘못하면 주방 바닥에 내용물이 쏟아질 수 있다고 해요!)

2. 팬이나 로스터 바닥에 깍둑썰기한 그린 칠리와 잭 치즈와 역시 깍둑썰기한 토마토 통조림, 다진 양파, 슬라이스로 썬 검은색 올리브, 다진 피망을 넣고 흰쌀을 넣습니다(마거릿은 이것을 손으로 섞었다고 하네요. 물론 주변에 아무도 없을 때 해야 한답니다).

3. 위에 타코 향신료를 뿌린 뒤 조리한 닭고기를 넣고 다시 섞어 줍니다.

4. 치킨 통조림을 넣고 나무 숟가락으로 섞어 주세요(이것도 손으로 해도 된답니다).

5. 차가운 버터를 8조각으로 잘라 핫디쉬에 넣습니다.

6. 팬을 두꺼운 호일로 덮습니다(일반 호일을 여러 번 겹쳐서 만들어도 됩니다). 그러고는 가장자리도 꼼꼼히 봉합니다.

7. 오븐에 넣어 175도에서 90분 동안 요리합니다.

8. 다 구워졌으면 오븐에서 팬을 꺼냅니다. 단, 오븐을 아직 끄지 마세요. 호일을 벗길 때에는 뜨거운 김에 데지 않도록 조심해야 합니다.

9. 핫디쉬 위에 프리토스를 뿌린 뒤 평평하게 만듭니다.

10. 그 위에 다시 치즈를 뿌립니다.

11. 이번에는 팬을 덮지 말고 오븐에 넣어 치즈가 녹을 때까지 10분간 조리합니다.

12. 오븐에서 꺼낸 팬은 10분간 그대로 놓아둡니다.

한나의 두 번째 메모: 제가 클라라와 마거릿의 집에서 처음으로 이 핫디쉬를 맛보았을 때 화이트 와인 마르가리타와 곁들였답니다. 혹시 술 종류가 싫으시다면 차가운 레모네이드와 함께 드세요.

한나의 세 번째 메모: 노먼은 핫디쉬 위에 사우어크림을 동그랗게 얹었답니다(정말 기발한 방법이었어요). 사우어크림이 아니더라도 과카몰리(아보카도를 으깨어 토마토, 양파, 양념을 더한 멕시코 소스)와 함께 먹으면 맛이 무척 좋을 것 같아요.

맥이 손수건을 꺼내 이마를 닦았다.

"새벽 1시 30분이 조금 넘은 시간이었을 겁니다. 팻시는 이미 잠들었고, 난 오랜만에 만난 친척들과 회포를 풀던 파티의 흥에 취해 잠들지 못하고 있었죠. 아무래도 쉽게 잠들 수 있을 것 같지 않아 아스피린을 몇 알 먹었어요."

아스피린이라면 처방전 없이도 복용할 수 있는 약이었다.

"그럼 잭은 어떻게 보게 되신 거예요?"

"주방 개수대에서 물을 받으면서 창밖을 봤어요. 파빌리온이랑 마주하는 창이었는데, 잭이 자기 방갈로에서 나오는 게 보이더군요. 그러더니 길을 가로질러 곧장 파빌리온 입구로 향했어요. 아마 안으로 들어가는 것 같더군요. 확실히는 모르지만. 창문에서 입구는 보이지 않았거든요."

맥이 말을 멈춘 뒤 목청을 가다듬었다.

"나가서 그를 붙잡은 뒤 다시 방갈로로 데려다 줄까 생각했어요. 이미 파자마 차림이긴 했지만, 옷은 금방 갈아입으니까요. 그런데 파빌리온 안에 누군가 있을 거란 생각이 들더군요. 창문 하나가 열려 있었거든요. 안에 불도 켜져 있었고……. 그래서 안에 있는 누군가가 잭을 방갈로까지 잘 데려다 주겠지 생각했어요. 그대로 약을 먹은 뒤 잠자리에 들었죠."

맥이 다시 말을 멈춘 뒤 한숨을 내쉬었다.

"내가 가봤어야 하는 건데 그랬어요."

한나는 리사를 쳐다보았다. 그녀는 마구 흐느끼고 있었다. 한나는 리사의 아버지가 거스를 죽였을 리 없다고 그녀를 안심시켜주고 싶었지만, 방금 맥의 이야기는 미셸의 목격담과 일치했다. 물론 미셸은 그 사람이 잭 허먼이었다고 정확히 지적하지는 않았지만 말이다.

"이 이야기 경찰에 하셨어요?"

어떤 대답을 기대하는 것인지 한나도 알지 못한 채 질문을 던졌다. 만약 맥이 이미 마이크에게도 이야기했다면 이미 한나의 손을 떠난 문제이므로 마이크에게 이 이야기를 해주어야 하나 말아야 하나 고민할 필요가 없게 된다.

"당연히 안 했죠!"

맥이 고개를 설레설레 저었다.

"여기 있는 네 명 외에는 아무에게도 얘기하지 않았어요, 심지어 팻시에게도. 잭이 정말 파빌리온 안으로 들어갔는지 확실하지 않으니까요. 그냥 밖으로 나온 것만 봤을 뿐이죠. 더 끔찍한 것은 자신이 방갈로에서 나왔다는 사실조차 그는 기억하고 있지 못할지도 모른다는 거예요."

리사가 입술을 꽉 깨물었다.

"삼촌 말씀이 맞을 거예요."

"너무 마음 쓰지 마라, 리사. 내가 잭을 안 지가 수십 년이지 않니. 나에게는 형제와도 같아. 네 아빠는 무척 자상하고, 사랑이 넘치는 사람이란다. 그런 사람이 그런 폭력적인 일을 저질렀을 리 없어."

한나는 입을 꾹 다문 채 혼자만의 생각에 잠겼다. 엄마가 들려주었던 잭과 거스의 다툼 이야기는 무척 폭력적이었다. 그 사실은 나이트 박사도 증명해 주지 않았던가.

"잭에 대해 경찰에 이야기해 봤자 일만 복잡해질 뿐이란다."

맥이 리사의 손을 잡았다.

"게다가." 그가 리사의 손을 꼭 쥐었다.

"우리는 가족이지 않니. 가족은 똘똘 뭉쳐야 하는 법이다."

"리사는 정말 대단해요."

노먼이 아빠를 위해 만든 생일 케이크에 초를 꽂고 있는 리사를 바라 보며 말했다.

"네, 정말 그래요. 잭을 온 마음을 다해 사랑하는 거죠."

한나는 리사가 2년 전 알츠하이머 진단을 받은 아버지의 곁에 있기 위해서 대학을 포기했던 일을 떠올렸다. 그녀는 원래 의사가 되고 싶어 했고, 한나도 리사라면 훌륭한 의사가 될 수 있을 거라 생각했다. 하지 만 지금의 리사, 특히 허브와 결혼한 뒤의 리사는 자신의 인생에 나름 행복하고 만족스러워 했다.

"왜 그래요?"

한나의 결연한 표정을 본 노먼이 물었다.

"잭의 결백을 밝혀야겠어요. 리사를 위해서요!"

"나도 도울게요. 마이크는 어떻게 할 거예요? 맥의 이야기를 전할 거 예요?"

"정보를 공유하겠다고 약속했어요."

"그걸 물은 게 아니잖아요."

노먼이 킥킥거리며 대답했다.

"다시 물을게요. 마이크에게 말할 거예요?"

한나는 미소를 지었다.

"모르겠어요. 아직 결정을 못 했어요."

"그럼 잭의 결백을 밝힐 때까지는 결정을 미뤄둘 건가요?"

"그게 나을 것 같아요. 내 양심이 크게 문제가 되지 않길 바라야죠."

리사가 잭이 앉아 있는 테이블로 다가가 그의 앞에 케이크를 내려놓으며 생일 축하 노래를 부르기 시작하자 한나는 손뼉을 치기 시작했다.

"소원을 빌고 촛불을 꺼요, 아빠."

리사가 잭의 볼에 키스하며 말했다.

"내가 어렸을 때 아빠가 얘기했듯이 촛불을 다 끄면 소원이 이루어질 거예요."

잭은 미소를 지으며 허리를 숙여 촛불을 껐고, 촛불이 한번에 다 꺼지자 사람들은 마구 손뼉을 쳤다.

"마지는 늘 내가 허풍쟁이라고 하죠."

잭의 말에 모두가 웃음을 터뜨렸다.

"축하해요, 잭." 허브가 잭의 어깨를 두드리며 말했다.

"소원이 이루어지실 거예요."

"소원은 이미 이루어졌어. 리사의 초콜릿 피넛버터 케이크가 모두에게 돌아갈 만큼 충분하기를 소원했는데, 지금 마지와 그녀의 여동생이 뒷쪽 테이블에서 접시에 여유 있게 옮겨 담고 있지 않은가."

"여긴 왜 온 거예요?"

한나가 거스 클레인의 방갈로 문을 열자 안으로 따라 들어서며 노먼이 물었다.

"개구리를 확인해 보려고요."

"개구리요?"

"어제 거스를 찾으러 왔을 때 봤던 개구리요. 수사팀이 발로 밟거나 하지 말았어야 할 텐데."

"그럼 개구리가 잘 살아 있는지 확인하러 왔단 말이에요?"

"네, 걱정하지 말아요. 그것만 확인하고 바로 케이크 먹으러 갈 테니까요."

한나가 불을 켜고 개구리를 찾기 시작하자 노먼이 킥킥거리기 시작했다.

"케이크 못 먹을까 봐 걱정하는 게 아니에요. 난 사건 때문에 여기 온 줄 알았거든요. 근데 개구리 때문이라니요."

"미안해요."

"괜찮아요. 개구리 걱정하는 모습 좋아 보여요. 그럼 난 침실을 살필까요?"

한나는 미소를 지으며 노먼을 바라보았다.

"네, 난 주방을 볼게요. 내가 주방에 녀석을 놔주었거든요."

노먼이 침실을 살피는 동안 한나는 주방으로 가 찬장이며 개수대 서랍을 모두 뒤졌다. 하지만 청개구리는 보이지 않았다.

"한나?"

한나는 주방에서 나와 노먼을 쳐다보았다. 노먼은 두 손으로 무언가를 움켜쥐고 있었다.

"잡았어요?"

한나가 간절히 바라는 마음으로 물었다.

"침대 밑에 있었어요."

"다치지 않았어요?"

"괜찮아요. 어디에 놓아둘까요?"

"작업대 위에요. 싱크대에서 물을 조금 따라 놓아야겠어요. 침실에 있는 것을 보니 개수대에서 뛰어내렸나 봐요."

한나가 수돗물을 트는 동안 노먼이 개구리를 작업대 위에 올려놓았다.

"이제 더 할 것 없어요?" 노먼이 물었다.

"개구리가 언제든 다시 밖에 나갈 수 있게 창문을 조금만 열어 줄래요?"

"이미 열었어요."

노먼이 미소를 지으며 대답했다.

"좋아요, 그럼. 이제 가요."

두 사람은 불을 끄고 방갈로를 나와 다시 파티 장소로 향하기 시작했다. 여전히 사람들이 왁자지껄하게 떠드는 소리와 웃음소리가 들리는 것으로 봐선 파티의 흥겨운 분위기가 여전한 듯했다. 노먼은 한 손에 손전등을 들고 또 한 손으로는 한나의 손을 잡았다.

"거스의 행적에 맞춘 시간대는 설정해 봤어요?"

노먼이 물었다.

"대략요. 허브가 교회 예배 후에 집으로 갔다가 가족들을 기다리고 있는 거스를 발견했죠. 가족들이 예전에 살던 집이었어요. 마지와 허브의 아버지가 부모님이 돌아가신 다음에도 계속 그 집에 살고 있었거든요. 물론 거스는 그 집이 이제는 리사와 허브의 몫이 된 걸 모르고 있었죠."

"오랫동안 집을 떠나 있었으니 당연히 그곳부터 갔을 거예요."

"맞아요. 그래서 허브가 거스를 교회로 데려왔고, 거스는 모두를 호텔 브런치에 초대했어요. 엄마 말로는 브런치가 늦게까지 계속되었다고 했는데, 거스는 마지막 손님이 떠난 오후 2시까지 호텔에 있었어요. 그가 브런치 값을 지불하고 호텔을 떠난 게 아마 2시 30분쯤이었을 거예요. 그런 다음 리사와 허브의 집으로 가서 거스 부모님이 그가 사용하던 방에서 챙겨두었던 그의 물건들을 살펴봤죠. 그 집에서 다시 나선 게 4시 30분쯤이었을 거고, 호수 방갈로로 돌아오는데 30분 정도 걸렸을 거예요. 그러니 오후 5시까지 방갈로는 계속 비어 있었던 거죠. 그런 다음 그는 옷을 갈아입고 파빌리온에서 열린 파티에 참석했어요."

"파티는 6시에 시작되었어요. 나도 사진을 찍으러 파빌리온에 가 있었으니까 시간을 기억하고 있거든요. 그렇다면 그가 1시간 정도는 방갈로에서 시간을 보냈단 말이네요?"

"맞아요. 30분 정도 여분을 줄 수도 있겠죠."

파티장의 불빛과 음악에 가까워지자 한나는 왠지 모를 섭섭한 기분이 들었다. 노먼과 단둘이 보내는 시간을 진심으로 즐기고 있었던 것이다.

"개구리에 대해 미리 얘기하지 않아서 미안해요, 노먼."

"그러지 말아요. 한나라면 정말 중요한 것이 무엇인지 잘 아는 사람이니까 언제나 믿어요."

"정말이요?"

"네, 살인사건 수사도 중요하지만, 개구리의 안녕도 못지않게 중요하니까요."

밤 9시가 되자 파티가 슬슬 끝을 맺기 시작했다. 내일은 리사와 허브의 표현을 빌려 '게임데이'가 될 것이다. 킥볼(발로 하는 야구 비슷한 공놀이), 세 다리 달리기, 짐 나르기, 자전거 경주, 삼륜차 퍼레이드와 팀별 소프트볼 경기와 같은 일반적인 여름 피크닉용 경기가 펼쳐질 예정이었다.

물론 수영이나 다이빙 시합, 수구, 카누 혹은 보트 시합, 심지어는 고등학교 팀을 결성하고자 하는 세 명의 중학교 여자아이들이 선보이는 싱크로나이즈 시연과 같은 수상 게임도 예정되어 있었다. 게임에 참가하지 않는 사람들 중 일부는 자원하여 심판의 임무를 맡았고, 나머지 사람들은 풀밭 의자에 앉아 참가자들을 응원하기로 했다.

한나는 손목시계를 확인한 뒤 노먼을 돌아보았다.

"난 정리하는 걸 도와준 다음에 집으로 갈게요. 노먼을 집으로 초대하고 싶지만, 오늘 밤에는 푹 자야 하기 때문에 안 될 것 같네요. 거의 일주일 동안 6시간을 제대로 자지 못하고 있거든요."

"왜 오늘 아침에 내가 전화했을 때 얘기하지 않았어요?"

노먼이 깜짝 놀라며 물었다.

"무슨 얘기요?"

"모이쉐가 또다시 말썽을 부렸단 얘기요. 고양이 콘도가 효과가 있는 줄 알았잖아요."

"효과가 있었어요. 오늘 아침에 장난감 쥐를 갖고 신나게 놀았는걸요. 어젯밤 잠을 못 잔 건 모이쉐 때문이 아니었어요. 엄마 때문이었죠."

"새벽에 전화하셨어요?"

"아뇨, 잭에게 선물할 레드 벨벳 쿠키를 어젯밤 안으로 완성하라는 지령을 내리셔서요. 어제 집에 돌아가자마자 온통 재료들을 찾아 세 번 구울 분량의 반죽을 완성했더랬죠. 그렇게 자정이 넘어서야 겨우 잠이 들었는데, 모이쉐가 새벽 4시부터 찍찍이 쥐 장난감을 갖고 놀기 시작했다구요."

"그래도 쿠션을 찢거나 욕조 안을 돌아다니지는 않았죠?"

"네, 노먼 생각이 옳았어요. 지루해서 그랬었나 봐요."

노먼과 포옹을 하며 작별인사를 한 뒤 한나는 종이접시를 집어 쓰레기통에 넣기 시작했다. 15분 만에 테이블은 깨끗하게 정돈되고, 그릇들은 모두 식기세척기 안에 자리를 잡았다. 한나도 이제 집으로 돌아가 잠자리에 들기만 하면 되었다. 하지만 그전에 할 일이 한 가지 남았다.

리사를 찾아 한참을 헤매던 한나는 마침내 소나무 아래 놓인 피크닉 테이블에 홀로 앉아 있는 리사를 발견했다. 맥이 했던 이야기에 대해 홀로 생각할 시간이 필요했던 모양이지만, 혼자 생각한다고 해서 문제가 해결되는 건 아니다.

"리사?"

한나가 그녀의 맞은편에 앉으며 말했다.

"왜요?"

리사는 한참을 울었던 듯 목소리가 잠겨 있었지만, 한나는 애써 아는 척하지 않았다.

"리사 아버지랑 잠깐 얘기를 하려고." 한나가 말했다.

"둘이 조용히 얘기할 수 있을 만한 장소를 찾아봐 줄 수 있겠어?"

"마침 지금 조용한 곳에 계세요. 허브가 방갈로로 모시고 가서 같이 야구 경기를 보고 계시거든요. 트윈스가 엔젤스랑 더블헤더(두 팀이 하루 두 번 하는 시합) 경기를 하고 있어서요."

"내가 방해해도 괜찮을까?"

"괜찮을 거예요. 아마 지금쯤 경기도 끝났을 걸요."

리사가 자리에서 일어나 길을 안내했다.

"혹시 사건이 있었던 날 밤의 행적에 대해서 물으시려는 거예요?"

"응, 될 수 있으면 많은 단서들이 필요하거든. 걱정하지 마, 리사. 언짢게 해 드리진 않을 거야."

"그러리라 생각하지 않아요. 한나는 지금껏 한 번도 아빠를 언짢게 해 드린 적 없으니까요. 그래서 아빠도 한나를 좋아하시죠."

리사가 잭과 마지가 묵고 있는 작은 방갈로의 스크린 도어를 열고 안으로 들어갔다.

"안녕, 아빠."

리사가 그의 볼에 키스한 다음 허브에게로 다가갔다.

"경기는 어떻게 진행되고 있어요?"

"처음에는 트윈스가 이겼는데, 두 번째 경기 때는 엔젤스가 이겼어."

허브가 대답했다.

"음, 그런데."

리사가 잭 옆에 앉았다.

"여기 한나가 아빠한테 몇 가지 물어볼 것이 있대요. 그래서 허브랑 저는 잠시 자리를 비키려 해요. 한나는 우리의 좋은 친구이니까 뭐든지 말씀해 주실 수 있으시죠?"

"물론이지."

잭이 고개를 끄덕이며 리사가 떠나는 것을 지켜보았다.

"착한 아이야." 잭이 말했다.

"네, 맞아요. 잭에게는 리사가 있어서 다행이고, 리사에게는 잭이 있어 다행이에요."

한나가 잭의 주의를 집중시키기 위해 그에게 좀더 가까이 다가가 첫 번째 질문을 던졌다.

"혹시 일요일 밤 파티 후에 혼자 산책하셨을 수도 있었을까요?"

"가능한 얘기야. 잠자리가 바뀐 첫날밤이었으니까. 집에서가 아니면 잠이 잘 안 오거든."

"그럼 잠이 오지 않았다면 산책하러 나가셨겠네요?"

한나가 물었다.

"그랬겠지……. 한나, 한나 맞지?"

"네, 맞아요. 기억하시는군요!"

그러자 잭이 어깨를 으쓱해 보였다.

"왔다갔다해. 그냥 조심할 뿐이야, 너무……, 그, 차분하다의 반대말이 뭐지, 해리엇?"

한나는 자신의 이름이 해리엇이 아니라 한나라고 말하고 싶었지만 꾹 참았다.

"초조하다? 불안하다?"

"둘 다 맞겠군. 차분하게 있으면 더 기억이 잘 나거든. 자, 이제 말해 봐, 헬렌……. 거스는 총에 맞은 게 아니지?"

"네, 얼음 꼬챙이에 찔렸어요."

"그거 안됐군. 총에 맞았다면, 내 결백이 바로 증명되었을 텐데."

"그래요?"

"그래. 에이미가 집에 총을 두지 못하게 했거든. 아이들이 갖고 놀다가 다치게 될까 봐 무서워했지. 그런데 우리 막내딸이 제 신랑과 같이 그렇게 험한 카우보이 게임에 나가 상을 타오다니. 인생이란 참으로 아이러, 아이러……, 뭐였지?"

"아이러니하다구요?"

"맞아. 인생이란 아이러니해, 해젤."

"한나예요."

한나는 자신도 모르게 이름을 교정해 주고 말았다.

"나도 알아. 몇 번 만에야 자네가 이름을 제대로 말해 주려나 시험해 본 거야. 아마 듣고 있기 괴로웠나 보군!"

한나는 깜짝 놀랐지만 이내 웃음을 터뜨리고 말았다.

"보청기를 끼고서도 가족들에게 얘기하지 않았다는 옛날 얘기 속 남자 같으시네요."

"그러고는 유언을 12번이나 바꿨다지."

잭이 오래된 농담을 마무리 지었다.

"내가 무엇을 기억하고, 무엇을 기억하지 못하는지 알면 깜짝 놀랄 거야. 전혀 대중이 없거든. 어떤 때는 냄새에도 몇 년간 잊고 있던 기억이 떠오르는가 하면, 어떤 때는 먹는 것에, 혹은 옛날 영화 속에 등장하는 차에, 집 안의 앤티크 물건들에 기억이 떠오르기도 하지."

"전에 한 번 말씀해 주신 적 있으세요." 한나가 말했다.

"제가 만들어 드린 레드 벨벳 쿠키가 옛날 거스가 레이크 에덴을 떠나던 날 밤에 있었던 그와의 싸움에 대한 기억을 떠올리는 데 도움이 되었기를 바라요. 이 모든 일에 열쇠를 쥔 것은 바로 그 일인 것 같아요, 잭. 그러니 부디 기억을 떠올려 보세요."

"나도 그렇게 생각해. 하지만 좀처럼 기억이 안 나."

"너무 무리하지는 마세요. 내일 레드 벨벳 쿠키를 몇 개 드셔 보세요. 아이리스 말이 아이리스가 어렸을 때 에이미가 많이 만들어 주셨다고요."

"확실히 친숙한 맛이야. 그래서 이렇게 입맛에 맞는가 보군. 그녀가 그리워."

"에이미 말씀이시죠?"

"나이 먹어서 슬픈 게 이런 거야. 사랑하는 사람들이 하나씩 죽는 것을 봐야 하니 말이야."

"정말 우울한 일이죠."

한나 역시 상상하는 것만으로도 우울함이 밀려왔다.

"그렇지. 하지만 좋은 것도 있어."

"뭔데요?"

"끔찍하리만큼 싫어하던 사람들이 죽는 것도 지켜볼 수 있지. 그게 바로 좋은 점이야…… 물론 직접 나서 죽이지 않는다면 말이야."

초콜릿 피넛버터 케이크

오븐은 175도로 예열합니다. 틀은 오븐의 중앙에 둡니다.

경고: 이 케이크에는 피넛이 엄청 많이 들어간답니다. 그러니 케이크를 대접할 사람 중에 피넛에 알레르기가 있는 사람은 없는지 꼭 확인하세요!!!

한나의 첫 번째 메모: 리사는 마지가 코코아 퍼지 케이크를 굽는 것을 보고 거기서 아이디어를 얻었답니다. 허브가 리즈의 피넛버터 컵을 좋아하기 때문에 리사는 케이크에 초콜릿과 피넛버터를 섞었다고 해요.

1. 9×13 크기 케이크팬에 버터나 밀가루를 바릅니다(들러붙음 방지 스프레이를 사용하셔도 됩니다).

한나의 두 번째 메모: 리사는 들러붙음 방지 스프레이에 밀가루를 섞어서 사용했다고 하는데, 나름 효과가 좋다고 하네요.

재료

백설탕 2컵 / 밀가루 2컵 / 버터 1컵 / 피넛버터 1컵

물 1컵 / 크림 1/2컵(크림이 다 떨어졌다면 증류 우유를 사용하세요)

바닐라향신료 1티스푼 / 베이킹소다 1티스푼 / 계란 2개

한나의 세 번째 메모: 리사는 이 케이크를 만들 때 쿠키단지에 있는 믹서를 사용했어요. 하지만 믹서가 없다면 손으로 해도 무방합니다.

2. 설탕과 밀가루를 믹서에 넣고 섞습니다.

3. 버터와 피넛버터, 물을 중간 크기의 소스팬에 넣습니다. 중불에서 거의 끓을 때까지 끓입니다(가장자리에서 기포가 일기 시작하면 불을 끄세요).

4. 피넛버터 혼합물을 설탕과 밀가루에 붓고 섞어 줍니다.

5. 소스팬은 프로스팅을 만들 때 한 번 더 사용해야 하기 때문에 대충 한 번 헹구어 주세요.

6. 크림과 바닐라 향신료, 베이킹소다, 계란을 작은 그릇에 넣고 휘젓습니다.

7. 이 혼합물을 아까의 혼합물과 함께 커다란 믹서용 그릇에 담은 다음 중간 속도로 섞어 줍니다(이 단계는 무척 천천히 진행해야 합니다. 왜냐하면 뜨거운 피넛버터 혼합물과 계란을 함께 섞어 주는 것이기 때문에 잘못하면 단순히 피넛버터 맛이 나는 스크램블 에그가 될 수 있답니다!).

8. 믹서용 그릇에 담긴 내용물을 고무주걱으로 긁어 따로 그릇에 담은 뒤 손으로 다시 섞어 줍니다.

9. 9×13 크기의 기름칠을 해둔 팬에 반죽을 붓습니다.

10. 175도로 30~35분 동안 굽습니다. 가장자리가 수축하기 시작하고, 꼬챙이로 가운데 부분을 찔러 묻어나오는 것이 없으면 완성입니다.

한나의 네 번째 메모: 리사는 이 케이크에 절대 실패할 리 없는 퍼지 프로스팅을 사용했어요. 레시피는 앞의 것을 참조하시면 됩니다.

한나의 다섯 번째 메모: 리사는 초콜릿 피넛버터 케이크를 따뜻할 때 먹는 것이 제일 맛있다고 하는데, 사실 실온의 적당한 온도로 식혀 먹어도 맛있답니다. 만약 냉장고에 보관하고 있다가 드실 때에는 먹기 45분 정도 전에 미리 꺼내놓은 다음 어느 정도 차가움이 가셨을 때 드시도록 하세요.

아파트 문을 열며 한나는 조금 이상한 생각이 들었다. 만약 한나의 아파트가 웨스트민스터 궁 바로 옆에 지어졌다면, 빅벤(영국 국회의사당 동쪽 끝에 있는 탑에 달린 대형 탑시계)이 10시를 알리는 소리를 들을 수 있었을 것이다. 하지만 빅벤 시계 소리를 듣는다고 한들 달라질 게 무엇이랴.

오렌지와 흰색 빛 털 뭉치의 공격이 한나에게는 너무 오랜만이었다. 녀석이 한나의 팔에 달려드는 것을 보며 한나는 미소를 지었다.

"안녕, 모이쉐!"

한나는 모이쉐의 털에 코를 비빈 다음 녀석이 제일 좋아하는 소파 뒷자리로 데려가 몇 번 쓰다듬어 준 뒤 내려놓았다.

이제 모든 것이 예전으로 돌아갔다. 다시 평화가 찾아온 것이다. 하지만 평소처럼 한나가 귀 뒤를 긁어주기 전에 벌써 녀석은 소파에서 풀쩍 뛰어내려 고양이 콘도로 달려갔다. 그러고는 이내 제일 높은 펜트하우스 층에서 머리를 내밀었다.

"오, 이제 거기가 네가 제일 좋아하는 장소가 된 거야?"

한나가 다시 의례적으로 녀석에게 다가가 등을 쓰다듬어 주었다. 그렇게 녀석이 가르랑거리는 소리를 듣고 있는데 전화벨이 울렸다.

한나는 서둘러 소파 끝 탁자 위에 놓인 수화기를 집었다.

"여보세요?"

"목소리가 좋네요. 한나가 없는 동안 모이쉐가 얌전히 집을 지키고 있었나 봐요?"

노먼이었다. 한나는 미소를 지었다.

"노먼 덕분이에요. 찍찍이 쥐 없어지긴 했는데, 집 어딘가에 있겠죠."

"그래서 전화한 거예요. 애완용품점 직원이 내 핸드폰으로 전화를 했어요. 새로 쥐 장난감이 들어왔다고 하길래 들러서 몇 개 더 샀거든요. 피곤하지 않으면 지금 가지고 갈게요. 피곤하면 다음에 만날 때 주고요."

자상해. 노먼은 확실히 자상했다. 한 주 내내 제대로 잠을 못 잔 탓에 피곤하긴 했지만, 모이쉐가 다시 평화를 되찾은 것에 한나는 다소 기력을 얻었다.

"그럼 지금 와요." 한나가 말했다.

"방금 원기를 회복했거든요. 커피 물 올려놓을게요."

한나는 커피를 올려놓은 뒤 모이쉐에게 그릇 가득 먹이를 부어주고, 깨끗한 물도 담아 주었다. 그런 뒤 저장고로 향했다. 노먼이 오면 커피와 함께 대접할 것이 필요했다. 이건 곧 미네소타의 전통이기도 했다.

미네소타의 전통에 따르면 손님이 왔을 때는 무언가 달콤한 간식을 대접하게끔 되어 있었다. 물론 1~2시간 전에 먹은 잭의 생일 케이크가 여전히 뱃속에 든든히 자리하고 있긴 했지만, 미네소타의 훌륭한 호스티스는 절대 커피만 딸랑 대접하는 법이 없다!

한나는 30초 만에 저장고에서 뭔가를 찾아내고 말았다. 그 무언가란 스칸디나비안 아몬드 케이크였다. 스칸디나비안 아몬드 케이크는 집 안에 달콤한 향기도 감돌게 할 수 있을뿐더러 만들기도 간편했다. 반죽 위에 뿌릴 아몬드 슬라이스도 충분했다.

10분 후 한나는 오븐에 팬을 집어넣고 시간을 맞췄다. 한나가 커피를 한 잔 따르려는데 현관문에서 노크소리가 들렸다.

"벌써?"

한나는 먹이그릇에 머리를 묻고 먹기에 열중하던 모이쉐가 빠끔히 고개를 들자 녀석과 시선을 맞추며 말했다.

한나는 시계를 쳐다보고는 이내 고개를 저었다.

"노먼이 아니야. 그럴 리 없어. 속도위반을 했다고 해도 이렇게 일찍 도착할 리 없잖아!"

항상 조심스럽게, 특히 살인사건을 수사 중에 있을 때는 더욱, 한나는 벌컥 문을 열지 않았다. 별로 유용하지는 않은 도어렌즈(현관문에 달린 렌즈)를 통해 밖을 내다보았다. 하지만 도어렌즈의 유리는 사물을 일그러 트리기 때문에 엄마가 밖에 서 있다 해도 알아보지 못할 지경이었다!

습관처럼 한나는 그렇게 밖을 내다보긴 했지만, 문 앞에 펼쳐진 광경에 그만 기겁하고 말았다. 정말로 엄마처럼 생긴 사람이 밖에 서 있었던 것이다.

"어-오!" 한나는 숨죽여 중얼거렸다.

엄마는 좀처럼 한나의 집에 오지 않는다. 모이쉐가 엄마의 팬티스타 킹을 열 켤레쯤 찢어 놓았을 때 엄마의 발길도 뚝 끊겼다. 그러니 이렇 게 늦은 시간에 엄마가 찾아왔다는 것은 뭔가 대단히 심각한 일이다.

아니야, 엄마가 아닐지도 몰라. 그냥 머리카락색이 비슷한 다른 여자 일지도 모른다. 정체를 확실히 파악하기 전까지는 문을 열 수 없다.

"누구세요?"

"이제 네 엄마도 못 알아보는 게냐?" 엄마가 되물었다.

"더워죽겠구나. 우린 지금 산채로 모기 밥이 되고 있단다. 빨리 문 열 거라, 한나."

문을 열자 한나는 엄마가 왜 '우리'라는 표현을 사용했는지 한눈에 알 수 있었다. 엄마가 미셸과 안드레아를 대동한 채 밖에 서 있었던 것이다.

"파티 끝나고 집으로 간 거 아니었어?"

한나가 안드레아에게 물었다.

"그랬지, 근데 맥캔 유모가 집을 잘 돌보고 있고, 빌이 전화해서 오늘 늦는다고 했다기에, 마침 엄마가 전화해서……, 여기 오게 됐지."

"나도." 미셸이 입을 열었다.

"막 잠자리에 들려고 하는데, 엄마가 가족모임이 필요하다고 해서 여기까지 끌려왔어."

"가족모임이 좀더 커지겠어."

한나가 그들을 거실로 안내하며 말했다.

"곧 노먼이 올 거거든."

그러자 엄마가 미소를 지었다.

"괜찮다. 노먼도 사실상 우리 가족이 아니니. 노먼에게는 숨기는 게 없지……. 안 그러니, 얘야?"

한나는 구태여 대답하지 않았다. 그리고 그때 모이쉐가 빛과 같은 속도로 거실을 가로질러 콘도로 달려가 2층을 오르더니 꼭대기 펜트하우스 층에 올라가 적을 쏘아보기 시작했다.

"오, 귀여워라!"

모이쉐가 몸을 잔뜩 부풀리는 것을 보지 못한 엄마가 탄성을 질렀다.

"우리 손주 고양이를 위해 멋진 콘도를 장만했구나. 돈 좀 모았나 보구나, 얘야."

"돈은 항상 모으고 있어요. 이건 쇼핑몰에서 1+1 행사할 때 산 거예요. 노먼이 커들스 주려고 콘도를 산 덕분에 이건 1달러만 주고도 살 수 있었어요. 모이쉐를 위한 노먼의 선물이에요."

10초간 침묵이 흘렀고, 마침내 엄마가 목청을 가다듬었다.

"누가 그런 얘길 하더냐?"

한나의 눈이 휘둥그레졌다.

"노먼이요." 한나가 대답했다.

"설마 그런 행사가 없었던 거예요?"

"그게……, 요즘에는 확인해 보지 못했다만."

"엄마!" 한나가 끼어들었다.

"이틀 전이었어요. 정말 행사가 없었던 거예요?"

"그게, 사실……, 아마도……."

"제대로 말씀해 주세요, 엄마." 한나가 고집을 피웠다.

"괜찮으니까요."

그러자 엄마는 크게 한숨을 내쉬며 고개를 저었다.

"그런 행사는 없었던 것 같구나, 애야. 물론 노먼이 가격대를 잘 협상했을 수도 있겠다만……."

"하지만 노먼이 거짓말을 했다는 거잖아요."

한나가 다시 끼어들었다.

"아마도 그랬던 것 같다. 하지만 그게 다 너를 위해서 그런 거였잖느냐."

"그렇죠." 한나도 인정했다.

"하지만 거짓말을 했어요."

"그래. 그래서 어떻게 할 작정이냐?"

한나는 멍하니 엄마를 바라보았다.

"콘도 값을 지불해야죠. 얼마인지 확인해 보고, 돈을 좀 모아서……."

"모이쉐에게 멋진 선물을 주고 싶어 했던 노먼의 마음까지 무시하고 말이지?"

미셸이 엄마와 한나의 대화에 끼어들었다.

"정말 그렇게 하려는 거야?"

"물론 노먼의 마음을 상하게 하려는 건 아니야!"

한나가 외쳤다.

"하지만 이런 식으로 선물을 받고 싶진 않아. 나도 내 가게가 있어. 돈이 있다구."

"그래도 결국 노먼의 마음을 상하게 하고 말 거야."

안드레아가 얼굴을 찌푸리며 말했다.

"언니에게 뭔가 해주고 싶었는데, 이렇게 선물할 수 있게 돼서 아마 무척 뿌듯하게 생각하고 있을걸. 그리고 노먼이 워낙 모이쉐를 좋아하잖아. 모이쉐에게도 늘 무언가 해주고 싶었을 거야. 근데 그런 걸 이제 와서 모두 망쳐 버리겠단 말이야?"

"언니를 기쁘게 해주려 했던 노먼의 마음조차도?"

미셸이 덧붙였다.

"물론 그건 아니야. 하지만……."

한나는 말을 멈추고 잠시 생각에 잠겼다. 어쩌면 엄마와 동생들의 말이 옳을지도 모른다. 그냥 이대로 넘어가는 편이 나을지도 모르겠다. 한나와 모이쉐를 이만큼이나 생각해준 노먼의 마음에 감사하면서 말이다.

"자, 어떻게 할 게냐?"

엄마가 눈썹을 추켜세웠다.

"엄마 말이 옳아요." 한나가 차분하게 말했다.

"아무 말도 하지 않을게요."

"그래!" 미셸이 말했다.

"그렇게 하는 게 맞아." 안드레아도 덧붙였다.

"무척 현명하구나, 얘야."

엄마가 이내 소파에 앉았다.

"근데 이 좋은 냄새는 뭐냐?"

"아몬드요." 한나가 말했다.

"조이스의 스칸디나비아 아몬드 케이크를 굽고 있거든요."

그러자 엄마의 얼굴이 환해졌다.

"조이스가 친구 낸시에게서 받아 나에게 전해준 레시피 말이냐?"

엄마가 물었다.

"맞아요. 단 마가린 대신 버터를 사용했다는 점이 달라요."

"언제 완성이야?" 안드레아가 물었다.

한나는 테이블 끝에 놓인 시계를 쳐다보았다.

"5분 안에 끝나. 조금 식혀서 먹어야 하지만, 따뜻할 때 먹게 해줄게."

"기대가 되는구나!"

엄마가 고개를 끄덕였다.

"우리가 왜 왔는지 궁금할 게다."

"맞아요."

"물론 거스 때문이란다. 오늘 오후에 마지와 함께 거스에게 차였던 여자들 명단을 만들어 봤단다. 그런 뒤 모두에게 전화를 걸어봤는데, 다들 알리바이가 있더구나."

"전부요?"

"그래, 하지만 그 때문에 온 게 아니란다. 생일 파티장에서 나와 에바의 가게에 들렀는데 신용카드 이야기를 해주더라. 거스가 기름을 넣으면서 계산했던 카드가 사용이 불가한 카드였다는 게야."

"어-오!"

한나의 머릿속에 맴돌던 퍼즐 몇 조각이 서로 아귀를 맞추기 시작했다. 거스가 차고 있던 롤렉스는 가짜였고, 다이아몬드 반지는 납유리였다. 그가 가짜로 부자인 척 행세한 것이었다면, 애틀랜틱시티에서 레이크 에덴으로 오는 길에 얼마나 많은 상인들이 사기를 당한 것일까?

"언제 기름을 넣었는데요?"

한나가 다시 단서의 실마리를 잡았다. 그것이 정말 중요하게 알아봐야 할 것인지는 확실하지 않았지만 몇 번의 사건 해결 경험으로 비추어 보았을 때 사건은 언제나 질문과 대답의 연속과정에서 해결되곤 했다.

"호텔에서 브런치를 가진 뒤 돌아가는 길에 넣었다나 보더라."

엄마가 말했다.

"그리고 그게 일요일이라 카드회사에 전화하지 못하다가 오늘에서야 전화했는데, 그만 그런 결과가 나왔다지 뭐냐."

"혹시 도난 카드였대요?"

한나가 물었다. 그러자 엄마가 고개를 저었다.

"에바 말로는 승인 취소된 카드였다고 하는구나. 카드회사 말로는 카드값이 제때 지불되지 않아 취소되었단다."

"불길한 징조네요."

한나는 새로 입수한 정보에 대한 생각에 골몰했다. 그런 뒤 다시 엄마를 향해 고개를 돌렸다.

"내일 아침에 호텔에 가서 거스가 계산한 브런치 비용이 제대로 계산되었는지 확인해 주실래요? 지금쯤이면 샐리도 카드회사에 전화해 보지 않았을까요?"

"그러마." 엄마가 수락했다.

"좋아요."

한나는 이번엔 미셸을 쳐다보았다.

"거스의 롤렉스시계가 진짜였는지 로니에게 물어봐 줄래? 마이크는 가짜일 거라고 했거든. 그가 끼고 있던 다이아몬드 반지도 가짜였대."

"지금 당장 물어볼게."

미셸이 핸드폰을 꺼내 주방으로 들어갔다.

안드레아가 얼굴을 찌푸리기 시작했다.

"무슨 일이야, 언니? 뭔가 짚이는 게 있는 거야?"

"아직은 몰라."

좀더 명확한 대답을 줄 수 있었다면 좋았을 텐데, 한나는 생각했다.

"지금 내가 아는 건 우리가 봤던 거스는 거스의 본 모습이 아니었다는 거야."

"가짜래."

미셸이 주방 문틈으로 머리를 내밀고는 말했다.

"오늘 보석상에서 전화를 받았대. 난 통화를 좀더 할게, 알았지?"

"그럼 거스가 의도적으로 가족과 친구들을 속였다는 게냐?"

엄마가 한나에게 물었다.

"모르겠어요. 그의 유년 시절에 대해서는 엄마가 더 잘 알고 있잖아요. 어떻게 생각하세요?"

엄마는 잠시 생각에 잠기는 듯하더니 이내 한숨을 내쉬었다.

"가능할 법한 일이구나." 엄마가 말했다.

"정말이지 믿고 싶지 않지만, 충분히 가능한 일이야."

스칸디나비안 아몬드 케이크

오븐은 175도로 예열합니다. 틀은 오븐의 중앙에 둡니다.

1. 반죽을 시작하기 전에 4×8 크기 빵팬에 기름칠을 합니다.
2. 양피지를 가로 8인치, 세로 16인치 크기로 자릅니다. 자른 양피지를 팬 바닥에 깐 다음 귀퉁이가 밖으로 빠져나오도록 합니다(그래야 구운 케이크를 꺼낼 때 편하답니다). 이렇게 하면 두 면이 덮이지 않은 채로 남아 있게 되지만 괜찮습니다. 양피지를 꼼꼼히 펼친 다음 그 위에 들러붙음 방지 스프레이를 뿌려 주세요.

재료

소금기 있는 버터 1/2컵 / 백설탕 1과 1/4컵 / 밀가루 1과 1/4컵

계란 1개(전 큰 계란을 사용했어요) / 베이킹파우더 1/2티스푼

아몬드 추출액 1과 1/2티스푼 / 크림 2/3컵

슬라이스 된 아몬드 1/4컵(선택사항-아몬드를 뿌리면 케이크 모양이 더 예뻐져요)

만드는 법

3. 아몬드를 사용하기로 하셨다면 팬 바닥에 조금 뿌려 주세요
(이 케이크는 완성된 다음에 뒤집을 것이기 때문에 바닥에 뿌려야 합니다).

4. 버터를 그릇에 담아 전자레인지에 돌려 녹입니다(소스팬에 담아 가스레인지 위에서 녹여도 됩니다). 녹인 버터를 차를 거를 때 사용하는 촘촘한 틀망에 거릅니다(커다란 구멍의 틀망을 사용하실 때에는 무명천을 두 겹으로 덧대어 주세요). 녹은 버터가 떨어지면 틀망에 남아 있는 찌꺼기는 망설임 없이 버립니다. 그렇게 남은 것이 순수 버터입니다.

5. 순수 버터를 작업대 위에 놓아두어 잠시 식힙니다.

6. 백설탕과 계란을 중간 크기의 그릇에 담거나 믹서에 담은 뒤 잘 섞어 줍니다.

7. 거기에 베이킹파우더와 아몬드 추출액을 넣고 다시 섞어 줍니다.

8. 버터를 담은 그릇을 손으로 감쌌을 때 계란이 익을 정도로 너무 뜨겁지 않고, 적당히 식었다면 아까의 혼합물과 한데 섞어 줍니다. 아직 뜨거우면 더 식혀줘야 합니다.

9. 크림을 1/2컵을 넣습니다.

10. 밀가루를 1/2컵 넣습니다.

11. 다시 남은 크림을 넣습니다.

12. 또다시 남은 밀가루를 넣고 잘 섞어 줍니다.

13. 준비한 빵팬에 반죽을 붓고 주걱으로 표면을 부드럽게 다듬습니다.

14. 175도에서 50~60분간 굽습니다. 꼬챙이로 가운데를 찔렀을 때 묻어나오는 것이 없으면 완성입니다.

15. 차가운 가스레인지 위에 팬을 올려둔 뒤 15분 정도 식힙니다. 그리고 양피지가 닿지 않은 부분을 철제 주걱이나 칼로 떼어 줍니다.

16. 예쁜 접시에 케이크를 양피지 채로 빼냅니다. 잠시 식힌 뒤 위에 취향에 따라 슈가 파우더를 뿌립니다.

한나의 세 번째 메모: 엄마의 친구인 조이스와 낸시는 이 스칸디나비아풍 아몬드 케이크를 굽기 위한 반달 모양의 전용 빵팬을 갖고 있었답니다. 조이스의 케이크는 제가 구운 것과 똑같은 시간이 소요되었지만, 낸시의 팬은 들러붙음 방지처리가 표면에 되어 있는 팬이라 더 빨리 구워진답니다. 35~40분 정도면 완성된다고 하네요.

"정말 맛있는 케이크로구나, 얘야."

한나가 가져온 커피와 함께 아몬드 케이크를 한 조각 입에 넣으며 엄마가 말했다.

"따뜻하게 해서 먹는 것이 더 나은 것 같다."

"고마워요, 엄마."

"너를 아내로 맞는 남자는 정말 행운아일 게야. 이렇게 요리를 잘하니 말이다."

"이게 제 일인 걸요, 엄마."

"아마 가정도 잘 꾸릴 게다."

"고마워요, 엄마."

한나가 다시 한 번 말했다. 그런 뒤 곧 뒤따라 나올 안정된 생활과 결혼, 가족을 꾸리는 것에 대한 엄마의 일장연설에 대한 마음의 준비로 심호흡을 했다.

"넌 남편을 맞이하고, 가정을 꾸리는 데 아직 시간적 여유가 많다고 생각하는 것 같다만……."

엄마의 생체시계에 대한 강의가 막 시작되려는 찰나 노크소리가 들렸다. 한나는 노먼의 극적인 등장에 두 손을 모아 감사기도를 올렸다.

"잠깐만요, 엄마. 문을 열어줘야겠어요."

엄마가 잠시 조용해진 사이에 한나는 서둘러 현관문으로 달려가 불필요한 도어렌즈 단계를 뛰어넘은 채 그냥 외쳤다.

"누구세요?"

"모이쉐에게 줄 장난감 쥐 배달입니다."

노먼이 대답하자 한나가 문을 열었다.

"피곤하면 그냥 이것만 주고 갈게요."

"아니에요. 얼른 들어와서 조촐한 파티에 합류해요."

한나가 스웬슨 가의 식구들을 가리키며 말했다.

"기력을 회복한 게 천만다행이네요."

노먼이 큰소리로 말했다. 그런 뒤 엄마와 한나의 여동생들을 향해 고개를 돌렸다.

"모이쉐의 콘도에 장난감 쥐 인형 다는 걸 도와주려고 모이신 건가요?"

"아닐 걸요."

미셸이 웃음을 터뜨리며 대답했다.

"먹으면서 사건 얘기나 하려고 모였죠."

"먹고, 얘기하고. 아주 훌륭한 조합이네요. 뭘 먹는데요?"

"스칸디나비아풍 아몬드 케이크요." 한나가 말했다.

"어서 앉아요. 커피랑 같이 한 조각 갖다 줄게요."

"모이쉐가 가르랑거리고 있어요, 한나."

엄마와 안드레아, 미셸이 떠나자 홀로 남은 노먼이 말했다.

"여기까지 소리가 들리네요."

"엄마가 가셨기 때문일 거예요. 엄마를 아파트에 들인 게 내가 자기를 벌주려 한 것이었다고 생각할 걸요."

"아니면 모든 것이 예전으로 돌아온 걸 기쁘게 생각하고 있을 걸요.

한나는 이미 모이쉐를 용서한 거잖아요, 그렇죠?"

"노먼이 여기 오기 훨씬 전에요. 엄마와 동생들이 오기 전에도요. 노먼 덕분에 문제 하나를 해결했어요. 이제 거스를 죽인 범인만 잡으면 돼요."

"피곤하지 않으면, 수사가 어디까지 진행되었는지 말해 줄래요?"

노먼이 한나가 새로 채워준 커피를 홀짝였다.

"무수히 많은 동기를 찾았지만, 용의자는 많이 찾아내지 못했어요. 거스가 그리 평판 좋은 인물이 아니었기 때문에 그를 싫어할 만한, 아니 심지어는 증오하고 있었을 만한 사람은 무척 많더라구요."

"그들이 누구……"

한나는 수첩을 꺼내 용의자 명단이 적힌 페이지를 넘겼다.

"처음부터 시작할게요. 거스가 고등학생 때 잠깐 만나다가 차버렸던 여자들이 있어요. 엄마와 마지가 같이 명단을 만들었는데, 불행하게도 모두들 알리바이가 있었대요."

"좋아요. 다른 사람은요?"

"버트 쿠헨이요. 거스가 음주 운전을 해서 같이 타고 있었던 버트의 누나, 메리 조가 죽었어요. 경찰에서는 메리 조가 운전했다고 보고가 올라갔지만, 사고 현장을 제일 처음 발견한 사람이 거스의 고등학교 야구팀 코치였기 때문에 거스와 메리 조의 위치를 바꾸어 놓았을 가능성이 있어요."

"코치와 얘기해 봤어요?"

"아뇨, 미시간 대학교의 야구팀 코치로 이직했다고 해요. 그를 추적해볼 여유가 없었어요."

"그건 오늘 내가 도와주고 갈게요. 다른 사람은요?"

"단순 강도 살인일 가능성도 있어요. 거스가 여기저기 돈 자랑을 하고 다녔잖아요."

"하지만 지갑에 돈이 그대로 있었다고 했잖아요?"

"네, 마이크는 의도하지 않게 거스를 죽이고는 당황한 나머지 그대로 달아났을 수 있다고 했어요."

"하지만 한나는 그렇게 생각하지 않는군요?"

"네, 롤렉스시계는 가져갈 수도 있었잖아요. 그게 가짜라는 사실을 알지 못했을 테니까요."

"롤렉스시계가 정말로 가짜였어요?"

"네, 미셸이 아까 로니에게 전화로 확인했어요. 보석상에서 확인해 주었대요. 분명히 가짜예요. 거스가 끼고 있던 다이아몬드 반지도 납유리였구요. 근데 마이크는 부자들이 종종 진품을 보호하기 위해 가짜를 하고 다니기도 한대요. 거스도 그런 것일 거라고 하구요."

"그 의견에도 동의하지 않는군요?"

"네, 근데 아까 정보를 더 입수했어요. 에바가 그러는데, 거스가 차의 기름 값을 계산하라고 주었던 신용카드가 카드값 연체로 정지된 것이 었대요. 지난번 레이크 에덴 호텔에서의 브런치를 계산했던 카드도 그렇지 않았는지 엄마가 내일 샐리에게 물어봐 주시기로 했어요."

"그럼 마이크는 신용카드에 대해서는 모르겠군요?"

"네."

"말할 거예요?"

"아직 모르겠어요. 애틀랜틱시티에 있는 거스의 아파트에 값나가는 것이 없다는 걸 알게 되면 마이크가 그곳에 사람을 보내 확인하는 작업을 연기할 테니까요. 어차피 그에게는 그게 시급한 문제는 아니었을 테지만요. 사실 뉴저지에서 누군가 거스를 쫓아 이곳까지 와서 그를 죽였다는 건 말이 되지 않아요."

"맞아요."

노먼이 대답했다. 하지만 그의 표정은 그다지 수긍하는 것으로 보이지 않았다.

"하지만 범인은 모임 때문에 모인 사람들 속에 숨어 있다가 아무도 없는 때를 노려 거스를 죽인 것일 수도 있어요."

"불가능한 얘기에요."

"어째서요? 호숫가에 적어도 150명이 넘는 사람들이 모여 있었어요."

"다들 무리지어 이야기를 나누고 있었죠." 한나가 설명했다.

"친척이 아닌 사람들은 금방 들통났을 거예요. 사람들 무리를 지나면서 다들 서로 어떻게 관계가 되는지 확인하고 묻는 것을 보았는걸요."

노먼은 잠시 생각에 잠겼다.

"그렇군요. 그런 모임에 초대받지 않은 사람이 숨어 들어가는 건 쉽지 않겠어요."

"다시 용의자 이야기로 돌아가서." 한나가 수첩을 넘겼다.

"우선 잭이 있어요. 노먼도 이미 알고 있겠지만요. 그리고 거스가 즐기던 도박이 있어요. 거스의 속임수 도박에 넘어간 누군가가 오랜 세월 복수의 칼날을 갈고 있었을지도 몰라요. 아니면 거스가 빌려간 돈을 갚지 않았던 누군가라든가. 엄마도 그럴 가능성이 높다고 하셨어요. 고등학생 시절에 엄마에게서 빌려간 20달러를 아직도 갚지 않았다지 뭐예요."

"별로 친하게 지내고 싶지 않은 타입의 사람이네요."

노먼이 고개를 설레설레 저으며 말했다.

"당연하죠!" 한나가 경쾌하게 맞장구쳤다.

"하지만 그렇다고 해서 죽어도 싸다고 생각하는 건 아니에요."

"그럼요. 용의자 명단에 또 다른 사람은 없어요?"

"에바요."

노먼이 깜짝 놀란 표정이었다.

"상점을 운영하는 에바 슐츠 말이에요?"

"네."

"신용카드가 정지된 것 때문에요?"

"아뇨, 그건 에바도 오늘 카드회사에 전화해 보고 나서야 알았어요. 카드로 결제하는 순간 바로 결과를 알게 되는 자동화 기계가 에바한테는 없거든요. 양식에 카드번호를 적고 서명을 받은 다음 전화하는 거죠."

"좋아요, 그럼 에바가 어째서 거스를 죽였을지도 모른다는 거예요?"

"에바 곁에 남지 않았으니까요."

"에바가 거스에게 같이 밤을 보내자고 했대요?"

노먼이 깜짝 놀라며 물었다.

"잘 모르겠어요. 에바는 댄스파티가 끝나고 거스와 함께 가게로 왔었다고 대충 말했는데, 그 얘길 들으면서 뭔가 이상하다고 생각했어요. 그 늦은 밤에 식료품을 사러 가게로 가다니요."

"정말로 그런 것일 수도 있잖아요."

"어쩌면요. 그래도 용의자 명단에는 이름을 올렸어요. 거절당한 여자만큼 무서운 사람도 없으니까요."

"그래서 에바는 여전히 용의자인 건가요?"

"아뇨, 안드레아한테서 현장사진을 받아 확인한 다음에 바로 이름을 지웠어요. 거스는 키가 6피트(180㎝)가 넘지만, 에바는 그보다 1피트(30㎝) 이상 작아요. 훨씬 가볍기도 하구요. 몸무게가 90파운드(40㎏) 이상은 나가지 않을 걸요."

"내 생각도 그래요." 노먼이 말했다.

"그렇게 가녀린 체구의 그녀가 거스의 가슴을 찌를 만한 충분한 힘을 내진 못했을 거예요. 계단식 걸상 같은 것을 밟고 올라간 것이 아닌 이상."

"파빌리온에는 그런 게 없었죠?" 노먼이 물었다.

"전혀 없었어요. 팻시가 뒷문에 형광등을 교체하려고 온통 찾으러 다녔었기 때문에 잘 알아요."

"뒤에서 덤벼 넘어뜨린 다음 찌른 것이라면 어떨까요?"

"어떻게요?" 한나가 물었다.

"거스는 에바보다 적어도 50파운드(22kg) 이상은 더 나가는데요."

"그렇군요. 그렇다면……, 한나 말대로 용의자 명단에서는 이름을 지워도 좋겠어요. 가능성이 없어 보이는 인물이니. 그녀 말고 또 다른 용의자가 있어요?"

"한 명 있어요. 점점 이 사람에게로 심증이 가고 있어요."

"누군데요?"

"어떤 이유로 거스를 죽인 신원미상의 용의자요. 노먼은 어떤지 모르겠지만, 난 자꾸 혼란스럽기만 해요."

"그래도 결국엔 해결할 수 있을 거예요. 늘 그랬잖아요. 몇 가지 단서만 더 발견되면 나머지는 자연히 풀릴 거예요."

"용기를 북돋아 주어서 고마워요."

"천만에요. 야구팀 코치가 그 단서 중 하나이지 않을까요. 컴퓨터를 켜요, 한나. 그 남자를 같이 찾아보죠."

인터넷에 접속되자 노먼은 컴퓨터 앞에 앉은 뒤 한나를 돌아보았다.

"이름이 뭐예요?"

"토비 허친슨."

"토비아스의 토비에요?"

"모르겠어요. 엄마한테 여쭤봤었는데, 엄마도 모르시는 것 같아요."

"좋아요. 그럼 토비로 갑시다. 미시간 주립대 홈페이지에 들어가서 이름을 검색해 볼게요."

컴퓨터 화면에 대학의 홈페이지가 열렸다.

"스포츠팀을 검색하는 곳이 있어요."

한나가 화면을 가리켰다.

"좋아요. 그럼 거기부터 시작해요."

스포츠팀 검색 페이지가 화면에 뜨자 노먼은 야구팀의 링크를 클릭했다. 페이지가 넘어가고 야구팀의 역사를 알아보는 링크와 역대 코치들을 검색하는 링크, 두 개로 나뉘었다.

"뭔가 찾을 수 있을 것 같은데요."

노먼이 코치 페이지를 클릭했다. 하지만 화면이 바뀌자 그는 끙 소리를 냈다.

"왜요?" 한나가 물었다.

"울버린 야구팀의 수석 코치직을 누가 몇 년부터 몇 년까지 맡았었는지의 내용만 나와 있어요. 토비 허친슨은 부코치라고 했죠?"

"엄마 말씀이 그랬어요."

"그럼 막다른 길이네요."

노먼이 화면을 모두 닫았다.

"그래도 한때 앤아버에 살았었다는 건 알잖아요. 지역 신문에서 그에 대한 정보를 얻을 수 있을지 몰라요."

잠시 후 그가 물었다.

"그럼 '앤아버 뉴스' 지를 찾아볼까요? 아니면 대학교지인 '미시간 데일리'를 찾아볼까요?"

"'미시간 데일리'부터 찾아봐요. 거기서 코치를 했던 건 확실하니까요."

노먼이 미시간 데일리의 홈페이지를 열고 토비 허친슨을 검색하기 시작했다. 토비 허친슨의 이름으로 몇 개의 페이지가 검색되었고, 그

페이지들을 따라 들어가다 보니 뜻밖의 결과가 나오고 말았다.

"어-오."

머리기사를 읽은 한나는 숨을 몰아쉬었다. 토비 허친슨이 이미 3년 전에 세상을 떠난 것이다. 기사에는 그가 보트 사고로 사망했다고 되어 있었다. 또한 그 사고로 살아남은 사람은 아무도 없다고 적혀 있었다.

"또다시 막다른 길이에요."

한나가 한숨을 내쉬었다.

"그럼 애틀랜틱시티 옐로 페이지(미국의 업종별 전화번호부 혹은 웹사이트)를 살펴봐요."

노먼이 제안했다.

"토비 허친슨으로요?"

"아뇨, 거스의 나이트클럽으로요. 무드 인디고가 정말 존재하는지 확인해 보고 싶어요."

옐로 페이지의 홈페이지를 열고 '무드 인디고'의 주소를 검색하는 데는 그리 오랜 시간이 걸리지 않았다. 노먼은 그곳의 전화번호와 주소가 적힌 페이지를 출력한 다음 손목시계를 흘끗 내려다보았다.

"전화하기에는 너무 늦었네요." 그가 말했다.

"거긴 여기보다 2시간 빠르니까 지금쯤 벌써 문을 닫았을 거예요."

"뭘 하는 거예요?"

노먼이 다시 자판을 두드리자 또다른 홈페이지가 열리는 것을 보고 한나가 물었다.

"비행기 예약이요. 무드 인디고에 있는 누군가는 왜 거스가 갑자기 레이크 에덴에 돌아왔는지 알고 있을지도 몰라요."

"애틀랜틱시티에 가려고요?"

한나가 아리송한 얼굴로 물었다.

"못 갈 것 없죠? 어차피 내일은 박사님이 대신 병원을 맡아 주시기로 하셨거든요. 바로 공항으로 가서 밤 비행기를 타고 날아가면 정오 전에는 도착할 수 있을 거예요."

"그래도 짐은 챙겨야 하잖아요?"

"괜찮아요. 필요한 건 공항에서 대충 사면 돼요."

"옷은요?"

"지금 입고 있는 옷이면 돼요. 셔츠는 한 벌 사죠, 뭐. 거스의 나이트클럽이 그의 말처럼 정말 물 좋은 곳이라면 아마도 옷을 갖춰 입어야 하겠지만, 마침 차에 정장 한 벌을 걸어 둔 게 있으니 괜찮아요. 그러니 바로 공항으로 가도 상관없어요."

한나는 잠시 멍하게 그를 쳐다보았다. 그제야 머릿속 톱니의 날이 제대로 맞물려 돌아가는 것 같았다. 여기저기 흩어져 혼란스럽기만 했던 퍼즐 조각이 다시 제자리를 찾아 움직이기 시작했고, 한나는 손을 뻗어 그를 와락 안았다. 그런 뒤, 그것으로도 충분하지 않아 그의 입술에 키스를 퍼붓기 시작했다.

"와우!"

마침내 한나가 노먼을 놓아주자 그가 외쳤다.

"애틀랜틱시티에 가겠다는 말에 한나의 반응이 이렇게 격할 줄 알았다면, 진작 가는 건데 그랬어요!"

"그것 때문이 아니에요."

살짝 붉어진 볼로 한나가 말했다.

"그럼 무엇 때문에 그런 거예요? 물론 불평하는 건 아니에요."

"거스의 방갈로 침대 위에 있던 여행가방 기억나요?"

노먼이 고개를 끄덕였다.

"그리고 텅 비어 있던 옷장도요?"

"네."

"재규어에 걸려 있던 리넨 정장도?"

"당연히 기억하죠. 압류품 보관소 담장을 넘은 게 누군데요. 그런데 그게 나랑 무슨 상관이 있는데요?"

"거스는 짐을 풀지도 않고 있었어요. 왜냐하면 처음부터 오래 머물 생각이 없었던 거죠. 그래서 갈아입은 리넨 정장도 차에 걸어 두었던 거예요. 그날 밤 늦게 떠날 생각이었기 때문에."

"그걸 어떻게 알았어요?"

"갑자기 한꺼번에 모든 단서들이 맞춰졌어요. 거스가 자기가 묵을 방갈로를 배정받기도 전에 차에 기름을 가득 채웠다고 했잖아요. 그 말은 곧 에바가 상점 문을 열기도 전에 새벽같이 마을을 떠날 생각이었다는 거죠."

"좋아요. 다른 건요?"

"댄스파티 때 보았던 그 약이요. 나한테는 제산제라고 했는데, 존 워커에게 자세히 설명을 해주니까 암페타민 종류 같다고 했어요. 즉 애틀랜틱시티까지 차로 돌아가는 길에 졸지 않기 위해서 각성제를 먹은 거죠. 그래서 그 많은 캔디 바와 간식들을 산 거구요. 에바에게는 아침식사용이라고 했다지만 아니었어요. 휴대용 쿨러를 산 것도 그런 이유에서였어요. 그리고 파빌리온에 있는 바에서 햄치즈 샌드위치를 만들었던 것도 모두 밤새 운전을 하기 위해서였다구요."

노먼은 잠시 생각에 잠겼다.

"말이 되네요. 그런데 도대체 왜 하루만 지내고 떠나려 했던 것일까요? 가족모임은 토요일 밤에 끝나는데 말이에요."

"내 추측으로는 처음부터 가족모임에 올 생각이 아니었던 것 같아요. 리사와 허브가 메인가에 걸어 놓은 포스터를 보고는 단지 좋은 핑곗거리라고 생각했던 거죠. 마을에 돌아온 데에는 뭔가 다른 이유가 있었어요."

"가족들을 만나기 위해서?"

한나는 고개를 저었다.

"그건 분명히 아닐 거예요. 가족, 친척들과의 만남을 원했다면 더 머물러 있었어야 해요. 거스에게는 다른 목적이 있었어요. 그리고 자기 차에 리넨 정장을 걸어 놓고 각성제를 먹기 전에 이미 그 목적을 성취한 게 틀림없어요."

"좋아요."

노먼은 자리에서 일어나 노이쉐를 한 번 쓰다듬어 주고는 현관문 쪽으로 향했다.

"그가 왜 왔는지는 내가 알아볼게요. 직접 그의 아파트에 가서 진짜 시계와 보석들을 보관하는 금고가 있는지도 살펴야겠어요."

"조심해요."

왠지 모를 상실감을 느끼며 한나가 주의를 주었고, 노먼이 그런 한나의 팔을 잡고 끌어당겨 품에 안았다.

"그럴게요. 핸드폰은 어디에 뒀어요?"

한나는 가방 안을 뒤져 바닥에 굴러다니고 있던 핸드폰을 꺼냈다.

"여기요."

한나가 핸드폰을 노먼에게 건네주었다.

"배터리가 얼마 없네요."

노먼이 핸드폰의 전원을 켜고 삑삑거리며 몇 개의 버튼을 눌렀다.

"모이쉐가 핸드폰 소리가 마음에 드나 봐요."

모이쉐의 귀가 쫑긋 서는 것을 본 한나가 말했다.

"아마 쥐들의 합창소리 같은가 보죠."

노먼이 웃음을 지으며 핸드폰을 닫고 다시 한나에게 건네주었다.

"오늘 밤에는 꼭 켜두고 자요. 내일도 꼭 가지고 다니고요. 애틀랜틱 시티에 도착하면 전화할게요. 울리면 꼭 받아야 해요."

"그럴게요. 보조 배터리도 충전해놓고 내일 카페에 나갈 때도 잊지 않고 갖고 갈게요."

"좋아요. 절대 잊어버리지 말아요. 그리고 조심해요, 한나."

"네."

"약속하죠?"

한나는 미소를 지었다. 노먼은 진심으로 한나를 걱정하고 있다.

"약속해요." 한나가 맹세했다.

"내가 돌아오기 전에 거스를 죽인 범인이 누구인지 알아내게 되더라도 섣불리 움직이지 말아요. 절대 혼자서 범인을 쫓지 말란 말이에요. 마이크에게 먼저 전화해서 도움을 요청해요."

"알았어요."

"정말로 약속하는 거죠, 한나?"

먼젓번 것보다 훨씬 더 어려운 약속이었지만, 노먼에게는 절실한 의미가 담겨 있다는 것을 한나도 잘 알고 있었다.

"약속할게요, 노먼." 한나가 대답했다.

커피 물을 올리고, 모이쉐의 먹이그릇과 물그릇도 가득 채운 뒤 한 나는 빌이 창문마다 설치해준 잠금장치도 일일이 확인했다. 이제 세수 를 하고, 이를 닦고, 여름에 나이트가운으로 입는 큰 사이즈의 티셔츠 로 갈아입은 뒤 침대 위에 기어오르기만 하면 된다.

"이리 와, 모이쉐."

한나는 콘도의 펜트하우스 위에 앉아 있는 모이쉐를 번쩍 안아 올렸다.

"시간이 늦었어. 이제는 정말……."

그때 노크소리가 들렸다. 세 번의 빠른 노크. 한나에게는 익숙한 노 크였다. 그리고 잠시 후, 또다시 노크소리가 들려왔다.

"문을 열어줘야겠구나."

한나는 모이쉐를 다시 콘도 위에 올려놓았다. 그러고는 이미 답을 알 고 있는 질문을 외쳤다.

"누구세요?"

"마이크입니다. 얘기할 게 있습니다. 아직 잠자리에 든 거 아니죠?"

그래도 지금 엄청 졸립다구! 한나는 그렇게 외치고 싶었지만, 꾹 참 았다.

"네, 잠깐만 기다려요."

"고마워요, 한나."

마이크가 거실로 들어서며 말했다.

"아직 안 자고 있을 것 같았습니다. 노먼이 나가는 걸 봤거든요."

"노먼이랑 얘기했어요?"

두 사람이 스쳐 지나갔길 간절히 바라며 한나가 물었다. 노먼은 솔직한 사람이라 마이크가 어디 가는 거냐고 물으면 곧이곧대로 이야기해 주었을 것이다.

"그냥 손만 흔들었습니다. 한나의 집에 급히 오느라고요."

"수사에 새로운 진전이라도 있어요?"

마이크가 서둘러 자신을 찾아온 것이 다행이라 생각하며 한나가 물었다.

"아직 없어요."

마이크가 책상 옆에 세워져 있는 고양이 콘도를 흘끗 쳐다보며 물었다.

"저건 뭡니까?"

"모이쉐의 새로운 장난감이에요. 노먼이 어제 설치해줬어요."

한나는 문득 말을 멈추고 재빨리 생각했다. 마이크가 왜 진작 모이쉐에게 저런 선물을 하지 못했나 마음 상했으면 어쩌지.

"마이크가 알려준 애니멀 채널이랑 저 콘도 덕분에 모이쉐가 더 이상 말썽을 부리지 않게 됐어요."

"잘 됐군요! 나도 경찰차에 녀석에게 줄 것이 있는데 말입니다. 이따가 내려서 가져오겠습니다. 오늘은 사건에 대해 한나가 뭔가 알아낸 것이 없나 궁금해서 들렀어요."

"사실……, 있어요."

한나는 마이크를 소파로 안내했다. 그러고는 충실한 호스티스 역으로 돌아가 그에게 물었다.

"커피 마실래요?"

"고맙지만, 커피는 경찰서에서 많이 마셔서 괜찮습니다. 대신 뭔가 달콤한 간식거리가 있다면 사양하지 않을게요."

"아, 있어요. 오늘 밤에 마침 아몬드 케이크를 구웠거든요. 우유랑 같이 내올까요?"

"맛있겠는데요!"

"그럼 편히 쉬고 있어요."

한나는 재빨리 주방으로 향했다. 한나가 다시 거실로 돌아왔을 때 소파에 앉은 마이크의 무릎 위에 모이쉐가 올라앉아 있었다.

"여기 있어요."

한나는 커피 테이블 위에 케이크 접시와 우유 잔을 내려놓았다.

"얼른 맛이 어떤지 봐요."

마이크는 케이크를 한 입 입에 가져갔고, 이내 고개를 끄덕였다.

"아주 맛있어요. 한나가 혹시 '비소와 낡은 레이스(미국의 1944년 작 코미디, 집에 찾아온 손님에게 비소를 넣은 포도주를 대접해 독살하는 내용이 포함되어 있다)'를 본 것이 아니라면 말입니다."

"그 영화는 아주 오래전 것이잖아요. 그리고 내가 사용한 아몬드는 쓰지 않아요."

비소가 쓴 아몬드 맛과 똑같다는 사실을 기억해낸 한나가 말했다.

"그런데 그걸 어떻게 알아요?"

"쓴 아몬드 말입니까?"

"네, 비소의 맛을 본 사람은 이미 죽었을 텐데 맛이 어떤지 물어볼 수 없잖아요."

마이크가 돌연 몸을 뒤로 젖히며 웃음을 터뜨렸다.

"그 말이 맞군요. 아마 삼키지는 않고 맛만 본 모양입니다. 아니면 숨이 끊어지기 전에 얘길 했다던가."

"우울하네요. 그리고 보니 생각난 건데, 나이트 박사님이 거스 클레인에게 약물검사도 하신 거예요?"

"네, 그건 기본 절차이니까요."

"그럼 혹시 각성제 흔적은 없었던가요?"

"그건 왜 궁금해하는 겁니까?"

한나는 한숨을 내쉬었다. 역시 순순히 알려주지는 않는구나.

"댄스파티 때 거스가 초록색과 하얀색이 섞인 캡슐을 먹는 걸 봤어요. 내가 약을 술이랑 같이 먹어도 괜찮으냐고 물어봤더니 처방전이 필요없는 단순 제산제라고 하더라구요."

"그런데 그 말을 믿지 않은 겁니까?"

"그 말을 들었을 때는 믿었죠. 근데 나중에 다시 생각해 보니 좀 이상한 것 같아서 존 워커에게 설명해 주고 어떤 약인지 물어봤어요."

"그랬더니 각성제 종류라고 했습니까?"

"네."

"존이 맞았어요. 각성제였습니다. 약물반응 검사에서 검출됐어요."

한나는 속으로 무언가 무겁게 가라앉는 듯한 느낌이 들었다.

"약물검사가 언제 이루어졌던 거예요?"

"부검과 동시에요. 박사님이 서둘러 주셔서 화요일 아침에 결과를 받았습니다."

"화요일 아침이면 쿠키단지에 왔던 날이잖아요! 왜 나한테 얘기해 주지 않았어요?"

"공식적인 문서 내용이니까요. 공식문서의 내용을 한나와 공유하는 것은 규율에 어긋나는 일입니다."

"그럼 나한테 얘기하지 않은 것들이 더 있겠네요?"

한나는 배신감이 들었다.

"조금요, 네. 하지만 경찰에서도 소수의 사람만 알고 있는 내용입니다. 게다가⋯⋯, 각성제 때문에 죽은 게 아니에요. 사인은 얼음 꼬챙이나 그와 비슷한 물건에 의한 자상에 의한 것입니다."

마이크와의 수사정보 공유문제에 관해 동생들과 의논했을 때부터 한나의 마음속에 반짝 일고 있던 의심의 등불이 점점 커지기 시작했다.

이제 진실을 알았다. 마이크는 한나를 떠보고 있었던 것이다. 물론 처음부터 그럴 의도는 아니었을지도 모른다. 한나는 그에게도 무죄추정의 원칙을 적용하기로 했다. 처음 제안했을 때는 정말 순수하고 진실한 생각이었으리라.

"침대 위에 있던 여행 가방은요?" 한나가 물었다.

"거기에는 약이 더 없었어요?"

"정말 이럴 겁니까, 한나."

마이크가 기운 없는 한숨을 내쉬었다.

"여행가방은 지금 압류품 보관소에 있어요."

"그럼 그 안에 뭐가 들었는지도 소수의 승인된 사람들만 알고 있겠네요?"

"맞습니다. 재판 중에 중요하게 작용할 만한 물건들도 있을 수 있으니까요."

"무슨 재판이요? 아직 체포한 사람도 없잖아요."

"아직은 그렇죠. 그래도 증거품들을 소홀하게 다뤘다가는 진범을 잡았을 때 증거 불충분으로 풀어줘야만 하게 될지도 모릅니다."

"그렇군요." 한나가 수긍했다.

마이크는 한 번도 이야기한 적이 없지만, 사실 그의 전 부인은 첫 아기를 임신하고 있었을 때 갱의 조직원 총에 맞아 목숨을 잃었고, 그녀를 쏜 조직원은 법절차 상의 이유로 아무런 처벌 없이 풀려났다. 마이크가 경찰 규율을 그토록 철저히 지키려는 이유도 그런 과거사에 있었다. 그 어떤 범죄자도 사소한 단서 하나 때문에 처벌 없이 고이 돌려보내지 않으리라는 결심인 것이다.

"내가 이야기해 줄 수 있는 것은 꼭 말해 줄게요, 한나. 나를 믿지 않습니까."

"알았어요."

마이크가 약속을 지키리란 것을 한나도 잘 알고 있었다. 하지만 구속력이 없는 정보들이란 사건 수사에도 그리 큰 도움이 되지 않는 정보들이지 않겠는가. 마이크는 여전히 한나를 그와 같은 길을 걷고 있는 팀원이나 동료가 아닌 외부인으로만 여기고 있었다. 설사 마이크가 변화를 원한다고 해도 하루아침에는 절대 이루어지지 않을 것이다.

"왜 그래요?"

마이크가 인상을 살짝 찌푸리며 물었다.

말해도 이해 못 할 거예요. 한나는 하마터면 정말 그렇게 대꾸할 뻔했지만, 꾹 참았다. 고작 이런 일에 실망을 보이다니, 어리석다. 마이크의 외고집을 진작 염두에 두었어야 했다. 마이크가 원한다고 해서 한순간에 바뀔, 그런 문제가 아니다.

"한나? 무슨 일입니까?"

마이크가 또다시 물었다.

"좀 피곤해서요."

한나가 대충 얼버무렸다.

"그럼 난 이만 가봐야겠군요. 내가 나가고 나면 문 잘 잠그고 있어요. 아까 이야기한 모이쉐 선물 금방 가지고 올라오겠습니다. 와서 노크하죠."

한나는 도어렌즈에 눈을 갖다댄 채 마이크를 기다렸다. 그리고 곧 계단참에서 마이크의 모습이 보이길 기다리고 있는데 마이크 대신 뭔가 커다랗고 밝은 분홍색의 보송보송한 것이 시야를 가로막았다.

"좋아요, 한나. 나예요."

그 커다랗고 밝은 분홍색의 보송보송한 것이 마이크의 목소리를 내고 있었다. 한나는 문을 열었다. 그런 뒤 마이크가 들고 온 것을 보고는 웃음을 터뜨리고 말았다.

"홍학이에요."

마이크가 굳이 필요도 없는 설명을 덧붙였다.

"모이쉐가 홍학을 좋아한다고 하지 않았습니까?"

"그랬던 것 같아요. 애니멀 채널에 홍학이 나오면 무척 좋아하거든요. 그런데 도대체 이 홍학은 크기가 얼마나 되는 거예요?"

"나보다 더 큰 녀석이니까 6.5피트(2m) 이상은 되겠군요. 이름은 프레드에요. 어디에 둘까요?"

"저기에요."

한나가 소파 옆 구석을 가리켰다.

"프레드가 들어갈 공간이 될까요?"

"그럼요, 날개를 조금 접으면 될 거예요."

마이크가 소파 옆에 홍학을 내려놓았다.

"부리에 쟁반이라도 물고 있으면 멋진 간이 테이블로 사용할 수 있을 텐데 아쉽군요."

흠, 아주 쓸모가 넘치겠군. 6.5피트 높이의 홍학 모양 테이블이라. 한나는 생각했다. 물론 그렇게 말하진 않았다. 프레드가 한나의 취향도 아니었고, 거실 한쪽에 떡 하니 자리한 모습이 썩 좋아 보이진 않았지만, 그래도 마이크가 모이쉐를 위해 이만큼이나 준비했다는 사실이 감동적이었다.

"고마워요, 마이크."

한나가 인사했다. 그런 뒤 왠지 인사가 부족했던 것 같아 몇 마디 덧붙였다.

"근데 이렇게 큰 홍학 인형은 어디서 구한 거예요?"

"아, 그게……, 사실은 재활용품이에요. 모이쉐가 개의치 않았으면 하는 데 말입니다."

"괜찮을 거예요."

모이쉐는 벌써 인형에 가까이 다가와 얼굴을 문지르고 있었다.

"혹시 경찰에서 압류한 물품 아니에요?"

"아닙니다. 우리 집에 있던 것이에요. 로니가 빌과 같이 플로리다로 연수를 다녀오는 길에 사왔는데, 새집으로 이사하고 나서는 마땅히 둘 곳이 없다기에 우리 집에 두게 되었죠. 다시 이사를 들어왔을 때 돌려주겠다고 했더니 거실 인테리어 색상과 조화가 안 된다면서 마다하더군요."

"아, 그래요."

한나는 물어보지 않는 편이 나았을 뻔했다고 후회했다.

"자, 난 이만 가봐야겠어요. 모이쉐가 프레드를 좋아했으면 좋겠군요. 집에 50인치 텔레비전도 들여놨으니 언제 한 번 놀러 와요."

한나는 마이크를 현관문 앞까지 배웅한 뒤 다시 한 번 고맙다는 인사를 전하고, 짧게 키스한 후 마이크를 보냈다. 그런 뒤 문을 닫아 잠그고, 고개를 돌려 홍학 인형을 물끄러미 쳐다보았다.

"너 벌써 프레드가 마음에 들었구나."

인형의 다리에 머리를 비비적거리는 모이쉐를 보며 한나가 말했다.

"근데 너 홍학이 뭘 먹는지 알아?"

모이쉐가 고개를 들어 한나를 쳐다보았다. 로니의 손을 거쳐 온 이

새가 무엇을 먹고 사는지 녀석도 궁금한 모양이었다.

"새우를 먹어, 모이쉐. 그것도 엄청 많은 새우를. 이제 네 몫의 새우
도 애랑 나눠야 할 거야."

"냐옹오옹!"

모이쉐가 노란색 두 눈을 번뜩이며 맹렬하게 울어댔다.

"그래, 그래."

한나가 미소를 지었다.

"경쟁자를 제대로 견제하는 방법은 너한테서 배워야겠다. 그래야 프
레드의 본 수인을 맞닥뜨렸을 때 써먹지."

"잘 있어, 모이쉐."

한나는 연어맛 간식을 몇 개 던져주고는 현관문으로 향했다.

"오늘도 얌전하게 있어야 해. 밥 주러 오후에 들를게."

한나가 막 문손잡이를 움켜쥐는데 전화벨이 울렸다. 한나는 조카들이 절대 들으면 안 될 몇 마디를 웅얼거리고는 다시 주방으로 들어갔다. 모이쉐가 가만히 있는 것을 보니 엄마는 아니다.

"여보세요?"

이렇게 일찍 누구일까.

"안녕, 한나."

"노먼!"

그의 목소리를 알아챈 한나의 입가에 미소가 번졌다.

"어디에요?"

"애틀랜틱시티 공항이에요. 20분 전에 도착했어요. 지금 GPS가 있는 차를 빌리려고 기다리는 중이에요. 바로 무드 인디고로 가려구요."

한나는 시계를 쳐다보았다. 새벽 5시 45분. 그럼 애틀랜틱시티는 7시 45분일 터였다.

"이렇게 이른 시간에는 문을 열지 않았을 거예요."

한나가 말했다.

"알아요. 그냥 가서 한 번 살펴보려고요. 그런 다음에 아침 먹어야죠."

"그럼 집에는 언제 올 거예요?"

한나가 참지 못하고 물었다. 노먼이 마을을 떠난 지 하루도 채 지나지 않았는데 벌써 그가 그리워지다니, 우스운 일이다.

"일이 잘 진행되면, 내일 아침 일찍 돌아갈 수 있을 것 같아요. 잘 될수록 더 빨리 돌아가겠죠."

"그럼, 도착하자마자 우리 집으로 와요." 한나가 말했다.

"이른 시간이어도 상관없어요. 빨리 얘길 듣고 싶어요. 아, 만약 새벽 6시 이후면 쿠키단지로 와요. 그 시간에는 카페에 있을 테니까요."

한나는 오븐에서 나머지 체리 윙크스 틀 두 개를 꺼내 선반에 밀어 넣었다. 그때 뒷문이 열리더니 리사가 들어왔다.

"리사! 여긴 어쩐 일이야? 오늘은 '게임데이'라서 아침식사로 한창 팬케이크 굽고 있을 줄 알았는데."

"그러려고 했는데, 계획이 변경됐어요. 한나 어머님이랑 로드 부인이 대신 해주기로 하셨어요."

"어-오!"

한나는 눈을 깜빡거렸다.

"로드 부인은 모르겠지만, 엄마는 한 번도 프라이팬을 사용해본 적이 없으셔. 항상 아빠가 아침식사를 준비하셨거든."

"걱정하지 마세요. 한나 어머님이랑 로드 부인은 테이블 세팅하고 오렌지 주스 만드는 일을 맡으셨어요. 팬케이크는 마지와 팻시가 만들고 있구요."

한나는 안도의 한숨을 내쉬었다.

"그래도 왜 여기에 왔는지 모르겠는 걸. 쿠키 굽는 일은 벌써 다 끝났으니까 도와주지 않아도 괜찮아."

"아니에요, 전 루앤을 도와서 카페 문을 열 테니까 한나는 호숫가로 가 봐요. 아빠가 오늘 아침에 뭔가 기억해내신 것 같은데, 한나 외에는 아무에게도 말씀해 주지 않으시겠대요."

"거스의 살인사건과 관련해서?"

"모르겠어요. 지금 허브가 방갈로에서 아빠와 함께 있는데, 한나를 기다리고 있어요. 근데 설마 아빠가……, 그러니까, 정말로 그런 일을 했다고는 믿기지……."

"그건 나도 마찬가지야." 한나가 나섰다.

"그리고 잭이 범인이 아니라는 것을 확신해. 아마 범인을 잡는 데 도움이 될 만한 옛날이야기가 생각이 나셨나 봐."

20분 후, 한나는 방갈로의 문을 두드렸다. 쿠키 트럭을 몰고 고속도로를 달려 에덴 호숫가의 자갈길 위를 달리는 충격도 마다하지 않은 채 방갈로에 도달한 참이었다.

"한나!"

허브가 깜짝 놀라며 한나를 맞았다.

"어떻게 이렇게 빨리 왔어요?"

"리사가 중요한 일이라고 해서."

허브는 얼굴을 찌푸렸다. 머릿속으로 거리와 시간과 평균 속도를 계산하는 게 분명했다. 레이크 에덴의 유일한 교통 단속원인 허브는 속도 위반이라면 마을 사람 그 누구든 가차없이 딱지를 끊었다.

"설마 시내에서까지 과속을 한 건 아니겠죠."

허브가 말했다.

"안 했어. 자갈길에서 조금 속력을 냈을 뿐이야."

"얼마나요?"

"속도계를 안 봐서 모르겠지만, 머리를 차 천정에 세 번이나 찧었으니까."

"그럼 속도를 낮췄어야죠."

허브가 제법 진지하게 말했다.

"딱지를 끊어야 하지만, 내 관할권이 아니니 여기까지만 할게요."

"하지만 리사가 중요한 일이라고 했단 말이야."

한나가 다시 호소했다.

"징인어른 말씀이 그랬어요. 어서 들어와요, 한나. 지금 주방 테이블에 앉아 계세요. 한나와 단둘이 이야기하고 싶으시대요. 그러니 난 그동안 아침식사 준비에 도울 게 없나 보고 올게요."

한나는 방갈로 안으로 들어갔고, 허브가 그녀를 잭에게로 안내했다.

잭은 주방 테이블 앞에 앉아 커피와 함께 한나가 생일선물로 준 쿠키를 마주하고 있었다.

"여기 한나가 왔어요."

"아, 안녕."

잭이 한나를 향해 미소를 지었다. 그런 뒤 허브를 쳐다보았다.

"지금껏 말동무 해줘서 고맙네. 아침식사 먹으러 가는 건 한나가 에스코트해줄 거야……."

그가 한나를 돌아보았다.

"그래 줄 거지, 한나?"

"그럼요."

허브가 자리를 뜨자 잭은 작업대 쪽을 향해 손짓했다.

"커피 들겠어? 마지가 커피를 잔뜩 내려놓고 갔다네."

"네, 제가 따라 마실게요. 감사합니다."

한나는 깨끗한 컵에 커피를 따르고는 주전자에 커피를 채워 잭의 잔에도 따라주었다. 그런 뒤 잭의 맞은편에 앉아 그가 이야기를 시작하길 기다렸다.

"한나의 쿠키가 해냈어!"

잭이 씩 웃었다.

"에이미가 이걸 마지막으로 만들어줬던 때가 기억이 나더군. 그러다 보니 거스와 싸운 일도 생각났어. 하지만 이 이야기는 아무에게도 하지 않겠다고 약속해야 해. 리사에게도."

"약속할게요."

한나가 다부지게 대답했다. 잭의 이야기가 한나의 수사에 진전을 가져다줄 가능성도 있지만, 사실 30년 전의 기억이 지난 일요일 댄스파티 때의 일처럼 선명할 수는 없을 것이다.

"거스가 마을을 떠나던 날 밤 나한테 돈을 빌려달라더군."

잭이 입을 열었다.

"거스와는 친구 사이였기 때문에 여유가 있었다면 빌려줬을 거야. 하지만 그때 난 에이미랑 쥐꼬리만 한 내 월급으로 빠듯하게 살림을 꾸려가고 있었다네. 아이리스도 고작 두 살이었고, 만삭이었던 에이미 뱃속에는 팀도 있었지. 에이미가 일할 수 없었기 때문에 살림은 더 어려웠어."

한나는 고개를 끄덕였다. 한 명이 버는 돈으로 뱃속의 아이까지 둘을 키워야 했을 살림은 겪어보지 않아도 어려울 것이 뻔했다.

"그래서 거스에게 미안하지만 도와주지 못할 것 같다고 했지. 그런데 거스는 카드 게임에서 빚을 졌다며 꼭 도와줘야 한다는 거야. 돈을 갚지 못하면 빚쟁이들이 자신을 잡으러 올 거라면서 말이네. 정말 안타까운 마음이었지만 당시에는 팀을 낳을 때 지불할 병원비만 간신히 갖고 있었기 때문에 거스에게 아무것도 줄 것이 없었어."

"이해해요."

"하지만, 거스는 이해하지 못했다네. 그 병원비라도 달라지 뭔가. 난 그럴 수 없다고 하면서 팻시에게 부탁해 보라고 했어. 당시 일을 하고 있었으니까 말이야. 꽤 좋은 직장이었지."

"그래서 팻시에게 부탁했나요?"

한나는 맥이 거스에게 대신 받아 주겠다고 했다던 팻시의 돈 이야기가 문득 생각났다.

"팻시에게 지난번 빌린 돈도 갚지 못했기 때문에 더 빌릴 수 없다고 하더군. 마시에게도 이미 돈을 빌렸고 말일세. 부모님 역시 이번에는 도와주지 않을 거라고 했어. 부모님에게 마지막으로 돈을 빌렸을 때 이제 성인이니 자신의 빚은 스스로 책임지라고 하셨다더군."

한나는 거스와 잭의 싸움이 무엇 때문이었는지 조금씩 이해가 되기 시작했다.

"그럼 돈을 빌려주지 못하겠다고 한 것 때문에 싸우신 거예요?"

"어떤 면으로는 그렇지. 그런데 그건 일을 단순하게 봤을 때의 해석이야. 그전에 한나가 알고 넘어가야 할 것이 있다네. 그렇지 않으면 제대로 이해하지 못할 거야."

"좋아요."

한나는 커피를 한 모금 들이켰다.

"말씀해 보세요."

"그게……."

잭이 힘들게 침을 삼켜 내렸다.

"정말 아무에게도 말하지 않을 거지?"

"맹세해요." 한나가 약속했다.

"좋아, 그럼. 난 고등학생 시절에 거스와는 달리 여자들 앞에 서면 무척 수줍음이 많았지. 그땐 친한 친구 사이였기 때문에 에이미, 내 집사람에게 데이트 신청을 하기 위해 거스에게 조언을 구했었다네. 그런데 내가 미처 용기를 내기도 전에 거스가 먼저 그녀에게 데이트 신청을 하지 않았겠나."

"그런 비겁한!"

한나가 숨을 몰아쉬었다.

"그래, 하지만 에이미가 그와 몇 번 데이트를 해보고는 더 이상 만나고 싶지 않다고 했기 때문에 상관없었어. 그래서 거스에게 내가 에이미를 좋아하는 것을 알면서도 왜 그녀에게 데이트 신청을 했느냐고 물었더니 미리 수질검사를 한 건데 쨍하니 차갑더라나 뭐라나."

"나쁜 자식!"

한나는 아까보다 더 큰소리로 중얼거렸다.

"그것 또한 거스를 묘사하기 딱 좋은 표현이로군."

잭이 미소를 지어 보였다.

"물론 난 거스 말을 믿지 않았다네. 게다가 다음 날 에이미가 내게 먼저 데이트 신청을 해왔거든."

한나는 짝하고 손뼉을 쳤다.

"멋져요! 그래서 에이미와 사랑에 빠지고 결혼을 하신 거로군요."

"그렇지. 모든 게 빨리 진행된 것은 아니지만, 고등학교를 졸업한 후에 바로 결혼했어. 에이미는 음식 솜씨가 좋았다네. 그래서 우리 딸들도 그런 엄마를 닮은 것 같아. 집사람이 제일 잘 만드는 것이……, 이게 이름이 뭐라고 했지?"

"레드 벨벳 쿠키요."

"맞아. 레드 벨벳 쿠키. 사람들이 돈을 줄 테니까 구워달라고 부탁할 정도였지. 마지의 어머니도 재봉 봉사회에 가져갈 쿠키를 에이미에게 부탁했을 정도니까. 그런데 재봉 봉사회는 도대체 뭘 하는 단체지?"

한나는 눈을 껌뻑였다. 잭의 이야기에 너무 몰입해 있던 터라 갑작스러운 그의 질문이 당황스러웠던 것이다.

"모르겠어요. 재봉 봉사회에는 한 번도 가본 적이 없어서요. 아마 레이크 에덴 퀼트 클럽과 비슷한 일을 하지 않을까요?"

"그건 또 뭔가?"

"같이 모여 퀼트를 하면서 쿠키도 먹고, 커피도 마시는 거예요. 모임에 참석하지 않은 사람에 대해 이러쿵저러쿵 흉을 보기도 하구요."

잭은 머리를 뒤로 젖히며 호탕하게 웃음을 터뜨렸다. 그의 웃음에 한나도 덩달아 기분이 좋아졌다. 마지나 딸들과 함께 있지 않은 때의 그는 가족모임 내내 엄하고 무뚝뚝한 표정이었다.

"계속 이야기해 주세요, 잭." 한나가 재촉했다.

"나머지 이야기도 다해 주세요."

"그래야지. 흠……."

잭이 갑자기 말을 멈추더니 이내 그의 얼굴에 미소가 싹 사라져버리고 말았다.

"미안하네. 잊어버렸어, 마이 디어."

뜬금없는 다정 어린 호칭에 한나는 잠시 아리송해졌다. 하지만 이내 잭이 이름을 기억하지 못할 때에는 '마이 디어'라고 호칭한다는 이야기를 리사에게 들은 기억이 났다.

"괜찮아요."

한나는 그에게 따뜻하게 미소를 지어 보였다. 물론 실망감에 속이 쓰리긴 했지만, 내색하지 않았다. 그랬다가는 잭의 기분을 상하게 할 것이고, 그건 결코 현명한 처사가 아니었다. 대신 한나는 그가 좀 전까지 설명해 주었던 이야기들을 다시 되풀이해 들려주기로 했다.

"조금 전까지 에이미가 사람들에게 쿠키를 구워 주었던 이야기를 해 주셨었어요."

한나가 입을 열었다.

"그리고 마지의 어머니가 에이미에게 재봉 봉사회에 가져갈 쿠키를 부탁하셨었다고요?"

"맞았어! 왜 갑자기 잊어버렸는지 모르겠군. 어쨌든 에이미가 그래서 그걸 구웠지⋯⋯. 다시 이름이 뭐라고 했지?"

"레드 벨벳 쿠키요."

"그래. 재봉 봉사회에서 먹을 쿠키를 구웠어. 당시 차가 한 대밖에 없었기 때문에 그녀는 바로 쿠키 배달을 가기 위해 아침에 나를 직장까지 태워다 주었다네. 마침 장모님이 집에 와 계셨는데, 집에서 아기를 돌보아 주셨지⋯⋯. 그, 그⋯⋯."

"아이리스요?"

한나가 나섰다.

"맞아, 아이리스. 우리 딸, 아이리스."

잭의 음성에 사랑이 듬뿍 묻어나 한나는 괜히 가슴이 뭉클해졌다.

"그래서 에이미가 쿠키를 들고 마지의 어머니 집에 찾아갔는데, 가는 길에 거스를 우연히 만나게 되었지. 사실 그는 벌써 마을을 떠났어야 했어. 다들 전날 밤에 그가 마을을 떠났다고 알고 있었거든. 그런데 실상 그는 버스를 놓쳤던 거지. 그래서 캠프에 갈 다음 버스를 기다리는 중이었어."

잭이 말을 멈추더니 곧 혼란스러워했다.

"무슨 일이에요?" 한나가 물었다.

"말이 안 돼. 내가 잘못 기억하는 게 분명해. 당시 거스는 캠프 같은 델 가기엔 나이가 너무 많았지 않나. 나랑 동갑이었는데, 난 벌써 에이미와 결혼한 후였으니까. 그게……, 우리가 고등학교를 졸업하자마자 결혼했다고 얘기했던가?"

"네, 야구 캠프 이야기도 하셨던 것 같은데요."

잭이 또다시 기억을 잃기 전에 한나가 재빨리 나섰다.

"거스가 트리플 A 야구 훈련 캠프를 떠나지 않았었나요?"

그러자 잭의 얼굴에 환한 미소가 번졌다.

"맞았어! 그래서 그날 밤에 떠나기로 했는데, 버스를 놓치는 바람에 하루 더 마을에 있게 된 거지. 아마 포커 게임을 하느라 시간 가는 줄 몰랐을 거야. 자주 그랬으니까. 그런 훈련에 늦었으니 아마도……."

잭은 다시 말을 멈추고 혼란스러운 표정을 지었다.

"내가 어디까지 얘기했더라?"

"에이미가 마지의 어머니댁에 쿠키를 배달하러 갔다가 우연히 거스를 만났다는 얘기까지 하셨어요."

"아, 그랬지. 그런데 그걸 어떻게 알았지? 그게……, 자네는 거기 없었잖나, 안 그래?"

"에이미가 있었죠. 거스가 있었구요. 그래서 어떻게 되었나요?"

"인사를 건넸다더군. 집사람은 늘 예의가 발랐으니까. 그런 다음 마지의 어머니에게 쿠키를 줬다고 해. 그러고는 다시 나와 차를 몰고 집에 가려는데 시동이 걸리지 않더라는 거야. 그러자 마지의 어머니가 거스를 불러 차로 에이미를 집까지 데려다 주라고 했다더군."

한나는 또다시 끙 소리를 낼 뻔했다. 거스 같은 바람둥이와 단둘이 있게 되다니, 게다가 에이미는 한때 거스가 좋아했던 사람이 아니었나. 별로 좋은 느낌이 아니었다.

잭은 거기서 이야기를 더 전개하기가 괴로운 듯 커피를 한 모금 들이켰다. 하지만 한나는 사실을 알아야만 했다. 정말 아무에게도 이야기하지 않을 자신이 있었다.

"거스가 에이미를 집까지 데려다 주는 동안 무슨 일이 생긴 건가요?"

"집까지 데려다 주지 않았어."

잭은 불현듯 화가 치민 듯 눈썹을 추켜세웠다.

"자세히 말씀해 주실 수 있으세요. 절대 아무에게도 얘기하지 않을게요. 절 믿으셔도 돼요, 잭."

"그래, 마을 사람들 모두 그렇게 얘기하더군. 사실 난 아무것도 몰랐다네. 전혀 몰랐어. 거스가 레이크 에덴을 떠나던 날 밤 한바탕 싸움을 벌이기 전까지 에이미가 내게 이야기하지 않았거든."

"에이미가 뭐라고 하시던가요?"

한나가 손을 뻗어 잭의 손을 잡았다.

"거스가 자꾸 치근덕거려 그의 뺨을 때리고는 차에서 내려 집까지 4마일이나 되는 거리를 걸어왔지. 근데 집사람이 나한테 왜 그 얘길 안했는지 아나?"

"걱정하실까 봐서요?"

한나가 추측했다.

"아니, 내가 거스를 죽이고 평생 감옥에서 썩을까 봐 그랬다네. 집사람에게는 내가 필요했다고, 많이 사랑한다고 하더군. 그리고 아무 일도 없었기 때문에 별로 얘기하고 싶지 않았다는 거야."

잭은 말을 멈추더니 이내 눈을 깜빡여 눈물을 떨어뜨렸다. 그리고 잠시 후 다시 입을 열었다.

"그래서……, 그렇게 생각하나?"

"무슨 말씀이세요?"

"내가 거스를 죽였을 수도 있지. 그 근처를 지나고 있었거든. 맥이 방갈로에서 나를 봤다고 하더군."

한나의 눈이 휘둥그레졌다.

"어떻게 아셨어요?"

"맥이 말해줬어. 어째야 좋을지 모르겠다고 하면서 말일세. 경찰에는 얘기하지 않았지만, 한나에게는 얘기할 수밖에 없었다고 하더군."

한나는 뒤통수를 맞은 기분이었다. 맥은 잭에게 이 사실을 털어놓았다고 한나에게 전혀 귀띔해주지 않았다. 한나는 다시금 마음을 정돈하고는 다시 질문을 시작했다.

"그럼 파티가 끝난 후에 산책하러 나가셨던 기억은 나세요?"

그러자 잭이 고개를 저었다.

"집에서 하는 것처럼 똑같이 마지가 준 수면제를 먹고 같이 잠자리에 들었지. 하지만 잠자리가 바뀌면 잠이 잘 안 오긴 해. 그러니 산책하러 나갔을 수 있을 거야. 잠이 안 올 때는 늘 그렇게 하니까."

"그럼 그때 일이 기억나지 않으시는군요?"

잭은 두 눈을 감은 채 머리를 숙였다. 한참을 그대로 있던 그가 마침내 고개를 들고 한나를 똑바로 쳐다보았다.

"기억이 안 나는군." 그가 말했다.

"하지만 맥이 그렇게까지 이야기한 데에는 그럴만한 이유가 있겠지. 만약 내가 거스를 죽였다면 감옥에 가겠지?"

"잭은 아무도 죽이지 않았어요."

한나가 본능적으로 대답했다. 그러고는 상당한 숙고 끝에 다시 확신 어린 어조로 말했다.

"그러지 않으셨다는 건 제가 알아요."

잭은 고마워하는 듯했지만, 여전히 불안한 표정이었다.

"자네 말이 맞았으면 좋겠군. 어쨌든 거스가 에이미에 대한 거짓 소문을 퍼뜨리고 다니겠다고 협박하기 전까지는 그와 에이미 사이에 있었던 일에 대해 난 전혀 몰랐다네."

한나의 기억이 꿈틀거렸다. 이건 한나도 들은 이야기였다. 거스도 있고, 잭도 있었다. 댄스파티가 있던 날 밤이었다.

"돈을 빌려주지 않으면 마을 사람들에게 소문을 퍼뜨리겠다고 했지. 에이미가, 에이미가……, 차마 말하지 못하겠군."

"쿠키 배달한 날 오후에 거스와 바람을 피웠다구요?"

한나가 추측했다. 그러고는 문득 파티에서 잭과 거스가 나눴던 대화의 단편들이 떠올랐다.

"그래! 하지만 그건 약과였다네. 그보다 더 심한 건, 심한 건……, 미안하군. 잊어버렸어."

잭과 거스의 대화가 선명하게 기억난 한나는 하마터면 입을 떡 벌릴 뻔했다. 그때 거스는 이렇게 말했다. *근데 오늘 더 예쁜 아가씨를 만났어, 자네 큰딸, 아이리스.* 그러고는 또다시 이렇게 말했다. *자넬 전혀 닮지 않은 걸로 봐서는 제 엄마를 닮았나봐.*

"왜 그러나?"

잭이 염려스러운 얼굴로 물었다.

"이제 알았어요."

"무엇을?"

"잭이 거스와 왜 싸웠는지 말이에요. 거스가 아이리스를 자기 딸이라고 한 거죠?"

잭의 눈이 휘둥그레지더니 이내 주먹을 쥐었다.

"맞아! 바로 그렇게 얘기했어! 거짓말하지 말라고 했더니 비열하게 웃더군. 그러면서 돈을 주지 않으면 마을에 온통 소문을 내겠다고 했어!"

"그래서 주먹을 날리셨군요?"

"당연하지! 에이미를 두고 그런 거짓 소문을 퍼뜨리게 둘 수 없지 않나! 에이미는 내 아내야! 난 그를 때리고, 때리고, 또 때렸어. 기억나는 거라고는 병원에서 눈을 뜬 것뿐이지. 박사님이 얼굴에 찢어진 상처를 꿰매어 주셨더군. 그 상태 그대로 에이미가 봤다면 많이 놀랐을 테니까."

"그리고 그날 밤에 팀이 태어났구요."

즐거운 기억으로 잭의 머릿속을 환기시키고자 한나가 말했다.

"그래."

잭이 미소를 짓기 시작했다.

"나도 거기에 있었다네. 집사람 손을 계속 잡고 있었는데 박사님이 나가서 한 바퀴 바람을 쐬고 오라기에 나갔다 왔더니 우리 아들이 엄마 뱃속에서 나와 있었어. 우리 아들! 티미!"

이제 그만 잭을 현실로 되돌아오게 할 때였다. 거스와의 기억은 그에게 고통스러울 뿐이다.

"티미도 여기에 와 있어요. 아시죠."

"티미가 여기에 있다고?"

잭은 잠시 어리둥절하더니 이내 미소를 지었다.

"나도 알고 있네. 며느리랑 세 명의 손녀들이랑 같이 왔지. 그 커다란 집을 가지고……, 그걸 뭐라고 부르지?"

"모토홈이요."

"맞아. 커다란 모토홈을 피크닉 구역에 세워놓았더군. 가족모임 때문에 시카고에서 여기까지 직접 운전해서 왔다네."

"사실 지금 티미와 가족들은 아이리스와 마지, 다른 친척들과 함께 팬케이크 아침식사를 먹고 있을 거예요. 리사도 지금쯤 돌아왔을 것 같은데, 저와 함께 가보시겠어요?"

"좋은 생각이야. 나도 아침식사에 합류해야지. 쿠키를 너무 많이 먹어서 입맛을 잃었으면 안 될 텐데 걱정일세. 이걸 아까 뭐라고 부른다고 했지?"

"레드 벨벳 쿠키요."

"맞아. 에이미가 만들었던 것과 똑같아."

한나는 자리에서 일어나 의자를 뒤로 밀었다. 잭의 이야기를 듣고 나니 한나는 더욱 확신이 들었다. 잭의 결백을 밝히기 위해서는 한시바삐 진범을 잡아야 한다. 한나는 잭에게 손짓한 다음 그가 다가오자 그의 팔을 부축했다.

"말해보게……." 잭이 말했다.

"혹시 에이미가 레시피를 주었나?"

한나는 미소를 지었다.

"네, 에이미에게서 레시피를 받았어요."

한나가 대답했다. 뭐, 그렇다고 쳐도 무방하지 않은가.

"환상적인 팬케이크야!"

한나가 포크로 또 한 조각을 집으며 말했다.

"레시피가 어떻게 돼요, 팻시?"

"어느 요리책에나 다 나와 있는 흔한 레시피야. 특별히 넣은 건 하나도 없어."

"그래도 맛이 훨씬 좋은데요."

"아마 반죽을 오래 숙성시켜서 그럴 거야."

마지가 설명했다.

"하루 전에 만들어 놓고 비닐랩을 씌운 다음 밤새 냉장고에 넣어놓거든. 그러면 재료의 맛들이 서로 잘 섞이게 돼. 다음 날 아침에 굽기 전에 한 번 더 저어주기만 하면 끝나."

"내가 만든 것 봐요, 한나 이모."

한나의 다섯 살 난 조카가 기름종이 위에 얹은 팬케이크를 가리켰다.

"팻시 이모할머니가 만드는 거 도와줬어요."

그러자 팻시가 안드레아를 쳐다보았다.

"내가 이모할머니라고 불러도 된다고 했어. 괜찮지?"

"그럼요. 트레시에게는 그런 이모, 고모, 삼촌들이 무척 많은 걸요."

"가짜 이모, 삼촌들이에요."

트레시가 팻시에게 말했다.

"근데 한나 이모는 진짜예요. 왜냐하면 엄마랑 한나 이모는 자매니까요. 그리고 미셸 이모도 진짜예요. 근데 진짜 삼촌은 아무도 없어요. 가짜 노먼 삼촌과 마이크 삼촌, 허브 삼촌이 있지만요."

팻시가 아리송한 표정을 하자 한나가 나서서 화제를 돌렸다.

"정말 재미있게 생긴 팬케이크구나, 트레시. 보기만큼 맛도 좋을까?"

"그럴 걸요. 내가 먹은 팬케이크랑 똑같이 구운 거니까 맛도 똑같을 거예요."

"네가 먹은 건 맛있었어?"

안드레아가 물었다.

"진짜, 진짜 맛있었어. 먹어본 것 중 제일이야. 배가 안 부르면 하나 더 먹을 텐데. 그래도 이건 안 먹어."

트레시는 자신이 구운 팬케이크를 가리켰다.

"네가 구운 팬케이크를 안 먹는다고?"

미셸이 물었다.

그러자 트레시가 고개를 세차게 흔들었고, 그 바람에 높게 올려 묶은 트레시의 머리가 찰랑찰랑 아래위로 흔들렸다.

"이건 안 먹고 간직할 거야. 내가 처음 만든 거니까."

"하지만 음식은 그냥 두면 상해." 한나가 말했다.

"계속 간직할 수는 없어."

"아니에요, 그럴 거예요. 리사 이모가 해준다고 했어요. 내 팬케이크를 집에 갖고 가서……."

트레시가 말을 멈추고는 테이블 건너편에 있는 리사를 쳐다보았다.

"그 기계 이름이 뭐라고 했어요, 리사 이모?"

"탈수기. 과일이랑 채소에서 수분을 제거해서 더 오래 보관할 수 있도록 해줘."

"트레시의 팬케이크를 탈수시킨다고?"

미셸이 흥미롭다는 듯 물었다.

"안될 거 있나요? 일단 탈수를 시킨 다음 셸락(랙을 정제하여 얇게 굳힌 니스 등의 원료)을 발라서 굳힐 거예요. 분해되지 않도록."

그러자 허브가 의심스러운 표정으로 물었다.

"그게 가능할까?"

"지난번 크리스마스 때 쿠키단지에 장식했던 쿠키 장식들도 그렇게 해서 만들었어요. 그렇죠, 한나?"

"맞아. 작년에 그렇게 만든 쿠키 장식들로 카페를 꾸몄는데, 정말 예뻤어."

한나는 리사에게 윙크를 해보였다.

"물론 크리스마스트리에 달린 우리 공짜 쿠키 장식을 맛보느라 이를 다친 손님들을 치료하느라 노먼이 엄청 바빴지."

그러자 트레시의 눈이 휘둥그레졌다.

"정말이요?"

트레시가 물었다.

"아니, 장난친 거야. 하지만 정말 그렇게 만들 수 있어. 진짜 쿠키로 말이야."

"그럼 내 껀 진짜 팬케이크에요."

트레시가 리사를 향해 미소를 지었다.

"리사 이모가 팬케이크는 한 번도 해본 적이 없다고 했으니까, 내 팬케이크가 1호가 될 거예요."

"우리 리사라면 못할 게 없지."

잭이 트레시 쪽으로 몸을 숙여 살짝 안아주었다.

"이 멋진 팬케이크는 말려서 뭘 할 거니?"

"방 벽에 걸어 둘 거예요. 볼 때마다 오늘 얼마나 재미있었는지 기억하려구요."

"좋은 생각이구나. 그럼 고정할 게 필요하겠다."

"그게 뭐예요, 잭 삼촌?"

트레시가 물었다.

"잭 할아버지라고 부르는 게 어떠니? 삼촌이라기에는 내가 나이가 너무 많구나."

"알았어요." 트레시가 미소를 지었다.

"고정하는 게 뭐예요, 잭 할아버지?"

"물건을 움직이지 않게 하기 위해서 붙잡아 두는 걸 말하는 거란다. 근데 여기 카메라 들고 다니는 치과의사 선생님 못 봤니?"

"노먼은 여기 없어요." 한나가 말했다.

"잠깐 어디 다녀올 곳이 있어서. 내일 아침 즈음에 돌아올 거예요."

"안됐군. 도움이 필요했는데 말이야. 혹시 여기 카메라 가진 사람 없나?"

그때 리사가 허브를 가리켰다.

"허브가 디지털 카메라를 갖고 있어요, 아빠. 사진 찍고 싶으세요?"

"내가 아니라……."

잭이 손을 뻗어 트레시의 어깨를 감쌌다.

"……여기 우리 아기를 찍고 싶구나."

"트레시."

누가 나서기도 전에 트레시가 먼저 자기 이름을 알려 주었다.

"그래도 우리 아기라고 불러도 괜찮아요. 마음에 들어요. 이제 아무도 나 그렇게 안 불러주거든요."

"좋다니 다행이구나. 내가 또다시 네 이름을 잊어버린 것 같으니."

잭이 웃음을 터뜨렸고, 다른 사람들도 모두 웃음을 지었다.

한나는 이런 즐거운 시간으로 아까의 고통스러웠던 잭의 기억은 다시 모두 잊혔으면 좋겠다고 생각했다.

"그래, 허브……."

잭이 그를 올려다보았다.

"그럼 사진을 찍어주겠나. 그, 그……."

트레시가 고개를 숙여 잭의 귀에 뭔가를 속삭였다.

"맞아. 팬케이크 사신을 찍어 주겠어?"

잭이 마침내 질문을 마무리했다.

"그래야 팬케이크가 변하더라도 트레시가 사진이나마 간직할 수 있지."

"그럴게요." 허브가 대답했다.

"좋은 생각입니다, 장인어른."

"아침은 드셨어요, 잭 할아버지?"

"먹었지. 너는 어떠냐?"

"다 먹었어요. 팬케이크를 더 먹고 싶은데, 배불러서 못 먹겠어요. 디저트 먹으러 가게 갈래요?"

"디저트라고 했니?"

잭이 묻자 트레시가 고개를 끄덕였고, 잭은 웃음을 터뜨렸다.

"아침식사 후에는 보통 디저트를 먹지 않는단다."

"하지만 꼭 먹지 말아야 된다는 법은 없잖아요."

트레시가 자신 없는 표정으로 물었다.

"그렇죠?"

그러자 잭이 고개를 끄덕였다.

"그럼. 뭘 먹고 싶으니?"

"더블 아이스크림을 사서 슐츠 아줌마에게 갈라달라고 해요. 아줌마가 아이스크림 가르는 거 정말 잘해요. 한 번도 비뚤게 갈라진 적이 없어요."

"그거 맛있겠구나. 루트 비어(사르사파릴라 뿌리, 사사프라스 뿌리 등의 즙에 이스트를 넣어서 만든 음료) 아이스크림만 아니면 괜찮아. 난 루트 비어 아이스크림을 정말 싫어하거든."

"나도요. 아마 라임맛이 있을 거예요. 그거 진짜 맛있어요. 아니면 체리도 맛있구요. 사실 체리가 더 맛있어요."

트레시가 안드레아를 돌아보았다.

"잭 할아버지랑 같이 갔다 와도 돼요, 엄마?"

안드레아가 미소를 지었다.

"그렇게 해."

"마지, 당신은 어때요?"

잭이 마지를 돌아보았다.

"트레시랑 같이 가게에 다녀와도 괜찮겠어요?"

그러자 마지가 웃음을 터뜨렸다.

"그럼요. 전 어차피 여기를 정리해야 하니까요."

"금방 올게요. 우리 걱정은 하지 마세요."

트레시가 자리에서 일어나 잭의 손을 잡았다. 그러고는 같이 길을 따라 가게로 향했다.

"아침부터 아이스크림이라니!"

팻시가 자리에서 일어나며 살짝 웃음을 지었다.

"나도 슬슬 움직여야겠어. 11시에 수영대회 심사를 보기로 했거든. 심사위원석에서 떨어져 호수에 빠지면 안 될 텐데!"

그러자 안드레아가 웃음을 터뜨렸다.

"그렇게 멋진 의상을 입고 호수에 빠지다니, 안될 말이에요. 옷이 상하잖아요."

"고마워."

팻시가 입고 있는 밝은 초록색의 바지 정장을 내려다보았다.

"비단 걱정되는 게 옷 때문만은 아니야."

"팻시는 수영을 못하거든." 마지가 설명했다.

한나는 깜짝 놀랐다. 레이크 에덴의 학교에서는 학생들에게 필수로 물놀이 안전교육 프로그램을 시행하고 있었다. 또한 실내에 수영장을 만들어 초등학생 때부터 수영을 가르치고 있었는데, 그렇게 시작된 교육은 졸업반 때 인명 구조법을 배우는 것으로 끝을 맺었다.

"레이크 에덴에서 학교를 다니셨는데 수영을 못하신다고요?"

"그래, 연습을 하지 않아서가 아니야."

팻시가 부끄러운 미소를 지었다.

"마지에게 물어봐."

"아예 뜨지 못해." 마지가 말했다.

"물에 뜨지를 못하니, 당연히 수영도 할 수 없지. 발차기는 정말 잘하는데 머리를 오랫동안 물밖에 내놓고 있지는 못해."

"학교 다닐 때 수영장 구석에 붙어서 발차기 같은 것은 열심히 배웠어. 정말 잘했었고. 어떻게 수영해야 하는지는 알겠는데 막상 하려고 하면 잘되지 않았어. 발차기를 3~4번 정도만 하면 그냥 가라앉아 버린다니까."

"수영 선생님이 집까지 와서 부모님께 직접 설명해 주셨지."

마지가 말했다.

"밖에 놀러 나가다가 다시 들어와서 우리도 설명을 들었어. 그게 골밀도 때문이라나, 비중 때문이라나, 아니면 선천성 부력 부족 때문이라나, 뭐 세 가지 이유가 다 적용된다고 했던가."

"내가 아는 건 학교에 있는 모든 사람들이 나에게 수영을 가르치려 했지만, 결국 실패했다는 거야."

팻시가 말했다.

"우리는 초등학생 때 비슷한 옷을 입고 다녔거든."

마지가 말을 이었다.

"생긴 것도 비슷하고, 수영복도 분홍색으로 똑같은 것이어서 수영 선생님도 우리를 구분하지 못하셨어."

그러자 팻시가 살짝 웃음을 지었다.

"수영장 안에 들어가서 떠보라고 하기 전까지는 모르셨지. 마지는 떴지만, 난 돌처럼 가라앉았거든. 그래서 수영심사 나가는 게 이렇게 긴장이 되나 봐. 난 깊은 물이 정말 무섭거든. 그래서 맥한테 대신 심사를 맡아달라고 부탁해 봤었어. 그 사람은 조단 고등학교 때 수영선수였거든. 대회에서 상도 많이 탔고. 그런데 지금은 레드 소프트볼팀의 코치를 맡고 있어서 팀 훈련 중이라고 안 된다고 하더라구."

"제가 대신 할게요."

미셸이 제안했다.

"전 수영하는 거 좋아하니까 괜찮아요. 11시에 시작된다고 하셨죠?"

"맞아."

"그럼 언제 끝나요?"

"나이 제한 없이 참가자를 받았으니까 참가한 아이들만 100명이 넘어. 아마 2시간은 해야 할 거야."

미셸은 살짝 끙 소리를 냈다.

"어-오, 그럼 안 되겠는데요. 12시부터 2시까지 있을 퍼레이드 준비를 돕기로 했거든요. 그럼 팻시가 대신 퍼레이드에 나갈 아이들 꾸미는 일을 맡으실래요?"

"그거라면 할 수 있지. 나한테 딱 맞는 일이야. 난 애들을 좋아하거든. 근데 맥하고 나는 아이를 갖지 못해서 말이야. 맥은 전혀 신경 쓰지 않는 듯하지만 난 그래도 늘 엄마가 되고 싶었어."

"아마 아이가 있었더라면 좋은 엄마가 됐을 거야."

마지가 말했다.

"그럼 다른 두 사람은 어때?"

마지가 안드레아와 한나를 쳐다보았다.

"오늘 계획이 어떻게 되지?"

"피자집에 갈 거예요."

한나가 안드레아에게 손짓해 보이며 말했다.

"배가 고픈 거야? 설마! 아침으로 이렇게 팬케이크를 많이 먹었는데!"

"먹으러 가는 게 아니라."

안드레아가 한나의 계획을 눈치채고는 말했다.

"낚으러 가요."

"정보 말이야?"

미셸이 물었다.

"바로 그렇지." 한나가 대답했다.

"메리 조 쿠헨이 차 사고로 죽었는데, 그게 사실 거스의 잘못이었다고 생각하는 사람들이 많이 있는 것 같아서요."

마지가 음울한 표정을 지었다.

"우리도 그 얘기는 들었어. 거스는 자기가 운전하지 않았다고 했지만……."

"사실 그 애가 운전했을 수도 있었을 거야."

팻시가 한숨을 내쉬었다.

"그럼 그날 밤 사고가 거스 잘못이라고 생각한 버트가 그 애를 죽였을지도 모른다고 생각하는 거야?"

"가능성이죠."

안드레아가 대답했다.

"우선은 알리바이를 확인해야 할 것 같아요."

한나가 덧붙였다.

"월요일 새벽 1시에서 3시 사이에 어디에 있었는지 물어보려고요."

"그럼 트레시는 내가 데리고 있을게."

미셸이 약속했다.

"11시까지 못 오면 수영 대회장에 같이 데려갈게."

그러자 팻시가 겁에 질린 표정으로 말했다.

"오, 그건 안 돼! 아이가 물에 빠지기라도 하면 어쩌려고?"

"괜찮아요. 트레시는 수영할 줄 알거든요."

안드레아가 안심시켰다.

"사실, 유치부 대회에 참가신청을 해놓기도 했어요."

"그렇게 일찍 수영을 배웠다고?"

마지가 물었다.

"오, 네. 트레시가 유아원 다닐 때 재니스 콕스가 전체 반 아이들에게 수영을 가르쳤거든요. 그리고 올해는 유치원에 다니고 있으니 학교 수영장을 사용할 수 있었어요."

"그럼 응원을 가야겠는데."

마지가 약속했다.

"그럼 다녀오는 데 시간이 얼마나 걸릴 것 같아?"

팻시가 테이블에 놓인 접시들을 모으며 물었다.

"최대 1시간 정도요." 한나가 대답했다.

"그렇다면 다행이야."

팻시가 고개를 끄덕이며 말했다.

"수영대회 일정표를 봤는데, 유치부 대회가 마침 제일 마지막에 있더라구."

한나와 안드레아는 버타넬리 피자집의 주차장에 진입했다. 주차장은 한산하기 이를 데 없었다. 역시 레이크 에덴에서 피자는 아침 메뉴로 크게 사랑받지 못하는 듯했다.

한나는 출입문 근처에 트럭을 세웠고, 두 사람은 차에서 내렸다.

"어떻게 하면 좋을까?"

안드레아가 물었다.

"서둘러 해버리자. 근데 피자 먹겠어?"

출입문을 지나며 안드레아는 고민하는 듯했다. 그리고 두 사람은 마침내 메인 룸에 있는 부스를 찾았다.

"먹을래."

안드레아가 대답했다.

"하지만 소시지랑 페퍼로니랑 치즈만 넣은 것으로 먹을 테야."

"앤초비도 안 넣고?"

한나가 놀리며 물었다.

"오전에는 안 먹어. 아침부터 앤초비 먹는 건 좀 이상하잖아, 안 그래?"

그건 한나도 잘 알고 있었다. 아침에 앤초비는 오렌지 주스를 부은 콘플레이크만큼이나 이상했다. 예전에 친구가 집에 우유가 떨어지자 오렌지 주스로 콘플레이크를 먹는 것을 본 적이 있는데, 생각만큼 역하지는 않았지만, 그래도 이상한 것은 사실이었다.

"안녕하세요, 숙녀분들."

메인 룸 뒤쪽 부스에 자리하자마자 웨이트리스가 다가와 반갑게 인사를 건넸다.

"마실 것을 주문하시겠어요?"

"커피 주세요."

한나가 말했다. 그리고 거의 동시에 안드레아도 말했다.

"커피 부탁해요."

"커피 2잔 갖다 드릴게요."

다시 두 사람만 남게 되자 안드레아는 한나에게 몸을 가까이 숙이며 말했다.

"노먼은 도대체 어디에 간 거야? 혹시 내가 생각하는 거기 맞아?"

"어디를 생각하고 있는데."

"애틀랜틱시티?"

"그래."

"'무드 인디고'에 가보려고?"

"이번에도 맞았어. 뭔가 찾게 되면 핸드폰으로 연락 준다고 했어."

"그럼 핸드폰 가지고 온 거야?"

"그럼."

한나가 들고 온 커다란 백을 두드렸다.

"배터리도 충분히 충전시켰고?"

"응."

"그리고 전원도 켜놓았단 말이야?"

"응."

그때 웨이트리스가 커피 두 잔을 가져왔다.

"여기 있어요."

그러고는 두 사람 앞에 머그잔을 내려놓았다.

"고맙습니다."

이제 그만 버트를 찾아나서야 할 때였다.

"버트 안에 있나요?"

"아직 안 나오셨어요."

"엘리는요?"

이번에는 안드레아가 물었다.

"엘리도요. 두 분 다 일요일 밤에 잠을 제대로 못 주무셔서 지금쯤 주무시고 계실 거예요."

한나와 안드레아는 서로 시선을 주고받았다.

"일요일 밤에 무슨 일이 있었어요?"

안드레아가 물었다.

"주문서랑 잔금이 서로 일치하지 않아서 우리 모두 어디서 오류가 났는지 밤새 찾아야 했거든요."

한나는 웨이트리스의 답변 중에서 단어 하나를 끄집어냈다.

" '우리' 가 누구였는데요?"

한나가 물었다.

"버트, 엘리, 그리고 저요. 제가 수석 웨이트리스니까 저도 남아 있어야 했어요. 그렇게 한참을 확인하다가 결국 찾아냈죠."

"어디서 오류가 난 거였어요?"

안드레아가 물었다.

"신참 웨이트리스가 숫자 몇 개를 바꿔 쓰는 바람에 그렇게 된 거였어요. 단순한 실수인데도 나중 가면 이렇게 일이 커진다니까요."

"그럼 얼마나 늦게까지 있었어요?"

한나가 핵심적인 질문을 던졌다.

"새벽 2시 45분 정도까지요. 일요일에는 늘 자정에 문을 닫아요. 그리고 그걸 찾는 데 2시간 45분 정도 걸렸으니까요."

"그래도 발견하셨으니 다행이네요."

한나가 말했다. 그리고 속으로 덧붙였다. 덕분에 적어도 하나 이상의 사실을 발견했어.

"정말 그렇죠! 누군가 금전등록기에 손을 댄 게 아니라 다행이에요. 가끔 그런 일이 있곤 하거든요. 메뉴판 갖다 드릴까요? 아니면 그냥 주문하시겠어요?"

"중간 크기의 소시지 피자에 페퍼로니, 치즈 토핑으로 주문할게요."

안드레아가 알려준 대로 한나가 주문했다.

"그리고 버섯도요."

안드레아가 덧붙였다.

"그리고 블랙 올리브도요. 다른 토핑은 또 뭐가 있어요?"

그러자 웨이트리스가 주문서에서 고개를 들었다.

"양파랑 신선한 토마토, 앤초비는 어떠세요?"

"양파랑 토마토 좋아요." 한나가 대답했다.

"단, 앤초비는 빼 주세요."

한나가 안드레아에게 손짓했다.

"얘는 오전에 앤초비 먹는 거 별로 안 좋아하거든요."

"그럴 만 하죠!"

웨이트리스가 안드레아를 향해 씩 웃어 보였다. 그러고는 다시 주문서로 고개를 숙였다.

"소시지 피자 중간 크기에 토핑으로는 페퍼로니, 치즈, 버섯, 양파,

올리브, 그리고 토마토 선택하신 것 맞으시죠?"

"네, 맞아요."

한나가 대답했다.

"제가 숙녀분들께 팁 하나 드릴까요?"

한나가 미소를 지었다.

"환영이죠. 유용한 팁이라면 우리도 서비스에 대한 팁을 두둑이 드릴게요."

"오, 정말 유용한 팁이에요!"

웨이트리스가 말했다.

"지금 중간 크기의 소시지 피자에 6가지 토핑을 주문하셨잖아요. 각 토핑이 50센트이니까 3달러어치 토핑을 주문하신 것이죠, 맞죠?"

안드레아와 한나가 고개를 끄덕였다.

"그런데 중간 크기의 가비지 피자는 소시지 피자보다 1달러 50센트 더 비싼데, 모든 토핑이 다 포함된 가격이에요. 엔초비까지요. 잘 이해가 되시죠?"

"네, 이해가 되고 있어요."

한나가 미소를 지으며 대답했다.

"그럼 어떻게 하는 게 좋을까요?"

"가비지 피자를 주문하시고 엔초비는 빼달라고 하시면 어때요? 그렇게 하면 1달러 50센트가 절약돼요."

"정말 유용한 팁인데요!"

한나가 말했다.

"정말이에요."

안드레아가 밝은 표정으로 말했다.

"그럼, 우리가 절약한 돈의 두 배를 팁에 얹어 드리기로 할게요."

"우리가 이걸 다 먹어치우다니 믿을 수가 없어!"

한나가 텅 빈 피자 팬을 내려다보며 말했다.

"나도 마찬가지야. 우리 뱃속에 거지라도 든 거 아닐까."

"이제는 피자가 가득 들었겠지."

한나가 웃음을 터뜨리며 메인 룸을 둘러보았다. 룸은 점심을 먹으러 온 사람들로 가득…….

"왜 그래?"

한나의 웃음이 갑자기 멈추자 안드레아가 물었다.

"또다시 데자뷰야."

"재미있는 일이야."

안드레아가 대답했다. 하지만 이내 한나의 표정을 살피고는 얼굴을 찌푸렸다.

"도대체 무슨 일인데, 언니?"

"저번에 너랑 같이 여기 점심 먹으러 왔다가 마이크와 쇼우나 리가 같이 있는 걸 봤던 거 기억나?"

"기억하지. 언니가 화 많이 났었잖아."

"바로 그런 데자뷰를 말하는 거야."

안드레아는 아리송한 표정을 지었다.

"무슨 이야기를 하는 거야, 언니? 마이크가 쇼우나 리와 함께 또다시 여기에 왔을 리 없잖아. 그녀는 죽었다구!"

"그래. 이번에는 쇼우나 리가 아니라 다른 사람이야. 근데 똑같은 노란색의 딱 붙는 스웨터를 입고 같은 자리에 앉아 있어. 마치 데자뷰 같아."

안드레아가 고개를 돌려 한나의 시선이 닿는 곳을 쳐다보았다.

"스웨터가 아니라 실크야."

안드레아가 말했다.

"여기서도 확실히 보여. 누군지 몰라도 옷 입는 감각이 꽤 있는 걸."

"누군지 모르겠어?"

한나가 물었다.

"몰라. 뒤통수밖에 안 보이니까. 흠, 머리 모양도 예쁘네. 근데 누구인지 알아서 뭐하게. 이제 그만 쳐다봐. 너무 오래 쳐다보고 있잖아."

"뭐가 어때서? 어차피 우리 쪽에 등을 보이고 앉아 있잖아. 우리가 쳐다보는 것도 모를 거야."

"그건 모르는 일이지. 알고 있을지도 몰라."

"어떻게? 뒤통수에 눈이라도 달렸나?"

"물론 그건 아니지만, 육감 같은 게 있잖아."

"육감?"

"엘사 할머니처럼 말이야." 안드레아가 설명했다.

"교회에서 내가 할머니 옆에 앉았던 거 기억나?"

"기억나지."

"할머니는 종종 누군가 이쪽을 쳐다보고 있다고 귓속말을 해주었는데, 내가 고개를 돌려서 확인해 보면 정말로 그 사람이 우리를 쳐다보고 있었어. 할머니는 뒤통수에 사람들의 시선이 와 닿는 게 다 느껴진다고 하셨다구."

"그럼 마이크랑 같이 있는 저 여자가 우리의 시선을 느끼고 있을지도 모른단 말이야?"

그러자 안드레아가 어깨를 살짝 으쓱해 보였다.

"어쩌면."

"좋아. 그럼 쳐다보는 건 이제 그만하고, 직접 가서 누구인지 확인하자."

"하지만……."

안드레아는 망설이더니 이내 고개를 저었다.

"그건 별로 좋은 생각이 아닌 것 같아."

"왜? 우리 모두 다 큰 성인이라구."

"그래. 하지만 지금 언니 목소리는 무척 까칠해."

"그게 뭐가 어때서?"

"곧 한바탕 난리가 날 것 같단 말이지. 엄마가 베서니에게 사다 준 장난감 개구리 같아. 배를 한껏 부풀리고 있다가 훅하고 내뱉으면 온통 바닥을 돌아다니면서 시끄럽게 개굴개굴한다니까."

"그러니까 저 여자가 누구인지 직접 확인해 보겠다는 게 온통 난리 치고 다니는 꼴이란 말이야?"

안드레아는 잠시 생각하더니 이내 한숨을 내쉬었다.

"그래, 개굴개굴한다는 부분은 빼도록 해."

그쯤 되자 한나는 자꾸만 개구리 장난감과 자신의 모습이 중복된 상상이 되어 웃음을 참을 수가 없었다.

"쉿!"

그러자 안드레아가 한나를 조심시켰다.

"너무 크게 웃으면 사람들이 다 쳐다본단 말이야."

그 바람에 한나의 웃음은 더 커졌고, 결국 안드레아도 그 중독성을 이기지 못해 한나의 웃음에 동참했다. 두 사람은 그렇게 한참을 웃었다.

"로니 워드!"

불현듯 안드레아가 한나의 팔을 잡으며 말했다.

"뭐?"

한나가 여전히 웃음기 어린 목소리로 되물었다.

"마이크랑 같이 있는 여자, 로니 워드야. 우리 쪽으로 고개를 돌렸을 때 얼굴을 봤어."

순식간에 한나의 웃음과 미소가 잦아들었다.

"정말이야?"

안드레아가 헛것을 본 것이길 바라며 한나가 물었다.

"확실해. 언니, 괜찮아? 표정이 조금 이상해."

"나 지금 진짜 개구리로 변해가는 중이라서 그래."

안드레아가 염려스러운 얼굴로 물었다.

"그럼……, 죽고 싶을 정도로 질투가 난단 말이야?"

"죽고 싶은 게 아니라 죽이고 싶은 거지. 로니 워드를. 그래, 마이크도."

"진심이야?"

안드레아가 당혹스러운 얼굴로 물었다.

"진정해. 그 정도로 질투 나진 않았어. 그냥 장난친 거야."

그러자 안드레아가 안도의 한숨을 내쉬었다.

"잠깐이었지만, 난 언니가 진심으로 얘기하는 건 줄 알았어. 질투심은 충분히 사람을……, 007이 누구야?"

"뭐?"

"007이 누구 벨소리냐구."

"무슨 벨소리?"

"그건 나중에 설명해 줄게. 언니 핸드폰이 울리고 있어. 전화 온 사람 벨 소리가 007 제임스 본드 테마잖아."

"이게 어떻게 설정이 되어 있었는지 모르겠네."

한나는 백에서 핸드폰을 꺼내 받았다. 잠시 통화를 하더니 안드레아를 향해 말했다.

"노먼이야. 애틀랜틱시티에서 전화했대."

"어-오!"

"뭐가 '어-오' 야?"

"마이크가 이쪽으로 오고 있어. 일어나서 화장실로 피신해. 내가 마이크를 붙잡고 있을 테니 그동안 언니는 화장실에서 노먼이랑 통화를 하라구."

"버타넬리의 화장실에 있는 한나와 통화한다고 생각하니 기분이 좀 이상한데요."

노먼이 말했다.

"나도 그래요."

한나가 주변을 둘러보았다. 화장실은 깨끗했지만, 그래도 뭔가 대화를 나누기에 적당한 장소는 아니었다. 게다가 앉을 곳이라곤 양변기 한 곳밖에 없어 한나는 그 위에 걸터앉았다.

"거기 지금 몇 시에요?"

"오후 2시 정도 됐어요."

"지금 어디구요?"

"무드 인디고요."

한나는 깜짝 놀랐다.

"이 시간에 문을 열었어요?"

"이보다 더 일찍 열더군요. 엘리슨이 11시에 문을 열어 주었어요. 점심때도 손님들이 많다고 하더라고요."

"엘리슨이 누구예요?"

"엘리슨은……, 음, 클럽의 스타 배우예요."

"클럽 앞 게시판에 이름이 올라와 있는?"

"그렇죠."

노먼이 말을 잠시 멈추더니 다시 입을 열었다.

"잠깐만요, 한나. 다음 공연이 시작되려나 봐요. 주변이 시끄러워서 잘 안 들려요. 조용한 장소를 찾아볼게요."

노먼이 핸드폰의 전원을 끄지 않았는지 시끄러운 음악 소리와 관객들의 환호 소리가 들려왔다. 적당히 표현할 말은 생각나지 않지만, 마치 떠들썩한 파티에서나 들을 수 있는 소음 같았다.

"괜찮아요, 고마워요."

노먼이 누군가에게 말했다.

"음료 더 하시겠어요?"

여자 목소리가 들려왔다.

"아뇨, 오렌지 주스면 됐어요."

노먼의 대답과 함께 문이 닫히는 소리가 들리더니 시끄러웠던 음악 소리가 어느 정도 희미해졌다.

"미안해요, 한나."

노먼이 다시 입을 열었다.

"오늘 점심때 단체손님이 있어서요. 거리 공사를 하던 인부들이 오늘 월급날이라고 한꺼번에 몰려 왔어요."

"점심시간에 나이트클럽에 간단 말이에요?"

"네, 그렇죠. 단지……."

갑작스러운 음악 소리에 노먼의 목소리가 묻히고 말았고, 한나는 인상을 찌푸렸다.

"안 들려요!"

한나가 외쳤다.

"알아요. 다시 잠깐만요. 알았죠?"

음악 소리와 함께 다시금 노먼의 말소리가 들려왔다.

"고맙지만 샴페인은 제가 주문한 게 아닌데요."

여자 목소리가 들렸지만, 한나는 제대로 들을 수 없었다.

노먼의 웃음소리가 이어지는 것으로 봐서는 여자가 무언가 흥미로운 말을 한 듯했다.

"제안은 감사하지만, 전 괜찮아요. 지금 여자친구와 통화 중이라서요."

또다시 여자 목소리가 뭔가 웅얼거렸고, 노먼이 다시 웃음을 터뜨렸다. 그러고는 문이 닫히더니 다시 음악 소리가 희미해졌다.

"무슨 일이에요?" 한나가 물었다.

"엘리슨이 샴페인을 갖고 왔어요. 사무실에 찾아온 사람들에게는 그렇게 대접하라고 거스가 시킨 모양이에요."

"거스가 죽었다는 사실을 클럽 사람들도 알고 있어요?"

"아직이에요. 그리고 여기 클럽에서는 '거스'라고 불리지 않던데요."

"그렇다면 마지가 고용했던 사설탐정 말이 맞았네요. 정말 이름을 바꾼 모양이에요."

"맞아요. 그나마 무드 인디고에 대해 이야기하지 않았더라면 그의 흔적을 전혀 찾지 못했을 거예요."

"거기서는 뭐라고 부르는데요?"

한나가 물었다.

"그랜트 케네디요. 흥미로운 이름이죠?"

"정말 그러네요. 그럼 사장이 죽었다는 사실은 직원들에게 언제 말할 생각이에요?"

"엘리슨이 오늘 오후에 두 사람 아파트에 데려가 주기로 했으니까 그때 말할 작정이에요."

"엘리슨이 거스와 함께 산다구요?"

"네, 클럽에서 일하기 시작할 때부터 그랬다던데요."

"그럼 그게……?"

"3년 전이에요. 엘리슨은 정말 일 잘하는 직원이에요. 한나는 그런 거 좋아하는지 모르겠지만요."

"재즈 가수 안 좋아해요?"

잠시 침묵이 흐르더니 이윽고 노먼이 입을 열었다.

"엘리슨은 노래를 부르지 않아요."

노먼이 말했다.

"그럼 뭘 하는데요?"

"아……, 춤을 춰요."

"춤을 추는군요."

한나는 거스가 설명해준 무드 인디고의 모습과 노먼이 설명하는 클럽의 상반된 모습에 아리송해졌다.

거스는 무드 인디고가 화려하고 고급스러운 스케일의 클럽으로 돈 많은 고품격의 손님들만 찾아온다고 했었다. 하지만 공사장 인부들이 점심시간을 이용해 찾아올 정도면 그렇게 우아한 클럽은 아닌 듯하다!

이런 상반된 이미지에 한나는 거스가 설명해 주었던 모습들을 싹 잊고 노먼이 설명해 주는 그대로를 받아들이기로 했다. 무드 인디고는 공사장 인부들이 월급날 점심시간에 우르르 찾아가 댄서들이 춤을 추는 것을 구경하는…….

"게시판에 정확히 뭐라고 쓰여 있는 거예요?"

한나가 노먼에게 물었다.

"음……, 말했잖아요. 그녀 이름이 적혀 있다구. 엘리슨 원더랜드."

"오, 세상에!"

한나는 숨을 몰아쉬었다. 거스가 소유한 클럽이 정확히 어떤 성격의 클럽인지 이제야 이해가 갔다.

"그리고 다른 글귀는요?"

오랜 침묵이 흐르고 마침내 노먼이 한숨을 내쉬었다.

"좋아요. 말할게요. '전면 누드 관람 가능' 이라고 적혀 있어요."

"그럼 지금 스트립 클럽에 있는 거예요?"

"혹시 스트리퍼, 집시 로즈 리를 생각하고 있다면, 꼭 그런 건 아니에요. 무드 인디고는…… 음……, 그래도 사회적으로 용인될 만한 수준으로 영업하고 있어요."

한나는 참지 못하고 웃음을 터뜨렸다. 너무 웃는 바람에 이야기도 제대로 못 할 정도였나.

"뭐가 그렇게 재미있어요?"

노먼이 물었다.

"노먼이 스트립 클럽에서 샴페인을 마시는 걸 어머님이 아시면 뭐라고 하실지 궁금해서요."

"샴페인은 안 마셨어요."

한나는 또다시 웃음을 터뜨렸다. 갑자기 아까 안드레아가 이야기했던 장난감 개구리 이야기도 다시 생각나 웃음은 더 커졌다.

"어머니가 아시게 되면 무슨 일이 생길지 알려 줄까요?"

노먼이 매우 심각한 목소리로 말했다. 그의 음울한 목소리에 한나는 불현듯 웃음을 멈추었다.

"무슨 일이 생기는데요?"

한나가 물었다.

"레이크 에덴 사람들이 전부 알게 되더라도 병원 영업에는 큰 문제가 없을 거예요. 하지만 어머니는 큰 충격을 받으시겠죠. 너무 창피하고 당혹스러우니 얼른 레이크 에덴을 떠나 다른 곳으로 이사 가자고 하실 걸요. 그럼 한나의 어머님은 사업 동업자이자 친구를 잃게 되시겠죠.

뭔가 익숙한 이야기 아니에요, 한나?"

"그러네요."

한나가 대답했다. 이건 노먼이 이야기해준 시애틀 경찰의 보고서 사건과 비슷한 내용이고, 그가 왜 그것이 공개되는 것을 두려워하는지의 이유도 똑같았다.

"그럼 시애틀에 있었을 때도 스트립 클럽에 갔었어요?"

한나는 자신도 모르게 물었다.

"네, 골디가 뒤로 작은 부업을 하고 있었거든요."

"골디?"

"골디 록스. 사장이었죠."

한나는 이름들의 연관성을 깨닫기 시작했다.

엘리슨 원더랜드와 골디 록스. 다음은 뭐지? 캔디 케인? 베티 월? 헬렌 백? 로타 무브스? 그리고는 이내 스트립 클럽 사장이나 스트리퍼의 이름보다 더 중요한 무언가가 떠올랐다.

"근데 그 부업이 뭐였어요? 마약? 매춘?"

"숫자놀이였죠. 일종의 스포츠 도박 같은 거였어요. 불시 단속에 걸려 모두 체포되었죠."

"하지만 노먼은 금방 풀려났잖아요, 그랬죠?"

"네, 그래도 만취 상태에서 체포에 저항했다는 이유로 벌금형을 받았죠."

한나는 자신의 귀를 의심했다.

"노먼이요? 술 마시는 건 한 번도 못 봤는데!"

"그때는 마셨어요. 병원 인턴 1년 차였을 때인데, 금요일에 일이 끝나면 동료랑 우르르 몰려가서 술을 마셨죠. 골디의 가게가 한 블록 아래에 있었기 때문에 그곳에 자주 갔어요. 골디가 우리 병원 환자이기도 했고요."

"골디가 병원 환자였다고요?"

"그 이상이었죠. 클럽 아가씨들도 항상 병원에 데리고 와서 검진을 받게 했으니. 사람들은 그녀의 사업을 좀처럼 이해하지 못했지만, 그래도 좋은 사장이었어요. 그녀처럼 클럽에 소속된 스트리퍼들에게 의료비와 치과 진료비를 지원해 주는 사장은 흔치 않으니까요."

한나는 잠시 생각하더니 이내 노먼의 말에 수긍했다.

"정말 그러네요."

"어쨌든 그랬어요. 같이 잡혀갔던 동료는 경찰과 협상을 잘해 금방 풀려났지만, 난 그러지 못해서 밤새 구치소에 갇혀 있었죠."

"그럼 유죄 판결을 받은 거예요?" 한나가 물었다.

"벌금형을 받았는데 기록은 남았어요. 그날 골디의 가게에서 마신 더블 스카치가 내 마지막 술이 됐죠."

"그렇군요."

한나는 달리 뭐라고 대꾸해야 좋을지 몰랐다. 노먼이 만취 상태에서 경찰 체포에 격렬하게 저항까지 했다니, 정말 믿을 수 없는 이야기였다. 그건 평소 한나가 알고 있는 노먼의 모습이 아니었다.

한나는 그 사실을 좀처럼 믿을 수 없었지만, 노먼의 이야기를 있는 그대로 받아들이기로 했다. 과거의 노먼은 충분히 지금과 다른 사람이었을 수 있다.

"이제 내가 왜 이야기하고 싶어 하지 않았는지 이해하겠어요?"

노먼이 물었다.

"이해해요. 내가 노먼에게 실망할까 봐 겁이 난다고 했잖아요."

"그랬죠."

노먼이 심호흡을 하는 듯한 소리가 들렸다.

"이제 나에게 실망했어요?"

"네, 내가 알고 있던 완벽한 모습에 생채기가 났네요. 하지만 노먼에 대해 더 잘 알게 된 지금의 노먼의 모습이 더 마음에 들어요."

수화기 건너편은 음악 소리 외에 아무 소리도 들리지 않았다. 그러더니 이내 노먼이 킥킥거리기 시작했다.

"와우, 안심이 되네요! 흠이 있는 내가 더 마음에 든다니 믿을 수가 없어요."

"흠은 좋은 거예요." 한나가 말했다.

"나에게도 흠이 있는 걸요. 거의 대부분의 사람들이 저마다 흠을 갖고 있어요."

또다시 음악 소리가 크게 들려왔다. 거스의 사무실 문이 열린 듯했다. 그리고 잠시 후 다시 문이 닫히고 노먼이 돌아왔다.

"그만 가야겠어요, 한나. 엘리슨이 왔어요. 지금 아파트에 데려가 주겠대요."

"거스 소식도 전할 거예요?"

"네, 거스가 왜 레이크 에덴에 돌아왔는지에 대해서도 알고 있는 게 없는지 물어볼게요."

"좋아요. 평소 그에게 적대감을 갖고 있던 사람은 없었는지도 물어봐요."

"그럴게요. 아파트에서 나오자마자 다시 전화할게요. 사랑해요, 한나."

"사랑해요, 노먼."

한나는 자신도 모르게 대답해 버리고 말았다.

하지만 정말이었다. 거짓이 아니었다.

한나는 노먼을 사랑하고 있었다. 한 번에 두 사람을 한꺼번에 사랑할 수 있느냐고? 가능하다. 한나가 그 산 증인이었다.

한나는 전화를 끊고 자리에서 일어났다. 그리고 거울 앞을 지날 때 머리카락을 손으로 날려 한껏 부풀리고는 블라우스를 매만지며 아래로 잡아당겨 한나의 몸매 결점 중 하나인 부위를 가렸다. 그러고는 화장실 밖으로 나섰다.

"서둘러, 언니! 트레시의 시합이 막 시작되려고 해!"

안드레아가 모래사장을 가로질러 강변에 마련된 관객석에 털썩 주저 앉았다. 한나는 안드레아의 뒤를 따르며 마지막 피자 한 조각은 먹지 않는 것이 나았을 뻔했다고 후회했다.

두 사람이 막 자리에 앉고 나서 출발을 알리는 호각 소리가 들렸다.

"누가 트레시야?"

한나가 손으로 눈 위를 가리며 물었다.

"초록색 수영모를 쓰고 있어. 가운데 하얀색 꽃이 그려져 있는."

"지금 몇 등이야?"

"2등."

안드레아가 무척 자랑스러워하며 말했다. 그리고 잠시 후 안드레아 가 소리를 꽥 질렀다.

"트레시가……, 선두로 나왔어! 언니도 보여? 트레시가 방금 1등 하 던 남자애를 제쳤어!"

"보여!"

한나가 자리에서 벌떡 일어났다.

"점점 거리 차가 나고 있어. 점점……, 어어, 이겼어, 안드레아! 트레 시가 이겼다구! 방금 결승선을 지났어!"

"어머, 세상에! 역시나 잘할 줄 알았어!"

두 자매는 서로를 부둥켜안고 흥분하다 이내 다시 자리에 앉았다. 둘 다 입이 귀에 걸린 듯 미소를 짓고 있었다.

"고등학교에 들어가면 수영팀에 보내야겠어!"

한나가 탄성을 질렀다. 그러자 안드레아가 한바탕 웃음을 터뜨렸다. 너무 웃은 나머지 눈물까지 흘리고 있었다.

마침내 안드레아가 웃음을 멈추고는 한나를 쳐다보며 킥킥거렸다.

"무엇 때문에 그렇게 웃는 거야? 수영팀에 들어가면 잘할 거야. 빠르고, 승부욕도 있고……."

"이제 고작 여섯 살이야."

안드레아가 말했다.

"트레시는 지금 유치원에 다닌다구, 언니. 조단 고등학교 수영팀에 들어가려면 8년은 더 기다려야 해."

"그렇구나." 한나가 말했다.

"흠……, 그렇담 고등학교 수영팀의 손해지."

"나 하는 거 봤어요?"

트레시가 강변을 가로질러 달려오며 소리쳤다.

"봤지."

안드레아가 젖은 수영복 차림의 트레시를 덥석 안았다.

"정말 잘했어, 트레시."

한나가 칭찬해 주었다.

"제일 잘하더라."

"네. 캘빈 재노스키가 되게 빠르긴 했어요. 걔네 엄마가 걔가 진 건 귀에 염증이 있기 때문이라고 했는데 난 그 말 안 믿어요. 경기 전에 캘빈이랑 얘기했는데, 내 코를 납작하게 해주겠다고 뻐겼거든요."

트레시가 하던 말을 멈추고, 엄마와 이모를 쳐다보았다.

"남자들은 원래 다 그런 거죠?"

안드레아와 한나는 미소를 지었고, 한나가 대답해 주었다.

"아마 그럴걸. 하지만 그런 여자아이들도 많이 있단다."

"맞아요. 카렌은 너무 으스대고 다니면 결국 죽게 된다고 했어요."

"그건 그냥 우정 어린 충고란다, 허니."

안드레아가 트레시가 가져온 타월을 받아 트레시의 어깨를 감싸 주었다.

"음……, 어쩌면요."

"카렌은 아마 알이 부화하기도 전에 닭의 마릿수를 세지 말라는 이야기를 해주고 싶었을 거야."

"근데 왜요, 한나 이모?"

"뭐가?"

"왜 달걀 낳기 전에는 숫자를 세면 안 돼요? 셀 수 있잖아요. 작년에 우리 반 전부 달걀 월드에 간 적이 있었는데, 거기에 있던 달걀 아줌마가 어떤 달걀에서 병아리가 나올지 알 수 있는 방법을 가르쳐줬거든요."

"정말이니?"

한나는 혼란스러웠다. 유치원에서 그런 것도 가르치는 줄 미처 몰랐다.

"어떻게?"

안드레아가 물었다.

"오, 달걀을 기계에 넣으면 모니터에 새끼 병아리 모습이 보여. 그럼 그걸 셀 수 있어. 몇 마리가 태어날지 미리 알 수 있다구."

"흠."

한나는 잠시 할 말을 잃었다.

"그럴 수 있겠구나."

"달걀 아줌마한테 다른 방법도 있느냐고 물어봤어요. 할아버지랑 할머니네는 그런 기계가 없으니까요."

"그랬더니 뭐라든?"

한나가 물었다.

"그럼 암탉을 수탉 가까이 놓지 말래요. 그럼 달걀을 하나도 낳지 않을 거라구."

한나는 안드레아와 시선을 주고받았다. 달걀 아줌마라는 사람의 다분히 개인적인 의견에서 이제 그만 화제를 돌려야 할 때라는 생각이 동시에 든 것이다.

"그래, 허니……."

안드레아가 뭔가 더 흥미로운 화제로 트레시의 주의를 돌리려 입을 열었지만 이내 말문이 막히고 말았다.

"엄마랑 이모는 이제 우리 트레시가 뭘 하고 싶은지가 궁금한데?"

한나가 대신 나섰다.

"수영복 갈아입고 잭 할아버지한테 가야 해요. 내가 이기면 포도맛 아이스크림 사준다고 했거든요. 같이 나눠 먹기로 했어요."

"그럼 할아버지 방갈로에서 옷 갈아입을래?"

안드레아가 물었다.

"아니, 내 옷은 여자 탈의실에 있어. 여기서 기다리면 나 갈아입고 올게."

트레시가 팔랑팔랑 뛰어가더니 다시 두 사람에게로 돌아왔다.

"잊어버렸는데요." 트레시가 말했다.

"슐츠 아줌마가 한나 이모한테 메시지 전하랬어요. 점심식사 마치면 아줌마 만나러 들리라고 하던데요."

"무슨 일 때문이지?"

트레시가 다시 탈의실로 달려가자 안드레아가 물었다.

"나도 모르겠어. 트레시에게 중요한 일이라고 했다니까 정말 중요한 일이겠지. 난 그럼 슐츠 부인에게 가볼게. 이따 만나."

다들 '게임데이'에 참가하는 중이라 에덴 호수 상점은 텅 비었다. 한 나가 문을 열자 손님이 온 것을 알려 주는 종소리가 울렸다.

"에바?"

한나가 에바의 이름을 불렀다. 그러자 에바가 행주에 손을 닦으며 뒤 편 살림집에서 모습을 보였다.

"미안해. 당분간 손님이 없을 것 같아서 점심때 먹은 접시들을 닦고 있었어."

"트레시한테 얘기 들었어요. 절 만나고 싶다고 하셨다면서요."

"그래, 살인사건 때문에, 한나. 사실 말하고 싶지 않았는데, 가만히 생각해 보니 내가 조용히 입 다물고 있다가 죄 없는 사람이 곤란을 겪게 되면 큰일이다 싶어서……."

에바의 음성이 떨리는가 싶더니 이내 한숨을 푹 내쉬었다.

"잭의 짓이 아니야, 한나. 그가 그랬을 리 없어. 우린 고등학교를 함께 다녔는데, 친구 중에서 제일 점잖고, 친절하고, 착한……, 나 지금 옛친구를 배신한 기분이 들어서 너무 힘들어!"

"무슨 일인지 허심탄회하게 털어놓아 보세요."

한나가 부드럽게 말했다.

"전 경찰이 아니잖아요. 들어보고 별일 아닌 것 같으면 경찰에게 이 야기하지 않아도 될 거예요."

"정말? 잭이 곤경에 처하는 건 절대 바라지 않아."

"그럼요. 말해 봐요, 에바."

"거스가 살해당하던 날 밤, 내 행적은 전에 한나에게 얘기했던 대로야. 거스가 파빌리온으로 가고 난 뒤 난 잠자리에 들 준비를 했고, 곧 이불을 덮는데 가게 정문 쪽에서 차임벨 소리가 들렸어."

"손님이 온 거예요?"

"그래, 누군가 차가 고장 났거나 급하게 기름이 떨어졌을 때를 대비해서 언제든 손님을 맞을 수 있도록 아버지가 문에 달아놓으신 거지. 20년간 한 번도 울린 적이 없었는데, 여전히 작동하더라고. 난 서둘러 가운을 입고 가게로 나가 보았지."

"그리고요……?"

"잭이었어. 잭 허먼. 불안한 표정으로 밖에 서 있더군. 그래서 문을 열고 안으로 들어오라고 했다. 잭의 병은 잘 알고 있었기 때문에 몽유병 같은 것일 거라고 생각했어. 그래서 다시 방갈로에 데려다 주고 마지에게 알려야겠다고 생각했지."

"그래서요?"

"몽유병은 아니었어. 지극히 정상이었거든. 늦은 시간인 줄 알지만 가게에 불이 켜져 있는 것을 보고 마지에게 갖다 줄 돼지 족발 피클을 사러 왔다는 거야."

"그래서 뭐라고 하셨어요……?"

"괜찮다고 했지. 그런데 무엇 때문에 한밤중에 돼지 족발 피클을 사려 하느냐고 물었어. 마지가 아침식사로 그걸 먹고 싶다고 한 것도 아닐 테고?"

"그러니까요?"

"당연히 아침식사로 먹을 것은 아니라고 하면서 내일은 가족사진이다 뭐다 바쁠 테니까 미리 사두려 하는 거라고 하더라구."

"그럼 돈도 지불하셨고요?"

"오, 그럼. 잭은 항상 그때그때 돈을 내지. 에이미 생전에 살림이 어려웠을 때도 한 번도 외상을 한 적이 없었어."

"그렇군요. 알려 주셔서 고마워요, 에바."

상점 문을 나서며 한나는 무척 씁쓸한 기분이었다. 잭을 보았다는 맥의 이야기가 거짓일 거라고 생각했는데, 거스가 살해당하던 시점에 잭이 그 근처에 있었다는 것이 더욱 확실해지지 않았나.

"한나!"

안드레아가 아직 있는지 확인해 보러 톰슨의 방갈로 주방에 들른 한나를 팻시가 반갑게 맞아 주었다.

"계속 찾고 있었어."

"그러셨어요."

한나는 30인분의 커피 물이 들어가는 대형 주전자에서 커피를 따랐다.

팻시는 주위를 두리번거렸다. 주방은 한 무리의 여자들이 주전자와 팬을 씻어 식기세척기에 넣느라 분주했다. 팻시는 한나에게 따라오라고 손짓한 뒤 아무도 없는 거실로 나가 소파에 앉았다.

"마지가 방금 맥이 어젯밤에 한나에게 해주었다는 이야기를 해줬어. 설마 잭의 짓이라고 생각하는 건 아니겠지, 그렇지?"

한나는 망설였다. 에바의 이야기가 맥의 증언을 뒷받침해 주고 있었지만, 한나 역시 잭이 살인범이라고는 좀처럼 믿어지지 않았다.

"아뇨, 아니, 적어도 잭이 그랬다고는 믿고 싶지 않아요. 그와 이야기해 봤는데, 거스를 만난 일을 기억하지 못하던 걸요."

"과연 그걸 기억할 수 있을까?"

팻시가 음울한 표정으로 물었다.

"모르겠어요. 하지만 기억한다고 해도 그게 사건을 해결해줄 수 있을 것 같지는 않아요."

"내 생각도 그래."

팻시의 얼굴에 성난 표정이 스쳐 지나갔다.

"맥이 한나와 리사에게 그런 이야기를 하다니, 좀 화가 났어. 두 사람 여전히 좋은 친구사이라고 생각했는데, 진정한 친구라면 산책길에 잭을 만났다고 해도 그런 이야기를 하면 안 되는 거잖아."

"잠깐만요."

한나의 머릿속에 빨간 경고등이 켜졌다.

"맥이 산책하다가 잭을 만났다구요?"

"그래, 맥은 매일 밤 잠들기 전에 산책하거든. 혈액순환에 산책이 좋다고 의사가 권고했어. 산책을 안 하고 잠자리에 들면 한밤중에 근육에 경련을 일으키곤 하지."

맥에게서 들은 이야기와 지금 팻시가 하고 있는 이야기가 서로 다르다. 한나는 혼란스러웠다.

"좀 혼란스러운데, 이상한 게 있어요. 맥은 방갈로 창문 밖으로 잭을 봤다고 했거든요."

"그랬어?"

팻시가 깜짝 놀라며 물었다.

"잭이 어디 있었다고 말했는데?"

"길 위쪽으로 걸어가고 있었다고 했어요. 파빌리온 쪽으로 올라가 그 주변으로 사라졌다고요. 출입구 쪽으로 간 것 같다고 했는데, 잭이 안으로 들어가는 건 직접 보지 못했다면서."

"그럴 리 없어!"

팻시는 다시 한 번 깜짝 놀라며 말했다.

"무슨 말씀이세요?"

"맥이 파빌리온 쪽으로 올라가는 잭을 봤을 리 없다구. 그 길가에는 커다란 소나무가 있거든. 우리 방갈로 주방 창문에서는 그 길목이 나무에 가려 보이지 않아. 맥은 산책길에 잭을 만난 거야. 그게 확실해."

"이해가 안 돼요." 한나는 머릿속이 복잡해졌다.

"맥이 왜 산책하러 나갔단 이야기를 숨긴 걸까요?"

팻시는 고개를 저었다.

"오, 그거야 간단하지. 한밤중에 밖을 돌아다녔다고 하면 경찰한테 무수하게 심문을 받을 게 뻔하니까. 그리고 산책하다 잭을 만났다고 이야기하면 경찰은 맥이 돈 때문에 파빌리온에 가 거스를 죽였다고 생각했을 거야."

한나는 마치 뜨개질을 마치지 못한 스웨터의 실이 다시금 풀려나가는 듯한 기분이었다. 맞아떨어지는 것이 아무것도 없었다.

"무슨 돈이요?" 한나가 물었다.

"전에도 얘기했잖아. 내가 거스에게 빌려준 돈 말이야. 맥은 계속 거스에게 이자까지 쳐서 갚으라고 해야 한다고 고집을 부렸거든."

"그럼 정말 그렇게 했단 말이에요?"

"설마! 그건 우리가 결혼하기 전에 내가 빌려준 돈이야. 도박 때문에 빚을 지고 있던 동생에게 도움이 될까 해서 빌려준 돈이었다고. 빌려주면서도 그 애에게 도박을 그만둘 수 있다면 돈을 갚지 않아도 좋다고 했어."

"그래서 도박을 그만뒀나요?"

"잠시 동안은 그랬지. 하지만 그 버릇이 어디 가겠어? 습관에서 좀처럼 헤어나오지 못하는 사람들이 있게 마련인데, 거스도 그랬어. 하지만 그렇다고 해서 맥에게 내 돈을 돌려달라고 말할 권리는 없어. 맥에게도 분명히 그렇게 얘기해뒀어. 처음부터 그가 상관할 일이 아니었던 거야.

아마 돈을 돌려받았다고 해도 주식 투기로 다 날렸을걸."

"맥이 주식 투자를 해요?"

"투자가 아니야. 투자는 적어도 돈을 벌 가능성이나 있지. 맥은 투기를 했고, 대부분 잃었어. 우리가 결혼할 때부터 그랬지. 아직까지 투기로 돈을 번 적이 한 번도 없었다니까!"

한나는 이제 본론으로 들어가야 할 때라고 생각했다. 맥의 투기 이야기에 너무 집중해 팻시의 기분을 상하게 해봤자 도움될 것이 없었다.

"그럼 경찰에게 의심받을 게 싫어서 산책하러 나갔던 사실을 숨긴 거란 말이죠?"

"그렇지. 내가 빌려준 돈과 맥이 그걸 돌려받으려 했던 사실까지 경찰에서 알게 되면 일이 더욱 커질 거야. 그래서 나보고도 경찰에 거짓말을 해달라고 했어. 밤새 같이 집에 있었다고 해달라고 말이야."

"하지만 그건 사실이 아니군요."

"그래."

"그럼 거짓말을 해달라고 부탁했을 때 뭐라고 하셨어요?"

"경찰이 직접적으로 물어보면 그럴 수 없다고 했어. 거짓말을 하면 안 되는 거잖아. 내가 나서서 사실을 말하지는 않겠지만, 누군가 물어보면 사실대로 말하게 될 거라고 했지."

한나는 잠시 아무 말이 없었다. 새로 알게 된 정보를 머릿속으로 분주히 정리하는 중이었다.

"알리바이를 제공해 주지 않겠다고 하니까 맥이 화를 내던가요?"

"그런 것 같지는 않았어."

팻시가 어깨를 살짝 으쓱해 보였다.

"내 기분을 충분히 이해할 수 있을 것 같다고 했거든. 그저 경찰이 성가시게 굴지 않기를 바랄 뿐이라고 말이야."

"그렇게 잘 받아들이고 넘어갔단 말이에요?"

한나는 깜짝 놀랐다.

"엄청 화를 냈을 줄 알았는데."

"물론 맥은 속은 부글부글 끓더라도 겉으로는 미소를 짓는 사람이지. 이만큼을 부부로 지냈는데 그 정도쯤은 안다구."

톰슨의 방갈로에서 나와 리사와 허브가 육지 경기를 위해 마련해 놓은 게임 장소로 걸어가는데 또다시 제임스 본드 테마 음악이 들려왔다. 처음에 한나는 누군가의 라디오에서 나는 소리인 줄 알고. 무시했다가 이내 한나의 가방에서 나는 소리라는 것을 깨달았다.

노먼의 전화다.

한나는 황급히 핸드폰을 꺼내어 받았다.

"로드, 노먼 로드인가요?"

한나가 제임스 본드의 목소리를 흉내냈다.

"한나! 내 벨 소리를 이제 아는군요."

"그럼요. 노먼의 벨소리만 다르잖아요. 다른 전화는 일반 전화기 소리랑 똑같은데 왜 노먼의 전화만 다른 거죠?"

"내가 애틀랜틱시티로 오기 전에 일부러 설정해놓은 거예요. 특정한 사람에게 원하는 벨 소리를 얼마든지 한나가 지정할 수 있어요. 그럼 벨 소리만 들어도 누구인지 딱 알 수 있잖아요. 마을에 돌아가면 내가 설정해 줄게요."

"그럼 내일 아침에 돌아오는 거예요?"

노먼의 일정이 더 늦어지지 않았으면 하는 마음에 한나가 물어보았다.

"오늘 밤 늦게 돌아갈 수 있을 것 같아요. 지금 공항에 있어요. 25분

후에 비행기가 떠날 거예요. 그럼 9시 조금 넘으면 도착하겠죠."

"거기 시간으로요, 아님 여기 시간으로요?"

한나가 물었다. 마치 여행가가 된 기분이었다.

"레이크 에덴 시간으로요. 도착하면 바로 한나의 아파트로 갈까요?"

"좋아요! 내가 아직 집에 오지 않았으면 아래층 수나 필에게 열쇠를 받아서 안에 들어가 있어요."

한나가 말했다. 그러고는 너무 그를 기다리는 티를 냈나 걱정스러워졌다.

"그러니까……, 필요하다면요."

"그럴게요. 이제 엘리슨에게서 들은 이야기를 해줄게요."

한나는 길 끝에서 오른쪽으로 돌아 피크닉 장소로 들어갔다. 점심때가 오래전에 끝났기 때문에 주변에는 아무도 없었다. 한나는 나무 그늘에 놓인 피크닉 테이블 앞에 앉았다.

"좋아요, 얘기해 봐요."

한나가 말했다.

"안전하지도 않고." 노먼이 말했다.

"값비싼 곳도 아니었어요. 아파트 말이에요. 지역은 괜찮았지만, 거스가 자랑했던 펜트하우스는 아니었어요."

"그럼 전부 거짓말이었단 말이에요?"

"네, 마사지와 매니큐어 서비스는 물론 별 네 개짜리 레스토랑에서 마련해 주는 저녁 파티 등등 전부 거짓말이었어요. 무드 인디고가 그럭저럭 유지가 되고 있어서 생활비며 사업은 지속해나갈 수 있었지만, 딱 그뿐이었어요."

"재규어는요?"

"빌린 거예요. 엘리슨 말이 거스가 떠날 때는 신용카드 한 장뿐이었는데, 그것도 어제부로 정지가 되었대요. 우편으로 공지를 받았다더군요. 그보다 더 심한 건 몇 달 전에 흉포한 사채업자들에게서 돈을 빌렸는데, 그 돈에 지금 어마어마한 이자가 붙었다는 거예요. 잘 듣고 있어요?"

"오, 그럼요."

한나는 거스에게 묘한 연민을 느꼈다.

"그 사채업자들이 거스가 떠나기 전에 무드 인디고에 왔었대요. 급한 대로 거스가 금전등록기에서 돈을 꺼내 주었지만, 이번 주말까지 나머지 돈을 갚지 못하면 알아서 하라고 협박을 했다는군요."

"어-오!"

"맞아요. 그날 밤 클럽 문을 닫으면서 거스가 무척 걱정했대요. 그래서 녹화해둔 프로그램 몇 개를 보여주며 기분 전환을 시켜주려 했다는군요. 그중 하나가 세계를 돌아다니며 값진 골동품들을 감정해 주는 골동품 감정사에 관한 이야기였다고 해요."

"그 프로그램 나도 알아요. 엄마가 제일 좋아하는 프로그램이거든요."

"그렇게 둘이 같이 프로그램을 보고 있는데, 갑자기 거스가 벌떡 일어나더니 가장 좋은 옷으로만 골라 짐을 싸더래요. 엘리슨에게는 옛 고향 마을에 다녀오겠다고, 거기에 돈이 될만한 것이 있다고 했대요."

"그게 뭔데요?"

"엘리슨에게는 말하지 않았다는군요. 아마 텔레비전에 나온 골동품을 보다가 생각이 난 것 같더라는데요."

"무슨 골동품이요?"

한나가 논리정연하게 질문을 던졌다.

"엘리슨도 그날 밤은 너무 피곤해서 금방 잠이 들었기 때문에, 확실히는 모른다는데, 검은색 테디베어와 유명한 사진 작품, 그리고 야구카드 같은 것들이었대요."

한나는 가방에서 수첩을 꺼내 펜을 끼적이기 시작했다.

"좋아요." 한나가 말했다.

"검은색 테디베어와 유명한 사진 작품, 그리고 야구카드에 대해서 다룬 골동품 프로그램. 엄마와 로드 부인에게 같은 프로그램을 보셨는지 여쭤봐야겠어요."

"좋은 생각이에요. 점점 해결이 가까워지는 것 같아요, 한나."

"그러게요."

아직 확신할 수 없는 일이었지만 한나도 맞장구를 쳤다.

"정말 수고가 많았어요, 노먼."

"고마워요. 무슨 일이 생기면 마이크에게 전화해서 보호 요청하겠다고 약속한 거……, 잊지 않았죠?"

"알았어요."

한나는 노먼과의 두 가지 약속을 떠올리며 대답했다. 두 개 모두를 어길 경우에 그 응보는 과연 얼마만큼이 될까.

한나는 무리 끝에서 애스컷(영국 잉글랜드 버크셔카운티에 있는 마을)의 여왕처럼 자리한 엄마를 발견했다. 엄마는 초록색의 애디론댁 접는 의자에 마치 사감 선생님처럼 꼿꼿하게 앉아 있었는데, 붉은색 새시 끈으로 허리를 묶은 하얀색 시폰 드레스를 입고 있었다. 그리고 뜨거운 햇볕 때문인지, 아니면 의상의 구색을 갖추기 위해서인지 붉은색의 시폰 끈이 묶인 챙 넓은 흰색 모자를 쓰고 있었다.

시폰 끈은 빨간색과 하얀색의 꽃으로 장식되어 있었는데, 엄마에게 다가가며 한나는 미소를 지었다. 레이크 에덴에서 이런 시골틱한 모자를 당당하게 쓰고 다닐 사람은 엄마밖에 없었다.

"안녕, 엄마."

한나는 엄마 옆의 빈 의자에 앉아 로드 부인에게로 고개를 돌렸다.

"안녕하세요, 로드 부인. 두 분께 여쭤볼 것이 있어요."

"우선 너에게 알려줄 것이 있다."

목소리가 들릴 만한 거리에 아무도 없었는데도 엄마가 몸을 바짝 숙이며 말했다.

"오늘 아침에 캐리랑 같이 호텔에 가서 거스의 신용카드에 대해 물어봤단다."

"계산이 잘 됐다던데."

캐리가 이야기를 받아 이었다.

"미네소타 주 밖에서 온 손님들 신용카드는 항상 그 자리에서 확인한대."

"샐리가 신속하게 확인해서 다행이네요."

한나가 말했다.

"며칠 더 기다렸다면 브런치 값을 지불받지 못했을 거예요."

"그럼 신용카드가 정지된 게냐?"

엄마가 물었다.

"네, 그런데 두 분 텔레비전에서 하는 앤티크 프로그램 보시죠?"

그러자 엄마가 고개를 끄덕였다.

"매주 챙겨보지. 스탠이 적법한 사업비용으로 공제받을 수 있다고 해서 항상 라이브로 시청한단다. 그런 다음에 그래니의 앤티크 계좌로 전체 시즌 물건을 주문하지. 앤티크 가게를 운영하고 있으니 그 정도 준비쯤은 해야 하지 않겠느냐."

"그러네요." 한나가 대답했다.

"그럼 지난주에도 보셨어요?"

그러자 로드 부인이 웃음을 터뜨렸다.

"당연히 봤지. 한 편도 놓치지 않고 보는 걸."

"그게 아마 검은색 슈타이프(독일의 봉제완구 전문 제조업체인 슈타이프사의 상품명) 곰 인형에 관한 거였지, 캐리?" 엄마가 물었다.

"그래, 그리고 진짜 다이아몬드와 루비가 장식된 하트 모양의 보석 상자도 나왔었지. 안셀 애덤스(미국의 사진작가로 풍경 사진의 제일인자)의 서명이 들어가 있었잖아."

"왜 그걸 여쭤보느냐면요."

한나가 입을 열어 노먼이 애틀랜틱시티에서 알아낸 사실들을 털어놓았다. 당연히 무드 인디고의 실체에 대해서는 말하지 않았다. 그냥 거스가 설명한 것처럼 고급스럽고 우아한 나이트클럽은 아니었다고만 설명했을 뿐이었다. 한나의 버전에 의해 무드 인디고는 단지 싸구려 바로, 엘리슨은 거스의 매니저로 포장되었다.

"그래서 그 프로그램에서 어떤 내용을 방영했는지 여쭤보는 거예요."

한나가 이야기를 이어나갔다.

"거스 매니저 말이 같이 프로그램을 봤대요. 그러고는 고향에 돈이 될만한 것이 있다며 갑자기 레이크 에덴에 가겠다고 했다는 거예요."

"그걸 우리 노먼이 전부 알아낸 거야?"

로드 부인이 뿌듯한 표정으로 물었다.

"네, 그래요." 한나가 말했다.

"사설탐정 사무실을 차려도 될 것 같아요. 정말 실력 있어요."

"그런 말은 하지도 말 거라!"

엄마가 경고했다.

"노먼이 밤낮없이 위험스러운 범죄자들을 쫓아다니면 네가 얼마나 걱정이 많이 되겠느냐."

"그래, 맞아." 로드 부인도 고개를 끄덕였다.

"미처 그런 생각을 못했네."

한나는 당신 딸이 그 위험한 범죄자들을 쫓는 중이라는 사실을 엄마가 상기하기 전에 서둘러 이야기를 마무리 지어야겠다고 생각했다.

"어쨌든 거스는 여기에 남겨둔 값나가는 무엇을 가지러 마을에 온 거예요. 사실 마을에 오자마자 자기 물건들부터 챙겼잖아요. 댄스파티가 있던 날 밤에 리사의 다락방에 있던 트렁크 이야기를 하면서 어린 시절의 보물들에 대해서도 이야기했어요. 테디 베어와 고등학교 때 쓰던 야구 방망이를 가져간다고 하면서요."

"그럼 아마 그 곰 인형이 슈타이프사 것이었는지도 모르겠는 걸."

로드 부인이 제안했다.

"1907년에 만들어진 검은색 알파카 슈타이프사 진품 곰 인형이 상당히 값이 나갔거든. 좋은 상태가 아니었는데도 말이야."

그러자 엄마도 동의했다.

"야구 방망이도 있었단다. 유명한 야구선수의 사인이 적힌 것이라더라."

"하지만 그 편에는 야구 방망이 얘기는 없었잖아."

로드 부인이 말했다.

"야구 방망이가 아니라 야구카드였지."

이야기가 점차 방향을 잃고 있었다.

"마지와 팻시를 찾아봐요." 한나가 말했다.

"만나서 텔레비전에 나왔던 물품들을 이야기해 주면서 그중에서 거스가 옛날에 갖고 있었을 법한 것들이 있는지 서로 비교해 보면 되잖아요."

네 사람은 마지와 잭이 머무는 방갈로의 주방 테이블에 앉아 마지가 갓 끓인 신선한 커피를 홀짝였다. 한나가 잭을 위해 구운 레드 벨벳 쿠키가 테이블 중앙에 놓여 있었는데, 잭이 팀의 에스코트를 받아 야구 경기 관람을 나가기 전에 대접한 것이었다.

"슈타이프 곰 인형?"

마지가 팻시와 시선을 주고받더니 이내 웃음을 터뜨렸다.

"설마, 그건 앤티크 슈타이프사 것이 아니었어!"

팻시가 킥킥거리며 말했다.

"그 곰 인형은 칼 삼촌이 할인점에서 사다주신 거였어. 미니 숙모와 칼 삼촌은 우리가 태어날 때마다 곰 인형을 한 개씩 선물해 주셨거든."

한나는 엄마와 로드 부인이 텔레비전에서 본 물품들을 설명하는 것을 가만히 듣고 있었다. 두 사람의 기억력은 놀라울 따름이었지만 마지와 팻시는 계속해서 고개를 휘휘 저었다.

"조그만 남자아이가 가지고 나온 야구카드도 있었어."

엄마가 말했다.

"보험료까지 해서 800달러였지만, 정작 경매에 나오면 그 절반 이상 받기 어려울 거야."

로드 부인이 말했다.

"고작 그 정도 돈에 거스가 레이크 에덴에 돌아왔을 리는 없잖아, 안 그래?"

그러자 마지가 고개를 저었다.

"여기 있는 동안에만 그 이상의 돈을 썼어. 20명이 넘는 친척들에게 샴페인 브런치를 대접했다구. 언뜻 생각해도 상당한 금액이야."

"그래도 거스는 할아버지의 야구카드를 갖고 있긴 했어."

팻시가 말했다.

"그 애가 조단 고등학교 야구팀에 들어갔을 때 아빠가 주셨잖아."

"설마 거스가……, 그러니까, 혹시 그……, 카드를……."

"잠깐!"

한나가 엄마의 말을 가로막았다. 엄마는 너무 흥분한 나머지 제대로 말을 잇지 못했다.

"심호흡을 하세요, 엄마. 그런 다음에 차근차근히 말씀해 보세요."

엄마는 심호흡한 뒤 훅하고 숨을 내뱉었다.

"호너스 와그너(미국의 유명 야구선수이자 감독으로 구하기 어려운 야구카드 중 하나다)."

엄마가 마침내 입을 열었다.

"맞아!"

로드 부인의 입이 떡 벌어지더니 쉽게 닫힐 줄 몰랐다.

"꼬마 아이가 야구카드를 가지고 돌아간 뒤에 골동품 감정사가 아주 희귀한 야구카드에 대해 얘기했었어. 그 카드가 마지막으로 경매에 나왔을 때 200만 달러가 넘는 값에 낙찰되었다고 말이야."

그러자 팻시가 묘한 신음 소리를 냈고, 모두들 일제히 그녀를 쳐다보았다. 팻시는 누군가에게 뒤통수를 맞은 것처럼 멍한 표정이었다.

"왜 그러세요?" 한나가 물었다.

팻시는 멍하니 눈도 깜빡이지 않고 벽을 응시했다. 한나가 막 119를 불러야 하나 고민하는 찰나에 팻시가 다시 정신을 차렸다.

"오, 세상에!"

팻시가 말했다.

"그게……, 그 카드를 본 기억이 나. 호너스 와그너, 흔치 않은 이름 이잖아."

"어떻게 생긴 카드였는지 기억해?" 엄마가 물었다.

"확실……, 확실히는 모르겠어. 30년도 더 전의 일이고……."

팻시가 하던 말을 멈추고 심호흡을 했다.

"짧은 머리를 한 남자였는데, 검정 칼라가 달린 옷을 입었고, 가슴께에 검은색 글씨로 '피츠버그'라고 적혀 있었어."

"맞아!"

로드 부인이 소리쳤다. 그리고 거의 동시에 엄마가 탄성을 질렀다.

"거스가 정말로 호너스 와그너 카드를 갖고 있는 거야?"

"갖고 있었죠."

한나가 정정해 주었다.

마지가 숨을 가쁘게 몰아쉬었다.

"그것 때문에 거스가 살해당한 걸까? 야구카드 때문에?"

"어쩌면요." 한나가 대답했다.

"그게 그렇게 값나가는 것이고, 살인범도 그 사실을 알고 있었다면, 강력한 살해 동기가 될 수 있겠죠."

"그 말은 지금 호너스 와그너 카드가 살인범의 손에 있다는 거잖아!"

로드 부인은 무척 흥분한 듯했다.

"호너스 와그너 카드만 찾으면 살인범은 자동으로 찾아지는 거야!"

로드 부인의 논리에는 코끼리 크기만 한 오류들이 여기저기 자리하고 있었지만, 한나는 잠자코 있기로 했다. 정말 로드 부인 말대로 될지도 모른다.

"범인은 우리가 그 카드에 대한 사실을 알아낸 걸 모르고 있어요."

한나가 말했다.

"그 말은 곧 이 사실을 비밀로 해야 한다는 거죠."

"누가 범인인지 모르기 때문에?"

엄마가 물었다.

"그래요. 설마 범인이 아닐 거라고 생각되는 사람에게 말한다 해도 이런 소문은 금방 퍼져 나가니까요. 그러니 단 한마디도 조심하셔야 해요. 이야기를 하는 도중에 누군가 엿들을 수도 있으니 우리는 아무것도 모르는 것처럼 지내야 하는 거예요."

"정말 그렇구나."

엄마가 고개를 끄덕였다.

"네 아빠는 늘 오직 세 사람만이 비밀을 지킬 수 있는데, 그건 그중 두 사람이 이미 세상을 떠났을 때뿐일 거라고 했지."

한나는 머릿속에 무언가가 희미하게나마 떠올랐지만, 굳이 입 밖으로 내지 않았다. 계획은 비밀리에 진행될수록 좋다.

"그 야구카드를 되찾게 되면 얼마나 좋을지 생각해 보세요."

한나가 말했다.

"엄마와 로드 부인이 카드를 파는 것을 도와주실 거예요."

"당연히 그래야지!"

엄마가 재빨리 말했다.

"그렇고말고."

로드 부인이 되받았다.

"우린 친구 사이니까 수수료도 조금만 받을게."

"하지만 범인이 이 사실을 알게 되면 모두 물거품이 되고 말아요."

한나가 다시금 상기시켰다.

"범죄 사실을 추궁받지 않기 위해 호너스 와그너 카드를 호수에 던져 버리기라도 한다면 큰일이잖아요!"

테이블에서 간간이 한숨 소리가 들렸다. 팻시와 마지는 서로를 쳐다보고 있었다. 분명히 이 두 사람은 말하지 않을 것이다. 그리고 그건 엄마와 로드 부인도 마찬가지다. 판매 수수료를 생각한다면 더욱 내색하지 않고 있을 수밖에 없을 것이다.

한나 일행이 호너스 와그너 카드의 존재를 알고 그것을 쫓기 시작했다는 것을 범인이 알게 되면 판매고, 수수료고 모두 순식간에 날아가 버릴 것이다.

"탤런트 쇼 끝난 후에 여기서 다시 만나기로 해요."

한나가 말했다.

"미셸과 안드레아와 저는 쇼가 진행될 동안 범인을 색출할 방법을 생각해 보고 이따 모였을 때 그 방법에 대해 말씀드릴게요."

모기 쫓는 약을 뿌리고, 커피잔에 커피를 가득 채우고, 손에 핸드폰을 든 한나는 가족이 사용하는 방갈로 베란다 끝에 나와 앉았다.

전화하느냐, 전화하지 않느냐……. 그것이 문제로다. 이미 노먼과 약속한 일이다. 그것도 한 번이 아닌 두 번씩이나.

위험한 일을 하기 전에는 꼭 마이크에게 알리겠다고 약속하지 않았던가. 하지만 정말 위험할까? 한나는 그렇게 위험하지 않을 거라고 믿고 싶었지만, 사실 방갈로들을 다 수색해 보기로 한 터라 불안한 감이 남아 있긴 했다. 200만 달러짜리 호너스 와그너 카드를 가진 범인은 이미 한 번 사람을 죽였다. 그런 사람이 또다시 사람을 죽이는 건 그렇게 어려운 일이 아닐 테니까!

마이크에게 전화해야만 했다. 한나는 그의 전화번호를 누르고는 신호음을 들으며 기다렸다. 내심 그가 전화를 받지 않기를 바랐지만, 역시나 그가 전화를 받았다.

"안녕, 한나."

한나가 채 입을 열기도 전에 마이크가 먼저 인사를 건넸다.

"나인 줄 어떻게 알았어요?"

"벨 소리로요."

신중함과 호기심이 다툼을 벌이다 마침내 호기심이 이기고 말았다.

"내 벨 소리가 뭔데요?" 한나가 물었다.

"아, 그게……, 사실 그게, 내가 좋아하는 비틀즈 노래에요."

마이크는 당황한 듯했지만, 한나는 아랑곳하지 않고 계속 물었다.

"노래 제목이 뭔데요?"

"'Here Comes The Sun' 이요."

"왜 그 노래를 내 벨 소리로 정했어요?"

한나는 내심 그 노래가 'Eleanor Rigby(가사가 매우 슬프다)' 가 아닌 것에 안도했다.

"우습게 들리겠지만, 한나랑 같이 있으면 언제나 환하게 햇살이 비추는 기분이거든요. 날씨가 좋든 흐리든 상관없이 말입니다."

너무도 달콤한 대답에 한나는 거의 녹아들고 말았다. 무어라고 대답해 주어야 좋을지 몰라 망설이고 있는데, 수화기에서 기계음 소리가 들렸다.

"잠깐만 기다려 줄래요?" 마이크가 물었다.

"로니 전화입니다. 지금 현장에 나가 있거든요."

한나는 기다리겠다고 대답한 뒤 자리에 앉아 노을을 물끄러미 바라보았다. 해가 모습을 감추고 달이 밝게 떠올랐다. 반대편 강가에 커다란 은색 공처럼 두둥실 떠오른 달은 매우 환한 빛을 뿜어내고 있었다. 거의 보름달에 가까운 모양이다. 한나는 잡지라도 갖고 있다면 이 빛에도 충분히 글씨를 읽을 수 있을 것 같았다.

"미안합니다."

마이크가 다시 돌아왔다.

"로니가 지금 버트의 알리바이를 확인하러 피자집에 나가 있다는군요. 근데 버트와 엘리가 가게에 없다고 하네요."

"아마 아이들 탤런트 쇼를 보러 강에 나와 있을 거예요."

한나가 말했다.

"고마워요. 그럼 로니에게 전화해서 그리로 보내겠습니다."

"그럴 필요 없어요. 안드레아랑 같이 오늘 점심때 피자집에 갔었는데, 버트에게는 분명한 알리바이가 있었어요."

"하지만 아까 버트는 가게에 없었습니다. 나도 물어봤어요. 그것 때문에 로니를 데리고 점심을 먹으러 갔던 겁니다."

그러셨겠지! 한나는 생각했다. 물론 실제로 그렇게 말하진 않았다. 한나는 여전히 마이크가 자신의 것으로 지정해준 벨 소리에 감동하는 중이었다.

"그의 알리바이를 어떻게 입증할 겁니까?"

마이크가 물었다. 아마 그는 수첩과 펜을 꺼내 한나의 대답을 받아 적을 준비를 하고 있을 것이다.

"수석 웨이트리스와 이야기했어요. 그날 밤에 금전 등록기의 돈을 세어봤는데, 주문서의 가격이랑 일치하지 않아서 수석 웨이트리스랑 버트와 엘리가 같이 새벽 2시 45분까지 어디서 오류가 난 것인지 맞춰보느라 밤을 새웠다고 해요."

"그럼 버트가 내내 같이 있었단 말입니까?"

"네, 그러니 버트 이름은 용의자 명단에서 지워도 돼요."

한나가 다시 한 번 점잖게 말했다.

"버트를 의심하고 있다고 나한테 얘기해 주었다면 버트 이름은 지워도 된다고 진작에 알려줬을 거예요."

그러자 마이크가 한숨을 내쉬었다.

"내 실수입니다. 그밖에 알아낸 게 있습니까?"

"마이크도 이미 알고 있을 법한 몇 가지요."

"어떤 것 말인가요?"

"거스가 소유한 나이트클럽이 고급스러운 곳이 아니라 스트립 클럽이었다는 것과 거스가 사실 조그마한 아파트에서 자기 클럽의 무용수와 같이 살고 있었다는 것이요."

"그걸 어떻게……?"

"그냥 알게 됐어요."

한나가 질문을 툭 잘라버렸다. 굳이 대답할 필요가 없는 질문이었다.

"좋습니다. 다른 것은요?"

"이름을 그랜트 케네디로 바꿨던데요."

"그건 우리도 파악했습니다. 운전면허증에 그렇게 적혀 있더군요."

한나는 왜 진작 그 이야기를 해주지 않았느냐고 따지고 싶었지만, 그래 봤자 또다시 핑곗거리만 둘러댈 것이 뻔해 잠자코 있었다.

"그리고 거스는 무시무시한 사채업자들에게서 돈을 빌렸어요."

"그것 역시 알고 있었습니다. 계속 얘기해 봐요."

"애틀랜틱시티를 떠나던 날 밤에 거스는 여자친구와 함께 골동품 감정을 해주는 앤티크 쇼를 보고 있었어요. 근데 여자친구 말이 쇼가 끝나기도 전에 거스가 벌떡 일어나더니 짐을 챙겼다더군요. 그러고는 레이크 에덴에 값나가는 것을 두고 왔다며 그거면 빚을 해결할 수 있을 거라고 하고는 훌쩍 떠났대요."

"그랬군요!"

마이크는 마치 그 생각은 미처 하지 못했다는 듯 즐겁게 소리쳤다.

"호너스 와그너 카드 때문에 레이크 에덴에 온 것이었습니다. 우리 감정사가 200만 달러도 넘을 거라고 하더군요."

한나는 소리가 들릴 정도로 크게 침을 꿀꺽 삼켰다.

"그럼 호너스 와그너 카드에 대해 알고 있었어요?"

"그럼요. 우리 압류품 보관소에 있습니다. 여행가방에 다른 야구카드도 수십 장 들어 있더군요."

"근데 그걸 나한테 얘기해 주지 않았단 말이에요?"

한나는 슬슬 열이 오르기 시작했다.

"그건 증거예요, 한나. 사건과 관련하여 공인된 인물이 아닌 이상 증거품에 대해 함부로 이야기할 수 없습니다."

한나는 셋을 셌다. 그런 뒤에도 좀처럼 열이 가라앉지 않자 다시 열까지 셌다. 마이크가 그렇게 쉽게 규율을 깨뜨릴 사람이 아니라는 것을 진작 알았어야 했다.

"그럼 거스가 호너스 와그너 카드 때문에 살해당한 것이라고 생각해요?"

한나가 물었다.

"글쎄요. 범인이 그걸 알고 있었다면, 방갈로를 뒤졌을 테고, 당연히 열려 있던 여행가방도 뒤져서 카드를 손에 넣었을 겁니다. 거스가 그것때문에 레이크 에덴에 왔는지는 몰라도 살해당한 원인은 아닙니다."

"그럼 왜 살해당한 것인지 짐작 가는 바가 있나요?"

"아직은 확실히 모르겠어요. 더구나 한나가 버트 쿠헨의 혐의까지 벗겨 주었으니. 그래도 계속 수사를 진행하고 있습니다. 분명히 누군가는 얼음 꼬챙이로 그를 찔렀으니까요."

"얼음 꼬챙이가 확실해요?"

"100% 확실한 것은 아닙니다. 그런데 나이트 박사님이 거스의 상처에서 붉은색과 초록색의 페인트 조각을 찾았다고 하시더군요. 그건 한나의 할아버지가 크리스마스 선물로 마을에 돌렸던 얼음 꼬챙이와 일치하지 않습니까. 릭을 시켜 연장 회사에 확인해 보게끔 했는데, 손잡이에 붉은색과 초록색 페인트칠이 들어가는 송곳 제품은 없었다고 합니다. 그래서 한나 할아버지의 얼음 꼬챙이라고 생각을 굳히는 중이죠."

"할아버지가 아시면 무척 슬퍼하시겠네요."

한나가 한숨을 내쉬며 말했다.

"그럼 그 얼음 꼬챙이는 찾았어요?"

"아직이에요. 그 부분에 있어서는 운이 따르지 않는군요. 범인이 똑똑한 놈이라면 벌써 호수에 던져버렸을 겁니다. 그렇게 되면 그걸 발견하기란 하늘의 별 따기죠."

"어째서요?"

"호수는 너무 넓고 그에 비해 살해 도구는 너무 작지 않습니까. 아마 찾는데 몇 달은 족히 걸릴 겁니다. 강바닥의 진흙에 묻혀버리기라도 했다면 절대 찾지 못할 테고요."

"그럼 어디 어디 찾아봤는데요?"

한나가 물었다.

"파빌리온에 있는 덤프스터를 수색했는데, 찾지 못했어요. 그리고 금속 탐지기를 동원해 파빌리온 주변 덤불도 수색해 보았는데 없더군요."

마이크가 조금 킥킥거렸다.

"대신 병따개 9개랑 무수히 많은 병마개, 그리고 녹이 슨 1950년대의 자동차 번호판 1개, 그리고 11달러 48센트어치 동전을 찾았답니다."

"방갈로는요? 거기도 찾아봤어요?"

"거스가 묵었던 곳만요. 정당한 이유 없이 다른 방갈로에 대한 수색영장을 받아내기 힘이 드니 우선은 시간을 절약하기 위해서라도 다른 방갈로들은 살펴보지 않기로 했습니다. 범인이 살해 도구를 떡 하니 벽에 걸어놨을 리는 없지 않겠습니까."

"그렇군요."

한나는 적당히 대꾸했지만, 생각은 그와 달랐다. 냉혈한 살인범이었다면 거스를 죽인 뒤에도 차분하게 살해 도구를 숨기거나 없애버렸겠지만, 얼떨결에 거스를 죽인 초범이라면 너무 당황한 나머지 뒤처리를 제대로 하지 못했을 수 있다.

그때 또다시 기계음이 울렸고, 마이크는 한숨을 내쉬었다.

"받아야겠군요. 과학수사 연구소에서 릭 머피가 전화하는 모양입니다."

한나는 마이크에게 작별인사를 한 뒤 핸드폰을 껐다. 이제 더 이상 야구카드를 찾아나설 필요가 없게 되었지만, 대신 얼음 꼬챙이를 찾아야만 했다. 마이크도 쉽사리 나설 태세가 아니고, 다들 아이들의 탤런트 쇼에 나가 있는 지금이야말로 수색영장 없이도 방갈로들을 살펴볼 수 있는 절호의 기회였다.

밤이 찾아오면서 소나무의 검은 그림자가 점점 머리 위까지 번져갔다. 한나는 잔잔한 호수 위에 비친 달의 실루엣을 바라보며 지금껏 알게 된 모든 정보를 머릿속으로 정리해 보았다. 그런데 그때 발걸음 소리가 들렸다.

"우리 왔어."

미셸이 한나 옆에 풀썩 주저앉으며 말했다.

"방갈로에 묵는 사람들은 모두 파빌리온 앞에서 줄 서고 있어."

"그럼 마지막으로 쭉 확인해 보자." 한나가 말했다.

"마지와 잭은?"

"허브와 리사랑 같이 계셔."

안드레아가 대답했다.

"팻시와 맥은?"

미셸이 고개를 끄덕였다.

"줄 거의 뒤쪽에 서 계셔. 그 뒤에 에드나와 동생들이 있구."

"엄마랑 로드 부인은?"

"두 분은……, 어차피 엄마의 방갈로는 살펴보지 않을 거잖아, 안 그래?"

미셸이 사뭇 놀란 기색으로 물었다.

"그냥 네가 이 일에 집중하고 있는지 확인차 물어본 거야."

그렇게 얼마 동안 한나는 여섯 개 정도의 이름을 더 불렀다. 방갈로의 숙박객들이 모두 파빌리온에 있음을 동생들을 통해 확인하고 난 뒤한나는 안드레아에게 물었다.

"혹시 차에 손전등 있어?"

그러자 안드레아는 옆자리에 얹어 놓은 빨간 부엉이 식료품점 봉투를 툭툭 두드렸다.

"가져왔지. 언니 쿠키 트럭에서도 두 개 가져왔어. 자, 이제 수색 시작하는 거야?"

"그래, 근데 목표물이 변경됐어."

한나는 마치 부대원들에게 명령을 하달하는 지휘관이 된 듯했다.

"이제 호너스 와그너 카드를 찾을 필요가 없게 됐어. 그건 경찰 증거품 보관소에서 무사히 보관하고 있대. 마이크랑 전화 통화를 했는데, 거스의 여행가방에 있었다나 봐. 이제는 붉은색과 초록색 페인트칠이된 손잡이가 달린 얼음 꼬챙이를 찾아야 돼."

"할아버지가 선물로 나눠주셨던 것 말이야?"

안드레아가 물었다.

"바로 그거야. 나이트 박사님이 붉은색과 초록색 페인트 조각을 찾아내셨어. 그러니 할아버지의 얼음 꼬챙이가 살해 도구인 것이 분명해."

"아무것도 발견되지 않는 수색은 지루하기 짝이 없어."

분홍색 방갈로에서 나오며 미셸이 투덜거렸다.

"그래, 맞아."

한나가 맞장구쳤다. 세 사람은 두 개의 얼음 꼬챙이를 찾았는데, 하나는 철제 손잡이가 달린 것이었고, 다른 하나는 오렌지색 플라스틱 손잡이가 달린 것이었다.

"벌써 방갈로를 다섯 군데나 뒤졌는데, 우리가 발견한 흥미로운 사실이라고는 리사의 오빠들과 새언니들이 색다른 상표의 치약을 사용하고 있다는 것뿐이야."

미셸이 불평했다. 그러자 안드레아가 어깨를 으쓱해 보였다.

"이것도 나쁘지 않아. 아이들 재롱 잔치 지켜보느라 고생하느니 이편이 낫지."

"그것도 맞는 말이야."

한나는 파빌리온 쪽을 흘끗 바라보며 말했다. 오늘 아침 사건 현장 경계가 풀려 리사와 허브가 다시 파빌리온을 사용할 수 있게 되었다.

"이제 두 군데만 남았어."

"얼른 끝내자."

안드레아가 팻시와 맥이 묵고 있는 방갈로 문을 열고 안으로 들어가며 말했다.

한나는 곧장 주방으로 향했다.

"손전등 불빛은 창문 높이 아래로만 비춰야 해. 밖에서 누군가 불빛을 보고 이쪽으로 오면 안 되니까."

한나가 주방을 맡은 사이 미셸은 자동으로 침실과 욕실로 향했고, 안드레아는 거실에 남았다. 역할 분담이 꽤 잘되고 있었다. 한나는 주방 서랍들을 하나씩 열어보며 안에 들어 있는 내용물을 확인했다.

대부분의 방갈로에는 비슷한 물건들이 갖춰져 있었다. 하나의 서랍에는 시내에 있는 집에서 가져온 듯한 은제품들이 가득 들어 있었고, 또다른 서랍에는 집에서 쓰기에는 너무 낡아 새것으로 대체된 뒤 방갈로로 방출된 듯한 조리기구들이 가득 들어 있었다. 냄비나 팬들은 모두 할인점이나 코스트마트에서 저렴하게 구입한 것들이었다.

한나는 냉장고 옆에 있는 서랍장으로 자리를 옮겼다. 거기에는 문손 잡이를 조이거나 그림을 걸거나 통조림을 따기 위한 자그마한 연장들이 들어 있었다. 가벼운 망치, 모양이 각각 다른 나사돌리개 2개, 펜치 1쌍, 그리고 그 연장들 밑에 있는 무언가는 한나의 입을 떡 벌어지게 했고, 깜짝 놀란 한나는 뒤로 주춤 물러났다.

거기에 할아버지의 얼음 꼬챙이가 있었던 것이다. 페인트칠이 된 손잡이는 깨졌지만, 꼬챙이 끝은 보기에도 여전히 날카로웠다. 설마 이게 거스 클레인을 살해한 그 얼음 꼬챙이일까? 맞다면 도대체 왜 이것이 맥과 팻시의 방갈로에 있는 것일까?

"한나 언니?"

미셸이 한나를 불렀다.

"침실이랑 욕실에는 아무것도 없어."

"거실에도 없어." 안드레아도 덧붙였다.

"아직 안 끝났어?"

미셸이 물었다.

한나는 조용했다. 사실 미셸의 질문을 제대로 듣지도 못했다. 어떻게 된 것인지 이해하느라 머릿속은 더할 나위 없이 복잡해졌다. 정말로 맥이 마지에게 빌려간 돈을 갚지 않는다는 이유로 거스를 죽인 것일까? 그러고는 의심받지 않기 위해 그날 밤 주방 창문 너머로, 자신을 제대로 변호할 수도 없는 가련한 잭을 보았다고 거짓말까지 하고?

"언니?"

미셸이 다시 불렀다.

"무슨 일이야?"

안드레아가 물었다.

이번에는 두 동생의 목소리가 또렷이 들렸다.

한나는 고개를 돌려 주방 문가에 서 있는 동생들을 바라보았다.

"얼음 꼬챙이를 찾았어."

한나가 말했다.

"연장 서랍에 있었어. 거스를 죽인 사람이 누구인지 알 것 같아."

"지금 어디입니까, 한나?"

마이크가 신호음이 울리자마자 전화를 받았다.

"안드레아랑 미셸과 같이 파빌리온 밖에 있어요. 얼음 꼬챙이를 찾았어요, 마이크."

"어디서요?"

"맥과 팻시의 방갈로에서요. 거스를 죽인 범인이 맥인 것 같아요."

잠시 침묵이 흐르더니 이내 마이크가 한숨을 내쉬었다.

"하지만 그건 말이 안 돼요, 한나. 맥이 방금 한나가 발견한 얼음 꼬챙이로 거스를 죽였다면, 왜 그걸 아직까지 가지고 있겠습니까?"

"모르죠. 나중에라도 방갈로 주인이 얼음 꼬챙이가 없어진 걸 알게 될까 봐 겁이 났는지도 몰라요. 거스가 얼음 꼬챙이에 찔려 살해당한 것은 모두가 아는 사실이니 그렇게 되면 결국 맥이 범인이라는 것이 들통나고 말았겠죠."

"좋아요. 하지만 그건 정황에 따라 달리 설명될 수도 있습니다. 그리고 한나가 찾은 얼음 꼬챙이가 분명한 살해 도구라고 확신할 수도 없지 않습니까. 물론 한나가 의심하는 바는 잘 알겠어요. 혹시 맥을 범인으로 지목할 만한 다른 이유가 있습니까?"

"네! 맥은 사건이 있었던 날 밤, 거스가 살해당했을 시간에 주방 창문 너머로 잭 허먼이 돌아다니는 것을 보았다고 했는데, 그건 거짓말이었어요."

다시 긴 침묵이 흘렀고, 한나는 얼굴을 찌푸렸다.

"마이크? 내 얘기 듣고 있어요?"

"듣고 있습니다. 나도 맥에게서 똑같은 이야기를 들었거든요. 그런데 그게 왜 거짓말이라는 겁니까?"

"팻시 말이 맥은 그날 밤 산책하러 나갔었대요. 의사가 권고한 바가 있어 매일 밤 산책한다고 했어요. 그리고 두 사람이 묵고 있는 방갈로의 주방 창문 너머로는 잭을 볼 수 없었대요. 그쪽 길목을 커다란 소나무들이 온통 가리고 있기 때문이죠. 맥이 잭을 본 것은 맞아요. 하지만 둘 다 밖에 나와 있었어요. 그리고 사실 잭이 거스를 죽였다는 것은 좀처럼 믿을 수가 없잖아요."

"그건 나도 마찬가지입니다." 마이크가 말했다.

"좀처럼 믿어지지 않는 일이에요."

"그래서 마이크도 잭을 심문하지는 않았잖아요."

한나가 말했다.

"그랬죠. 심문해야 했는지도 모르겠지만……. 그럴 필요가 있겠습니까? 잭의 기억력은 늘 불안한데요. 그리고……, 흠, 사실 잭이 그랬다는 분명한 증거도 없지 않습니까."

"당신은 참 좋은 사람이에요, 마이크."

한나가 진심을 담아 이야기했다.

"고마워요. 하지만 한나의 생각만큼 좋은 사람은 아닙니다. 어쩌면 알츠하이머를 앓고 있는 사람에게서는 유용한 정보를 얻을 수 없다고 판단한 것인지도 모르죠."

"그래도요." 한나가 말했다.

"그렇게 하는 것이 옳다고 생각했으니까 그렇게 한 거예요."

또다시 침묵이 흘렀고, 마침내 마이크가 목청을 가다듬었다.

"얼음 꼬챙이를 찾았다고 했는데, 정확히 어디에 있었습니까?"

"주방 연장 서랍 안에요."

"만지지 않았겠죠?"

"당연하죠! 꺼내지 않고 그 자리에 그대로 두었어요."

"좋습니다. 한나의 이야기를 완전히 확신할 수는 없지만, 얼음 꼬챙이의 혈흔을 채취해 보면 분명히 알 수 있겠죠. 맥이 산책하러 나갔었다는 사실에 대해 팻시가 증언해 줄까요?"

"분명 해줄 거예요. 맥이 팻시에게 거짓말을 해달라고 부탁했었대요. 밤새 자기와 같이 있었다고 경찰에 말해 달라고. 근데 팻시가 거절했다고 하더라구요. 먼저 나서서 사실을 털어놓지는 않겠지만, 경찰이 직접적으로 물어오게 되면 거짓말은 못한다고요."

"훌륭하군요! 그럼 맥을 데려다 심문해 보도록 하겠습니다. 지금으로선 유력한 용의자이니 말입니다. 지금 어디 있는지 알고 있습니까?"

"팻시랑 같이 탤런트 쇼를 보고 있어요. 안드레아와 미셸이 파빌리온 안에 들어가려고 줄 서 있는 것을 보았대요."

"좋습니다. 그럼 들어가서 그를 지켜보고 있어요. 단 아무에게도, 아무 이야기도 하지 말아요. 그가 주목받고 있다는 사실을 눈치채면 안 되니까요. 난 15분 이내에 달려가겠습니다."

"알았어요. 그럼 우리가 먼저 안에 들어가서 지켜보고 있을게요. 만약 마이크가 도착하기 전에 맥이 자리를 뜨게 되면 어떻게 하죠?"

"따라가지 말아요. 그가 범인이라면 위험한 상황에 부닥칠 수 있으니까요. 그냥 가도록 내버려둬요. 우리가 나중에 찾아내도록 하겠습니다."

"알았어요. 다른 건요?"

"그 부인에게도 시선을 떼지 말아요. 부인이 산책에 대해 이야기한 것을 알게 되면 강제로라도 입단속을 시키려 할지도 모릅니다."

한나는 입을 떡 벌렸다.

"그 말은……, 그녀를 죽일지도 모른다는 거예요?"

"네, 맞습니다."

차의 엔진 소리에 한나는 아득한 정신에서 퍼뜩 깨어났다.

"그만 출발해야겠어요, 한나. 금방 갈게요. 우선 다른 경찰들과 연락을 주고받아야 하니 전화는 끊어야겠습니다."

한나는 전화를 끊은 뒤 동생들을 돌아보며 마이크의 이야기를 전했다.

"15분 내로 오겠대."

"그럼 얼른 맥과 팻시를 찾아보자."

안드레아가 파빌리온의 출입구 쪽으로 향했다.

"흩어져서 찾으면 더 빨리 찾을 수 있을 거야. 리사 말이 사람들 사이에 복도 줄을 세 줄로 만들 거라고 했거든."

"그럼 난 왼쪽 복도를 맡을게."

미셸이 말했다.

"그럼 난 중앙복도로 올라가면서 양쪽을 다 살필게."

안드레아가 말했다.

"그렇게 하면 시간은 더 걸리겠지만, 언니와 미셸이 확인한 곳을 중복해서 또 확인할 수 있잖아."

"그럼 난 오른쪽 복도를 맡겠어."

한나가 말했다.

"복도 밑으로 죽 내려간 다음, 끝에서 다시 돌아 나오는 거야. 그런 뒤 문밖에서 다시 만나자."

세 사람이 파빌리온 안으로 들어갔을 때 비즈먼 자매가 막 5분짜리

'인디애나, 게리'라는 노래를 마치고 있었다. 두 사람의 고향이 게리였으니, 정말 탁월한 곡 선택이 아닐 수 없었다.

비즈먼 자매가 무대에서 내려오자 곧 다음 무대가 시작되었는데, 열두 명의 소녀들이 기다란 지휘봉을 들고 올라가 존 필립 수자의 행진곡에 맞춰 공연을 선보였다. 관객들의 시선은 모두 소녀들에게 집중되어 누가 지휘봉을 떨어뜨리지 않고 오래 시연하는지 보느라 미동도 하지 않았다. 지금이라면 누구에게도 들키지 않고 관객들의 모습을 화폭에 옮길 수 있을 것 같았다. 두 동생이 각자 자신이 맡은 복도 위쪽에 자리를 잡자 한나는 앞쪽을 향해 손짓을 해보였다.

한나는 천천히 복도를 지나며 왼편의 관객석을 왼쪽부터 오른쪽까지 자세히 살폈다. 그 모양새가 마치 두 눈이 낡은 타자기의 카트리지가 된 기분이었다.

복도를 내려가면서는 사람들의 뒷머리만 보였지만, 복도 끝에 다다라 다시 방향을 돌려 위쪽으로 올라오면서는 사람들의 얼굴을 마주할 수 있었다. 관객석 곳곳에서 엄마와 로드 부인, 존 워커와 그의 아내, 플로리다에서 온 마지의 사촌인 얼 프렌스버그의 모습을 볼 수 있었지만 팻시와 맥은 보이지 않았다.

제일 먼저 탐색을 끝낸 한나는 문밖으로 나와 동생들을 기다렸다. 그러자 곧 미셸이 고개를 설레설레 저으며 나타났다.

"못 찾았어?"

한나가 물었다.

"응, 빈 좌석도 없는 걸 보면 화장실에 간 것도 아닌 것 같아."

"그런 것까지 살피다니 잘했어!"

한나가 미셸의 현명함을 칭찬했다.

"제발 안드레아가 찾았어야 할 텐데."

1~2초 정도 지났을까 드디어 안드레아가 모습을 보였다. 하지만 한나와 미셸에게는 그 1~2초가 꽤 길게 느껴졌다.

"찾았어?" 한나가 물었다.

"아니, 양쪽 다 확인했는데, 없어. 확실해, 언니."

"그럼 이제 어쩌지?"

한나는 목 안으로 절망감이 무겁게 가라앉는 것을 느끼며 물었다.

"줄 서는 걸 봤다고 했잖아."

그때 문이 열렸고, 세 자매는 동시에 고개를 돌렸다. 마지였다.

"안녕." 그녀가 말했다.

"방금 들어왔다 곧바로 나가는 걸 봤어. 무슨 일 있어?"

그러자 한나가 한숨을 내쉬었다.

"맥과 팻시를 찾고 있는데, 관객들 사이에 없어서요."

"두 사람은 저 안에 없어." 마지가 행복해 보이는 얼굴로 말했다.

"같이 줄을 서 있었는데 팻시가 갑자기 맥이 마음을 바꿨다는 거야. 옛 추억을 살려 다시 한 번 결혼식을 올리고 싶다고 했다나. 수선화 정원으로 가서 다시 한 번 청혼하고 싶다고 했대."

"호수 한가운데에 있는 수선화 정원 말이에요?"

한나가 깜짝 놀라며 물었다.

"그래, 옛날에 맥이 거기서 팻시에게 청혼했었거든. 너무 로맨틱하지 않아?"

한나의 생각은 통제력을 잃고 마구 질주하고 있었다. 한나와 미셸이 필사적으로 카누를 향해 뛰는 동안 마지와 안드레아는 강변에서 마이크가 도착하기를 기다려 상황을 설명해 주기로 했다.

　채 2분도 지나지 않아 한나와 미셸은 급히 빌린 카누를 타고 노를 젓기 시작했다. 리사와 허브가 친척들을 위해 강변에 마련해 놓은 카누들에서 마지막 것 하나를 급히 꺼낸 참이었다.

　"수산화 정원이 어디인지 알아?"

　미셸이 물었다.

　"모래섬 조금 벗어나서야." 한나가 대답했다.

　"노먼이랑 같이 가봤었거든."

　매우 고요한 밤이었다. 들리는 소리라고는 강변에 부딪히는 물결과 간간히 들려오는 물새 소리, 그리고 물 위를 튕기듯 날아다니는 날벌레들의 소리뿐이었다. 순간 한나가 손가락을 입에 갖다댔고, 미셸이 알았다는 듯 고개를 끄덕였다. 이런 적막 속에서 한 마디라도 입 밖으로 냈다가는 멀리까지 소리가 울릴 것이다.

　열심히 노 젓기를 2분쯤 지났을까 두 사람의 목소리가 들렸다. 처음에는 소리가 너무 희미해서 억양 정도만 들릴 뿐이었는데, 뭔가 다투고 있다기보다는 찬찬히 대화하는 듯한 어조여서 한나는 일단 마음을 놓았다. 수선화 정원까지 얼마나 더 가야 할지 모르겠지만 아직 긴박한 상황은 아닌 것 같으니 적어도 5분 정도는 여유가 있을 듯했다.

그때 갑자기 두 사람의 목소리 어조가 바뀌었다. 분명히 팻시인 듯한 여자의 목소리는 화가 난 듯했다.

"이해할 수 없어!"

그녀의 목소리가 물 위로 울려 퍼졌다.

"경찰에 산책하러 나갔었다고 솔직하게 이야기하면 뭐가 달라지는데? 당신이 거스를 죽이지 않았다면 상관없는 거잖아!"

그러지 맥이 흐릿하게 킬킬거렸다.

"오, 사실 내가 죽였거든."

맥이 대답했다.

"당신이……, 그랬다고?"

팻시는 겁에 질린 목소리였다.

"그래, 내가 누누이 그 자식은 당신한테 빌려간 돈을 갚아야 한다고 했잖아. 그래서 내가 직접 거스를 만나러 파빌리온에 갔었지. 그런데 그 자식 말이 당신이 자기에게 아예 준 돈이라더군. 그리고 그건 원래 당신 돈이었으니 내가 상관할 바가 아니라고 말이야."

"그 애 말이 맞아. 그건 당신 돈이 아니잖아."

"아니, 내 돈이지. 당신은 내 마누라니까. 당신과 결혼한 보상이 그 정도는 있어야 하는 거 아니야?"

팻시는 할 말을 잃은 듯했다. 그녀가 얼마나 상처를 받았을지 한나는 짐작하고도 남았다.

"돈을 갚으라고 하니까 날 비웃더군. 계속 웃어 제치길래 그 입을 막아버리려고 그 자식을 찔러 버렸어."

"정말로 당신이……, 그 애를 죽인 거야."

384

팻시가 말했다. 큰 충격을 받은 듯했다.

"그래, 그게 뭐가 어때서? 난 전혀 죄책감 느끼지 않아. 이제 문제는 당신이야."

"당신이 그랬다는 거 아무한테도 말하지 않을게! 약속해, 맥!"

맥은 웃음을 터뜨렸다. 서늘하게 소름이 돋는 웃음이었다.

"오, 그러시겠지. 하지만 다시 땅을 밟게 되면 생각이 달라질걸? 누굴 속이려고, 팻시. 그 방면에 있어선 내가 당신보다 한 수 위야."

"하지만 난 당신을 사랑해, 맥!"

팻시의 목소리에서 절박함이 느껴졌다.

"흠, 그거 고맙군. 하지만 난 당신을 사랑하지 않으니 어쩌지?"

곧바로 침묵이 이어지자 한나와 미셸은 아까보다 더 세차게 노를 저었다. 맥은 팻시를 죽이려는 것이다. 확실했다. 늦기 전에 수선화 정원에 도착해야만 한다!

우리가 지금 가고 있어요. 그러니 조금만 더 버텨봐요! 한나는 마음속으로 외쳤다.

그때 다시 팻시의 목소리가 들렸다.

"난 당신을 상대로 증언할 수 없어, 맥."

"무슨 말이야?"

"내가 하고 싶어도 할 수 없다고."

"어째서?"

맥은 의심스러워하는 듯했다.

"부인은 남편을 상대로 증언할 수 없게 되어 있으니까. 난 당신 부인이야, 맥. 내가 누군가에게 이야기한다고 해도 내 말은 법정에서 증언으로 채택될 수 없어. 소문은 공식 루트가 아니니까."

"그게 정말이야?"

맥은 팻시의 주장을 세심히 고려하는 듯 들렸지만, 사실 상황은 그와 많이 달랐다. 그가 팻시를 대하는 것은 모이쉐가 쥐를 데리고 노는 것과 비슷했다.

"당연하지!"

팻시가 대답했다. 여전히 절박함이 섞인 목소리였다.

"내가 30년 동안 법률회사에서 변호사 비서로 일했던 거 몰라?"

"흠, 그렇다면 인정해야겠군. 그게 사실이란 말이지?"

한나는 미셸을 향해 서두르라는 손짓을 했다. 수선화 정원이 얼마 남지 않았다. 1분이면 도착할 듯했다.

"정말이야. 맹세……."

팻시가 갑자기 흐느끼기 시작했다.

"사실이야, 맥. 법정에서 당신을 다치게 할 만한 이야기는 아무것도 할 수 없어."

맥이 음울하게 킬킬거렸고, 그 소리에 한나는 목덜미가 삐죽삐죽 솟는 듯한 공포감을 느꼈다. 조금이라도 지체했다가는 곧 큰일이 날 것 같았다.

"팻시, 팻시, 팻시." 맥이 빈정거렸다.

"지금 법정 이야기를 하고 있는데, 재판 같은 건 열릴 일도 없어. 애초에 체포될 일도 없으니까."

한나는 팻시의 울음소리를 들을 수 있었다. 이제 정말 얼마 남지 않았다.

"여기에는 지금 우리 둘뿐이야. 그리고 곧 이 카누는 뒤집어 질 거고."

맥이 또다시 킬킬거렸다.

"당신은 수영을 못하지, 안 그래, 우리 이쁜이?"

"멈춰!"

한나가 젖 먹던 힘을 다해 노를 저으며 소리쳤다.

"멈추지 않으면 쏘겠어!"

미셸은 깜짝 놀란 눈빛으로 한나를 쳐다보았지만, 노 젓는 것을 멈추지 않았고, 한나의 카누는 드디어 수선화 정원으로 들어섰다. 하지만 맥은 뜻밖의 목소리에도 전혀 아랑곳하지 않고 순식간에 카누를 뒤집었고, 팻시는 울부짖으며 허우적거렸다.

한나와 미셸이 그야말로 제때 도착한 것이다.

"팻시는 내가 구할게."

미셸이 소리쳤다.

"모래섬으로 가."

한나는 0.5마일밖에 떨어져 있지 않은 모래섬 방향을 가리켰다.

"난 맥을 맡을게."

카누에서 뛰어내린 미셸은 팻시를 잡고 모래섬 쪽으로 헤엄치기 시작했다. 다행히도 팻시는 보통의 수영 미숙자들과는 달리 크게 당황하지 않고 오히려 미셸이 더 잘 헤엄칠 수 있도록 발장구를 쳐주었다.

두 사람이 안전하게 빠져나가는 것을 확인한 한나는 맥을 찾기 시작했다. 하지만 두 사람의 뒤집힌 카누를 제대로 확인해 보기도 전에 한나의 카누가 휙 뒤집히고 말았다.

한나는 어린 두 조카 앞에서는 결코 내뱉지 못할 욕설들을 중얼거렸지만, 그중 절반은 거의 물에 잠긴 채 꼬르륵 소리와 함께 나왔다. 지금 한나는 조단 고등학교 수영 챔피언에 의해 강바닥으로 끌려 내려가고 있었다!

옷을 입은 채로 물에 빠졌다면 제일 먼저 해야 할 것은 신발을 벗는 거야. 한나는 어린 시절 첫 수영 선생님이 해주었던 이야기가 문득 떠올랐다. 제일 좋아하는 운동화를 강바닥에 버리고 싶지는 않지만, 에

덴 호수에서 목숨을 잃는 것보다는 백 배, 천 배 나았다.

익사하려는 사람이 너를 붙잡고 놓지 않으려고 하면, 거기에 말려들지 말고, 꼬집고, 할퀴고, 깨물어. 빠져나오기 위해 온갖 짓을 다 해야 해.

선생님의 두 번째 이야기가 떠오른 한나는 사력을 다해 싸우기 시작했다. 한나는 팔꿈치로 맥의 갈비뼈를 치고, 눈을 찌르고, 손이 닿는 곳은 모두 꼬집고 이빨로 팔을 깨물었다.

결과는 확실했다. 물속에서도 맥의 비명을 똑똑히 들을 수 있었고, 드디어 한나는 자유의 몸이 되었다. 다시 물 밖으로 고개를 내민 한나는 주저 없이 몇 피트 떨어진 곳을 향해 헤엄치기 시작했다. 그런 뒤 어느 정도 거리가 벌어지자 물 위로 머리를 들고 두 번 정도 심호흡을 한 뒤 다시 잠수하여 있는 힘을 다해 헤엄쳤다.

한나의 탈출은 성공적이었다. 다시 머리를 들었을 때 맥은 10피트(3m) 정도 떨어진 곳에서 한나를 찾고 있었다. 한나가 이곳까지 헤엄쳐 왔으리라고는 눈치채지 못하겠지만, 그래도 언제까지 이곳에서 맥과 숨바꼭질을 할 순 없었다. 이건 일종의 주사위 게임과 같았다.

맥을 피해 한나는 계속해서 방향을 바꿔 잠수할 테고, 맥은 번번이 한나를 찾아 헤매겠지만, 언젠가는 한나를 찾아내고 말 것이다. 그가 한나를 발견할 확률이 낮긴 해도 확률 게임에서 영원히 비켜갈 수 있는 결과란 결코 없다. 그가 한나를 발견하기만 하면 저항하는 것을 막기 위해 그대로 한나의 양팔을 붙들고 매달릴 테고, 결국 한나는 에덴 호수 밑바닥에 가라앉아 익사하고 말 것이다.

"찾았어!"

순간 그의 목소리가 물 위로 울려 퍼졌다.

"교활한 오리 같으니라구, 한나."

결국 나를 찾았어! 한나는 끙 소리를 냈다.

오늘 밤은 유난히 달빛이 밝았다. 맥이 6피트(1.8m) 정도 거리까지 다가왔을 때 한나는 또다시 잠수를 했다. 그러고는 아까와 같은 방법으로 방향을 틀어 헤엄치기 시작했다. 이렇게 하면 어느 쪽으로 가는지 알 수 없을 것이다……. 부디 몰라야 한다.

숨이 목젖까지 차오를 때쯤 한나는 물 위로 얼굴을 내밀어 허겁지겁 산소를 호흡했다. 방향 전환에 성공했다. 맥은 한나가 90도로 방향을 틀어 다시 이곳까지 헤엄쳐 온 것을 알지 못할 것이다. 하지만 다음번에는 그가 알아챌지도 모른다. 그러고는 한나가 물 위로 올라올 때를 기다리고 있을지도.

"아! 거기 있었군! 그냥 포기하지그래, 한나? 그 퉁퉁한 몸매로 헤엄이나 제대로 칠 수 있겠어?"

맥은 한나의 주의를 흩트리려 하고 있었다. 그의 말을 듣지 말아야 한다는 것을 한나도 잘 알고 있었다. 서둘러 다음 계획을 생각해야만 한다.

"난 밤새라도 이 짓을 할 수 있어. 결국은 잡히고 말 거라는 걸 너도 알겠지? 그런 다음에 팻시와 네 동생도 끝장이야. 물론 넌 보지 못할 테지만."

이제 곧장 앞으로 가는 거야, 어서. 한나의 마음이 소리쳤다. *이렇게 된 바에야 잃을 게 뭐가 있어?*

내 목숨. 한나가 대답했다.

하지만 그것이 최선이었고, 한나가 다시 잠수하려고 했을 때 이상한 일이 일어났다. 멀리선가 모터 소리 비슷한 것이 들려온 것이다. 누군가 나를 도와주러 오는 것일까? 아니면 상황이 너무 급박해서 내가 헛것을 듣는 것일까?

그때 한나의 손에 무언가가 잡혔다. 잠시였지만 한나는 결국 맥에게

잡힌 것이라고 생각했다. 하지만 그것은 사람 손이라고 하기에는 몹시 미끄러웠다. 마치 식물의 줄기 같은······.

그것은 수선화 줄기였다. 이윽고 수선화 정원의 가장자리에 다다른 것이다! 그때 얼마 전 노먼과 이곳에서 나누었던 대화가 떠올랐다.

물론 모네의 수선화 그림이라면 언제든지 풍덩 뛰어들어 얼굴만 동 동 떠다니고 있어도 좋겠지만요. 아마 '월리를 찾아라.' 같을 거예요. 내가 어디에 있는지 찾기 쉽지 않을 걸요.

이어 노먼과 함께 있을 때 보았던 수선화 정원의 전체 풍광이 떠올랐 다. 정원 넓이가 못해도 대각선으로 10피트(6m) 정도 될 것이다. 수선화 뿌리 밑으로 잠수해서 정원의 정중앙까지 10피트 정도의 거리를 헤엄 치는 것이 가능할까?

잃을 게 뭐가 있어? 한나의 마음이 또다시 물었고, 이번에 한나는 애 써 대답하지 않았다. 성공하면 살고, 실패한다면 어차피 죽기는 마찬가 지다. 금방이라도 숨이 멈출 것처럼 호흡이 가빴지만, 한나는 다시 한 번 있는 힘을 다해 잠수하여 수선화 정원의 정중앙을 향해 헤엄쳤다.

물 위로 올라올 때는 소리를 내지 말아야 한다. 호흡 소리나 물결 소 리도 안 된다. 더 이상은 도저히 발장구를 쳐낼 힘이 없다는 생각이 들 자 한나는 물 위로 올라오기 시작했다.

물 위에 떠 있는 수선화의 뿌리와 서로 어지럽게 얽혀 있는 줄기와 꽃 들을 헤치고 수면에 가까이 다다르자 한나는 호흡이 절실한 상황인데도 최대한 차분하게 마음과 행동을 가라앉혔다.

제일 먼저 한나의 코가 물 위로 떠올랐다. 한나는 달콤한 꽃향기가 섞여 있는 공기를 마음껏 들이마셨다. 그렇게 공기를 두 모금 마시고 난 뒤 한나는 물 위로 완전히 얼굴을 내밀었다. 한나의 머리 높이 위로 사방에 수선화 줄기가 솟아 있어서 안전한 보호망이 되어 주었다.

안심한 한나는 다시 몸을 곧추세워 머리의 윗부분부터 천천히 물 위로 내밀었다. 코 높이까지만 머리를 내민 한나는 잠시 동작을 멈췄다. 다행히 아무 일도 일어나지 않았다. 아무 일도!

물론 맥은 아직까지 한나를 찾고 있을 것이다. 하지만 수선화 정원 한가운데 있으리라고는 상상도 못하겠지. 모네 그림의 일부분이 된 한나를 맥은 결코 찾을 수 없을 것이다.

몸을 지탱하기 위해 다리로 수선화의 뿌리를 감싼 한나는 가만히 맥의 조짐을 느껴보았다. 만약 그가 모래섬으로 향하기 시작했다면 다시 수선화 정원 밖으로 나와 가장 가까이에 있는 카누에 올라타고 그를 뒤쫓을 것이다. 카누의 노라면 훌륭한 무기가 될 수 있다. 상황이 절박하다면 망설임 없이 그를 향해 휘두르리라.

그때 그의 모습이 보였다. 달빛이 반짝이는 물 위로 머리를 내민 채 이리저리 한나를 찾고 있었다. 그때 모래섬 쪽에서 무언가가 다가오는 것이 보였다. 쾌속정이다. 우렁찬 모터 소리가 물 위를 가르고, 한낮처럼 환한 수색등이 물 위를 샅샅이 훑고 있었다. 드디어 도움의 손길이 도달한 것이다.

쾌속정이 맥의 위치를 파악했다! 누군가 물속으로 뛰어들어 그를 보트 위로 끌어냈다.

이제 한나는 안전하다. 미셸과 팻시 역시 마찬가지다. 쾌속정이 모래섬에 먼저 들려 두 사람의 신변부터 확보했을 것이니 말이다.

"한나!"

확성기 목소리가 한나의 머리 위로 울려 퍼졌다.

마이크의 목소리였다.

"한나!"

이건 마치 영화 '욕망이라는 이름의 전차'에서 말론 브랜도가 '스텔라!' 라고 외치는 장면과 흡사했다.

한나는 녹초가 된 목소리로 대답했다.

"여기 수선화 정원에 있어요."

"한나!"

또다시 마이크가 소리쳤다. 이번에는 격한 반가움이 섞인 목소리였다.

한나는 다시 수선화 정원 밑으로 잠수해 기꺼이 뿌리와 줄기와 꽃들을 헤치고 헤엄쳐 나왔다. 다시 물 위로 머리를 내밀었을 때 한나의 얼굴에는 미소가 가득했다. 그리고 아침 햇살처럼 반가운 수색등을 향해 손을 흔들었다.

일요일 저녁 비즈먼 가와 허먼 가의 가족모임은 끝이 났다. 안드레아와 한나, 트레시가 호텔 로비에 놓인 커다란 벽난로 옆 소파에 앉아 있는데 미셸이 다가왔다.

　"와우!"

　미셸이 안드레아를 보고 탄성을 질렀다.

　"언니 진짜 예쁘다!"

　"고마워."

　안드레아가 미소를 지었다.

　"머리 스타일도 마음에 들어. 네 가지 색으로 머리카락을 꼰 거 환상인데. 의상도 멋지구."

　한나는 죄책감이 밀려오기 시작했다. 이번 주에 안드레아가 제대로 된 메이크업을 받을 거라고 미리 이야기까지 했는데 한나는 전혀 눈치채지 못하고 있었다.

　"미안, 안드레아." 한나가 사과했다.

　"너 오늘 정말 예쁘다. 미처 몰랐어."

　"빌도 그랬어."

　안드레아가 대답했다. 별로 행복해 보이지 않는 얼굴이었다.

　"그거야 언니가 잡지 모델처럼 항상 예쁘기 때문이겠지."

미셸이 안드레아를 부드럽게 달래 주었다.

"아마 그래서 형부가 몰랐을 거야."

"그래……, 어쩌면."

안드레아는 조금 마음이 풀어진 듯했다.

"의상은 어때?"

"잘 어울려."

한나가 기회를 놓치지 않고 재빨리 말했다.

"안녕, 얘들아!"

그때 엄마가 로드 부인과 노먼과 함께 모습을 보였다.

"빌이랑 로니는 지금 막 주차장으로 들어왔고, 리사와 허브는 우리 바로 뒤에 오고 있단다."

엄마가 미소를 지으며 모두를 바라보다가 이내 안드레아에게 시선이 멈췄다.

"오늘 정말 아름답구나, 얘야. 새 옷이니?"

"네."

안드레아가 미소를 지으며 대답했다.

"너한테 정말 잘 어울린다. 네 새 머리 스타일도 아주 괜찮구나."

엄마가 이번에는 트레시를 바라보았다.

"오늘 네 엄마 정말 예쁘지 않니?"

"엄마는 언제나 예뻐요."

트레시의 대답에 안드레아가 트레시를 꼭 안아주었다.

빌과 로니, 리사와 허브가 도착하자 그들은 레이크 에덴 호텔 식당에서 제일 넓은 자리에 자리를 잡았다. 늘 그렇듯 이번에도 엄마가 자리를 지정해 주었고 덕분에 한나는 또다시 마이크와 노먼 사이에 앉게 되었다.

한나는 살짝 한숨을 내쉬었지만, 불평해 봤자 소용없는 일이었기에 아무 말 없이 의자를 뒤로 뺐다. 그렇게 막 자리에 앉으려는데 트레시가 한나에게 달려왔다.

"한나 이모?"

트레시는 무척 걱정스러운 표정이었다.

"나랑 같이 화장실 갈래요?"

한나는 고개를 끄덕이고는 다시 의자를 안으로 밀어 넣었다. 트레시에게 뭔가 중요하게 할 말이 있는 듯했다. 똑똑하고 독립적인 트레시는 화장실쯤은 혼자서도 거뜬히 다녀올 수 있었다.

트레시를 따라 식당 밖 카펫이 깔린 복도로 나오자 한나가 물었다.

"그래, 무슨 일이니?"

"걸스카우트 시상식을 하기 전에 배지를 더 따고 싶은데 그중 하나가 요리예요. 점심을 혼자 만드는 거요. 근데 디저트는 못하겠어요. 쿠키를 만들고 싶은데."

한나는 트레시의 다음 이야기가 무엇일지 충분히 짐작이 되었다.

"그래서 쿠키 만드는 방법을 가르쳐 달라구?"

"네, 한나 이모. 가르쳐 줄 거죠? 엄마한테는 안 돼요. 이모도 알죠. 할머니한테도 안 돼요. 할머니도 요리를 안 하니까요. 맥캔 유모한테 이야기하면 엄마가 속상해할지도 몰라요."

"그럼 내가 가르쳐 주면, 엄마가 속상해하지 않을 것 같니?"

"네."

트레시가 어깨를 으쓱해 보였다. 마치 안드레아의 어린 시절을 보는 것 같았다.

"이모는 전문가잖아요. 사람들이 그렇게 얘기했어요."

아부는 고래도 춤추게 한다. 아마 그 방법은 네 엄마에게서 배운 것

일 *테지*. 한나는 생각했다.

"기꺼이 가르쳐 줄게, 트레시. 재미있을 거야."

"초콜릿칩 크런치 쿠키요?"

트레시가 물었다.

"그거 엄마가 제일 좋아하는 건데, 내가 만들어 주고 싶어요."

"좋은 생각이야. 그럼 이제 화장실 갈까? 아니면 그냥 나랑 이야기하려고 꺼낸 이야기였니?"

"이모랑 이야기하려고 말한 거예요. 이제 안에 들어가요, 한나 이모. 엄마 핸드폰으로 베서니랑 얘기할래요. 저녁식사 파티에 오기에는 너무 어려서 같이 못 왔거든요. 대신 전화로 잘 자란 인사를 해주겠다고 약속했어요."

정말 맛깔스러운 식사였다. 엄마는 신 메뉴를 주문했다. 이른바 '레이크 에덴 호텔의 맛'이라는 제목의 코스였는데, 샐리가 자랑하는 최고의 요리들이 소량씩 열 가지 코스로 선보여졌다.

"정말 맛있는데!"

빌이 샐리의 밀가루 없이 구운 초콜릿 케이크의 마지막 남은 조각을 입에 넣은 뒤 포크를 내려놓으며 말했다. 그러고는 안드레아를 돌아보았다.

"오늘 밤 당신만큼이나 환상적인 맛이야. 우리 아내가 세상에서 제일 예쁘다니까."

순간 안드레아는 당황하는 듯 보였지만, 이내 미소를 지었다.

"고마워요, 여보." 안드레아가 말했다.

고마워, 빌. 한나는 생각했다. 역시나 안드레아의 메이크업 사실을 빌에게 미리 알려주길 잘한 것 같다.

"고마워요, 엄마." 한나는 엄마에게 말했다.

"정말 맛있는 식사였어요!"

한나를 시작으로 다른 사람들도 모두 엄마에게 초대에 대한 감사 인사와 함께 탁월한 메뉴 선택에 대한 감탄의 말을 건넸다. 사람들의 인사가 잦아들자 엄마는 자리에서 일어나 로드 부인을 향해 손짓했다.

"아주 좋은 소식이 있는데, 그건 여기 캐리가 말해 줄 거야. 그 소식 뒤에 나도 여러분에게 전할 개인적인 소식이 있답니다."

엄마가 자리에 앉자 로드 부인이 일어섰다. 미리 리허설을 거친 듯했다.

"아는지 모르겠지만, 마지와 팻시가 우리에게 거스가 가지고 있던 호너스 와그너 카드에 대해 입찰식 경매를 부탁했어. 그래서 우리가 어제 아침에 공지를 띄웠고, 2시에 우리 그래니의 앤티크 홈페이지로 다섯 개의 입찰이 들어왔어."

"시작가가 얼마였는지 얘기해줘."

엄마가 재촉했다.

"시작가는 150만 달러였어." 로드 부인이 말했다.

"그리고 48시간도 채 지나지 않아 입찰가가 엄청 많이 불었는데, 최종 낙찰가가 200만 달러가 될 수도 있을 것 같아."

"경매가 언제 종료되는데요?"

안드레아가 물었다.

"다음 주 토요일 아침 10시. 한 주 정도 입찰 회사 측에 고객과 의논할 수 있는 시간적 여유를 주기 위해서야."

"멋지네요!"

한나가 손뼉을 쳤다. 그러고는 모두들 궁금해하는 질문을 던졌다.

"그럼 돈은 누가 받는 거예요?"

"마지와 팻시가 나눠 가질 거란다."

엄마가 대답했다.

"거스는 미혼이었고, 자식도 없었으니, 마지와 팻시가 유일한 혈육이지."

허브가 모두에게 들릴 정도로 큰소리로 침을 꿀꺽 삼켜 내렸다.

"그럼 엄마와 팻시 이모가 100만 달러나 되는 돈을 상속받게 될 거란 말씀이세요?"

"그렇지." 로드 부인이 말했다.

"물론 우리 수수료는 세하고 말이야. 이제 딜로어가 할 말이 있다는군."

"이게 오늘 밤 우리가 모인 진짜 이유란다."

엄마가 빙그레 웃으며 말했다.

"캐리는 아직 몰라요."

그러자 캐리가 고개를 끄덕였다.

"정말이야. 얘기를 안 해줬어. 다들 모였을 때 얘기하고 싶다나."

모두의 시선이 엄마에게로 향했다. 엄마는 새삼 이 순간을 즐기는 듯했다. 바로 그때 한나가 핵심적인 질문을 던졌다.

"그게 뭔데요, 엄마?"

"지난번 호텔에 이렇게 다 같이 모였을 때 기억하니?"

엄마가 물었다.

"기억해요."

"내가 비밀 프로젝트를 진행 중이라고 했었지. 실현이 되면 얘기해 주겠다고 말이야."

"맞아요."

한나가 대답했다.

"그게······, 실현이 됐단다."

"뭔데요?"

무리 중 네 명이 거의 동시에 물었고, 엄마는 웃음을 터뜨렸다.

"그 비밀 프로젝트라는 건 내 책이었어. 뉴욕의 큰 출판사에서 출간해 주기로 했지."

모두 깜짝 놀란 듯 말을 잃었다. 그러던 중 한나가 먼저 입을 열었다.

"축하해요, 엄마! 앤티크에 관한 책이에요?"

"아니, 소설이란다."

그러자 로드 부인의 입이 떡 벌어졌다.

"설마 레전시 로맨스?" 로드 부인이 추측했다.

"맞았어!"

엄마가 무척 뿌듯한 표정으로 대답했다.

"여기 모인 사람 모두를 캐릭터로 사용할 거란다. 정말 환상적이지 않니?"

어-오! 한나는 숨죽여 외쳤다.

"우리를 전부 사용하신다구요?"

한나가 큰소리로 물었다.

"그렇고말고, 얘야. 소설이란 실제 인생을 바탕으로 써야 하지 않겠느냐. 우리 세 딸은 물론 들어가야지. 내가 각자의 성격들을 아주 잘 묘사해낼 수 있을 것 같구나."

엄마는 로드 부인을 돌아보았다.

"당연히 캐리도 책에 넣을 거야. 마이크랑 노먼, 리사도. 아, 허브랑 빌이랑 로니도란다. 레전시 로맨스 클럽의 회원들 몇 명도 말이야."

"나는요, 할머니?"

트레시가 물었다.

"물론이지, 달링. 너를 빼놓고 어떻게 소설을 쓸 수 있겠니. 나이는 조금 다를지 모르겠구나. 그러니 여섯 살짜리 아이는 찾지 마라."

"알았어요, 할머니."

"책에 등장하는 인물의 실제 모델들이 항상 뭐라고 하는지 아니?"

엄마가 모두를 둘러보며 물었다.

"뭐라고 하는데요?"

아무도 대답하지 않자 결국 한나가 되물었다.

"책의 인물이 정말 자신이 맞는지 모르겠다고 한단다. 왜냐하면 다른 이들이 보는 자신의 모습과 스스로 생각하는 자신의 모습이 너무 틀리기 때문이지."

어-오! 한나의 마음이 또다시 외쳤다.

징조가 좋지 않아.

"그래서 나도 내가 평소에 친구들이나 사랑하는 가족을 바라볼 때 쓰곤 하던 장밋빛 안경은 벗어버리려 꽤나 애를 썼단다."

엄마가 말을 이었다.

"그냥 있는 모습 그대로를 묘사했어. 나처럼 너희들을 잘 알거나 사랑하지 않는 사람이 보는 시선으로 말이다. 그러니 아마 단점과 장점들이 적나라하게 묘사되었을 게야."

"오, 세상에!"

한나는 자신도 모르게 큰소리로 탄식하고 말았다. 그러자 노먼이 한나를 향해 미소를 지어 보였고, 마이크는 공감의 뜻으로 한나의 옆구리를 쿡 찔렀다.

"무슨 말인지 못 들었구나, 한나. 뭐라고 했니?"

엄마가 한나에게 물었다.

한나는 재빨리 머리를 굴렸다.

"엄마를 부른 거예요. '오, 엄마' 라구요. 책이 언제 출간되는지 궁금해서요."

"내년쯤에 나올 게다."

완벽해. 한나는 생각했다. *그 사이에 쿠키단지를 팔아버리고 몇 백마일 떨어진 곳으로 이사 가야겠어.*

"정확히 언제 나오는지 아시게 되면 바로 말씀해 주실 거죠?"

"물론이지. 그럼 출간기념 파티를 열어줄 테지?"

"오, 그럼요!"

엄마를 저 멀리 달나라로 보내는 데에는 비용이 얼마나 들까 궁금해하며 한나가 대답했다.

쿠키 트럭까지 가는 길에도 한나는 여전히 마이크와 노먼 사이에 끼어 있었다. 여름이 어느덧 저 멀리 물러간 듯 저녁 공기가 꽤 쌀쌀했다. 곧 있으면 나뭇잎들도 옷을 갈아입고, 호박들도 무럭무럭 익어갈 테고, 겨울의 얼음 손이 꽃받침 위로 얼음 알갱이들을 뿌려대기 전까지는 가을의 꽃인 국화가 만발할 것이다.

"그런데 지금 몇 시예요?"

깜빡 잊고 시계를 차고 나오지 않은 한나가 물었다.

"8시 다 됐어요."

노먼이 대답했다.

"우리 집에서 영화 보면 어때요?"

모자랐던 수면을 충분히 보충한 한나가 제안했다.

"비디오 가게에서 신작 영화 두 편을 빌렸거든요. 마침 집에 블랙 포레스트 브라우니 남은 것도 있구요."

그러자 마이크가 고개를 저었다.

"재미있겠지만, 난 빠지겠습니다. 여기 오는 길에 로니를 쇼핑몰에 내려줬는데, 다시 태워서 집까지 데려다 주어야 하거든요. 차가 고장 났다고 해서 말입니다."

뻔한 얘기로군. 한나는 생각했다. 사실 그건 그 옛날 쇼우나 리가 마이크에게 써먹었던 핑계와 똑같았다.

"로니가 지금 쇼핑 중이라구요?"

한나가 물었다.

"아뇨, 쇼핑을 하는 게 아니라 일자리를 찾고 있습니다. 경찰서 일만으로는 돈을 많이 벌지 못하거든요. 그래서 아르바이트를 하려고 한답니다."

"흠, 좋은 일자리를 찾았으면 좋겠네요. 행운을 빈다고 전해 주세요."

"친절하군요, 한나."

마이크가 한나에게 따뜻하게 미소를 지어 보였다.

"그렇게 전하겠습니다."

로니가 하루빨리 아르바이트 자리를 찾기를 기원한 것이, 그렇게 해서라도 마이크와 함께 보내는 시간이 줄어들기는 바라는 마음에서라는 걸 마이크가 읽지 못한 게 한나는 다행이라고 생각했다.

뭐, 말하지 않는 것이 훨씬 더 나을 때가 많으니까.

한나는 이번에 노먼을 돌아보았다.

"노먼은 어때요? 나랑 같이 가서 영화 볼래요?"

"그러고 싶지만 안 되겠어요. 그러니 앤티크에 가서 인터넷 연결선을 확인해 드리기로 어머니와 약속했거든요. 오늘 오후에 한나 어머님이 인터넷을 하려고 하셨는데 자꾸 연결 오류 메시지가 뜨더래요. 호너스 와그너 카드 때문에 시급하다고 하시더라고요."

"그러시겠군요!"

마이크가 노먼을 향해 씩 웃으며 말했다.

"그 조그만 카드 한 장이 그렇게 비싸다니, 믿을 수가 없습니다."

마침내 쿠키 트럭에 다다르자 노먼이 한나의 어깨에 손을 얹었다.

"내일 커피나 함께 마셔요, 한나."

"저도 그럽시다."

이번에는 마이크가 한나의 다른 쪽 어깨를 툭툭 쳤다.

"블랙 포레스트 브라우니도 더 만들어 줄 수 있어요? 지금껏 먹어본 브라우니 중에서 최고거든요."

그런 뒤 한나의 두 남자는 각자 자신의 차를 향해 등을 보이며 걸어 가기 시작했다. 키스도 없고, 포옹도 없다. 그저 우정 어린 토닥임뿐이 었다.

"거절당했어."

한나는 극적으로 한숨을 내쉬며 트럭에 올라탔다. 애써 내색하지 않 았지만, 솔직하게 말하자면 완전히 버림받은 심정이었다.

한나는 시동을 켜고 노먼과 마이크 옆을 지나며 살짝 손을 흔들어 보 였다. 그런 뒤 자갈길을 달려 고속도로로 접어들었다. 한나는 제법 속 도를 냈다. 도로가 꽤나 한산했다. 올드 레이크 로드에 접어들었을 때 도 여전히 길은 한산했다.

한나가 아파트 진입로로 막 들어서는데 핸드폰이 울렸다. 한나는 본 능적으로 벨 소리를 무시했지만, 그 소리는 끊이지 않고 울려댔다. 한 나는 아파트 입구 쪽에 트럭을 세우고 핸드폰을 받았다. 아마 뭔가 상 당히 긴급한 일인 모양이다. 한나의 핸드폰 번호를 아는 사람이 그리 많지 않으니 말이다.

"여보세요."

단순히 광고 전화가 아니기를 내심 바라며 한나가 전화를 받았다.

"한나, 연결이 돼서 다행이야! 집으로 전화했었는데, 자동 응답기가 받아서."

전화를 건 사람이 누구인지 한나는 잠시 아리송했지만, 이내 목소리를 알아듣고는 환하게 미소를 지었다.

"오랜만이야, 로스." 한나가 말했다.

"지금 캘리포니아야?"

"아니, 미니애폴리스에 있어."

"아, 그래? 그럼 레이크 에덴에 오는 거야?"

"가고 싶지만 그건 힘들 것 같아. 여기에는 8시간 30분 동안만 있을 거거든. 뉴욕으로 가는 길인데 비행기에 기계 결함이 생겨서 잠시 이곳에 착륙했어. 다른 비행기로 갈아타야 한다고 하는데, 빨라도 새벽 4시 30분에 출발할 것 같아."

"그럼 그때까지 공항에 있어야 하는 거야?"

"그건 아니야. 연착이 8시간 이상이라 항공사에서 공항 힐튼 호텔을 잡아 주었어. 어디에 있는지 알아?"

"그럼."

한나의 미소가 점점 더 환해졌다.

"그럼 이리로 올래? 못 본지 너무 오래됐어, 한나. 보고 싶다."

"나도 보고 싶어."

한나가 대답했다.

"그럼 여기까지 오는데 얼마나 걸리겠어?"

한나는 재빨리 계산해 보았다. 마침 일요일 밤이라 도로로 한산했고, 다행히 트럭에 기름도 가득 들어 있었다.

"45분 정도."

한나가 대답했다.

"잘 됐다! 호텔 건너편에 24시간 레스토랑이 있어. 내가 먼저 가서 자리 잡아 놓을 테니까 그리로 와. 기내식만 먹었더니 배가 엄청 고파."

"그럼 그리로 갈게." 한나가 말했다.

한나는 핸드폰을 다시 가방에 넣고는 전에는 한 번도 해보지 않았던 일을 저질렀다. 아파트 출입구에 카드 열쇠를 넣고 안으로 들어간 뒤 입구와 출구를 구분하기 위해 조성한 화단을 넘어 곧바로 유턴을 해버린 것이다.

"거절의 밤만은 아니로군."

고속도로를 향해 엑셀을 밟으며 한나가 얼굴 가득 미소를 띠웠다.

블랙 포레스트 브라우니

오븐은 175도로 예열합니다. 틀은 오븐의 중앙에 둡니다.

재료

사각 초콜릿 4온스(110g, 초콜릿칩 3/4컵을 사용하셔도 됩니다) / 코반 1/2컵

계란 3개(깨뜨려서 포크로 휘저어 주세요)버터 3/4컵 / 백설탕 1과 1/2컵

바닐라향신료 1티스푼(체리향도 괜찮습니다)) / 밀가루 1컵 / 초콜릿칩 1/2컵

말린 체리 다진 것 1/2컵(혹은 물은 완전히 뺀 마라스키노 체리 다진 것 1/2컵)***

***첫 번째 반죽에는 말린 빙 체리를 사용했고, 두 번째 반죽에는 다진 마라스키노 체리를 사용했어요. 사람들은 둘 다 맛있다고 했지만, 말린 체리를 사용한 반죽이 더 쫀득쫀득한 맛이 있다고 하네요.

만드는법

1. 9×13 크기의 케이크 팬에 옆면을 모두 덮을 만한 크기로 호일을 잘라 덮습니다. 그 위에 들러붙음 방지 스프레이를 뿌립니다.

2. 사각 초콜릿과 버터를 그릇에 담아 전자레인지에 넣어 녹인 뒤 잘 저어 줍니다(초콜릿은 녹아도 모양을 그대로 유지하고 있을 수 있으니 잘 저어 주셔야 해요). 완전히 녹지 않았으면 20초 정도 더 전자레인지에 돌린 다음 다시 저어 주세요.

3. 초콜릿 혼합물에 설탕을 넣고, 그릇의 온도를 측정해 보세요. 계란을 넣어도 익지 않을 정도의 온도라면 계란을 넣고 잘 섞어 줍니다. 그런 뒤 향신료(바닐라 혹은 체리)를 넣으세요.

4. 밀가루를 넣고, 부드러워질 때까지 저어 줍니다.

5. 믹서에 피칸과 말린 체리를 넣고 잘게 다집니다. 체리가 믹서의 칼날에 자꾸 들러붙으면 밀가루를 1테이블스푼 넣고 돌려주세요(믹서가 없으면 칼로 다져 주세요).

6. 반죽에 다진 피칸과 체리, 초콜릿칩을 넣고 다시 한 번 손으로 잘 섞어 줍니다. 그런 뒤 준비해 놓은 팬에 붓습니다.

7. 175도에서 30분간 굽습니다.

8. 팬에 담긴 상태에서 선반에 놓고 완전히 식힌 다음, 호일의 가장자리를 잡고 팬에서 꺼냅니다. 그런 뒤 도마 위에 뒤집어서 올려놓고 조심스럽게 호일을 벗겨 낸 뒤 브라우니 크기로 자릅니다.

9. 자른 브라우니는 접시에 올려놓고 취향에 따라 슈가 파우더를 뿌립니다.

조앤 플루크의 메모: 델타 카파 감마의 회원들이 이 브라우니를 무척 마음에 들어 하셨어요. 캘리포니아 카마릴로에서 그들의 모임에 참석한 뒤로 나에게 브라우니를 구울 때 사용하라며 말린 빙 체리와 그밖에 다른 말린 과일들을 잔뜩 보내와 주었지 뭐예요.

한나의 메모: 정석이 아닌 제멋대로의 레시피로 즐기고 싶다면, 여기에 '절대 실패하지 않는 퍼지'로 프로스팅을 해주세요!

당근 케이크 살인사건

2009년 10월 26일 초판 발행

지은이   조앤 플루크
옮긴이   박영인
펴낸이   이경선
펴낸곳   해문출판사

등 록   1978년 1월 28일 제3-82호
주 소   서울시 마포구 합정동 392-2 써니힐 202호
전 화   325-4721(대표)
팩 스   325-4725

값 12,000원

ISBN 978-89-382-0420-2
ISBN 978-89-382-0400-4(세트)

※ 잘못 만들어진 책은 구입하신 곳에서 바꾸어 드립니다.

국립중앙도서관 출판시도서목록(CIP)

당근 케이크 살인사건 / 조앤 플루크 지음 ; 박영인
옮김. -- 서울 : 해문출판사, 2009   p. ;   cm. --
(Cozy mystery)

원표제: Carrot cake murder
원저자: Joanne Fluke
영어 원작을 한국어로 번역
ISBN 978-89-382-0420-2 04840 : ₩12000
ISBN 978-89-382-0400-4(세트)

미국 현대 소설[美國現代小說]
추리 소설[推理小說]

843-KDC4
813.54-DDC21   CIP2009003069